acabus

Danise Juno

HERBSTLILIE

Limbergens vergessene Kinder

Juno, Danise: Herbstlilie. Limbergens vergessene Kinder, Hamburg, acabus Verlag 2015

Originalausgabe
ISBN : 978-3-86282-349-9

Dieses Buch ist auch als eBook erhältlich und kann über den Handel oder den Verlag bezogen werden.
PDF-eBook: ISBN 978-3-86282-350-5
ePub-eBook: ISBN 978-3-86282-351-2

Lektorat : Lea Intelmann, acabus Verlag
Umschlaggestaltung : © Marta Czerwinski, acabus Verlag
Umschlagmotiv: © dflohr - Fotolia.com

Bibliografische Information der Deutschen Nationalbibliothek :
Die Deutsche Nationalbibliothek verzeichnet diese Publikation in der Deutschen Nationalbibliografie ; detaillierte bibliografische Daten sind im Internet über http : / / dnb.d-nb.de abrufbar.

Der acabus Verlag ist ein Imprint der Diplomica Verlag GmbH, Hermannstal 119k, 22119 Hamburg.

---

http : / / www.acabus-verlag.de
Printed in Europe

An dieser Stelle wird ausdrücklich darauf hingewiesen, dass dieses Buch ein Roman und damit ein fiktives Werk ist. Auch wenn manchen Ereignissen wahre Begebenheiten und Legenden aus dem Münsterland zugrunde liegen, so sind die Handlungen in diesem Roman lediglich durch diese inspiriert. Handlungen und Äußerungen der hierin auftretenden Personen, auch solcher, die nicht gänzlich der Phantasie der Autorin entsprungen sind, sind frei erfunden. Ähnlichkeiten mit lebenden oder bereits verstorbenen Personen sind dem reinen Zufall geschuldet.

Prolog

Linthberghe, 1690

Wolkenfetzen jagten über den Horizont und das entfernte Grollen eines Gewitters erfüllte die Nacht. Der kalte Septemberwind toste über das Münsterland und brandete gegen das Gutshaus, welches ihm starrköpfig trotzte.

Katharina stand in der Küche und erwartete die Rückkehr ihres Gatten, der sich die Zeit im Wirtshaus vertrieb. Alles was sie hörte, waren unruhige Laute, die aus dem Stall drangen, als könnten die Tiere darin spüren, welche Boshaftigkeit sich in der undurchdringlichen Dunkelheit verbarg. Das Feuer in der Esse war beinahe gänzlich niedergebrannt und tauchte den Raum in einen rötlichen Schimmer. Das Küchenmädchen trat herein. Das magere Ding trug einen Stapel Holz in den Armen und ächzte unter der Last. Katharina trat ihr in den Weg. „Du sollst doch nicht so viel auf einmal tragen", schalt sie.

Scheu lächelnd sah sie zu ihr auf.

„Nicht", sagte Katharina und hinderte sie daran einen der Scheite auf die Glut zu legen.

„Aber das Feuer", stammelte das Mädchen und sah sie aus großen Augen an.

Katharina schüttelte den Kopf und rieb sich die kalten Arme. Sie dachte an Heinrich. Der kleinste Funke von Verschwendung könnte ihn erzürnen. „Mich friert nicht", sagte sie schließlich, nahm ihr einige Stücke aus den Armen und trat zur Seite.

Das Mädchen warf ihr einen letzten ungläubigen Blick zu, dann sank sie auf die Knie und schichtete die Scheite sorgfältig übereinander.

Katharina reichte ihr die Übrigen. Als sie die Hände frei hatte, trat sie an den Spülstein, nässte ein Tuch und entfernte den

Schmutz. Eine Hand legte sich auf die ihre. Sie sah auf, geradewegs in die Augen des Mädchens, das neben ihr hockte.

Es wirkte verlegen, zog die Hand zurück und blickte zu Boden. Ihre Stimme war kaum mehr als ein Flüstern und ein Hauch von Unsicherheit begleitete ihre Worte. „Es ist alles Recht. Mehr kann er unmöglich verlangen."

Katharina schwieg. Er konnte. Und wenn es ihm danach gelüstete, dann würde er.

Das Mädchen nahm ihr ohne ein weiteres Wort das Tuch aus der Hand und wischte die restlichen Späne auf.

Katharina erhob sich und ließ ihren Blick durch die Küche schweifen. Sie durfte nichts übersehen.

Als das Geäst der jungen Eiche bedrohlich gegen die Sprossenfenster der Deele schlug, als begehre es beharrlich Einlass, rieselte ihr ein Schauer den Rücken hinunter.

Aus ihrer Kammer drang ein leises Wimmern. Sie schlich die Stufen hinauf und spähte vorsichtig hinein. Ihr Kind regte sich. Sie trat an das Bettchen heran und prüfte, ob es sorgfältig in die Decke eingeschlagen war, dann schaukelte sie sanft die Wiege und summte eine Melodie.

Plötzlich krachte es im Stall. Katharina fuhr zusammen und lauschte. Es hatte sich angehört, als sei das Tennentor mit roher Gewalt zugeschlagen worden. Sie hastete auf leisen Sohlen aus der Kammer und eilte die sechs Stufen hinab in die Küche. Sie sah das völlig erstarrte Mädchen mitten im Raum stehen, mit dem Lappen in der Hand. „Rasch", zischte sie. „Verschwinde!" Sie hastete zu ihr und stieß sie in die Deele, als die Tür zur Tenne auch schon geöffnet wurde.

Heinrich trat lautstark fluchend ein. „Weib, komm her!" Mit einem Schlag erfüllte seine üble Laune das ganze Haus. Seine Hand schoss vor wie eine zubeißende Natter und umschloss ihren Arm. „Warum ist das Feuer aus?", fuhr er sie an.

Schlagartig wurde ihr bewusst, dass sie besser daran getan hätte, es ihm gemütlich zu machen, statt auf verschwendetes Holz zu achten. Was sie auch tat, nichts tat sie ihm Recht. Um ihre Lage nicht zu verschlimmern, achtete sie darauf, dass kein Laut über ihre Lippen drang.

Sein nach Bier stinkender Atem schlug ihr ins Gesicht. „Leg Holz auf! Sofort!", befahl er. Er lockerte seinen Griff, ohne sie jedoch gänzlich loszulassen. Sein eisiger Blick traf sie bis ins Mark und sie glaubte Argwohn darin zu lesen. Dann wandte er sich ab und ließ sich auf einen Stuhl fallen, der unter seiner kräftigen Statur ächzte.

Sie hastete zur Esse, um seinem Befehl Folge zu leisten. Liebend gern hätte sie ihren schmerzenden Arm gerieben, doch wagte sie es nicht. Sie spürte deutlich die Bedrohung, die von ihm ausging. Wie ein lähmendes Gift kroch sie in jeden Winkel ihres Bewusstseins.

Seine schwere Hand krachte auf den Tisch.

Katharina fuhr erschrocken herum.

„Bring mir dein Kind."

Ihre Augen weiteten sich. Sie starrte ihn an, forschte in seinen Zügen nach dem Grund. Nie zuvor hatte er so gesprochen. Eine entsetzliche Ahnung keimte in ihr auf.

Er lehnte sich vor und seine Augen verengten sich zu Schlitzen. Er formte seine Lippen, als spräche er zu einer geistig Umnachteten. „Hörst du die Worte, die meinen Mund verlassen, Weib?", fragte er boshaft. „Bring mir dein Kind, sonst hole ich es selbst."

Sie nahm all ihren Mut zusammen und sagte vorsichtig: „Der Junge schläft, Heinrich. Morgen in der Früh bringe ich ihn dir." Im selben Augenblick wurde ihr bewusst, dass nichts, was sie auch entgegnen mochte, ihn von seinem Verlangen abhalten konnte.

Er sprang so heftig auf, dass der Stuhl klappernd zu Boden fiel.

Katharina löste sich aus ihrer Erstarrung. Sie musste ihr Kind schützen, koste es was es wolle. Sie trat an Heinrich heran und ihr wurde übel, als sie ihre Hand beschwichtigend auf seinen Arm legte. „Ich werde ihn holen. Bitte, nimm wieder Platz." Sie trat um ihn herum und spürte seinen Blick im Nacken. Sie stellte den Stuhl auf, schob ihn zurecht und trat wachsam wenige Schritte zur Seite. Sie konnte ihr Glück kaum fassen, als er sich niederließ, doch sein kaltes Grinsen entging ihr nicht.

Langsam, um Zeit zu gewinnen, wandte sie sich zur Schlafkammer. Er hegte einen Verdacht. Sie kannte den Ursprung nicht, aber irgendwie hatte er es erfahren. In Sekundenbruchteilen jagten ihr sämtliche Möglichkeiten durch den Kopf, die ihr blieben. Als sie an der Tür zur Deele vorbei ging, sah sie im Augenwinkel einen Schatten. War das Mädchen immer noch dort? Sie flehte inständig, dass es so war. Aber was nutzte sie ihr? Ihre Gedanken rasten, als sie die wenigen Stufen hinauf stieg. Sie musste fliehen. Wenn sie es schaffte mit dem Jungen ins Gesindehaus zu gelangen, waren sie vielleicht in Sicherheit. Mit zitternden Fingern öffnete sie die Kammer. Doch wie sollte sie an Heinrich vorbei kommen? Der einzige Fluchtweg führte durch die Küche.

Sie trat an die Wiege, spähte hinein und ihr Herz krampfte sich schmerzhaft zusammen. Vorsichtig hob sie ihr Kind heraus und schmiegte es liebevoll an sich. Es seufzte zufrieden an ihrer Brust. Tränen traten ihr in die Augen. War dies das Ende?

Ihr Blick glitt zu dem winzigen Butzenfenster. Verzweifelt klammerte sie sich an den einzigen Ausweg, der sich ihr bot. Sie wusste, was sie zu tun hatte. In großer Hast wickelte sie ihren Sohn fest in seine Decke, riss eine weitere von einem Stuhl und schlug auch diese um ihn, als hülle sie ihn in einen schützenden Kokon. Sie trat ans Fenster, öffnete es leise und prüfte die dichten Sträucher, die unter dem Fenster wuchsen. Alles war besser, als mit ihm zurück zu gehen. Sie küsste ihr Kind auf die Stirn. „Ich liebe dich", flüsterte sie.

Die Kammertür schlug krachend gegen die Wand. Das Glas splitterte. Katharina schrie auf. Heinrich stand wutschnaubend auf der Schwelle.

„Ich wusste, sie haben Recht!", dröhnte er. „Verschwinde vom Fenster und gib mir deinen Bastard!"

Sie zögerte keinen Augenblick länger. Während er mit schweren Schritten auf sie zukam, schlug sie die Decke über das Gesicht ihres Sohnes, suchte die beste Stelle und ließ ihn fallen.

Heinrich packte sie und schleuderte sie zu Boden. Katharina hörte ihr Kind schreien. ‚Er lebt', schoss es ihr durch den Kopf. Augenblicklich begann sie aus voller Kehle zu kreischen. All ihre Hoffnung ruhte auf dem Küchenmädchen. Vielleicht wurde auch die Magd aufmerksam. Irgendjemand, sonst war ihr Sohn verloren.

„Das wird dir nichts nützen! Glaubst du tatsächlich, ich könnte ihn in den Büschen nicht finden? Schrei nur! Du kannst deinen Bastard nicht retten!", dröhnte Heinrich und ging zur Tür.

Katharina stürzte sich auf ihn und kämpfte um das Leben ihres Kindes. Mit fast übermenschlicher Kraft zwang sie ihren überraschten Mann zu Boden. Sie biss ihm in die Arme und zerkratzte sein Gesicht, doch vermochte sie ihm nicht lange standzuhalten. Schon nach Sekunden gewann er die Oberhand und prügelte sie, bis ihr die Sinne zu schwinden drohten. Reglos lag sie auf den Dielen, betete still um Erlösung. Sein übergroßer Schatten lag auf ihr, wie die Umrisse eines Dämons aus dem tiefsten Winkel der Hölle selbst.

Sie hörte ein verächtliches Schnauben. Etwas Nasses traf ihre Schläfe und sie war sich sicher, zu wissen, was es war. Voller Ekel fühlte sie, wie sein Speichel eine klebrige Bahn über ihre Stirn zog.

Heinrich zog sich zurück, verließ die Kammer und schloss sie ein.

Mit letzter Kraft kroch sie zum Fenster und zog sich hoch. Ihr Kind schrie aus Leibeskräften, doch sie konnte es nicht sehen. Silbernes Mondlicht stahl sich durch die Wolkenfetzen und für einen Moment konnte sie erkennen, wie sich eine Gestalt aus der Dunkelheit löste und unter ihrem Fenster verschwand.

„Rette mein Kind", krächzte sie. „Bitte." Ihre Stimme verklang zu einem Flüstern. „Bitte." Tränen rannen ihr über die Wangen und tropften auf ihre geschundenen Glieder. Ihr Sohn wimmerte leise, von fern rief ein Käuzchen, dann wurde es still und sie hörte, wie sich jemand eilig vom Haus entfernte.

Katharina sank erleichtert zu Boden. Wer war der namenlose Retter? Hatte das Küchenmädchen verstanden, was sie zu tun hatte? War die Magd gekommen? Ein Fremder? In wessen Obhut sich ihr Kind auch immer befand, sie faltete die Hände und sprach ein Gebet. Sie dankte dem allmächtigen Herrn aus dem tiefsten Winkel ihres Herzens dafür, dass er jemanden geschickt hatte, um ihren Sohn zu retten. Dieses Mal hatte sie Recht getan.

Es war ihr gleich, was mit ihr selbst geschah, wenn nur ihr Kind überlebte. Es war kein Argwohn, den sie in Heinrichs Augen hatte glimmen sehen. Es war der blanke Hass gewesen. Sie hegte keinen Zweifel mehr daran, dass Heinrich ihren Jungen hatte töten wollen.

Die Zeit verstrich. Katharina lauschte angespannt einem jeden Geräusch. Stille legte sich über die weiten Felder. Der Wind rauschte in den Bäumen.

Plötzlich zerriss ein gellender Schrei die Nacht.

„Nein." Das Entsetzen kehrte zurück, nistete sich tief in ihrer Seele ein. „Nein!" Sie stemmte sich ein letztes Mal auf die Füße, angelte nach dem Fenstersims, zog sich hoch und starrte hinaus. Ihr Herz krampfte sich zusammen. Sie glaubte, nie wieder in ihrem Leben atmen zu können. Ein lang gezogenes, nie enden wollendes Heulen drang aus ihr heraus: „Mein Kind!" Ihre Stimme brach und die Beine gaben unter ihr nach. Sie sackte in sich zusammen und verlor das Bewusstsein.

1

Limbergen, 2010

Der Hof war das Schönste, das ich je gesehen hatte, abgesehen natürlich von meinem Mann und meinen beiden Kindern. Sagen wir, er war einfach der schönste Bauernhof aller Zeiten.

Wochenlang suchten wir nun schon nach einem Haus im Münsterland. Frank hatte keine Mühen gescheut und mich von einer Besichtigung zur nächsten geschleppt, aber es war nie das Richtige dabei. Doppelhaushälften gab es hier fast im Überfluss. Ich hatte nichts gegen die typischen Klinkerfassaden, aber sie waren mir zu neu und unpersönlich. Ich suchte nach Flair, einem Juwel, das man noch schleifen konnte.

Während wir durch die Räume des Wohntrakts geführt wurden, brach ich in wahre Begeisterungsstürme aus. Das schien den Makler zu amüsieren, denn er beobachtete mich bei jeder neuen Entdeckung und grinste fast schon unverschämt.

Auch Frank konnte mich nicht auf den Boden der Tatsachen zurückbringen, als er mir verschiedene marode Stellen des Gebäudes zeigte. Ich hatte kein Auge für die teilweise gerissenen Türen, für die verrosteten Wasserleitungen und die hoffnungslos veraltete Nachtspeicherheizung.

Mein Blick wurde von dem uralten, ausladenden Kamin in der Eingangshalle gefesselt. An dessen Rückwand hing eine rußgeschwärzte Eisenplatte mit einem kaum erkennbaren Motiv und man konnte ihn in geduckter Haltung sogar betreten.

„Du weißt aber schon, dass der keinen besonders hohen Brennwert hat? Die warme Luft zieht geradewegs nach oben raus“, versuchte Frank zu mir durchzudringen.

„Aber sieht er nicht toll aus?“, jubelte ich.

„Ja, sicher“, brummte er und schüttelte den Kopf.

Ich glaubte, ein „typisch Frau" gehört zu haben, beschloss aber, diese Bemerkung geflissentlich zu ignorieren.

Die überdimensionale Esse in der Wohnküche war für mich Romantik pur. Frank sagte nur, dass sie zu viel Platz wegnehmen würde, aber mir war das gleich.

Ich liebte das Knarren der Holzdielen unter meinen Füßen vom ersten Augenblick an, auch wenn das laut Frank bedeutete, dass es keine Bodenplatte gab, die die Feuchtigkeit daran hätte hindern können, die Wände hoch zu ziehen.

Dieser alte Bauernhof war in meinen Augen perfekt. Hier würden Leon und Kathi aufwachsen und echte Landkinder werden, mit allem was dazu gehörte. Verdreckte Klamotten, mit Tieren spielen und Spaß haben.

Ich glaube, Frank ergab sich einfach in sein Schicksal, denn es dauerte nicht lange und auch er musste lächeln. Kopfschüttelnd sagte er: „Da zeige ich dir die tollsten Häuser, modern und lichtdurchflutet; du findest den einzigen zum Verkauf stehenden Kotten der gesamten Gegend und bist hin und weg." Er schnaubte. „Du bist verrückt, weißt du das?"

Ich lachte und knuffte ihn spielerisch in die Seite. „Schau doch her. Ist das nicht wundervoll?" Ich ging drei Stufen hinauf auf ein kleines Podest, dann folgten weitere drei, die zu einem oberhalb der Küche gelegenen Zimmer führten. Ich wies auf eine Holztür mit Porzellangriff. Der Lichtausschnitt war von Sprossen unterteilt, in jedem Abschnitt eine unebene, trübe Glasscheibe mit Gravuren. Es fehlte zwar ein Glas und ein anderes war gesprungen, aber dennoch war das Motiv noch deutlich zu erkennen. Es war ein feines Ornament, das Weizenähren andeutete und in seiner Gesamtheit einen Kranz aus Feldfrüchten darstellte.

„Das ist eine Upkammer", meldete sich der Makler zu Wort, der uns gefolgt war. „Die sind typisch für die alten Höfe in dieser Region."

Frank drückte die Tür nach innen auf und sie schrappte unbarmherzig über die Holzdielen. Dann wies er auf die notdürftig reparierte Zarge. „Noch eine Baustelle", bemerkte er trocken und verdrehte die Augen. Sein verhaltenes Lachen klang wie das Schnaufen einer Lokomotive.

Ich kicherte. „Klar, aber sie ist wundervoll. Irgendjemand hat sie vor langer Zeit in Auftrag gegeben, vielleicht sogar selbst mit viel Liebe gebaut und seine Frau hat dann bestimmt genauso staunend davor gestanden wie ich." Ich schlang einen Arm um seine Hüfte, sah zu ihm auf und hauchte: „Ich liebe diesen Hof schon jetzt, genau so wie er ist. Was glaubst du, wie der erst aussieht, wenn wir mit ihm fertig sind. Es wäre doch nicht das erste Mal, dass wir ein Haus sanieren und ich finde er ist es wert gerettet zu werden. Meinst du nicht?"

Er schlug theatralisch die Hände über dem Kopf zusammen. „Herr, bewahre mich vor dieser Frau. Du würdest doch jede abbruchreife Hütte vor dem endgültigen Verfall retten, wenn du könntest."

Ich biss auf meiner Unterlippe herum und musste ihm insgeheim Recht geben. Mich interessierte von jeher alles was alt war. Ich liebte es mir vorzustellen, wie sich Generationen von Menschen an diesen Dingen erfreut hatten und welche Erlebnisse sie damit verbanden. Auch wenn sie längst nicht mehr lebten, hatte ich immer das Gefühl, als würden sie einen Teil von sich zurücklassen. Davon abgesehen, war dieser Hof etwas ganz Besonderes.

Meine Vorliebe schien auch der Makler bemerkt zu haben, denn er fragte mich unvermittelt: „Sie mögen alte Dinge?"

„Oh ja, sehr." Ich nickte eifrig.

Ein kaum wahrnehmbares Lächeln huschte für einen Sekundenbruchteil über seine Lippen. Dann sagte er: „Wenn das so ist, hat dieser Hof nur auf sie gewartet. Soweit ich weiß, ist er einer der Ältesten in dieser Gegend, wenn nicht sogar *der* Älteste."

„Aber sie wollen mir jetzt nicht durch die Hintertür erzählen, dass er unter Denkmalschutz steht?", fragte Frank misstrauisch.

Der Makler schüttelte den Kopf. „Nein. Dazu soll es hier schon zu viele Umbauten gegeben haben. Die Originalpläne sind auch nicht mehr vorhanden." Mit einem Zwinkern wandte er sich wieder an mich. „Aber es gibt einige Sagen in der Gegend und manche meinen, sie hätten mit diesem Hof zu tun."

„Wow, hast du das gehört?"

„Nett", sagte Frank nur.

Ich lachte. „Ach komm schon. Ich finde das einfach spannend. Der Hof ist klasse. Genau so was habe ich gesucht." Entschlossen packte ich Frank am Jackenärmel, zog ihn hinter mir her die Stufen hinunter, durch Küche und Kamindiele hinaus ins Freie.

Wir gingen durch den weitläufigen Vorgarten, an einem uralten Backsteinbrunnen vorbei und standen schließlich auf dem schmalen Wirtschaftsweg, der über die ganze Längsseite am Hof vorbei führte. Ich wies mit einer großzügigen Armbewegung über die Szenerie, als wäre ich eine Bühnenartistin, die kurz davor war sich zu verbeugen.

Frank ließ seinen Blick über das Gebäude gleiten und ich hoffte inständig, dass er dasselbe sah wie ich.

Vor uns lag der Wohntrakt in voller Länge, gespickt mit einer Reihe Fenster, die von grünen Blendläden flankiert waren. Die Haustür stammte schon aus den achtziger Jahren, aber es war sicherlich kein Problem eine Haustür aufzutreiben, die mehr Charme ausstrahlte. Der Schweinestall stand rechtwinklig zum Wohntrakt, uns zugewandt, so dass eine L-Form entstand. Auch in ihm befanden sich einige Fenster und in einigem Abstand eine altersschwache, grün gestrichene Pforte, die in das Holzlager führte. Der ganze Bau bestand aus echten Backsteinen. Zur Linken des Wohntraktes stand eine mächtige Eiche, die ihre schweren Äste über das Dach streckte, als wolle sie den Hof beschützen. Die hoch am Himmel stehende Sonne schickte ihre Strahlen durch das dichte Herbstlaub herab, so dass es aussah, als hätte ein Künstler die ganze Szene in Gold- und Rottöne getaucht.

„Da fehlen ein paar Dachziegel", sagte Frank trocken.

Diesmal war es an mir, die Augen zu verdrehen und er lachte. Abwehrend hob er die Hände, als wollte er sich ergeben und sagte: „Ich weiß, was du meinst. Man kann tatsächlich was draus machen. Allerdings wird das auch nicht billig."

Ich seufzte. Das war ein Argument, dem ich nicht viel entgegenzusetzen hatte. Es gab nur eine Möglichkeit. „Meinst du, wir können ihn vielleicht nach und nach herrichten?"

Er hob eine Braue und sah mich fragend an.

„Na, ich meine, wenn wir zuerst einziehen und dann einen Raum nach dem anderen renovieren. So könnten wir doch die Kosten ein wenig aufteilen."

„Das würde schon gehen, aber ..."

Es folgte eine Litanei von langweiligen Details über Arbeiten, die sofort anstanden, aber ich hörte schon gar nicht mehr hin. Es war genau so, wie wenn er beim Autokauf über Extras, PS und Zylinder sprach, von denen ich keine Ahnung hatte. Mich interessierte nur ein klares ja oder nein, der Rest war für mich belangloses Beiwerk, das er genauso gut der maroden Mauer hätte erzählen können.

Ich hing meinen ganz eigenen Gedanken nach und betrachtete die Fensterreihe. Ich sah die vagen Umrisse des Maklers, der an einem der Fenster in der Diele stand. Mir wurde unangenehm bewusst, dass ich ihn anstarrte und Frank rückte in meine Aufmerksamkeit zurück, als er schloss: „... meinetwegen können wir ja mal um den Preis verhandeln, wenn der Hof dir so gut gefällt."

Im selben Moment quietschte die kleine Pforte in den Angeln und schwang auf. Ich wandte den Kopf und der Makler trat heraus. Irritiert sah ich zurück zum Fenster. Der Umriss war verschwunden.

Ich musste Frank völlig entgeistert angesehen haben, denn er legte den Kopf schief und sagte: „Erde an Julia – bist du noch da? Das war mein Ernst."

Erst da begriff ich, dass er bereit war, meinen Traum wahr werden zu lassen. „Wirklich?"

Er lachte. „Ja, sonst hätte ich es nicht gesagt. Aber das wird ein schönes Stück Arbeit. Das ist dir klar?"

Ich jauchzte vor Freude und fiel ihm um den Hals. „Das macht gar nichts. Das wird absolut klasse", rief ich begeistert aus. Dann wandte ich mich dem Makler zu und sagte: „Sie hatten es aber eilig. Haben sie einen Geheimgang benutzt, dass sie so schnell hier sein konnten?"

Er sah mich an, als wüsste er nicht was ich meinte, dann grinste er und sagte nur: „Es ist mein Job zu wissen, wann es an der Zeit ist, beim Kunden zu sein."

2

Es dauerte zwei quälende Monate bis wir endlich in unseren Hof einziehen konnten. Zwischenzeitlich lenkte sich meine grüne Ente fast selbstständig in die Bauernschaft, voll gepackt mit beiden Kindern auf der Rückbank. Und das nur, damit ich einen sehnsuchtsvollen Blick auf unseren Hof werfen konnte. Voller Enthusiasmus schwärmte ich Leon und Kathi vor, wie toll es dort werden würde.

„Das ist unser Bauernhof. Ist der nicht klasse? Bald werden wir da einziehen."

„Wann denn, Mama?", fragte Leon und Kathi brabbelte: „Eizih, eizih."

Meist zuckte ich dann nur mit den Schultern und sagte bedauernd: „Bald, mein Schatz, bald", weil ich es schlichtweg noch nicht wusste. Der Notar ließ sich Zeit und ich erinnerte mich dunkel an noch durchzuführende Sanierungsarbeiten, die Frank erwähnt hatte.

Doch auch diese Zeit ging vorbei und es kam der Tag, an dem wir mit Sack und Pack, den Kindern, Hund und Kater im Schlepptau, unser neues Domizil eroberten.

Es regnete in Strömen, doch die geräumige Tenne verschluckte den gesamten LKW und wir konnten die Möbel trockenen Fußes durch die Küche in den Wohntrakt schleppen. Gottlob hatten wir genügend Hilfe, sodass wir am Abend dankbar auf unsere frisch aufgebauten Betten sinken konnten.

Die nächsten Tage verbrachten wir damit uns einzurichten. Es gab ein paar Möbelstücke bei denen wir noch nicht schlüssig waren, ob wir sie behalten sollten und ich schlug vor, sie vorerst in der Upkammer unterzubringen.

Frank schnappte sich ein Nachtschränkchen, lief die Stufen hinauf und öffnete die immer noch schleifende Tür. Er blieb wie angewurzelt stehen.

„Was ist los?"

Er drehte sich zu mir um und fragte: „Warst du eigentlich seit der Besichtigung noch mal hier drin?"

„Nein, wieso?"

Er schnaubte. „Weil uns der Ex-Eigentümer noch mehr Arbeit dagelassen hat", stellte er fest und wirkte sauer. Dann trat er einen Schritt zur Seite, damit auch ich hinein spähen konnte.

Nur mühsam konnte ich ein Jauchzen unterdrücken und Frank sah mich warnend an. „Das kommt alles auf den Sperrmüll, ist das klar?"

Ich musste nicht in einen Spiegel sehen, um zu wissen, dass meine Augen vor Begeisterung leuchteten. Die komplette Kammer war vollgestopft mit alten Möbeln und Gerümpel. Es war wie Weihnachten.

„Nein", mahnte er noch einmal deutlich.

Ich konnte mir das Grinsen nicht mehr verkneifen. „Sicher, Schatz – alles auf den Sperrmüll. Klar."

Verzweifelt schlug er sich die Hand vor die Augen und brummte wehleidig.

„Was habt ihr?", rief Leon aus der Küche und sprang zu uns die Treppe herauf.

„Nichts Schlimmes", sagte ich. „Wir haben nur ein paar alte Möbel entdeckt."

„Cool", sagte er und drängte sich an uns vorbei.

Frank schnappte ihn am Kragen und zog ihn zurück. „Das ist überhaupt nicht cool und du musst da jetzt nicht drin rumklettern." Er sah mich an und verzog die Mundwinkel. „Das Meiste kommt auf den Sperrmüll, wenn deine Mutter fertig sortiert hat."

„Danke", flötete ich und an Leon gewandt fragte ich: „Was macht Kathi?"

„Die spielt in meinem Zimmer“, antwortete er prompt.

„Kümmerst du dich noch ein bisschen um sie?“

Leon murrte verhalten.

„Das wäre wirklich lieb von dir“, verlieh ich meiner Bitte Nachdruck.

Er zog eine Schnute. „Aber ich wollte doch fragen, ob ich Nintendo spielen darf“, jammerte er.

„Kannst du ja“, sagte Frank beschwichtigend. „Setz dich doch zu ihr auf den Boden, dann ist sie schon zufrieden.“

„Na gut“, sagte er schließlich und verschwand in die Küche, indem er die letzten drei Stufen auf einmal hinunter sprang.

Frank stellte das Nachtschränkchen ab und ließ mich mit dem Trödel allein.

„Aber bitte“, sagte er über die Schulter „Nur was unbedingt sein muss, ok?“

Damit war ich mehr als einverstanden. Voller Vorfreude ließ ich meinen Blick über den kaum zwei Meter hohen Raum schweifen, der bis zur Decke gefüllt war. Es hatte den Anschein, als habe jede Person, die einst hier gelebt hatte irgendwelche Dinge in dieser Kammer eingelagert, als wäre ein Berg an Möbeln und Gerümpel über die Jahre hinweg stetig bis zur Tür gewachsen.

Ich beschäftigte mich zuerst mit einem antiken Küchenschrank. Die Schubladen waren vollgestopft mit alten Zeitungen aus dem Jahr 2001. Der letzte Bewohner des Bauernhofes war wohl zu faul gewesen, sie zu entsorgen. Der Schrank selbst war ein schönes Stück Handwerkskunst. Er war aus Apfelholz gefertigt und die wenigen Schnitzereien sahen nett aus. Die Butzenscheiben der oberen Vitrinentüren waren zwar schon teilweise gesprungen und eine fehlte ganz, aber es würde nur wenig Mühe kosten, ihn herzurichten. Er war eindeutig rettungswürdig.

Ich nahm mir Franks Mahnung zu Herzen und sortierte ein paar klapprige Holzstühle aus, die nur noch mit gutem Willen zusammengehalten wurden. Danach widmete ich mich einigen Kisten mit gesprungenem Porzellan, einem fleckigen Sessel aus den siebziger Jahren und diversen anderen Stücken, die selbst ich nicht mehr retten wollte. Mein Blick fiel auf einen ebenholzfarbenen Stuhl. Die vorderen Beine endeten in einer Schnitzerei, die Löwenpfoten nachempfunden war. Die Armstützen mündeten in einer Art Schnecke und die geschwungene Lehne rundete den edlen Eindruck ab. Das Polster war arg zerschlissen und verlangte nach einer Überarbeitung, aber dies war ein Möbel nach meinem Geschmack. Ich hoffte noch mehr solcher Stühle zu finden und tatsächlich standen unweit vom ersten entfernt noch weitere drei. In Gedanken platzierte ich sie bereits in der Kamindiele. Es fehlte nur noch ein Tisch, den ich zu meinem Bedauern nirgendwo entdecken konnte, aber ich tröstete mich damit, dass ich mit der Kammer noch lange nicht durch war.

Stetig arbeitete ich mich voran, bis ich hinter einem Sack mit verschimmelten Federbetten eine gigantische Holztruhe mit gewölbtem Deckel und Eisenbeschlägen fand. Sie reichte mir bis zur Hüfte und wenn Leon wollte, würde er mit ausgestreckten Beinen darin liegen können. Ich fuhr mit der flachen Hand über das Holz und prompt haftete eine dicke, graue Staubschicht an meinen Fingern. Ganz undamenhaft wischte ich sie an meiner Jeans ab und versuchte den schweren Deckel anzuheben, doch er rührte sich keinen Millimeter. Entweder war er für mich zu schwer oder die Truhe war abgeschlossen.

„Frank! Schau mal, was ich gefunden habe!“

„Lass mich raten“, rief er aus der Küche. „Möbel?“, witzelte er und bahnte sich einen Weg zu mir.

„Wow, das ist wirklich ein schönes Stück.“

„Finde ich auch, aber sie geht nicht auf.“

„Lass mal sehen.“ Auch er scheiterte, ging in die Hocke und musterte das schmiedeeiserne Schloss. „Soll ich sie aufbrechen?“

Entsetzt schüttelte ich den Kopf. „Bloß nicht.“

„Dann wird dir wohl nichts anderes übrig bleiben, als einen Spezialisten zu holen. Wir können sie in die Halle stellen, wenn der Boden fertig ist. Da sieht sie bestimmt ganz gut aus." Er rümpfte die Nase. „Aber erst musst du sie mal abwischen. Die Truhe müffelt."

Ich schnalzte mit der Zunge. „Klar mach ich sie sauber. Wofür hältst du mich?"

Er sah auf meine Jeans und seine Mundwinkel zuckten amüsiert.

Abwehrend hob ich die Hände. „Sag nichts. Ich arbeite."

„Schon klar, nur warum hast du dazu immer deine neuesten Klamotten an?"

Seufzend gestand ich, dass ich vergessen hatte mich umzuziehen. „Aber jetzt ist es eh zu spät. Ich bin schon dreckig."

Er richtete sich auf und feixte. „Was du nicht sagst." Dann sah er sich in der Kammer um. „Da hast du noch einiges zu tun. Brauchst du mich noch?"

„Nein, schon gut. Ich mache gleich Schluss. Sollen wir zusammen etwas Schönes kochen?"

Frank nickte und verließ mich mit den Worten: „Ich sehe nach, was der Kühlschrank hergibt. Viel kann es nicht sein, aber ich finde schon was."

Ich räumte noch ein wenig auf, stapelte Sperrmüllkandidaten nach vorne und stellte andere Dinge, inklusive unserer Nachtschränkchen, nach hinten, aber kaum eine halbe Stunde später folgte ich ihm. Es war spät geworden und nachdem wir gemeinsam gegessen hatten, brachte ich die Kinder ins Bett, während Frank den Hund ausführte.

Die Arbeit forderte ihren Tribut und die Müdigkeit trieb auch uns bald in die Kissen.

Ich schlief unruhig. Der Wind heulte um den Hof und rüttelte an den Fensterläden. Im Babyfon rauschte es und als Kathi anfing zu wimmern war ich wach. Leise schlüpfte ich in meine Hausschuhe und angelte nach meiner Strickjacke.

Während ich das Schlafzimmer verließ, zog ich sie über die Schultern.

Das alte Gemäuer ächzte wie ein großes Tier. Überall knackte es im Gebälk und der Dielenboden knarrte unter meinen Füßen. Draußen schlug etwas rhythmisch gegen die Mauer und ich vermutete, dass sich die Pforte aus ihrem Schloss gelöst hatte.

Ich wanderte durch die Kamindiele, an deren Ende Kathis Zimmer angrenzte. Der Vollmond schien durch die zahlreichen Fenster herein und fast hätte man glauben können, es sei helllichter Tag.

Unter all die Geräusche mischte sich etwas Unbekanntes. Sicher war mir der Hof noch nicht so vertraut, doch dieses Geräusch bescherte mir augenblicklich eine Gänsehaut. Es war eine Art ruckartiges Schleifen, so als würde jemand etwas Schweres hinter sich herziehen.

Das Herz schlug mir bis zum Hals. Ich lauschte an Kathis Zimmertür, doch darin regte sich nichts. Ich durchquerte die Halle, schlich auf leisen Sohlen in die Küche und spitzte die Ohren.

Der Kühlschrank brummte leise, darüber tickte die Uhr, sonst hörte ich nichts. Hatte ich es mir im Halbschlaf eingebildet? Träumte ich womöglich noch?

Ich öffnete den Kühlschrank, nahm eine Tüte Milch heraus und drehte den Verschluss auf. Ich wollte sie gerade auf die Ablage stellen, als ich wieder dieses Wimmern hörte. Es schwoll an zu einem lauten Weinen, als ob ein Baby schreien würde.

Plötzlich zerschellte ein Blumentopf auf dem Küchenboden. Ich stieß einen erschreckten Schrei aus und ließ die Milch fallen. Ihr Inhalt ergoss sich auf die Fliesen. Ich wollte fluchtartig die Küche verlassen, als ein Schatten vom Sims sprang und wie ein geölter Blitz in die Halle raste.

Ich legte meine Hand aufs Dekolletee und schloss für einen Augenblick die Augen, um mich zu sammeln. Eine Hand legte sich auf meine Schulter. Ich fuhr herum.

„Julia? Was machst du? Ist alles in Ordnung?" Frank stand neben mir. Er sah besorgt aus.

Ich atmete tief ein, bevor ich antwortete. „Ich dachte Kathi wäre wach und dann war da ein Geräusch", stammelte ich.

„Was für ein Geräusch?", hakte er nach.

„Ich weiß nicht."

„Und warum hast du geschrien? Ist wirklich alles ok mit dir?"

Mein Blick fiel auf den zerschellten Blumentopf, der vom Mondlicht angestrahlt wurde, als habe man einen Spot auf ihn gerichtet. „Ja", sagte ich und verzog den Mund zu einem Lächeln, obwohl mir nicht danach war. Zu stark waren die Eindrücke der letzten Minuten gewesen. „Vertigo hat mich erschreckt. Er hat bestimmt einen Artgenossen angekeift. Mir ist fast das Herz stehen geblieben, als er den Topf runtergeschmissen hat. So schnell wie er aus der Küche geschossen ist, ging es ihm wahrscheinlich ähnlich."

Frank sah mich forschend an.

„Schon gut, ich bin ok."

Er rieb mir liebevoll den Arm. „Na komm, trink einen Schluck und dann gehen wir wieder schlafen." Er hob die halbvolle Tüte Milch auf, schenkte mir ein Glas ein und gab es mir. Während ich trank, holte er einen Lappen aus dem Spülbecken, wischte die Milchlache auf und legte ihn unausgewaschen ins Becken. Normalerweise ärgerte mich so etwas immer, weil der Lappen am nächsten Tag stinken würde, doch ich war zu aufgewühlt, als dass es mich kümmerte. Ich trank mit einem letzten Schluck das Glas leer und stellte es einfach daneben.

Er reichte mir die Hand und wir gingen zurück ins Schlafzimmer. Ich sehnte mich nach unserem warmen Bett mit ihm an meiner Seite. Als ich mich zugedeckt hatte, schloss ich meine Augen und lauschte in die Dunkelheit hinein. Das schleifende Geräusch kam nicht wieder, dennoch brauchte ich lange, bis ich an Frank gekuschelt endlich zurück in den Schlaf fand.

3

Vor uns lag eine Zeit, in der die Arbeiten an unserem Hof nur noch langsam voranschreiten würden. Der Urlaub neigte sich dem Ende. Leon musste wieder zur Schule und auch Frank wurde in der Firma schon schmerzlich vermisst. Kathi war noch zu klein für den Kindergarten und daher erwarteten sie keine lästigen Pflichten.

Nichtsdestotrotz begingen wir unser vorerst letztes freies Wochenende mit Müßiggang. Wir schliefen aus, frühstückten ausgiebig und da das Wetter es zuließ, unternahmen wir ausgedehnte Spaziergänge durch die weiten Felder. Die Kinder entdeckten immer wieder neues Getier, spielten im Herbstlaub und Boomer sprang aufgeregt kläffend um sie herum.

Ich hörte keine merkwürdigen Geräusche mehr und Frank hatte mich inzwischen davon überzeugt, dass es sich wahrscheinlich um einen Siebenschläfer gehandelt haben musste. Er richtete sich womöglich sein Winterquartier auf unserem Dachboden über der Küche ein.

Ich war nahe dran nach diesem Viech zu suchen, gab es aber auf, als ich feststellte, dass man nur über eine wackelige Leiter im Holzschuppen auf den Dachboden hinaufklettern konnte. Der bloße Gedanke an eine solche Kraxelei jagte mir schon einen Schauer über den Rücken. Also ließ ich es bleiben.

Am Abend des letzten freien Tages brachten wir die völlig verausgabten Kinder ins Bett und machten es uns vor dem Kamin gemütlich. Das Feuer prasselte leise vor sich hin und manchmal knackte einer der Scheite. Wohlige Wärme breitete sich im näheren Umkreis aus. Frank holte sich ein Buch, um zu lesen. Ich legte mir meine Wolldecke über die Knie und klappte den Laptop auf.

„Hast du gesehen wie schön sauber die Kaminplatte ist?“, fragte ich, als er sich auf den Sessel zu meiner Rechten fallen lies.

„Ja, habe ich. Sieht gut aus. Womit hast du den Ruß denn weg bekommen?“

„Mit scharfem Scheuermittel und einer Zahnbürste.“

„Hoffentlich nicht mit meiner“, sagte er und grinste.

„Deine Zähne sehen auch gut aus ...“ Um meine Mundwinkel zuckte es amüsiert.

Er stutzte, dann lachte er.

„Quatsch, natürlich mit einer alten“, sagte ich immer noch lächelnd. „Ich war überrascht von dem schönen Motiv. Da hat sich jemand viel Mühe gegeben. Es stehen auch zwei Namen drauf und eine Jahreszahl.“

„Habe ich gesehen. Meinst du das waren die Leute, die den Hof gebaut haben?“

„Laut dem Makler soll der Hof noch viel älter sein. Das passt nicht zur Jahreszahl. Angeblich soll er schon im dreißigjährigen Krieg existiert haben. Natürlich nicht in der Form wie heute. Fest steht nur, dass diese Menschen hier gelebt haben. Ich wollte jetzt ins Internet, um nach ihnen zu suchen. Vielleicht finde ich noch mehr über sie heraus.“

„Viel Erfolg“, sagte er zweifelnd und schlug sein Buch auf.

Ich runzelte die Stirn. „Das geht“, sagte ich entrüstet. „Die Mormonen haben eine unglaubliche Datenbank online. Da findet man Abschriften von Millionen Kirchenbüchern.“

„Na dann mach mal.“

Er nahm mich nicht ernst und das war etwas, das ich leiden konnte, wie kalte Füße im Bett. Leicht verärgert öffnete ich die Datenbank und schickte meine Suchanfrage ab.

Es war ein Leichtes, herauszufinden, zu welchem Kirchspiel die Bauernschaft Limbergen gehörte. Auch dass es verschiedene Schreibweisen des Landstrichs gab. In manchen Verzeichnissen hieß er Lymbergen in den älteren Linthberghe.

Die zugehörigen Kirchenbücher standen fein säuberlich aufgelistet untereinander, aber leider ließ die Datenbank eine direkte Suche in den einzelnen Büchern nicht zu.

Der Ergeiz packte mich. Ich surfte in weiteren Datenbanken um die passenden Batchnummern zu finden und musste mich dann entscheiden, welches Kirchenbuch am ehesten in Frage kam. Heirats-, Tauf- oder Sterberegister.

Mir kam eine Heirat am wahrscheinlichsten vor. Der Hof sollte ja angeblich älter sein und da zwei Namen auf der Tafel standen, konnte das für die Gründung eines gemeinsamen Hausstandes stehen.

Ich rief das Heiratsregister der Jahre 1718-1751 auf und tippte den Namen des Mannes in die Suchmaske ein. Unter Lüttke-Herzog fand die Datenbank keinen Eintrag.

„Mist", sagte ich laut und Frank sah auf.

„Klappt es nicht?"

„Doch", brummte ich und dachte darüber nach, was ich sonst versuchen könnte. Den Triumph gönnte ich ihm nicht.

Ich schloss die Augen und versuchte, mich in die Lage des Pfarrers zu versetzen.

Der Pfarrer traut das Paar und fragt: „Wie heißt du mein Sohn?"

„Lüttke-Herzog", antwortet der Mann.

Der Geistliche setzt zum Schreiben an, zögert einen Augenblick und kritzelt dann in einer Mischung aus altdeutsch und Latein …

Ich lächelte. Das war die Lösung. Es gab gleich zwei mögliche Ursachen, warum ich den Namen nicht finden konnte. Was, wenn der Pfarrer nicht wusste, wie man den Namen schrieb? Würde er, der gelehrte Mann, im Jahre 1734 den Bauern fragen, ob er es wusste?

Ich gab mir selbst die Antwort. Natürlich nicht. Der Pfarrer schrieb den Namen willkürlich und veramtlichte ihn damit.

Obendrein verwendete er in dieser Zeit eine Mischung aus altdeutsch und Pseudolatein. Latein so weit er es konnte und an der Stelle, an der ihn seine Bildung verließ oder es keinen lateinischen Begriff gab, setzte er ein -us hinten an. Ein anderer zog sich aus der Affäre, indem er unleserlich schrieb. Wie viele Menschen waren denn damals in der Lage zu prüfen, ob sein Latein auch korrekt war. Und selbst wenn es jemanden gegeben hätte, wer wagte das schon?

Die zweite Ursache folgte auf dem Fuße. Die Mormonen schrieben die Kirchenbücher ab und übernahmen die Fehler des Pfarrers, oder konnten die Schrift nicht entziffern und waren gezwungen zu raten.

Es brauchte noch eine ganze Weile, bis ich mich durch verschiedene Schreibvarianten gekämpft hatte. Doch dann fand ich den Eintrag, den ich erhofft hatte.

„Ich habe sie gefunden", flötete ich.

„Echt?" Frank klang erstaunt, was ich mit einer gewissen Genugtuung registrierte.

„Hier steht, dass sie am 29. April 1733 geheiratet haben."

„1733? Steht auf der Platte nicht 34?

„Schon, aber das kann trotzdem passen. Sie haben definitiv 1733 geheiratet. Ich denke sie sind entweder erst ein Jahr später hier eingezogen oder die Platte wurde erst 34 fertig. Ich tippe auf Ersteres."

„Kannst du das auch rausfinden?"

„Erst nicht glauben, dass ich überhaupt was finde und jetzt soll ich schon Wunder vollbringen. Solche Informationen findet man nur durch wahnsinnig viel Glück, wenn überhaupt."

„Ich hab ja nur gefragt", sagte er grinsend. „Ich hätte nicht gedacht, dass du bei deinen Mormonen überhaupt was findest."

Ich verdrehte die Augen. „Das sind nicht meine Mormonen, ich bin evangelisch, falls du es vergessen hast. Sie führen die Datenbank aus Glaubensgründen und sind so freundlich, sie allen Menschen kostenlos zur Verfügung zu stellen."

„Nette Menschen, diese Mormonen."

Ich lachte. „Ja, das sind sie."

Ich war inzwischen zu müde, um noch nach den Geburtsdaten der beiden zu suchen, aber ich nahm mir fest vor, die in Frage kommenden Mikrofilme zu bestellen. Es war sicher viel aufregender in den Originalen zu stöbern und die Schrift des Pfarrers zu sehen.

Bei der Vorstellung musste ich lächeln. Es wäre interessant herauszufinden, ob es an der Schrift des Pfarrers, oder an seiner Willkür lag, dass sich der Name in Lüthke-Herting gewandelt hatte.

Ein Gedanke trieb mich, noch einmal die Suchmaske zu öffnen. Ich tippte den Namen ein und sah die Ergebnisse durch, versuchte die verschiedenen Schreibweisen, dann runzelte ich die Stirn. „Das ist ja merkwürdig.“

„Was?“

„Ich finde überhaupt keine Kinder.“

„Vielleicht hatten sie keine. Was ist daran ungewöhnlich?“

„Im 18.Jahrhundert auf einem Bauernhof? Die einzige Altersvorsorge waren die Kinder. Das ist sogar mehr als ungewöhnlich.“

4

Lymbergen, 1734

Johann scherte sich nicht um die Geschichten, welche über die Vorbesitzer des Guts erzählt wurden. Was kümmerten ihn diese Leute. Hier würde er mit seiner Frau leben, ein paar Tagelöhner einstellen und einen Hof leiten, so wie er es von seinem Vater gelernt hatte. Er hätte lieber dessen Hof übernommen, doch gebot die Tradition, dass dieser seinem Bruder Karl zufallen würde. Dennoch hatte sein Vater großen Wert darauf gelegt, dass sie beide gleichermaßen dazu in der Lage sein würden einen Hof zu führen und die entsprechende Bildung erhielten.

Wenn er recht darüber nachdachte, konnte es sein Schaden nicht sein. Er musste sich nicht um den Altenteil der Eltern sorgen und bekam eine großzügige Abfindung, die ihn in die glückliche Lage versetzte, sein eigener Herr zu sein.

Die alte Hofstelle Lymbergen stand lange Jahre wüst. Niemand wusste genau, wie alt der Hof tatsächlich war. Manche Nachbarn sagten, er habe schon viele Jahre vor dem Krieg gestanden, doch niemand würde je erfahren wann er tatsächlich gebaut worden war. Johann war das einerlei. Der Hof versprach immer noch einen hübschen Betrag abzuwerfen, wenn die erste Pacht gezahlt sein würde. Nur das war wichtig.

Er hörte wie ein Wagen vorfuhr und jemand seinen Namen rief. Das konnte nur Jakob sein, dachte er und öffnete die Tür.

Er hatte bei seinem Freund eine Kaminplatte in Auftrag gegeben, die eine weitere und vermutlich auch die krönende Überraschung für Anna sein sollte. Ein Prunkstück für den Hof, das obendrein jedermann daran erinnern sollte, wem er gehörte.

Jakob löste schon die beiden Seile mit denen er seine kostbare Fracht gesichert hatte, als Johann in den strahlenden Sonnenschein trat und die Augen mit der Hand beschattete. „Gott zum Gruß, Jakob", rief er, als er an den Wagen trat. „Ist sie gut geworden?"

„Natürlich", antwortete dieser freundlich. „Ein schönes Stück Arbeit, aber ich glaube, sie ist prachtvoll genug für deine Anna." Er zog das weiße Leinen langsam von der Platte, als enthülle er den Kronschatz Kaiser Karls.

Johann war verblüfft. Er wusste zwar, dass Jakob viel von seinem Handwerk verstand, doch mit einer solchen Kunstfertigkeit hatte er nicht gerechnet.

„Was meinst du?"

Johann sah in die vor Stolz funkelnden Augen seines Freundes. Er pfiff anerkennend durch die Zähne und strich mit den Fingern die Buchstaben nach, die auf der Tafel standen. Seine Augen betrachteten wohlwollend das Motiv rechts und links neben dem Text. Zwei der Schrift und einander zugewandte Männer verrichteten ihr Tagwerk. Die Tafel übertraf seine Erwartungen bei weitem. Anna würde staunen, da war er sich sicher. „Danke, Jakob. Wenn sich herumspricht, welche Wunder du mit Eisen vollbringen kannst, hast du für den Rest deines Lebens ausgesorgt", sagte er anerkennend.

„Jetzt pack schon an", wies sein Freund ihn freudestrahlend zurecht. „Das Ding wiegt soviel wie der Kirchturm und du willst sie doch an Ort und Stelle haben, bevor deine Frau hier auftaucht."

Die beiden Männer trugen das wuchtige Schmuckstück in die Deele und brachten es an der rückwärtigen Wand im Inneren des Kamins an.

Jakob ging noch einmal zu seinem Wagen zurück, brachte zwei Feuerböcke, die er vorsichtig auf den Bodenplatten abstellte und verabschiedete sich dann, nicht ohne Johann eine schöne erste Nacht im neuen Heim zu wünschen und dabei verschmitzt zu zwinkern.

Nachdem er Jakob verabschiedet hatte, hockte Johann sich vor den Kamin, betrachtete noch einmal die Platte und bedeckte sie wieder mit dem weißen Leinentuch, welches sein Freund ihm dagelassen hatte. Die Überraschung für Anna würde perfekt sein. Er stand auf, raufte sein mittelblondes Haar und beschloss, noch einmal nach dem Rechten zu sehen.

Die letzten Monate hatte er damit verbracht, neben seiner Arbeit auf des Vaters Gut, den Lymberger Hof herzurichten, um endlich seiner im April des Vorjahres angetrauten Gemahlin ein Heim bieten zu können. Heute würde er Anna von ihrem Vater in Empfang nehmen, der sie gegen Mittag mit dem Wagen bringen wollte.

Voller Vorfreude wanderte er durch die frisch bereiteten Ställe, die schon morgen Nachmittag drei fette Schweine beherbergen würden, denn er beabsichtigte, sie in der Früh bei einem Nachbarhof abzuholen. Der Handel stand, die Säue warteten schon und um die zukünftige Zucht zu komplettieren, hatte er noch einen gut gebauten, viel versprechenden Eber dazu erstanden.

Er durchquerte die Tenne und inspizierte den künftigen Kuhstall. Die Raufen waren noch leer, doch auch dieser Stall würde nach dem nächsten Markt in Buldern mit einem Grundstock an Milchvieh gefüllt sein.

In der hinteren Ecke standen Egge und Pflug bereit, um das weite Land zu bestellen, dessen sandiger Boden es ihm nicht sonderlich schwer machen würde. Mit stolzgeschwellter Brust und schmalem Geldbeutel sah Johann dennoch hoffnungsvoll in die Zukunft.

Es gab viel zu erledigen; Tagelöhner mussten noch herangeschafft werden, eine Magd, die seiner Frau zur Hand gehen sollte und es fehlte ein Hofhund. Katzen stellten sich für gewöhnlich von selbst ein, sobald sie Wind davon bekamen, dass es etwas zu holen gab.

Er setzte seinen Rundgang fort, verließ den Kuhstall durch eine kleine Seitenpforte und überquerte den unbefestigten Hof zum Pferdestall.

Zwei sanfte Kaltblüter begrüßten ihn schnaubend. Mit einer Hand strich er ihnen nacheinander über die samtenen Nüstern und gab jedem einen Apfel.

Der Wagen seines Schwiegervaters, gezogen von zwei Braunen, holperte langsam den Weg entlang und bog zwischen den beiden Eiben zum Hof ein. Neben ihm auf dem Kutschbock saß Anna und winkte ihm freudig zu.

Er wusste, dass sie es kaum erwarten konnte bei ihm zu leben. Ihm selbst ging es nicht anders und nun waren die endlosen Gespräche und Träumereien über ein perfektes Eheleben vorbei. Sie schritten endlich zur Tat.

Anna wirkte aufgeregt. Es fehlte nicht viel und sie würde vom Bock fallen. Er beobachtete wie ihr Vater etwas zu ihr sagte und konnte sich lebhaft vorstellen was es war. Es konnte nur eine Zurechtweisung sein. Sie möge doch um des Himmels willen Haltung an den Tag legen. Was mochten denn die Leute denken.

Als der Wagen hielt, flötete sie: „Aber Vater", und lachte. „Es ist doch natürlich, dass eine glückliche Frau fröhlich zu ihrem Mann heimkehrt."

Johann musste an sich halten, um nicht laut loszulachen. Glücklicherweise wurde sein amüsiertes Schnauben durch das Gackern von gut einem halben Dutzend Hühnern übertönt, die auf dem voll bepackten Wagen untergebracht waren.

Anna sprang leichtfüßig herab und flog ihm überschwänglich in die Arme, dass ihr Rock nur so wirbelte.

Ihr Vater zog die Brauen drohend zusammen und räusperte sich aufmerksamkeitsheischend.

Johann schob seine Frau liebevoll zur Seite, zwinkerte ihr zu und richtete sein Augenmerk auf den Älteren, den er höflich grüßte.

Dieser nickte knapp und deutete nach hinten. „Die sind für euch", brummte er, womit er eindeutig das aufgeregte Federvieh und die anderen Dinge meinte, die auf dem Wagen fest verzurrt waren.

Üblicherweise brachte die Braut beim Einzug in den Hof ihres Mannes die Mitgift mit. Sie war gewöhnlich so groß, wie ein Wagen fassen konnte. Darunter ihre Kleidung, einige Möbelstücke und ganz obenauf das Ehebett. Sie wurden dann am Hof von ihrem Gatten und einem Haufen grölender Junggesellen empfangen, die beim Abladen halfen und ihren Schabernack trieben. Durch die besonderen Umstände hatten sie diese Tradition jedoch ein wenig abgewandelt, sodass sie die Scherze bereits hinter sich hatten und auch das Ehebett an Ort und Stelle stand. Leider hieß das auch, dass er den Wagen ohne Hilfe abladen musste. Dabei brannte er darauf mit Anna allein zu sein.

Ohne zu murren machte er sich an die Arbeit. Anna lud ihre Kleiderbündel ab und Johann trug einen Schaukelstuhl und ein Spinnrad in die Tenne. Das letzte Möbelstück stellte ihn jedoch vor ein Problem. Zweifelnd maß er abwechselnd die Küchenvitrine und die zierliche Gestalt seiner Frau und schüttelte den Kopf. Er sah zu Josef auf, der immer noch auf dem Bock saß und ihn augenscheinlich beobachtete.

Dieser brummte einige unverständliche Worte in seinen Bart und stieg dann herunter. Er musterte Anna, drückte ihr den Käfig mit dem Federvieh in die Hände, der neben dem Wagen auf dem Boden stand und sagte: „Los, mach dich nützlich, Mädchen."

Das missfiel Johann. Dieses Mal war es an ihm, die Brauen drohend zusammenzuziehen. Er nahm Anna den schweren Käfig aus den Händen. „Das muss sie nicht", sagte er und in seiner Stimme lag ein warnender Unterton. Als Josef ihn unverwandt anstarrte, hielt er seinem Blick stand.

Anna stand zwischen den beiden Männern und Johann merkte, wie sie den Atem anhielt.

Sein Schwiegervater schien zu der Entscheidung zu gelangen, dass Johann ihm ebenbürtig war, denn er sah zu seiner Tochter und sagte: „Gut. Sie weiß wahrscheinlich sowieso nicht wo sie hingehören." Er zuckte mit den Schultern, wandte sich der Ladefläche zu und wartete.

Johann verstand sofort, stellte den Käfig zur Seite und sprang hinauf. Insgeheim war er erleichtert, dass Josef es nicht auf eine Auseinandersetzung anlegte. Eine Familienfehde zu entfachen lag ihm fern, zumal er wusste, dass Anna ihren sturköpfigen alten Herrn liebte, auch wenn Josef diese Liebe nicht zu erwidern verstand. Das Einzige was er erwartete war, dass der Alte ihm den nötigen Respekt erwies.

Er packte den massiven Schrank am Vitrinenaufbau und sah zu, wie Josef das untere Ende anhob. Gemeinsam hievten sie das gute Stück vom Wagen und trugen es durch die Tenne in die geräumige Küche. Sie stellten die Vitrine an die Wand neben der Tür zum Hinterzimmer und den Stufen, die zur Upkammer führten. Sie traten wenige Schritte zurück und betrachteten ihr Werk. Johann beobachtete, wie Josef sich umsah und zufrieden nickte, dann gingen sie zurück in den Hof, wo Anna auf sie wartete.

Nachdem sich Josef verabschiedet hatte und davon gerumpelt war, verstaute Johann die Hühner in einem Verschlag neben dem Gemüsegarten. Anschließend zeigte er seiner Angetrauten den Hof.

Sie hing ihm förmlich an den Lippen während seiner phantastischen Ausführungen über das Potenzial des Guts. Feierlich schloss er mit den Worten: „Der Lymberger Hof wird eine feste Größe im Münsterland."

Zum krönenden Abschluss nahm er ihre Hand in die seine und führte sie vor den Kamin. Ihr Blick blieb an dem Gemälde hängen, das darüber hing. Sie musterte es interessiert. „Glaubst du, dass sie immer noch hier ist?"

Er schüttelte entschieden den Kopf und schnaubte. „Du wirst doch diesen dummen Spukgeschichten keinen Glauben schenken?"

Sie zögerte.

„Soll ich es abnehmen?"

Anna schien jeden einzelnen Pinselstrich zu studieren und ließ das Bild auf sich wirken. Schließlich sah sie ihm in die Augen und sagte: „Nein. Ich habe keine Angst, solange du bei mir bist."

„Wovor solltest du auch Angst haben. Es ist nur ein Bild. Nichts weiter.“ Als er sicher war, dass er ihre ganze Aufmerksamkeit zurückgewonnen hatte, wies er auf die Brennkammer. „Eigentlich wollte ich dir das hier zeigen.“

Ihr Blick folgte seiner Geste. „Oh“, rief sie aus. „Was ist das? Noch eine Überraschung?“

Wie Jakob zuvor, zog er nun an dem Leinentuch und enthüllte den Beweis, dass sie zusammengehörten.

Anna atmete hörbar ein. „Du meine Güte, Johann, das muss dich doch ein Vermögen gekostet haben“, hauchte sie und sank auf die Knie um die Aufschrift der gusseisernen Platte genauer zu betrachten.

Johann strich ihr sanft über den Rücken. Um seine Frau zu überraschen, hätte er Jakob auch zwei Kälber versprochen. Er grinste.

Anna sah auf und bat ihn vorzulesen. Er hatte sie das Lesen gelehrt, da ihr Vater solcherlei Unfug für ein Weib nicht duldete, doch tat sie sich mit den geschriebenen Worten immer noch schwer. So ließ er sich nicht zweimal bitten und las mit feierlicher Stimme:

Johann Anton Lüttke-Herzog
Anna Theresia Lüttke-Lehfeld

1734

„Das klingt wunderbar“, sagte sie, erhob sich und umarmte ihn stürmisch. Sie strahlte über das ganze Gesicht.

Er strich ihr eine blonde Strähne aus der Stirn, die sich aus ihrem Nackenknoten gelöst hatte. Er versank in ihren blauen Augen, senkte seine Lippen und fand ihre, die sich zu einem innigen Kuss öffneten.

Es vergingen einige Minuten, bis sie sich voneinander lösten. Er strich ihr sanft über die erröteten Wangen und sah sie lächeln.

Sie gehörten zusammen und Anna gehörte hierher. Dies war ihr gemeinsames Heim und er konnte in ihren Augen sehen, dass sie ihn liebte.

5

Limbergen, 2010

Die Arbeiten in der Diele schritten schneller voran als gedacht. Während Frank die Wand zum Nebenzimmer einriss, kratzte ich in mühevoller Kleinarbeit ganze drei Schichten Tapete von den Mauern. An der Wand zu Kathis Kinderzimmer förderte ich Erstaunliches zu Tage. Unter der dritten Schicht verbargen sich leicht verblasste grüne Ranken, die mit feinen Pinselstrichen auf weißen Kalkputz aufgetragen worden waren. Sie wanden sich über die ganze Wand, verzweigten sich schwungvoll und mündeten in winzige, lindgrüne Blätter. Unzählige blassblaue Blüten füllten die Zwischenräume.

„Frank!" Ein weiterer Mauerstein krachte auf das Vlies, das den Boden schützte.

„Frank!"

„Ja?"

„Sieh dir das an."

Er trat neben mich, immer noch den schweren Abrisshammer in der Hand.

Ich wies auf die Schmuckwand und lächelte ihn an.

„Schön."

„Schön? Mehr fällt dir dazu nicht ein?" Ich verdrehte die Augen.

„Doch, sieht gut aus. Da hatte wohl jemand kein Geld für eine Tapete." Er grinste und ich sah den Schalk in seinen Augen blitzen.

Er richtete seine Aufmerksamkeit wieder der Wand zu und fuhr eine Ranke mit dem Finger nach. „Erinnerst du dich noch an Kreta? Da gab es doch diese Wandfresken. Im Prinzip ist das hier nichts anderes. Nicht so aufwendig, aber ähnlich. Die

Farbe zieht in den Kalk und färbt ihn an der Stelle durch. Es fehlt nur eine Versiegelung. Das muss jedenfalls eine Heidenarbeit gewesen sein." Er drehte sich um und ließ seinen Blick durch den Raum gleiten. „Vielleicht können wir den Rest der Diele farblich ein wenig darauf abstimmen?"

Ich nickte zufrieden. Auch ich wollte diese feine Arbeit erhalten, selbst wenn sie an manchen Stellen schadhaft war, aber das unterstrich die alte Seite dieses Hofs, die es nun mit der Neuen zu kombinieren galt.

Frank wechselte das Thema und wies auf die polierten Sandsteinplatten, die als Bodenbelag dienten. Da die Diele nun um gut vier Meter länger geworden war, würden diese nicht mehr für den ganzen Raum reichen. Wir entschieden uns, die historischen Platten zu verteilen und die Zwischenräume mit einem modernen Material zu füllen.

Am Ende der Woche war es dann so weit. Unsere neue Diele hatte sich zu einer imposanten Halle gewandelt, die gekonnt Altes mit Neuem verband.

Der Schreiner war am Zuge und baute eine Holztreppe zum Dachgeschoss ein, die sich bald in einem sanften Bogen emporwand. Ich entschied, dass ich sie später dunkel beizen würde, da sie zu der Sitzgruppe vor dem Kamin passen sollte, die ich in der Upkammer gefunden hatte. Die schadhaften Bezüge hatte ich durch blassblauen Samt ersetzt, farblich passend zu dem Blütenfresko. Die Sandsteinplatten hatten wir inselförmig über die gesamte Halle verteilt und die Zwischenräume mit einer versiegelten Kieselschüttung gefüllt. Auch die eisenbeschlagene Truhe hatte einen Platz an der Längsseite gegenüber der Fensterreihe gefunden und wurde von zwei schmiedeeisernen Kerzenleuchtern flankiert.

Frank trat in die Halle, bewaffnet mit einem Schreibblock, wechselte einige Worte mit dem Schreiner und kam dann auf mich zu. „Hast du Lust zu planen?"

„Was hast du denn als Nächstes vor?", fragte ich.

„Ich würde sagen, da die neue Küche erst in vier Wochen geliefert wird, könnten wir mal rauf gehen." Er deutete mit den Daumen zur Decke.

„Oh nein, ich klettere nicht die Leiter hoch", sagte ich und schüttelte entschieden den Kopf.

Frank lachte. „Brauchst du auch nicht. Herr Holta sagt, wir können die Treppe schon benutzen. Er baut jetzt das Geländer."

Ich musterte die Stufen argwöhnisch, entschied jedoch, dass ich dem Schreiner glauben schenken konnte, als dieser mich anlächelte und mir aufmunternd zunickte. Vorsichtig setzte ich meinen Fuß auf die unterste Stufe und testete, ob sie womöglich schwanken würde, doch sie tat nichts dergleichen, also stiegen wir hinauf.

Ich war noch nie auf dem Dachboden gewesen, daher beeindruckten mich die gigantischen Dimensionen zutiefst. Man hätte ohne Probleme zwei weitere Stockwerke einziehen können. Das Dach spannte sich wie eine gewaltige Kuppel kreuzförmig über Wohntrakt und Stallungen. Vereinzelte Sonnenstrahlen stahlen sich durch schadhafte Stellen der Dacheindeckung und durchschnitten das Dämmerlicht. Der Geruch von altem Staub und trockenem Moder hing in der Luft.

So stellte ich mir den Duft vergangener Jahrhunderte vor, weit entfernter Zeitalter, jenseits meiner eigenen Existenz. In diesem Moment fragte ich mich, wie viele Generationen vor mir schon an genau dieser Stelle gestanden haben mochten. Menschen, die vielleicht genau dasselbe empfunden hatten, wie ich in diesem Augenblick.

Ich wandte mich nach rechts und sah die alte verwitterte Giebelmauer, die oberhalb des Tennentors lag. In ihrer Mitte befand sich ein glasloser Dreipass.

„Und? Was denkst du?"

„Es ist so wahnsinnig viel Platz hier oben", sagte ich erstaunt.

„Das habe ich dir gesagt." Frank lachte. „Weißt du jetzt, warum ich es für besser halte, nur einen Teil auszubauen? Wir brauchen nicht den ganzen Boden." Er wies nach rechts. „Den Teil über dem Schweinestall würde ich als Abstellraum anlegen. Wir könnten ihn von dieser Seite hier erschließen, dann brauchen wir nicht über die Leiter hinauf."

Ich war ein wenig verwirrt. „Irgendwie komme ich mit dem Grundriss noch nicht ganz klar. Der Schweinestall ist doch gleich hier vorne, oder?"

Frank hob die Brauen und sah mich ungläubig an. „Das ist jetzt nicht dein Ernst." Er schnaubte amüsiert. „Frauen und räumliches Vorstellungsvermögen. Wo ist unsere Treppe?"

Da ich wusste, dass er von mir jetzt nicht die Worte ‚hinter uns' hören wollte, sagte ich: „In der Halle."

„Aha, also sind unter uns°...?"

„Die Halle und die Küche."

Er grinste. „Und wo ist dann der Schweinestall?"

„Rechts von uns?"

„Ist das eine Frage?" Seine Brauen schnellten in die Höhe und sein Mund öffnete sich zu einem breiten Grinsen. Mit einem leisen Klicken ließ er die Mine des Kugelschreibers heraus, klappte den Schreibblock auf und sagte: „Also, pass auf." Der Kuli huschte über das Blatt, als er ein grobes T zeichnete. Mit gestrichelten Linien deutete er die Firstbalken an, die sich oberhalb des Tennentors kreuzten. Die neue Treppe skizzierte er im oberen Drittel des Stempels, den Schweinestall in der rechten Seite des Querbalkens und den Kuhstall in der linken. Mit groben Strichen hielt er die Lage der einzelnen Zimmer im Stempel des Buchstaben fest und fügte dann die lang gezogene Tenne hinzu. Zwei überlappende Striche zu jeder Seite deuteten die Schiebetore an, die in die Stallungen führten. Am Ende des Schweinestalls trennte er wiederum ein Drittel mit zwei kurz aufeinanderfolgenden Linien ab. „Hier kommt zuerst der Vorraum ..."

„Das ist der dunkle Raum, der voll mit altem Gartengerümpel ist", stellte ich fest.

„Genau. Und da durch kommst du ins Holzlager."

Ich beobachtete, wie er noch zwei weitere Zimmer in den Stall zeichnete.

„Das Schlafzimmer und das kleine Bad sind wohl nachträglich eingebaut worden, denn sie liegen schon im Schweinestall." Er sah mich an und erklärte: „Deshalb ist die Tür dazu in der hinteren Ecke der Halle, sonst hättest du keinen Zugang gehabt."

„Logisch", kommentierte ich.

Er tippte mit der Kulispitze auf die letzte Trennwand im Schweinestall. „So, und im Holzlager ist an dieser Stelle die Leiter über die du auf die Schlafzimmerdecke klettern könntest." Er grinste und ich knuffte ihn spielerisch in die Seite.

„Das konntest du dir jetzt nicht verkneifen, oder?"

Er lachte, dann fuhr er fort: „Das heißt, du stehst also hier ...", er deutete auf meine Füße – „genau auf der Wand zwischen Halle und Küche. Da vorne um die Ecke ist das Schlafzimmer, parallel zum Schweinestall, und der Vorraum schließt zusammen mit dem kleinen Bad an dieser Wand hier ab." Wieder tippte er mit dem Kugelschreiber an die gleiche Stelle wie zuvor.

Ich ging Richtung Dreipass und dem darunter liegenden Tennentor, wandte mich dann nach rechts und stellte mir den Schweinestall und das Schlafzimmer vor, die unter meinen Füßen lagen. Wenige Schritte weiter befand sich ein Geländer. Ich trat heran und sah hinab ins Holzlager.

Frank war mir gefolgt, legte seine starken Hände auf das alte Holz und rüttelte kräftig daran. „Dürfte halten", sagte er zufrieden.

Unter mir herrschte Zwielicht, doch ich konnte den großen Scheitelstapel erkennen, der auf einem festgestampften Lehmboden ruhte. Die kleine Pforte daneben war nur angelehnt und schwankte kaum merklich in der Zugluft. Ich drehte mich auf dem Absatz um und sah in die entgegengesetzte Richtung. „Und was ist hinter dieser Wand?"

Frank seufzte. „Der Kuhstall. Warst du noch nie da drin?"

Ich lachte verlegen. „Klar, der hat ja auch keine Decke, genau wie das Holzlager."

„Richtig."

Ich schlenderte zurück, um mir die Dimensionen zu verinnerlichen, dann sah ich Richtung Wohntrakt. Der Giebel auf dieser Seite bestand aus roten Backsteinen. Ich hatte nicht bewusst darauf geachtet, aber ich meinte mich zu entsinnen, dass er von außen hinter den Tannen anders aussah. Vorsichtig fragte ich: „Müsste der Boden auf dieser Seite nicht länger sein?"

Frank, der mir gefolgt war, zog die Stirn kraus. „Dahinter muss die Upkammer liegen", sagte er schließlich, doch er wirkte selbst nicht ganz sicher.

Ich gab mich mit seiner Antwort zwar zufrieden, doch ich fand das wenig einleuchtend. Irgendwie hatte ich das Gefühl, als würde er in diesem Punkt irren.

Aus dem Holzlager rief jemand: „Herr Meinert?"

Frank und ich wechselten überraschte Blicke, dann gingen wir um die Ecke zurück zum Geländer und Frank rief: „Ja, hier oben!"

Eine Hutkrempe tauchte vor uns auf, die sich langsam die wackelige Leiter heraufschob. Ihr folgte ein wettergegerbtes Gesicht, dessen strahlend blaue Augen von tiefen Falten gesäumt wurden. „Sind Sie Frank Meinert?", fragte der Mann freundlich und kletterte die letzten Stufen überraschend behände zu uns herauf.

Erst in diesem Moment konnte ich sehen, dass er ein kleines Päckchen unter dem Arm trug.

„Ja, das bin ich. Frank Meinert."

Der Fremde, den ich spontan auf Ende fünfzig schätzte, streckte ihm die freie Hand entgegen. „Mein Name ist Karl Jansen. Schön Sie kennenzulernen. Der Postbote hat ein Päckchen bei mir abgegeben, das offensichtlich für Sie bestimmt ist."

„Meine Frau", stellte Frank mich vor, nachdem er dem neuen Nachbarn die Hand geschüttelt hatte.

Dieser reichte ihm das Poststück, wandte sich an mich und tippte mit zwei Fingern grüßend an seine Hutkrempe. „Ich habe gehört, Sie lassen hier keinen Stein auf dem anderen", sagte er und unverhohlene Neugierde stand ihm ins Gesicht geschrieben. „Wurde auch Zeit, dass sich mal jemand dieses alten Kottens erbarmt."

„Ist auch ein schönes Stück Arbeit", bestätigte Frank.

„Das kann ich mir denken. Hier hat schon seit ewigen Zeiten keiner mehr was getan." Sein Blick wanderte über die Querpfette, die ihm am nächsten war.

Frank folgte seinem Blick. „Der Balken sieht ganz schön marode aus", sagte er. „Den werden wir wohl ersetzen müssen."

Der Ältere brummte unbestimmt, dann sagte er schließlich: „Das täuscht. Ich würde ihn mit einem Sturz sichern, oder seitlich aufdoppeln. Ist nicht ohne, so ein Monstrum auszutauschen."

Frank nickte zustimmend. Die beiden Männer begannen über diverse Themen einer umfassenden Sanierung zu fachsimpeln und gingen schließlich die Treppe zur Halle hinunter.

Ich war in Vergessenheit geraten, doch das störte mich nicht. Ich verspürte wenig Lust mich an dem Gespräch zu beteiligen. So weit ging meine Liebe zum Detail nun wirklich nicht. Stattdessen sah ich mich noch einmal auf dem Dachboden um. Jetzt war ich schon mal hier, also konnte ich auch nach dem Siebenschläfer Ausschau halten. Es gab nicht viele Nischen, in denen er sich verstecken könnte und doch war er nirgendwo zu finden. Ich fragte mich, ob diese Tiere wohl gut klettern konnten und sah ins Dach hinauf. Mein Blick blieb an der Querpfette hängen, die Frank als marode bezeichnet hatte. Der Balken sah wirklich sehr alt und mitgenommen aus. Irgendetwas schien dort oben zu sein, doch ich konnte nicht genau erkennen, was es war. Ich stützte mich fest ans Geländer und beugte mich vor, tunlichst darauf bedacht, nicht nach unten zu sehen.

Es war eindeutig kein Siebenschläfer, sondern ein altes, scheinbar brüchiges Seil, das gleich am Knoten abgeschnitten worden war und sich wie ein Ring um die Pfette schmiegte. Ich fragte mich wie es wohl dort hingekommen war. Vielleicht diente es dazu, Strohballen oder ähnliches nach oben zu ziehen, als dies noch ein Wirtschaftshof war? Aber aus welchem Grund war es abgeschnitten worden, statt es zu ersetzen? Da ich weiter nichts Interessantes fand, verlor ich die Lust, noch länger auf dem Dachboden zu bleiben und ging zur Treppe.

Herr Holta schien seine Arbeit beendet zu haben. Prüfend legte ich eine Hand auf das Geländer und stellte zu meiner Freude fest, dass es grundsolide war.

Die beiden Männer standen in der Küche, vollkommen in ihr Gespräch vertieft. Sie hatten sich offensichtlich mit Bier versorgt, denn beide hielten eine geöffnete Flasche in der Hand. Als Frank mich sah, lächelte er mir zu, wandte sich dann jedoch gleich wieder Herrn Jansen zu, der wortgewaltig über seinen eigenen Hof sprach.

Auf dem Teetisch vor dem Kamin lag das noch ungeöffnete Päckchen, also setzte ich mich, um es in aller Ruhe zu öffnen. Der Absender wies sich als Fotoservice aus. Ich freute mich, denn das mussten die Bilder von unserem Einzug sein, die ich im Internet bestellt hatte. Als ich mit den Fingernägeln am Klebeband knibbelte, wurde ich von einem Klopfen unterbrochen. Jemand stand an der Tür und da Frank nicht in die Halle kam, legte ich das Päckchen bedauernd zur Seite und erhob mich, um zu öffnen.

Vor mir stand eine ältere Frau mit eisengrauem Haar und warmherzigem Gesicht. Ich wurde von aufmerksamen, grünen Augen gemustert, doch da sie freundlich lächelte, empfand ich dies nicht als unangenehm.

„Guten Tag", begrüßte ich sie höflich und verband sie unbewusst mit Karl Jansen.

„Hallo", entgegnete sie eher jugendlich und war mir auf der Stelle sympathisch. „Ich suche meinen Mann", sagte sie und mit einem verschmitzten Augenzwinkern fügte sie hinzu: „Er wollte längst zum Essen zurück sein, aber ich gehe jede Wette ein, dass er bei Ihnen ein Bier abstauben konnte."

Ich musste lachen, da sie mit ihrer Vermutung genau ins Schwarze getroffen hatte. Ich bat sie herein und wies mit der offenen Hand auf die beiden fachsimpelnden Männer in der Küche.

„Hab ich's mir doch gedacht", lachte sie erfrischend. „Ich bin seine Frau, Ingrid", fügte sie hinzu.

Da sie sich nur mit Vornamen vorstellte, nannte ich ihr meinen und bot ihr einen Kaffee an.

Ingrid drehte ihr Handgelenk und sah auf eine schmale, silberne Uhr. „Ein anderes Mal gern, aber wenn ich um diese Zeit noch Kaffee trinke, schlafe ich die halbe Nacht nicht." Sie sah sich in der Halle um, während ich die Tür hinter ihr schloss. „Schön, was ihr aus der Diele gemacht habt", sagte sie und schnalzte anerkennend mit der Zunge. „Die Idee mit den Kieseln zwischen den Platten ist sehr originell", stellte sie wohlwollend fest. „Gelungen."

„Wir haben die Diele erweitert und dadurch reichten die Platten nicht mehr für den ganzen Boden", erklärte ich. „Die Idee ist also eher aus der Not heraus entstanden."

„Clever. Du scheinst ein Händchen für Raumgestaltung zu haben", sagte sie und ich spürte, wie mir das Blut in die Wangen schoss.

„Diese Malerei ist wunderschön." Sie wies auf die Blumenranken, die ich freigelegt hatte. „So was gab es bei uns auch, aber längst nicht so gut erhalten - bedauerlich." Sie sah sich weiter um, dann stockte sie. „Oh, hast du diese Truhe hier auf dem Hof gefunden?"

„Ja, sie stand in der Upkammer. Leider lässt sie sich nicht öffnen."

Wir gingen hinüber und Ingrid fuhr mit der flachen Hand über das Holz. Dann sah sie zu mir auf. „Sie ist sehr alt."

„Meinst du?"

Sie lächelte. „Sie sieht jedenfalls so aus." Ihr Blick musterte die kahle Stelle darüber.

„Da möchte ich noch irgendetwas hinhängen, aber mir ist noch nichts Passendes eingefallen. Das Blau von den Blümchen habe ich mit den Sitzbezügen aufgenommen, aber mir fehlt noch etwas Grünes."

Sie dachte eine Weile nach, dann sah sie mich an und ihre Augen leuchteten. „Da habe ich etwas für dich. Ich habe keine Verwendung dafür, aber ich könnte mir vorstellen, dass sie hier gut zur Geltung käme." Ingrid zwinkerte. „Wenn deine Einladung zum Kaffee auch für morgen Nachmittag gilt, dann komme ich herüber und bringe sie vorbei."

Ich hatte zwar keine Ahnung, wovon genau Ingrid sprach, aber ihre Augen sprühten vor Begeisterung und es schien mir, als würde es ihr Vergnügen bereiten mich im Dunkeln tappen zu lassen.

„Der Kaffee geht in Ordnung", sagte ich, „aber ich bin sehr eigen in solchen Dingen. Wenn es mir also nicht gefallen sollte …", warnte ich sie lächelnd.

Ingrid brach in schallendes Gelächter aus. „Du gefällst mir, wenigstens sagst du, was du denkst und nimmst nicht aus Höflichkeit irgendeinen Müll von mir an. Diesen Schneid hätte ich mir damals bei Astrid gewünscht, dann hätte ich sie mitsamt ihrer schrecklichen Bodenvase vom Hof gejagt - Sie ist eigentlich ganz nett", beeilte sie sich zu erklären. „Sie stammt von einem Hof etwa zwei Kilometer südlich von hier. Aber ich wette, sie hat die Vase auch schon geschenkt bekommen und wollte sie bei mir loswerden."

Sie schmunzelte immer noch, als sie sagte: „Keine Sorge, ich bin mir sicher, sie wird dir gefallen."

„Die Vase?"

Sie musste den Schalk in meinen Augen gesehen haben, denn sie schnaubte amüsiert. „Nein." Mahnend hob sie ihren Zeigefinger. „Aber ich werde dir nicht sagen, was es ist, also vergiss deine Tricks."

Ich grinste. Ingrid war ein Mensch ganz nach meinem Geschmack. Sie schien sich selbst nicht allzu wichtig zu nehmen und hatte eindeutig Humor. „Na gut“, ergab ich mich. „Dann sehe ich dich morgen zum Kaffee.“

„Gegen vier?“

„In Ordnung“, stimmte ich zu.

„Dann sammle ich jetzt am besten meinen Mann ein, bevor er noch eine Flasche Bier von deinem bekommt. So langsam habe ich Hunger.“

Kaum zehn Minuten später verabschiedeten sie sich. Wir standen im Türrahmen und winkten Jansens nach.

„Nette Menschen, findest du nicht?“, fragte Frank und legte einen Arm um meine Schulter.

„Finde ich auch. Ingrid kommt morgen wieder und bringt mir was mit.“

„Was denn?“

„Ich habe keine Ahnung.“ Unwillkürlich musste ich lachen. „Sie ist verrückt, aber das mag ich.“

„Kommt mir bekannt vor“, sagte Frank und grinste.

Ingrid drehte sich noch einmal zu uns um und winkte zurück. Wir beobachteten, wie Karl seine Frau unterhakte, dann gingen wir hinein.

6

Es war einer dieser Tage, an denen alles schief zu laufen schien. Kathi hatte das Waschpulver als neues Spielzeug entdeckt und es in der halben Küche verteilt. Sie saß mitten in diesem Chaos und Boomer lag hechelnd neben ihr. Kathi hatte sein langes Fell eingepudert und nun besaß ich keinen braunen, sondern einen schneeweißen Hund. Gottlob hatte sie nichts davon gegessen. Zu allem Überfluss klingelte es just in diesem Augenblick an der Tür und ich sah entsetzt auf die Küchenuhr.

„Ingrid“, entfuhr es mir. Ich hob Kathi auf meine Hüfte, damit sie nicht noch mehr Unheil anrichten konnte und ging zur Tür, dicht gefolgt von Boomer, der eine weiße Waschpulverspur hinter sich verteilte.

„Hallo“, schallte es mir fröhlich entgegen. Sie sah von mir zu Kathi und lachte herzhaft. „Na, das sieht mir so aus, als hättest du viel Spaß gehabt.“ Sie kitzelte Kathi mit dem Zeigefinger am Bauch, was ihr ein Kichern entlockte.

Ich bat Ingrid herein und lächelte entschuldigend.

Sie zog ihre Jacke aus und legte sie zusammen mit einer Tüte auf einen der Stühle, dann wandte sie sich um und fragte: „Hast du einen Besen für mich?“

Ich war überrascht. „Das brauchst du nicht. Du kannst dich setzen und ich mache uns Kaffee.“

Sie schnaubte. „Ich habe selbst ein Kind groß gezogen, also mach dir keine Gedanken. Außerdem bin ich gekommen, um mit dir gemeinsam einen Kaffee zu trinken und nicht, damit du mir dabei zusiehst. Also?“ Sie zog die Brauen hoch und schien keinen Widerspruch zu dulden.

Ich holte ihr einen Besen, dann zog ich Kathi in Windeseile um. Anschließend schnappte ich mir den Hund und sperrte ihn kurzerhand raus auf die Terrasse. Um sein Bad würde ich mich später kümmern.

Als ich kaum zehn Minuten später mit Kathi an der Hand in unsere ehemalige Diele trat, hatte Ingrid bereits gefegt, sah mich an und lächelte.

„Danke“, sagte ich verlegen. „Das soll jetzt aber nicht bedeuten, dass du dir in Zukunft deinen Kaffee erst verdienen musst.“

„Ach, wenn's weiter nichts ist“, winkte sie ab.

Ich ging vor Kathi in die Hocke. „Mama macht jetzt Kaffee. Willst du etwas spielen?“

Meine sonst Fremden gegenüber recht scheue Tochter überraschte mich. „Du spielen“, sagte sie, sah zu Ingrid und streckte ihre kleinen Finger nach ihr aus.

Ingrid schmunzelte, reichte ihr die Hand und sagte: „Dann zeig mir mal, was du spielen möchtest.“

Kathi führte sie zur Kinderzimmertür und mir blieb nur, ungläubig zuzusehen, wie sie beide darin verschwanden.

Ich schüttelte leicht den Kopf, dann zuckte ich mit den Schultern und ging in die Küche. Nachdem ich den Rest von Kathis Chaos beseitigt hatte, stellte ich das Waschpulver hoch und sann über Ingrid nach. Eine nette Frau, die offensichtlich gut mit Kindern umgehen konnte. Kathi schien das zu spüren. Ich rief mir die Worte meiner Mutter ins Gedächtnis, die einst zu mir sagte: „Wenn du nicht sicher bist, was du von einem Menschen halten sollst, dann beobachte, wie ein kleines Kind auf ihn reagiert. Sie haben ein feines Gespür für so was. Leider verliert sich dieser natürliche Schutz mit dem Alter und wir müssen erst wieder lernen, wem man Vertrauen schenken kann und wem nicht.“

Gedankenverloren bereitete ich unseren Kaffee und deckte den Tisch in der Halle. Neugierig musterte ich die Tüte, die Ingrid auf den Stuhl gelegt hatte und ich konnte es kaum erwarten, zu sehen was sich darin verbarg. Ich widerstand der Versuchung einen winzigen Blick zu wagen, ging in die Küche, leerte Boomers halbvollen Fressnapf und stellte ihm frisches Futter hin. Dann besorgte ich noch ein Getränk für Kathi und machte mich auf, um nach ihr und meinem Gast zu sehen. Vor der Tür lauschte ich den Stimmen, die gedämpft aus dem Inneren des Kinderzimmers durch die Tür drangen. Kathi sprach mit sehr hoher Stimme, so wie sie es immer tat, wenn sie mit ihrer Puppe spielte. „Du nicht gefährlich."

Ingrid antwortete mit leicht verstelltem Tonfall: „Oh doch." Ihre Stimme klang wie ein Knurren als sie sprach: „Ich bin böse. Wenn du mich siehst, dann musst du weglaufen, sonst krieg ich dich."

„Kathi aufpassen", sagte meine Kleine.

„Ja, sonst fang ich dich und nehme dich mit. Du musst dich schnell verstecken."

Ich hörte, wie sie mit dunkler Stimme grollte und Kathi vor Begeisterung quietschte, dann öffnete ich die Tür. Mir bot sich eine wilde Jagd. Kathi lief mit ihrer Lieblingspuppe weg, während Ingrid mit einer anderen folgte. Beide lachten und sahen zu mir auf.

Ich schmunzelte. „Der Kaffee ist fertig. Kathi, magst du was trinken?"

„Kathi kinken."

„Gut, dann komm mal mit." Wir gingen in die Halle und setzten uns.

Während Kathi in hastigen Schlucken trank, zog Ingrid einen Lutscher aus ihrer Jackentasche, ohne dass Kathi ihn sehen konnte und fragte mich: „Darf die Kleine?"

Ich nickte lächelnd. „Nur zu."

Ingrid wandte sich an meine Tochter. „Schau mal, Kathi. Möchtest du einen Lutscher haben?"

Die Frage war absolut überflüssig. Natürlich wollte sie. Ingrid wickelte ihn aus dem Papier und Kathi nahm ihn lachend entgegen. Dann verschwand sie wieder in ihr Zimmer. Ich wusste, dass sie sich weiter mit ihren Puppen beschäftigen würde, denn das Spiel hatte ihr ganz offensichtlich gefallen.

„Du magst Kinder?“ Das war eigentlich mehr eine Feststellung denn eine Frage und ich beobachtete, wie Ingrid an ihrer Tasse nippte und dann nickte.

„Ja, ich habe selbst eine Tochter. Aber sie ist mittlerweile schon eine junge Frau.“ Ihr Gesicht schien sich zu umwölken. „Leider ist es bei einem Kind geblieben. Ich hätte gern noch einen ganzen Stall voll gehabt, aber es war uns nicht vergönnt.“ Sie starrte versonnen in ihre Tasse, dann blickte sie zu mir auf und ihre Fröhlichkeit kehrte zurück. „Du hast zwei Kinder?“

„Ja, Leon und Kathi. Mein Sohn ist allerdings irgendwo draußen und tobt mit den Nachbarkindern herum.“

„Es ist schön, welche Freiheiten die Kinder hier auf dem Land genießen“, sagte sie. „Das ist auch der Grund, warum wir hier niemals fort wollten.“

„Du lebst schon lange hier?“

„Seit meiner Geburt. Die Familie meines Mannes stammt aus dieser Bauernschaft und meine aus der Gegend. Allerdings kamen meine Vorfahren aus Irland.“ Sie griff nach der Tüte neben sich und öffnete sie mit den Worten: „Das bringt mich zu dem, was ich dir mitgebracht habe. Du bist doch schon ganz neugierig.“

Ich verdrehte die Augen und lachte. „Wie kommst du darauf?“

Sie stimmte in mein Lachen ein. „Weil du ständig zu meiner Tüte schielst.“

Gespannt beobachtete ich, wie sie ein grünes Tuch daraus hervorzog. Sie breitete es aus und da erkannte ich was es war. „Eine irische Flagge“, sagte ich verblüfft.

„Ich habe gedacht, du magst doch alte Dinge und diese Fahne ist sehr alt.“

„Du meine Güte, die wirst du mir doch nicht allen Ernstes geben wollen?“

„Warum nicht? Bei mir liegt sie nur auf dem Dachboden herum und gammelt vor sich hin. Ich brauche sie nicht und es hängen auch keine so sentimentalen Erinnerungen daran, als dass ich sie unbedingt behalten müsste. Im Gegenteil. Ich habe schon des Öfteren daran gedacht sie wegzugeben und wenn sie dir gefällt, gehört sie dir."

Ich fuhr vorsichtig mit der flachen Hand über den schweren Samt. In der Mitte befand sich eine feine Stickerei. Goldenes Garn war zu einer irischen Harfe verarbeitet worden. „Sie ist wunderschön, aber sicher sehr wertvoll. Ich kann sie unmöglich annehmen."

„Deine Bescheidenheit ist unnötig. Wenn du sie nicht nimmst, verschenke ich sie anderweitig." Ingrid stand auf, durchmaß die Halle, bis sie vor der alten Truhe stand und raffte die Fahne kunstvoll zusammen. Dann hielt sie sie hoch an die Wand und sah mich fragend an.

Eines stand fest. Diese Frau tat was sie wollte und erstickte jeden Widerstand im Keim. Ich schüttelte leicht den Kopf. „Keine Frage, es sieht toll aus."

„Du nimmst sie?"

„Wie könnte ich mich da noch wehren?"

Es zuckte amüsiert um ihre Mundwinkel. „Eine gute Entscheidung."

Sie behielt die Fahne in der Hand und ich fragte verdutzt: „Jetzt sofort?"

„Aber sicher, sonst überlegst du es dir womöglich noch anders."

„Dann werde ich wohl mal etwas zum Aufhängen holen." In der Tenne fand ich Hammer und Nägel, doch es erschien mir wie ein Frevel, die Fahne durch den Samt an die Wand zu nageln. Mir fiel noch eine Flasche goldener Sprühfarbe in die Hand und ich hatte die rettende Idee. In der Küche holte ich dicke Wolle, die ich in Windeseile zu zwei Kordeln drehte und anschließend vergoldete. Kaum eine Viertelstunde später hatte ich die Goldkordeln um die oberen beiden Ecken der Fahne geknotet und diese dann an zwei Nägeln über die Truhe gehängt. Wir traten einen Schritt zurück und bewunderten unser Werk.

„Du hast gesagt, deine Vorfahren kamen aus Irland? Stammt die Fahne noch aus dieser Zeit?"

„Einer meiner Vorfahren hat sie von der Insel mitgebracht." Sie musterte mich interessiert. „Du scheinst dich wirklich sehr für diese alten verstaubten Dinge zu begeistern."

„Oh, nicht nur", sagte ich. „Ich liebe Geschichte und damit meine ich vergangene Ereignisse, die nicht in den Geschichtsbüchern verfälscht wurden. Sicher ist es interessant zu wissen, welcher Feldherr, für welchen König, wann, in welcher Schlacht gewann oder verlor und wie es dazu kam, aber daraus erfahre ich fast nichts über die Menschen, die unter diesem Krieg zu leiden hatten. Ich möchte wissen, wie die einfachen Leute früher gelebt haben. Ich habe auch einen Stammbaum meiner Familie. Leider ist es sehr schwer die Namen und Daten mit Leben zu füllen. Alte Gegenstände jagen mir Ehrfurcht ein, wenn ich mir vorstelle, wie Menschen, die früher gelebt, gefühlt und gelacht haben diese benutzten."

Ingrid folgte meinen Worten aufmerksam. Also sagte ich: „Für manche Menschen ist es seltsam, aber wenn ich jetzt meine Hand auf diese Truhe lege …" Sie sah mir zu, wie ich die Hand ausstreckte und sie auf dem Deckel ruhen ließ, während ich weitersprach: „… dann stelle ich mir vor, wie jemand, der längst verstorben ist, dasselbe getan haben könnte. Genau an dieser Stelle lag vielleicht auch seine oder ihre Hand. Ich berühre vielleicht eine winzige Spur dessen, was dieser Mensch zurückgelassen hat, das vielleicht ins Holz eingezogen ist … Ach, ich weiß nicht, wie ich es erklären soll. Jemand hat mal gesagt, dass jeder Mensch, der auf dieser Erde einmal gelebt hat, irgendetwas von sich zurücklässt. Manche behaupten, wir leben in unseren Kindern weiter, aber das ist sicher nicht alles. Irgendein Handwerker hat diese Truhe gebaut, oder die Fahne genäht. Er hat etwas dagelassen und ich habe heute noch Wertschätzung für ein Möbelstück, das dieser Mann einst gefertigt hat."

Ich sann über meine Worte nach. „Es gibt Menschen, die sagen, dass Vergangenheit, Gegenwart und Zukunft in einem

Raum existieren können. Wenn ich mir das vorstelle, dann sehe ich an der Stelle hier noch eine andere Hand liegen, so als würde man die Zeit verschieben." Ich hielt inne. „Du musst mich jetzt für völlig verrückt halten."

Ingrid lachte. „Nein, ich verstehe, was du mir sagen willst. Ich finde deine Ansicht sehr interessant und jetzt bin ich mir auch sicher, dass es absolut richtig war, dir diese Fahne zu geben. Du weißt sie zu schätzen. Um ehrlich zu sein, habe ich mir nie sonderlich viel daraus gemacht." Sie verzog ihre Lippen zu einem Grinsen. „Da bist du hier ja genau richtig."

Ich verstand nicht, was sie damit sagen wollte und das schien sie mir vom Gesicht abzulesen.

„Dieser Hof ist soweit ich weiß einer der ältesten hier in der Gegend."

„Der Makler hat so was erwähnt", sagte ich. „Ich habe auch einige Antiquitäten gefunden und wollte eine Hofchronik erstellen, um sie den Menschen, die hier lebten zuordnen zu können." Ich wies zum Kamin. „Da hängt eine Platte auf der Namen stehen. Ich habe im Internet recherchiert und das Heiratsdatum von ihnen im Kirchenbuch gefunden."

„Was für Namen?"

Sie folgte mir zum Kamin und ich zeigte ihr die Platte.

„Das ist erstaunlich."

„Was meinst du?"

Sie schien angestrengt nachzudenken. Dann sagte sie: „Anna Lüttke-Herzog, den Namen habe ich schon mal irgendwo gehört, aber ich weiß jetzt nicht genau, wo ich ihn einordnen soll."

„Vielleicht hat mal jemand erwähnt, dass diese Leute hier lebten?"

Sie schüttelte den Kopf. „Nein, da bin ich mir sicher." Sie sah sich die Platte genauer an und fuhr mit den Fingern über die erhabene Jahreszahl. „1734. Das ist sehr lange her." Sie legte ihre Stirn in Falten. „Es fällt mir bestimmt bald wieder ein", sagte sie und richtete sich auf. „Ein Schluck Ginseng und es ist wieder da", witzelte sie. „Aber das hier ist auch kein Nachname im eigentlichen Sinne."

„Nicht?"

„Hier im Münsterland nicht. Herzog ist der Hofname. Lüttke ist im Prinzip die Bezeichnung für einen abgespaltenen kleinen Teil-Hof. Der Name Johann Lüttke-Herzog bedeutet also Johann, der Pächter vom kleinen Herzog Hof. Der tatsächliche Nachname war sicher ein anderer. Das weiß ich, weil die Familie meines Mannes zwar Jansen heißt, der Hofname aber Kelling lautet. Karl hat mir mal erzählt, dass seine Familie auch nach dem Hof genannt wurde und nicht beim Nachnamen. Das war hier früher so üblich."

Das war allerdings eine sehr interessante Information. „Das könnte der Grund sein, warum ich zu den beiden keine Kinder gefunden habe."

„Keine Kinder?" Ingrids Fröhlichkeit war verflogen und ein Schatten legte sich auf ihre Züge. Sie schien zu zögern, als wenn sie irgendetwas sagen wollte, doch dann meinte sie schlicht: „Ja, das wird es sein." Ihr Lächeln kehrte zurück, doch es erreichte ihre Augen nicht. Sie sah auf die Uhr. „So spät schon?"

Sie nahm ihre Jacke vom Stuhl und ich hatte das merkwürdige Gefühl, als wenn sie es mit einem Mal sehr eilig hätte.

„Jedenfalls, danke für den Kaffee. Es wird langsam Zeit für mich."

Sie ließ es sich dennoch nicht nehmen, zu Kathi ins Zimmer zu sehen und sich von ihr zu verabschieden. Dann begleitete ich sie zur Tür und bedankte mich wiederholt für ihr großzügiges Geschenk.

„Keine Ursache. Sie ist bei dir in guten Händen", sagte sie. Sie sah über die weiten Felder, dann drehte sie sich abrupt zu mir um. „Sag, wie spontan bist du?"

„Was meinst du?"

Sie lächelte. „Es gibt Menschen, die keinen ungebetenen Besuch mögen. Soll ich vorher anrufen?"

„Du bist hier ein gern gesehener Gast, zu jeder Zeit."

Sie sah ehrlich erfreut aus. „Schön, dann sehen wir uns bald", sagte sie, hob eine Hand zum kurzen Abschiedsgruß und schritt eilig durch den Vorgarten auf den Wirtschaftsweg.

7

Lymbergen, 1737

Anna wollte an diesem Morgen das Bett nicht verlassen. Ihre Gedanken glitten zurück zu dem Tag, da ihr Vater sie zu ihrem Gatten gebracht und sie nach der langen Zeit des Sehnens endlich einen gemeinsamen Hausstand hatten gründen können. Wehmütig rief sie sich Johanns leuchtende Augen in Erinnerung, als er die Kaminplatte enthüllt und sie im Anschluss innig geküsst hatte.

Drei steinige Jahre waren seither vergangen, getragen von ihrer tief empfundenen Liebe, doch begleitet von Trauer und Leid.

In Jahresfrist hatte sie ihr erstes Kind geboren, einen Jungen. Die Freude hätte nicht größer sein können. Johann stolzierte umher, als habe er den Grundstein einer Großdynastie gelegt. Der männliche Erbe würde den Fortbestand seines Schaffens sichern. Großes sollte er vollbringen. Doch kaum dass ihr Sohn von der Mutterbrust entwöhnt war, begann er zu kränkeln. Anna hatte hilflos zusehen müssen, wie er von Tag zu Tag schwächer wurde, bis ihr kleiner Junge am Ende vollkommen ausgezehrt in ihren Armen verstarb.

In jener dunklen Stunde blutete ihr das Herz und sie hatte geglaubt, den Schmerz niemals verwinden zu können.

Ihre Mutter, Clara, war es schließlich, die es vermocht hatte sie aufzurichten, ihr neuen Mut zuzusprechen. Sie hörte zum ersten Mal Dinge, über die Clara nie zuvor mit ihr gesprochen hatte. Sie erfuhr von ihrem Bruder, der einst das Licht der Welt erblickt hatte, doch kaum nach der Geburt verstorben war. Sie sah die Tränen in ihrer Mutter Augen und erkannte sie als ihre eigenen. Tränen der Trauer und des Verlusts. Doch waren sie erst geweint, vermochten sie ihre Seele zu heilen. Nie würde sie ihren kleinen Jungen vergessen. Er würde immer einen Platz in ihrem Herzen haben. Sie begann die Dinge hinzunehmen als das, was sie waren: Eine Prüfung ihres Glaubens. Dem Herrgott hatte es gefallen, ihren kleinen Hermann zu sich zu rufen. Sein Wille geschehe, wie im Himmel so auf Erden.

Wenig später war Anna erneut guter Hoffnung. Sie ertrug die beschwerliche Zeit der Schwangerschaft mit Geduld und sehnte den Tag der Geburt herbei.

An einem sonnigen Augusttag kam sie nieder und es erfüllte sich ihr sehnlichster Wunsch. Es war, als sei das einst Verlorene in ihre Arme zurückgekehrt und so gab sie dem Säugling hoffnungsvoll den Namen seines Bruders. Hermann.

Hatte sie fehl getan? Dem Herrn gespottet? Sie würde Johanns Blick niemals vergessen, als er feststellte, dass ihr Junge zu kränkeln begann. Hermann siechte dahin wie sein Bruder zuvor. Hilflos trocknete sie mit bebenden Fingern seine schweißnasse Stirn. Nichts war so, wie es hätte sein sollen. Der Tag seines Todes zerriss ihr das Herz.

Für sie gab es keinen Grund mehr, das Bett zu verlassen. Johann verbrachte den Tag auf dem Feld und würde erst spät zurückkehren. Die Magd hatte Annas Pflichten weitestgehend übernommen, da sie sich seit der Beerdigung völlig zurückgezogen hatte und in ihrer Trauer versank. Was ihr widerfahren war, das war nicht recht, das konnte nicht sein. Das durfte nicht sein.

Sie war sich bewusst, dass diese Grübelei nicht gut für sie war. Dennoch fühlte sie sich nicht imstande, dagegen anzukämpfen. Sie brachte es nicht fertig, ihren gewohnten Alltag wieder aufzunehmen. Dieses Mal nicht.

Der Gedanke an ein weiteres Kind schien ihr verfrüht, auch wenn Johann anderer Meinung war. Es wäre ihr so vorgekommen, als würden sie ihren Sohn durch ein weiteres Kind ersetzen und diese Vorstellung ertrug sie nicht mehr.

Ihr Blick glitt zum Fenster. Die Gardinen waren fast zur Gänze zugezogen, doch es stahlen sich einige Sonnenstrahlen durch einen Spalt herein. Draußen zwitscherten die Vögel ihren Morgengruß.

Anna schloss die Augen und zog sich kurzerhand die Decke über den Kopf. Sie wusste, es würde nicht mehr lange dauern und Emma würde an die Zimmertür klopfen. Was sollte sie sagen? Nein, ich will nicht aufstehen? Das wusste sie doch ohnehin. Sie hatte die Magd mit dem Küchenmädchen flüstern hören. Es ging darum, dass sie versuchen wollten sie aufzumuntern und sie hatten leichte Aufgaben für sie ersonnen, doch Anna hatte sie abgewiesen und ihre mitleidigen Blicke ignoriert. Niemand vermochte ihr zu helfen, denn keiner von ihnen war in der Lage ihre Kinder zurückzubringen.

Auch Pfarrer Haferkamp nicht – es nützte ihr wenig, dass er meinte, Hermann habe seine Aufgabe auf Erden erfüllt und müsse nun seiner himmlischen Bestimmung folgen.

Welche irdische Aufgabe könnte das wohl gewesen sein? Sie waren doch noch viel zu klein gewesen, um überhaupt eine solche haben zu können.

Die Worte aus dem Munde des Pfarrers klangen ihr hohl, als er sagte: „Gottes Wege sind unergründlich. Es ist nicht an uns Menschen seine Absichten in Frage zu stellen."

Warum nicht? Sie wollte nicht akzeptieren, dass Gott womöglich einen Grund hatte, ihr das Liebste zu nehmen. Für sie war es reine Bosheit, um sie zu quälen. Sie weigerte sich, die Möglichkeit in Betracht zu ziehen, dass es eine Prüfung ihres Glaubens sein sollte. Wie unbarmherzig konnte dieser Gott sein. Sie hatte doch immer alles getan, was er von ihr verlangte. Sie war ein gottesfürchtiger Mensch, besuchte regelmäßig das Gotteshaus, lauschte den Ausführungen des Pfarrers und versuchte immer, sich an dessen Weisungen zu halten. Selbst das Fluchen verabscheute sie. Sie konnte sich nicht vorstellen, womit sie eine solche Grausamkeit verdient haben könnte. Einem solchen Gott wollte sie nicht dienen.

Selbstverständlich sagte sie das niemandem – auch Johann nicht. Sie war nicht vollkommen davon überzeugt, das Richtige zu tun, wenn sie Gott den Rücken kehrte, aber das war etwas, das nur sie anging.

Wie sie es vorausgesehen hatte, klopfte es an der Tür. „Mersche Herzog? Bist du wach?"

Sie antwortete Emma nicht.

„Mersche Herzog?"

Anna lugte unter ihrer Bettdecke hervor zur Tür, doch sie war immer noch verschlossen. Sie beschloss ihre Magd einfach zu ignorieren. Einige Augenblicke später hörte sie Schritte, die sich entfernten. Emma schien aufgegeben zu haben.

Anna drehte sich auf den Rücken und starrte an die Zimmerdecke.

Eine Weile später klopfte es erneut an der Tür. Dieses Mal eindringlicher.

„Mersche Herzog?"

Anna richtete ihren Blick zur Tür und wartete darauf, dass die Magd abermals verschwinden möge, doch stattdessen klopfte sie energischer.

„Es ist Besuch für dich gekommen."

Besuch? Oh, bitte nicht. Ich will allein sein, dachte Anna, sagte jedoch nichts.

„Ich habe gesagt, dass du nicht gestört werden möchtest, aber sie besteht darauf zu warten."

Welch eine hartnäckige Person.

„Bitte", flehte Emma durch die Tür. Verzweiflung lag in ihrer Stimme.

Anna wog ihre Möglichkeiten ab. Natürlich könnte sie einfach liegen bleiben. Dann war der Besuch eben beleidigt – was scherte es sie. Andererseits, wer konnte so aufdringlich sein und einfach warten wollen? Wie lange würde es wohl dauern, bis ihr Besuch aufgab? Anna seufzte, dann fragte sie: „Wer ist es denn?"

Sie konnte deutlich die Erleichterung in der Stimme der Magd hören, als diese ihr antwortete: „Es ist Rita."

Allmächtiger, dachte Anna, warf die Bettdecke zurück, schwang ihre nackten Beine über die Bettkante und richtete sich auf. „Was will sie hier?"

„Sie sagte nur, dass sie ein Gespräch wünsche. Mehr weiß ich nicht."

Eine Unterredung - mit Rita. Ein schöner Gast, dachte Anna. Wenn Johann wüsste, dass diese Person auf seinem Hof war, würde er ihr unmissverständlich zu verstehen geben, dass sie hier nichts verloren hatte und sie mit Schimpf und Schande davonjagen. Jetzt verstand Anna auch, warum Emma so verzweifelt geklungen hatte. Niemand in dieser Gegend, der auch nur halbwegs bei Verstand war, gab sich freiwillig mit einer Frau ab, der man Zauberei nachsagte. „Ich komme", rief sie und stand auf. In Windeseile schlüpfte sie in ihre Kleidung und nahm sich nicht einmal die Zeit, die Vorhänge zurückzuziehen, bevor sie aus der Tür ging.

Vor ihr stand die Magd und sah sie mit großen, blauen Augen an. „Guten Morgen", sagte diese und fuhr dann fort: „Sie ist in der Deele."

„Danke, ich werde mich darum kümmern." Anna wollte gerade die Küche durchqueren, als Emma sie zurückhielt.

„Mersche?"

Anna wandte sich zu ihr um. „Ja?"

„Sie hat mich um einen Becher Milch gebeten", wisperte sie.

„Oh", entfuhr es ihr. Ihr Blick glitt zur Tür, die in die Deele führte und sie dachte nach. Durfte sie ihr diesen Wunsch erfüllen? Es war eine Sache, einem ungebetenen Gast ein Getränk zu gewähren, doch war diese Frau kein gewöhnlicher Gast. Was hatte der Pfarrer über Dämonen gesagt? Sie konnten einem nur Schaden zufügen, wenn man sie in sein Haus einlud. Galt das auch für eine Hexe? Ihrer Bitte zu entsprechen, konnte als Wohlwollen und damit als Einladung gewertet werden. Andererseits, welchen Schaden könnte sie wohl noch anrichten. Es war ihr schließlich schon das Schlimmste widerfahren. Gab es denn noch mehr? Und was kümmerte sie der Pfarrer, der als das Sprachrohr Gottes galt. Ein Gott, der ihr Schreckliches angetan hatte.

Sie wunderte sich über sich selbst, als sie schließlich zustimmte. „Bring es ihr."

Emma betastete erschrocken das silberne Kreuz an ihrer Kette, doch sie sagte nichts. Dann drehte sie sich auf dem Absatz um und öffnete den Küchenschrank.

Sie würde Johann davon erzählen, dessen war sich Anna sicher, doch darum konnte sie sich kümmern, wenn es soweit war. Einen Augenblick später trat sie in die Deele.

Eine schlanke, schwarz gekleidete Frau stand vor dem Kamin und betrachtete das Gemälde. Ihr silberdurchwirktes, bräunliches Haar hatte sie zu einem Knoten im Nacken gebunden.

„Was willst du von mir?", fragte Anna und verfolgte, wie sich die ältere Frau umwandte.

Sie sah nicht aus wie eine Hexe, was hatte sie auch erwartet? Ihre grünen Augen wirkten freundlich, auch wenn ein leicht spöttischer Zug um ihre Mundwinkel lag. Um den Hals trug sie ein Band aus hellem Leder, an dem ein schwarz gesprenkelter Stein befestigt war. Als sie lächelte entblößte sie ungewöhnlich gepflegte Zähne. Rita trat einige Schritte auf sie zu und streckte die Hand aus.

Anna überging die Geste geflissentlich. „Nun?", verlangte sie nach einer Antwort.

„Verzeih mein Eindringen. Ich weiß, ich bin nicht willkommen, aber ich wollte wenigstens versuchen dir meine Hilfe anzubieten." Sie ließ die Hand sinken und sah ihr unverwandt in die Augen.

Anna runzelte die Stirn. „Wie könntest du mir wohl helfen, außer dabei, mir meinen Ruf zu ruinieren?"

Ritas Lächeln verschwand. Dann entgegnete sie: „Ist dir dein Ruf wichtiger, als dein Seelenfrieden?"

„Wie bitte?" Anna schnaubte. „Das ist doch wirklich eine Frechheit. Du weißt nichts über mich und mein Seelenfrieden geht dich nichts an."

„Aber …"

„Nein", fiel Anna ihr ins Wort. „Es reicht mir schon. Der Himmel weiß, warum ich dich überhaupt empfangen habe. Ich möchte, dass du auf der Stelle den Hof verlässt."

Die Magd trat ein und hielt den Becher Milch in der Hand. Anna drehte sich zu ihr um, nahm ihn ihr ab und trank ihn in einem schnellen Zug leer. „Danke", sagte sie und gab ihn an die verdutzt dreinblickende Emma zurück.

Diese nickte kurz und verschwand hastig in die Küche.

Als Anna sich wieder der Hexe zuwandte, sah sie, dass diese wieder lächelte. In ihren Augen lag ein amüsiertes Funkeln.

„Was ist so komisch?"

Um die Augen der Frau bildeten sich kleine Fältchen. „Denk über mein Angebot nach", sagte sie einfach, ohne die Frage zu beachten und ging zum Ausgang. Sie legte eine Hand auf den Knauf, öffnete die Tür und drehte sich dann auf der Schwelle noch einmal zu ihr um. „Deine Lieben können dir nicht helfen und der Pfarrer ist zu ignorant um zu erkennen, was auf diesem Gut vor sich geht. Wenn du genug von seinem religiösen Geschwätz hast, dann such mich auf. Ich kann dafür sorgen, dass sie dich in Ruhe lässt." Ohne ein weiteres Wort ging sie hinaus und schloss die Tür.

Anna stand vollkommen verdutzt da und starrte die Tür an. Von allen seltsamen Begegnungen, die sie bisher erlebt hatte, war Ritas Besuch eindeutig die merkwürdigste. Sie sann über die gesprochenen Worte nach und erkannte, dass ihre heftige Reaktion auf die Frau daher rühren musste, dass sie nun mal eine Hexe war, mit der es sich nicht abzugeben galt. Zumindest sagte man ihr finstere Praktiken nach, auch wenn es keine eindeutigen Beweise für diese Behauptungen gab.

Nichtsdestotrotz teilte sie ihre Ansichten über den Pfarrer; allerdings hätte sie niemals gewagt, ihn als ignorant zu bezeichnen. Sie durchmaß die Deele mit einigen Schritten und sah zu der Frau auf dem Gemälde hinauf. Johann hatte ihr gesagt, es seien nur dumme Geschichten, die über diese Frau erzählt wurden. Ammenmärchen, bestenfalls dazu geeignet, allzu vorlaute Kinder zu ängstigen. Sie kam nicht umhin zuzugeben, dass auch sie sich anfangs vor dieser dunklen Frau gefürchtet hatte. Laut Johann gab es jedoch keinen vernünftigen Grund den Sagen zu glauben.

Rita schien das offenbar anders zu sehen. Wenn sie ihre Worte richtig verstanden hatte, glaubte die Hexe, dass sie von dieser Frau heimgesucht wurde.

Anna versuchte krampfhaft sich die Geschichten ins Gedächtnis zurückzurufen, die sie so lange Zeit verdrängt hatte. Sie kannte nicht jede Einzelheit, aber im Grunde ging es darum, dass sie einst hier auf diesem Hof verschwand. Angeblich sollte ihr unruhiger Geist auf diesem Hof umgehen, doch Anna lebte nun schon seit drei Jahren hier und hatte seither keinerlei Erscheinung gehabt. Das untermauerte Johanns Ansicht, dass es sich nur um eine Spukgeschichte handelte, die mit der Wirklichkeit nichts gemeinsam hatte.

Was aber, wenn Rita Recht hatte. Was wenn die Geschichten wahr wären. Anna musterte das Gesicht der Frau, die überirdisch schön wirkte. Sie konnte nichts Böses in ihren Zügen erkennen. Sie wirkte friedvoll, ein wenig scheu sogar, aber keinesfalls grausam. War diese Frau umgebracht worden? Suchte sie womöglich nach ihrem Mörder? Aber was hatte das mit ihr zu tun? Es ergab für sie keinen Sinn. Welchen Grund sollte sie haben, sie heimzusuchen?

Anna beschloss, ihre Mutter aufzusuchen, um mehr über diese Frau in Erfahrung zu bringen. Vielleicht konnte sie sich an mehr Einzelheiten erinnern und ihr helfen, Antworten auf ihre Fragen zu finden. Außerdem könnte sie sie vorsichtig nach Rita aushorchen. War das Unglück, das sie erfahren hatte vielleicht gar nicht Gottes Wille? Hatte sie eine Möglichkeit dem Schicksal zu entgehen?

Anna klammerte sich an diesen winzigen Funken des Zweifels, der zu ungeahnter Hoffnung aufglimmte. Doch was, wenn sie einer Schwindlerin aufsaß?

8

„Ach Kind." Annas Mutter seufzte. „Nimm doch diese Ammenmärchen nicht ernst." Clara legte einen Laib Brot auf das Schneidebrett und stellte es vor sie auf den Tisch.

„Ich will es aber wissen."

Ihre Mutter kehrte ihr den Rücken und holte ein Fässchen Schmalz aus dem Küchenschrank. Sie stellte es neben das Brot und legte noch ein Messer dazu. Anschließend setzte sie sich zu ihr und begann das frische Backwerk aufzuschneiden.

„Bitte", flehte Anna.

Ihre Mutter wirkte nachdenklich, gab ihr eine Scheibe und schob ihr das Schmalz zu.

„Ich weiß nicht, was du dir davon versprichst", sagte sie schließlich. „Es ist ja schön, dass du dich überwunden hast und mich endlich wieder besuchst. Es ist nicht gut so lange zu trauern."

Anna senkte den Kopf und studierte eingehend das Muster der Tischdecke. Als sie sich sicher war, dass sich der Kloß in ihrem Hals aufgelöst hatte und sie nicht wieder in Tränen ausbrechen würde, sah sie ihre Mutter unverwandt an. „Es interessiert mich. Ich möchte wissen, wer die Frau in Öl war."

Clara verdrehte die Augen. „Dieses dumme Bild. Ich habe nie verstanden, warum dein Mann es nicht abgenommen hat. Er hätte es verbrennen sollen."

„Er hat gesagt, es sei nur ein schönes Gemälde, weiter nichts. Warum willst du mir die Geschichte nicht erzählen?"

Ihre Mutter warf das Messer auf den Tisch. „Weil du genug Probleme hast und nicht auch noch über dumme Spukgeschichten brüten musst."

In Anna brodelte es. „Gut", sagte sie und versuchte das Zittern in ihrer Stimme zu beherrschen. „Wie du willst. Dann werde ich Großmutter danach fragen." Sie schob den Stuhl zurück und stand auf.

„Das wagst du nicht."

Anna nickte. „Das werde ich und du kannst mich nicht daran hindern."

„Du weißt, dass sie nicht mehr ganz beisammen ist. Wahrscheinlich erinnert sie sich gar nicht, wer du bist." Sie erhob sich und trat neben sie. In versöhnlichem Ton sagte sie: „Tu dir das nicht an." Clara legte ihr beschwichtigend eine Hand auf den Arm.

„Sag mir, was du weißt, Mutter."

„Bitte setz dich und iss etwas. Du brauchst was auf die Rippen", sagte sie sanft.

Anna betrachtete das freundliche Gesicht ihrer Mutter und als diese ihr zunickte, wusste sie, dass sie gewonnen hatte. Sie hatte sich selbst nicht ganz wohl bei ihrer Drohung gefühlt. In Gegenwart ihrer Großmutter fühlte sie sich beklommen. Die alte Dame hatte etwas Angsteinflößendes an sich, das sie nicht in Worte fassen konnte.

Sie nahm wieder auf ihrem Stuhl Platz, zog ihn dichter heran, langte nach einer Scheibe Brot und schmalzte sie sorgfältig ein. Sie nahm einen ordentlichen Bissen und kaute betont, während sie ihre Mutter ansah.

Diese schüttelte leicht den Kopf und sah zu Boden. Es wirkte, als wöge sie genau ab, was sie ihr erzählen würde und was sie lieber verschweigen wollte.

„Die Wahrheit", sagte Anna.

„Es ist nicht viel, was ich weiß, und man kann nicht behaupten, dass ich diese Geschichte jemals geglaubt hätte. Die Frau auf dem Gemälde soll die Herrin auf eurem Hof gewesen und irgendwann auf mysteriöse Weise verschwunden sein."

„Wann war das?", fragte Anna und bereute augenblicklich, dass sie ihre Mutter unterbrochen hatte, denn sie erntete einen harschen Blick.

„Als ich deinen Vater heiratete, stand der Hof schon lange Zeit wüst." Als könnte sie ihre Gedanken lesen, fügte sie hinzu:

„Ich weiß nicht, ob er zur Zeit deiner Großmutter noch bewirtschaftet wurde."

Anna runzelte die Stirn. „Und weiter?"

„Nichts weiter. Mehr weiß ich nicht."

„Du lügst", fuhr Anna sie an. Als sie sah, dass ihre Mutter weiter schwieg, verengte sie die Augen zu Schlitzen. „Ganz wie du willst", sagte sie und wollte erneut aufstehen.

Das Gesicht ihrer Mutter rötete sich, dann brach es aus ihr heraus: „Du bist nicht bei Trost. Wenn man sich mit den Verdammten befasst, dann beschwört man das Unglück wissentlich herauf."

Annas Kiefer klappte herunter. Damit hatte sie nicht gerechnet. Im ersten Moment glaubte sie ihren Ohren nicht zu trauen. Hatte ihre Mutter gerade „die Verdammten" gesagt? Was ging hier vor?

Clara schien über sich selbst überrascht und sah ihr in die Augen. Ihr Blick senkte sich und sie betrachtete missmutig das Schmalz auf ihrem Brot.

Das Schweigen zog sich in die Länge und Anna war sich nicht sicher, ob sie etwas sagen sollte. Sie ließ ihre Mutter nicht aus den Augen und fühlte sich unbehaglich.

Mit leiser Stimme begann Clara schließlich zu erzählen: „Die Frau soll sehr schön gewesen sein, viel schöner als auf dem Portrait. Allerdings soll sie auch ein Geheimnis gehabt haben. Manche sagen, sie sei eine Zauberin gewesen, aber wenn du mich fragst, waren das die meisten Frauen in diesen dunklen Zeiten, wenn es nach den missgünstigen Nachbarn ging."

Anna schwieg.

„Eines Tages soll sie auf mysteriöse Weise verschwunden sein. Sie war einfach weg. Ihr Mann wurde verdächtigt etwas mit ihrem Verschwinden zu tun zu haben. Manche gehen sogar so weit zu behaupten, dass er sie ermordet habe. Andere sagen, er habe selbst mit dem Teufel gebuhlt und sie mit einem Schadzauber belegt, sodass sie gestorben sei. Aber niemand weiß es genau." Sie verdrehte die Augen. „Natürlich nicht, es ist ein albernes Märchen."

„Daran hattest du nie einen Zweifel?", fragte Anna vorsichtig, denn sie glaubte ihr nicht, sonst hätte sie nicht von den Verdammten gesprochen.

„Nein, selbst als die Tillmann von dort Hals über Kopf geflohen ist nicht."

„Da hat noch jemand vor uns gelebt?"

Ihre Mutter biss sich auf die Zunge.

„Das hast du mir nie gesagt." Wenn sie recht darüber nachdachte, auch Johann nicht. Warum hatte man ihr das verheimlicht? „Was war mit dieser Tillmann?"

Die Stimme ihrer Mutter klang verächtlich, als sie sagte: „Bernhardette Tillmann war nicht ganz recht da oben." Sie hob den Zeigefinger an die Schläfe und ließ ihn kreisen. „Sie wohnte vielleicht zwei Wochen dort, als sie schreiend zu ihren Nachbarn rannte und lautstark behauptete, sie habe einen Geist gesehen. Die Wemschere hat mir davon erzählt. Sie sagte damals, Bernhardette habe die blanke Angst im Gesicht gestanden. Auf ihre Nachfragen hin beschrieb sie eine durchscheinende, rauchfarbene Dame. Noch am selben Tag hat sie ihr Hab und Gut holen lassen und ist angeblich nach Münster zu ihrer Schwester gezogen." Sie zuckte mit den Schultern. „Seither erzählt man sich, dass es dort spukt und man bringt das in Verbindung mit der Frau, die damals verschwand." Sie biss von ihrem Brot ab und lehnte sich in ihrem Stuhl zurück. „Aber wenn du mich fragst, ist das der blanke Unsinn."

„Aber wenn die Tillmann wirklich was gesehen hat?"

Ihre Mutter stieß einen schnippischen Ton aus. „Was soll sie schon gesehen haben? Sie hat wahrscheinlich einen über den Durst getrunken und sich was fabriziert."

Sie aßen schweigend und Anna hing ihren Gedanken nach. Was wenn die Tillmann tatsächlich einen Geist gesehen hatte. Was wäre, wenn Rita ihr die Wahrheit gesagt hatte und die unruhige Seele dieser Frau auf ihrem Hof spukte? Die Wemschere konnte sie zu dem Vorfall nicht befragen. Sie war vorletztes Jahr verstorben und ihre Großmutter war wirklich nicht mehr in der geistigen Verfassung, um sich an diese Geschichte erinnern zu können. Es schien ihr wahrscheinlich, dass auch sie bald in das Reich des Herrn eingehen würde. Verbittert stellte sie fest, dass sie umgeben war vom Tod. Überall lauerte er und nahm die Menschen fort vom Antlitz dieser Erde.

Am frühen Nachmittag verabschiedete sie sich von ihrer Mutter und begab sich auf den Heimweg. Es war ein Fußmarsch von etwa einer Stunde, doch das Wetter war so schön, dass es ihr nichts ausmachte. Es wehte ein laues Lüftchen, die Vögel zwitscherten und kündeten vom nahenden Frühling. Grund genug, um positiv in die Zukunft zu sehen. Der Lenz machte alles neu. Das Leben erwachte, erste Schmetterlinge flogen - alles würde gut werden, wäre da nicht diese Sorge, die sie mit sich trug und die Trauer um ihr Kind. Sollte es wirklich der Wahrheit entsprechen, dass es auf dem Hof spukte, was bedeutete das für sie? Würde es überhaupt möglich sein, Glück zu finden, solange sie heimgesucht wurde? Insgeheim gab sie zu, dass sie diese Sage beunruhigte. Alles schien darauf hinzudeuten, dass mehr dahinter steckte, als eine bloße Geschichte. Wenn Bernhardette Tillmann tatsächlich einen Geist gesehen hatte, auf ihrem Hof, dann … Ja, was dann? Was sollte sie dagegen tun? Würde man sie für verrückt halten, wenn sie daran glaubte? Nichts lag ihr ferner, als ihren guten Leumund zu riskieren. Üble Nachrede war etwas, das Johann und sie zugrunde richten konnte.

Sie würde Stillschweigen bewahren müssen. Niemand durfte je erfahren, dass Rita bei ihr gewesen war. Das musste ihr Geheimnis bleiben.

An der Weggabelung nach Lymbergen blieb sie stehen und ließ den Blick über die weiten Felder schweifen. Dann machte sie unvermittelt kehrt und wandte sich nach Osten. Sie ließ Buldern rechter Hand liegen und lief in Richtung Hangenau. Sie ging bis zum Ortsrand und folgte dem leise murmelnden Bach bis zum Kotten ihrer Großmutter. Vor der Tür zögerte sie, doch dann sammelte sie all ihren Mut zusammen und klopfte verhalten.

Kaum eine Minute verstrich, als die Tür auch schon geöffnet wurde. Martha, eine Frau mittleren Alters, die sich schon seit zwei Jahren um ihre Großmutter kümmerte, musterte sie von Kopf bis Fuß. Sie sagte missmutig: „Sie ist nicht in der Verfassung, Besuch zu empfangen."

Das wird sie nie sein, dachte Anna und je länger sie warten würde, desto weniger wahrscheinlich war eine Aussicht auf Erfolg. Sie schob sich kurzerhand an Martha vorbei und sagte: „Das ist mir gleich. Ich muss jetzt mit ihr sprechen."

Sie hörte die Angeln der Tür knarren, als Martha sie schloss und deren Schritte, die ihr durch den düsteren Flur folgten. Vor dem Zimmer ihrer Großmutter zögerte sie.

Martha musste es bemerkt haben, denn sie flüsterte: „Sie wird dich nicht erkennen. Bist du sicher, dass du da rein willst, Mädchen?"

Sie straffte ihre Schultern. „Ich bin schon lange kein Mädchen mehr", sagte Anna bestimmt und öffnete die Zimmertür. Die Vorhänge waren zugezogen und im Raum herrschte Dämmerlicht. Ein schaler Geruch hing in der Luft, nach Alter und Tod. Augenblicklich fühlte sie sich unbehaglich. Sie bewegte sich leise; schlich förmlich auf spitzen Zehen zu dem Bett, in dem sie eine Gestalt wahrnahm. Als sie näher herankam, erkannte sie ihre Großmutter kaum. Sie lag mit einem großen Kissen im Rücken halb aufgerichtet im Bett. Das Gesicht war eingefallen und die blasse, faltige Haut wirkte wie vertrocknetes Pergament. Ihr Atem ging rasselnd, was den Eindruck des Dahinsiechens verstärkte. Die alte Frau starrte an die Decke und schien nicht bemerkt zu haben, dass jemand den Raum betreten hatte.

„Großmutter?"

Langsam wandte diese den Kopf und sah sie an, jedoch kam es Anna vor, als starrte sie durch sie hindurch.

Die Stimme der alten Frau krächzte, als sie fragte: „Wer bist du?"

„Ich bin Anna, deine Enkeltochter", sagte sie.

„Anna?"

„Ja."

„Ich kenn' dich nicht."

„Du erinnerst dich nur nicht an mich. Du bist sehr krank."

Die Frau nickte schwach und sagte im Brustton der Überzeugung: „Das weiß ich."

„Woran kannst du dich denn erinnern?"

„Weiß ich nicht."

„Erinnerst du dich an früher, als du noch jung warst?"

„Ich war ein hübsches Mädchen", sagte sie matt.

„Ja, das stimmt", bestätigte Anna. „Erinnerst du dich an den Lymberger Hof und die Leute, die dort lebten?"

„Da wohnt keiner", sagte sie.

„Ich wohne da", sagte Anna. „Aber da haben auch früher schon Leute gelebt."

Die alte Frau schüttelte langsam den Kopf. „Da lebt keiner. Niemand will das."

„Warum nicht?", hakte Anna nach.

Ihre Großmutter schwieg und sah wieder zur Zimmerdecke hinauf.

„Bitte", flüsterte Martha. „Das strengt sie zu sehr an. Sie erinnert sich nicht. Lass es dabei bewenden."

„Aber sie muss", brauste Anna auf. „Es ist wichtig."

„Was könnte daran wichtig sein?", fragte Martha. „Wir alle kennen die Gerüchte über den Hof. Deine Großmutter weiß auch nicht mehr."

„Woher willst du das wissen?"

„Anna, sei dir gewiss, wir fühlen mit dir, aber du solltest dich nicht mit diesen Geschichten abgeben. Der Herrgott hat deine Kinder zu sich genommen, aber er wird dir bald ein anderes schenken. Belaste dich nicht mit diesem Märchen."

Die alte Dame regte sich unter der Decke und sah Anna an. „Ist dein Kind gestorben?"

Anna kniff die Lippen zusammen und nickte.

„Das ist ihr auch passiert."

Anna stutzte. „Wem?"

„Der Leugerschen."

Anna sah zu Martha, doch diese zuckte mit den Schultern und verzog die Mundwinkel.

„Wer ist die Leugersche?", fragte Anna, doch die alte Dame antwortete nicht.

„Du musst jetzt gehen", mischte sich Martha ein und wandte sich zur Tür. Auf der Schwelle blieb sie stehen, sah sie auffordernd an und trat dann in den Flur.

Anna sah noch einmal zu ihrer Großmutter. Mitleid ersetzte ihr Unbehagen. Sie beugte sich zu ihr herunter und strich ihr eine weiße Haarsträhne aus der Stirn.

Plötzlich schoss eine Hand unter der Bettdecke hervor und packte sie am Arm. Die Frau zog sie mit ungeahnter Kraft zu sich herab, bis ihre Lippen fast ihr Ohr berührten. Dann hörte sie sie zischen: „Halte dich von dorte fern." Sie ließ die Hand sinken und starrte wieder an die Decke.

Das Herz schlug Anna bis zum Hals. Sie wich einen Schritt zurück und forschte in den Zügen der Großmutter nach irgendeiner Art von Erkenntnis, doch sie starrte genauso reglos, wie in dem Moment, als sie das Zimmer betreten hatte.

Langsam wandte sie ihren Kopf und sah sie an. Ihre Stimme krächzte, als sie fragte: „Wer bist du?"

9

Gefangen. Leonore war eine Gefangene ihres eigenen Verstandes, der ihr den Dienst versagte. Die junge Frau hatte Erinnerungen wach gerufen, die tief in ihrem Bewusstsein schlummerten. An längst vergangene Ereignisse, die einst unsagbar wichtig waren, jedoch im Laufe der Zeit an Bedeutung verloren. Als sie an ihrer Bettkante saß, hatte sie gespürt, dass sie etwas mit ihr verband. Und in einem kurzen Augenblick wurde ihr bewusst, dass sie das Mädchen schützen musste. Doch zu viel war damals geschehen, als dass sie die gesamte Tragweite der Ereignisse in Worte hätte fassen können. Es blieb ihr nicht genügend Zeit. Sie hatte versucht den klaren Moment festzuhalten, an der Oberfläche ihres Bewusstseins gekämpft und nach Worten gesucht. Doch alles was sie hatte hervorbringen können war eine Warnung, von der sie sich nicht sicher war, ob die junge Frau sie verstanden hatte. Dann war sie hinabgesunken in ihren Kerker aus Gedanken und Erinnerungen, außerstande, sie zu ordnen. Der Nebel des Vergessens kroch in ihren Geist und hinterließ nicht viel mehr als ein starkes Gefühl der Dringlichkeit. Hilflos hatte sie mit ansehen müssen, wie die Tür geschlossen wurde. Sie war allein mit den Bildern in ihrem Kopf, den Szenen aus einem weit entfernten Leben und einer Person aus früher Zeit, die ihr fremd geworden war. Einst war sie schön und klug gewesen. Sie wurde geliebt und konnte Liebe geben. Aus diesem Grund war sie zu einer Geheimnisträgerin geworden, die alles daran gesetzt hatte, dass es gewahrt wurde. Die Wahrheit würde sie mit ins Grab nehmen, so hatte sie es gelobt, doch der Drang, den Schwur zu brechen, wurde mit jeder Minute stärker. Vergessen war der Name, den die junge Frau ihr mitgeteilt hatte, vergessen der Grund ihres Besuchs und sie war sich sicher, dass sie bald auch diesen selbst nicht mehr erinnern würde. Sie kannte die Ursache nicht, doch sie spürte, dass sie handeln musste. Das Geheimnis durfte nicht länger im Verborgenen bleiben.

Allein darauf musste sie sich konzentrieren. Den Gedanken festhalten, der sie antrieb. Den fast übermächtigen Zwang verinnerlichen bis ins Mark. Sie richtete ihren Blick auf das Fußende ihres Bettes und es kostete sie enorme Anstrengung sich zu rühren. Zu lange hatten ihre müden Knochen geruht. Mit größter Mühe rappelte sie sich auf, schob die tauben Beine zum Rand und ließ sie fallen. Als ihre nutzlosen Füße auf den Holzboden schlugen, erklang ein dumpfes Geräusch, begleitet von einem Ruck, der sich hinaufzog bis in die Knie. Sie saß auf der Kante, streckte den Rücken und schloss für einen Moment die Augen, als ihr schwindelte. Sie fühlte sich wie ein geschlagener Hund. Sie atmete ein und hörte das Rasseln in der Brust, das sich verstärkte und in einem wüsten Hustenanfall mündete. Sie zog den Ärmel ihres Nachthemds über die Hand, bedeckte den Mund und krümmte sich vor Schmerz.

Wieder rief sie den Gedanken in sich wach, der ihr zu entgleiten drohte. Die Wahrheit, nichts als die Wahrheit.

Als der Anfall vorüber war, öffnete sie die Augen und sah auf ihre Hand, die sie hatte sinken lassen. Das zuvor weiße Hemd war von Blut durchtränkt. Achtlos ließ sie den Ärmel fahren, dann glitt ihr Blick zum Fenster. Augenblicklich überfiel sie der Zweifel. Würde sie es schaffen?

Die Wahrheit.

Entschlossen stemmte sie sich hoch, doch ihre Beine vermochten ihr Gewicht nicht zu tragen. Sie knickten unter ihr weg, wie Weizenstängel deren Ähren mit praller Überreife gefüllt waren. Sie schlug auf den Boden und hörte ein berstendes Geräusch. Noch bevor der Schmerz aus ihrem Oberschenkel ihren verwirrten Geist erreichte, wusste sie, dass ihr Sturz nicht ohne Folgen geblieben war. Regungslos lag sie auf dem kalten Boden. Mit weit aufgerissenen Augen starrte sie auf die Truhe unter dem Sims. Ein stechender Schmerz durchbohrte ihren Leib. Leonore rang nach Atem, doch verschaffte dieser ihr keine Befriedigung. Ein letztes Mal krümmte sie sich, dann hörte sie die Luft aus sich weichen. Als sie die Augen für immer schloss, hing ihr Verstand an nur einem Gedanken: *die Wahrheit.*

10

Anna trat aus dem Zwielicht des Kottens ihrer Großmutter und war völlig verwirrt. Was um des Himmels willen war da eben geschehen? Sie stand im Widerstreit zwischen ihrer religiösen Erziehung und dem ländlichen Aberglauben, der ihr in jedem Winkel der Bauernschaften begegnete. Sollte sie all ihrem Leid zum Trotz auf Gott vertrauen, ein weiteres Kind gebären und darum beten, er möge ihr dieses Mal wohlgesonnen sein? Oder sollte sie der Hexe glauben schenken und hören, was sie vorzuschlagen hatte?

Anna war ratlos und sprach zu sich selbst: „Gib mir ein Zeichen, was soll ich tun?" Im selben Augenblick trug der sanfte Wind das Geläut der Marienglocke aus Buldern heran und in der Ferne sah sie eine dunkel gekleidete Gestalt, die in ihre Richtung unterwegs war.

„Schwester, schön dich zu sehen", sagte Pfarrer Haferkamp, als er sie erreicht hatte. „Die Sonne ist Balsam für die Seele, nicht wahr?"

Anna erwiderte seinen Gruß und nickte zustimmend. Es tat ihr tatsächlich wohl, das Haus verlassen zu haben, auch wenn die Umstände, die sie dazu gebracht hatten nicht das vermeintliche Wohl ihrer Seele betrafen. Zumindest nicht in dem Sinne, den der Geistliche annahm. „Hochwürden, wohin führt Euch Euer Weg?"

Er lächelte huldvoll. „Ich bin auf dem Weg zu deiner Großmutter, wie jede Woche um diese Zeit. Mich dünkt, du hast ihr gleichermaßen einen Besuch abgestattet?"

„Ich wollte sehen, wie es ihr geht", sagte sie ausweichend.

„Nun, sie ist sehr alt", sagte der Pfarrer, schien es aber in Anbetracht der Umstände vermeiden zu wollen, den Gedanken fortzuführen. Er wechselte das Thema. „In zwei Wochen findet das Osterhasseln statt. Wirst du wieder Kuchen beisteuern?"

Anna hatte nie etwas Sinnvolles in dieser Tradition gesehen, bei der die Junggesellen eine Holzscheibe durch die Straßen trieben. Es hatte dabei schon manch üble Verletzung gegeben, doch sie schienen ihre Männlichkeit mit Freuden zur Schau zu stellen. Da sie sich immer als Teil der Gemeinde verstand, hatte sie jedes Jahr mindestens einen Kuchen gestiftet und sie wusste, welche Absicht hinter der Frage des Pfarrers stand. Also antwortete sie seiner Erwartung entsprechend. Dann nahm sie all ihren Mut zusammen und lenkte das Gespräch in eine andere Richtung. So unauffällig wie möglich sprach sie von ihrem Hof und wie trostlos er ihr zurzeit erschien.

Der Geistliche nickte voller Verständnis für ihre Situation und lauschte ihren Ausführungen.

„Glaubt Ihr, die Frau die auf dem Lymberger Hof einst lebte, hat ebenso empfunden, als ihr Kind ins Reich des Herrn einging?", fragte sie und hoffte, er würde ihre List nicht durchschauen.

Der Pfarrer musterte sie und sie konnte Argwohn in seinen Augen lesen. Die Anspielung war ihr offenbar gründlich missglückt.

„Jeder Mensch hadert mit Gott, wenn ihn der Verlust eines geliebten Menschen ereilt", sagte er ausweichend. Er nahm ihre Hand und legte die andere darüber, als wolle er gemeinsam mit ihr beten. „Mir ist bewusst, dass du größeres Leid erfahren hast als andere. Doch der Herr schenkt den Menschen auch Freude und begleitet sie auf all ihren Wegen. Er führt sie auch aus der Dunkelheit der Trauer. Verweigere seine ausgestreckte Hand nicht. Du brauchst sie nur zu ergreifen. Komm auch du zurück ins Licht."

Anna schwieg. Wenn seine Worte auf sie erbauend wirken sollten, so hatten sie ihr Ziel verfehlt. Dieser Gott schenkte Freude nachdem er ihr Liebstes genommen hatte? Und warum konnte ihr der Pfarrer nicht auf ihre Frage antworten? Er musste doch von seinem Vorgänger über die Frau auf dem Gemälde unterrichtet worden sein. Er schien ihr absichtlich auszuweichen. Warum?

Sie setzte alles auf eine Karte. „Hochwürden, die Frau, die auf unserem Hof lebte. Kennt Ihr ihren Namen?"

Der Geistliche sah ihr unverwandt in die Augen und zögerte. Er zog seine Hände zurück. Schließlich sagte er: „Es ist nicht gut, sich mit den Seelen zu beschäftigen, die dem Herrn den Rücken gekehrt haben. Ihre Namen sollen unausgesprochen bleiben, denn sie stehen nicht in der Schriftrolle des Lebens. Sie sind verdammt in alle Ewigkeit. Sorge dich um deine eigene Seele, auf dass sie nicht aus Gottes Pergament getilgt werde."

Anna erschrak. Sie verstand seine Worte als klare Drohung. Konnte dies recht sein? Was hatte sie getan um diese harten Worte zu verdienen.

Der Pfarrer schien in ihren Gesichtszügen zu lesen und es machte auf sie den Eindruck, als wäre er mit der Wirkung seiner Worte höchst zufrieden. Seine Züge wurden weicher, als er sich verabschiedete und ankündigte, dass er beabsichtige, sie in den nächsten Tagen aufzusuchen.

Anna nickte nur, doch sie schwieg beharrlich. Sie fühlte sich nicht in der Lage auch nur ein Wort zu sagen, so hart hatten seine Worte sie getroffen.

Als er seinen Weg fortsetzte, blickte sie ihm nach. Dieser Mann hatte sie gerade bedroht. Sie hatte doch nur nach ihrem Namen gefragt. Die Frau sollte eine Verdammte sein? Weil sie ihr Kind verloren hatte? So wie sie selbst? Und wenn ihr Mann sie vielleicht ermordet hatte, warum wurde sie verurteilt? Warum wollte der Pfarrer nicht über sie sprechen? Je mehr sie über seine Worte grübelte, als desto ungeheuerlicher empfand sie deren Bedeutung.

Abrupt blieb sie stehen. Hatte ihre Mutter nicht denselben Ausdruck verwendet? Sie rief sich die Worte in Erinnerung und grübelte über das Verhalten der beiden. Der anschließende Unglaube an Geister wirkte aufgesetzt und nun war sie sich sicher, dass ihre Mutter mit den Worten des Pfarrers gesprochen hatte. War sie auch voller Zweifel an ihn herangetreten und dann bedroht worden? Sie würde das niemals zugeben, wenn Anna sie danach fragte.

Anna wandte sich in Richtung Heimat. Der Pfarrer verschwieg die Wahrheit. Er behauptete, die Frau sei verdammt und drohte ihr mit einem Ausschluss, auch wenn er das nicht direkt ausgesprochen hatte.

Und noch etwas fiel ihr auf. Der Pfarrer hatte gesagt, sie seien verdammt in alle Ewigkeit. Sie seien – nicht sie sei. Er hatte in der Mehrzahl gesprochen. Meinte er damit alle verdammten Seelen, oder mehrere bestimmte? Er hatte von der Frau gesprochen, meinte er vielleicht nicht nur sie, sondern auch ihr Kind, ihren Mann oder die ganze Familie?

Das Rätsel wurde immer undurchdringlicher. Hatte er damit vielleicht sogar sagen wollen, dass er es für möglich hielt, dass die Frau auf ihrem Hof spukte? Eine verdammte Seele, die keine Ruhe fand? Was sollte sie davon halten? In einem war sie sich absolut sicher: Wenn sie weiter versuchen würde, diesen Dingen auf den Grund zu gehen, dann drohte ihr der Verstoß.

Von diesem Augenblick an würde sie unter Beobachtung stehen und was immer sie zu tun gedachte, musste mit äußerster Vorsicht geschehen. Sie fasste den Entschluss, Rita aufzusuchen. Pfarrer Haferkamp bestätigte mit seiner Drohung, was die Hexe nur angedeutet hatte. Der Aberwitz daran war, dass der Würdenträger genau das Gegenteil von dem erreichte, was er bezweckt hatte. Für sie waren seine Worte ein eindeutiges Zeichen dafür, dass es mehr gab zwischen Himmel und Hölle, als er ihr gegenüber jemals zugegeben hätte.

11

Anna beschloss mit ihrem Besuch bei Rita zu warten, bis der Pfarrer sie aufgesucht hatte.

Er ließ sich beinahe eine Woche Zeit, bis er sein Versprechen einlöste. Als er dann endlich vor der Tür stand, konnte sie es kaum erwarten, ihn wieder los zu sein. Sie spielte ihre Rolle perfekt. Pfarrer Haferkamp schien vollkommen zufrieden, mit dem was er bei dem Gespräch von ihr zu hören bekam. Sie hatte nicht den Eindruck, als würde er noch irgendwelche Zweifel an ihrer Gesinnung hegen. Sie gab sich gesittet, unterwürfig und gläubig, ganz so, wie er es von ihr erwartete. Dennoch würde sie äußerste Vorsicht an den Tag legen, wenn sie der Hexe einen Besuch abstattete, um ganz sicher zu sein.

Um ein Haar hätte sie sich dazu hinreißen lassen sofort den Hof zu verlassen, als der Geistliche aus der Tür getreten war, doch sie rief sich zur Ordnung und übte sich in Geduld. Weitere Tage vergingen, an denen sie jedem Geräusch lauschte, jedem Schatten genauestens auf den Grund ging, stets in dem Bewusstsein, dass hinter jedem dieser Dinge der Geist der unbekannten Frau lauern konnte, der ihr schaden wollte.

Sie blieb von Heimsuchungen verschont, genau so, wie es zuvor gewesen war, jedoch war sie mittlerweile davon überzeugt, dass es sich um eine trügerische Ruhe handelte.

Sie vermied es, die Deele zu betreten, soweit es ihr möglich war. Am liebsten hätte sie das Gemälde abgenommen und verbrannt, doch wagte sie es nicht, um keinen Verdacht zu erregen.

Einmal suchte ihre Mutter sie auf. Sie saßen in der Küche und sie kam sich unter ihren forschenden Blicken vor, wie eine arme Sünderin, der man nur noch nicht auf die Schliche gekommen war. Wenn sie es sich genau überlegte, war sie genau das, doch auch ihr konnte sie etwas vorspielen, denn gegen Ende des Besuchs lächelte ihre Mutter und sagte: „Ich bin so glücklich, dass es dir wieder besser geht, Kind."

Anna erwiderte ihr Lächeln und dachte nur: ‚Wenn du wüsstest, aber bald wird es tatsächlich so sein... vorausgesetzt, Rita ist wirklich imstande zu helfen.'

Als es endlich so weit war, überfielen sie Zweifel, ob sie das Richtige tat. Johann verließ schon früh den Hof, um seiner Arbeit auf dem Feld nachzugehen. Sie zog sich an, wusch sich das Gesicht und kämmte sich sorgfältig das Haar, das sie anschließend zu einem Knoten band. Emma musste sie gehört haben, denn das fertige Frühstück stand schon bereit, als sie die Küche betrat. Sie wechselten einige höfliche Worte in denen sie eine kurze Bemerkung fallen ließ, dass sie gedenke eine Freundin zu besuchen, doch Emma war mit den Vorbereitungen zum bevorstehenden Osterhasseln derart beschäftigt, dass sie nicht nachfragte, wann sie zurückkehren würde. Anna fühlte sich unbehaglich, als sie sich nach dem Frühstück vor ihrem Stuhl auf die Knie sinken ließ. Sie sprach ihr Taggebet wie jeden Morgen, denn sie wusste, dass Emma ein Ausbleiben desselben bemerken würde.

Kaum eine Viertelstunde später trat sie aus der Tür hinaus. Am Brunnen stand der neunjährige Nachbarjunge Michael und beugte sich tief über den gähnenden Schlund. Anna stockte der Atem. Sie wollte ihn in seiner Betrachtung nicht erschrecken und so schlurfte sie mit den Füßen, um sicherzustellen, dass er sie nahen hörte.

Tatsächlich wandte er den Kopf und sah sie an.

„Was machst du da?", fragte Anna. Ihr Blick glitt zu seiner Hand. Seine Finger schlossen sich in einer Faust um irgendeinen Gegenstand.

„Ich, ich wollte nur ...", stammelte er und sah betreten zu Boden, während er vom Brunnenrand zurückwich.

Anna musste unwillkürlich lächeln. „Was wolltest du?"

Offensichtlich durch ihren freundlichen Gesichtsausdruck bestärkt, grinste er verlegen. Dann sagte er: „Mein Papa hat gesagt, wenn ich einen Stein in einen Brunnen werfe und dann zähle, weiß ich, wie tief er ist." Erwartungsvoll sah er sie an. „Ich wollte den hier gerade reinwerfen." Er hob die Hand, öffnete die Finger und zeigte ihr seinen Stein.

Er war cremeweiß und ungefähr so groß wie ein Taubenei. Auf der Oberfläche sah sie zwei gezackte, dunkle Linien, die sich wie die Schnürung eines Päckchens kreuzten. „Der ist aber hübsch", sagte sie.

„Weißt du, dass unser Brunnen acht tief ist?"

„Acht? Was bedeutet das?"

„Na, ich musste bis acht zählen und dann war der Stein unten im Wasser."

Anna lächelte immer noch. „Und wie tief ist unserer?"

„Weiß ich nicht."

„Dann wirf deinen Stein mal rein", sagte Anna und beobachtete, wie er zurück an den Brunnenrand trat.

Sie wandte sich zum Feldweg und verließ den kleinen Michael. Sie hörte ihn zählen. „... fünf, sechs, sieben. Er ist sieben tief!", rief ihr der Junge nach.

Kaum eine halbe Stunde später war sie fast in Hövel. Das Blau des Himmels wandelte sich zu einem undurchdringlichen Grauton. Es schien ganz so, als wollte die Sonne nicht dabei zusehen, wie sie unaufhaltsam ihrem Verderben entgegenlief. Sie fühlte sich, als würde sie mit jedem Schritt, den sie sich der Hütte näherte, tiefer in eine Trübnis eintauchen, wie sie nicht nur am Himmel stand, sondern die sich auch tief in ihrem Inneren auszudehnen schien, die sich so fest in ihr verankerte, dass sie sie nie wieder würde abschütteln können. Sie wurde immer nervöser und blickte ein ums andere Mal besorgt über ihre Schulter, um sich zu vergewissern, dass sie nicht verfolgt wurde. Es durfte sie niemand sehen.

Ritas Kate stand geduckt unter dem Waldrand. Die mächtigen Bäume streckten ihr Geäst wie Finger danach aus und es schien nur eine Frage der Zeit, bis sie sie erreicht haben würden.

Anna zögerte, doch dann gab sie sich einen Ruck, trat an das Häuschen heran und streckte ihre Hand aus, um an die winzige Pforte zu klopfen, als diese auch schon von innen geöffnet wurde. Rita lächelte und schien nicht im Geringsten überrascht, sie zu sehen.

„Trete ein“, sagte sie und wich zur Seite.

Anna sah sich noch ein letztes Mal nervös um, doch sie konnte niemanden sehen, also tat sie, wie ihr geheißen.

Rita warf noch einen Blick hinaus, dann schloss sie die Tür und verriegelte sie sorgfältig.

Sie gingen durch einen engen Flur in ein rückwärtig gelegenes Zimmer. Durch zwei winzige Fenster, die zum Wald hinaus blickten, fiel nur wenig Licht, was die Düsternis des Raumes unterstrich. In der Mitte stand ein kleiner Teetisch, um den drei schwere Holzsessel gruppiert waren. An jeder freien Wand standen Regale, die bis zur niedrigen Decke reichten. Sie waren angefüllt mit Büchern und sorgfältig verschlossenen Phiolen, die unterschiedlich gefärbte Flüssigkeiten und Pulver enthielten. Dazwischen standen einige kleine Flaschen, Schalen und Döschen. An einer Leine, die über die Fenster gespannt war, hingen gebundene Sträuße der verschiedensten Pflanzen. Die Luft im Raum war stickig, angefüllt mit einer wilden Mischung an Gerüchen.

Neugierig schritt Anna an eines der Regale heran und ließ ihren Finger über die unbeschrifteten Buchrücken gleiten. Die meisten waren in Kalbsleder gebunden, nur wenige hatten einen textilen Bezug. An einem besonders farbenprächtigen Stück blieb ihr Blick hängen.

„Das habe ich erst vor wenigen Tagen geleimt“, sagte Rita, die hinter ihr stand und sie offensichtlich beobachtet hatte. „Nur zu.“

Anna nahm es heraus und fuhr mit der Hand über den Buchdeckel. Er fühlte sich weich an.

„Ich habe Daunenfedern zwischen Deckel und Bezug gelegt. Es bereitet mir Freude solche Dinge auszuprobieren."

„Es fühlt sich gut an", sagte Anna und schlug das Buch auf. Darin waren Zeichnungen verschiedener Wildblumen und Kräuter. Über jeder Skizze stand der Name und neben einzelnen Pflanzenteilen oder darunter befanden sich handschriftliche Notizen über ihre Verwendung. Ohne auf die Überschrift zu achten, erkannte sie die Zaubernuss an ihren leicht gezackten Blättern. Als Randnotiz stand: Blootfinne, Blessur und Durchschlechten. Sie blätterte weiter und fand den Spitzwegerich mit der Anmerkung: Engbrüstigkeit, Brustgeschwer und brosa venenosa. Auf der jeweils gegenüberliegenden Seite standen verschiedene Arten der Zubereitung.

„Bist du eine Heilerin?", fragte Anna, erstaunt über die zahlreichen, überaus genauen Zeichnungen in Ritas Notizen.

„Unter anderem", sagte sie und kicherte leise.

Anna wandte sich zu ihr um und fragte dann ohne weitere Umschweife: „Du sagtest, du kannst mir helfen?"

Ritas Lächeln verschwand. Sie sah ihr unverwandt in die Augen und ihr Ton wirkte geschäftsmäßig als sie schließlich sprach. „Ja, das kann ich." Sie legte ihre gespreizten Fingerspitzen aneinander und führte die Zeigefinger an ihre Lippen. Sie musterte sie abschätzend, dann ließ sie ihre Hände sinken und fragte: „Was ist dir meine Hilfe wert?"

Anna zog die Brauen zusammen. Sie hätte damit rechnen müssen, dass die Frau eine Gegenleistung erwarten würde und die Forderung ließ die angebotene Hilfsbereitschaft in einem anderen Licht erscheinen. „Du willst eine Entlohnung?"

Rita hob beschwichtigend eine Hand. „Verstehe mich nicht falsch, aber auch ich brauche das Eine oder Andere."

Anna sah sich im Zimmer um und stellte fest, dass es Rita nicht schlecht zu gehen schien. Unwillkürlich fragte sie sich, wie viele ehrbare Gemeindemitglieder wohl schon hier gewesen waren und sie für ihre Dienste entlohnt hatten. Schließlich sagte sie: „Zuerst solltest du mir sagen, was du über die Frau in meinem Hof weißt und wie deine Hilfe aussehen soll."

„Gut, das erscheint mir gerecht", sagte Rita und bedeutete Anna sich zu setzen.

Sie tat wie ihr geheißen und ließ sich in das weiche Polster sinken.

„Möchtest du eine Tasse Tee?"

„Danke, aber nein."

Rita nahm ebenfalls Platz und mit Grabesstimme sagte sie: „Dein Hof ist kein guter Ort für Kinder."

„Warum glaubst du das?"

„Sie sind dort nicht sicher, solange die Wassernixe ihr eigenes Kind nicht gefunden hat."

Anna erforschte Ritas Züge, doch fand sie darin lediglich puren Ernst. Sie bat sie fortzufahren. „Wer ist diese Nixe und was hat es mit dem Kind auf sich?"

Rita lehnte sich in ihrem Sessel zurück und begann mit gleichbleibend monotoner Stimme zu erzählen.

„Vor vielen Jahren lebte auf deinem Hof eine sehr unglückliche junge Frau. Eines Tages ging sie am Schlosssee entlang und traf einen stattlichen Mann. Sie verliebte sich unsterblich in ihn und traf ihn, wann immer sie sich davonstehlen konnte. Sie wusste nicht, dass er aus dem See selbst aufgestiegen war. Eines Tages gebar sie ein Kind, doch die Rache ihres Ehemanns war schrecklich. Er entriss ihr den Säugling und ermordete die schöne Frau. Als der Wassermann davon erfuhr, holte er sie zu sich und brachte sie in sein Reich, wo er sie zu seiner Gefährtin machte. Doch er hatte keine rechte Freude an ihr, denn sie war tief unglücklich über ihren Verlust. Er schickte sie als Schattenwesen zurück auf deinen Hof, damit sie ihr Kind holen konnte." Rita beugte sich in ihrem Sessel vor und ihr Tonfall schlug in ein kratzendes Flüstern um. „Seit diesem Tage geht sie in dem Gemäuer um, auf der Suche nach ihrem Kind. Und sie nimmt jedes zu sich, bis sie das Rechte gefunden hat."

Anna war vollkommen in ihren Bann gezogen. Schließlich fragte sie stockend: „Und du glaubst ... Die Frau auf dem Gemälde – Sie ist jene, die ihr Kind verlor?"

Rita hob vielsagend eine Braue. „Ja, und sie wird jedes deiner Kinder holen, wenn wir ihr keinen Einhalt gebieten."

Anna ließ die Worte auf sich wirken. Mit einem Mal fühlte sie sich, als würden Ritas Augen sie durchbohren. Misstrauen regte sich in ihr.

„Woher soll ich wissen, dass du die Geschichte nicht erfunden hast? Ein Wassermann, der aus dem See steigt und mit einer Menschenfrau ein Kind bekommt? Das alles klingt mir zu sagenhaft."

„Es liegt an dir, ob du mir glaubst oder nicht. Wenn du nicht gewisse Zweifel an den Worten des Pfarrers hegen würdest, wärst du nicht hier, nicht wahr?" Sie legte eine Pause ein, in der sie sich wieder in den Sessel zurücklehnte. Sie schien zu warten. Schließlich stellte sie fest: „Nun, wir können warten, bis du dein drittes Kind geboren hast und sehen was geschieht."

Anna erschrak zutiefst. Diese Vorstellung jagte ihr einen Schauer über den Rücken. Wenn sie sich falsch entschied und Rita Recht hatte, würde sie ihre Zukunft zum Tode verurteilen noch bevor ein weiteres Kind überhaupt auf der Welt war. Dieses Risiko war sie nicht bereit einzugehen. Ihre Stimme klang matt, als sie sprach. „Was also schlägst du vor?"

Rita nickte scheinbar zufrieden und erhob sich. Während sie zu einem der Regale neben dem Fenster schritt, sagte sie: „Wir müssen die Nixe bannen." Sie schob ein grünes Tuch zur Seite, dessen Mitte eine goldene Harfe zierte und zog ein schweres Buch aus dem nun offenliegenden Fach. „Das Ritual muss an dem Ort stattfinden, an dem die Macht der Nixe am stärksten ist."

„Auf unserem Hof?" Darauf war Anna nicht gefasst. „Das wird nicht möglich sein, ohne dass uns jemand dabei beobachtet."

Rita wandte sich zu ihr um. Ein amüsiertes Lächeln umspielte ihre Lippen. „Sie ist in deinem Haus und nicht in meinem. Es wird wenig Sinn haben, das Ritual hier durchzuführen."

Sie kam zum Tisch zurück und legte das Buch zwischen sich und Anna. „Ich meine deine Deele. Welcher Ort wäre besser geeignet, als der, an dem die Toten aufgebahrt werden? Außerdem haben wir es hier mit einem starken Wasserwesen zu tun und ein starkes Element gegen Wasser ist das Feuer."

Anna dachte angestrengt nach. Ritas Worte klangen logisch, doch wie sollte sie es anstellen, dass sie auf dem Hof allein wären. Niemand durfte wissen, was sie zu tun beabsichtigte. Johann würde dafür kein Verständnis aufbringen und Emma klatschte zu viel, ebenso wie das einfältige Küchenmädchen. Der Stallbursche hielt sich meist draußen auf und würde kaum das Haus betreten, wenn keine Essenszeit war.

„Vielleicht sollten wir jetzt doch einen Tee trinken", sagte Rita. „Ich glaube ich habe sogar noch etwas Kuchen in der Küche."

Anna blickte auf. Kuchen? Ein Lächeln huschte über ihr Gesicht. Da war ihre Antwort. Kuchen. „Ich weiß, wann ich auf dem Hof allein sein kann."

Rita sah sie fragend an.

„In drei Tagen ist Osterhasseln in Buldern. Alle werden dort sein. Wenn der Hassel nicht geradewegs in den Nautdiek fällt, dürften wir genügend Zeit haben. Ich müsste mir nur eine gute Ausrede einfallen lassen, warum ich nicht mitgehen kann."

„Du könntest von Krämpfen befallen sein", sagte Rita, doch dann winkte sie ab und sagte: „Das überlasse ich dir, du wirst besser wissen, wie du es bewerkstelligst. Sage mir nur, um welche Zeit ich mich einfinden soll."

„Und was dann?" Anna hatte keine Ahnung wie sie sich ein solches Ritual vorstellen sollte.

Rita setzte sich wieder zu ihr und schlug den schweren, lederbezogenen Holzdeckel des Buches auf. Sie blätterte durch die Seiten und schien nach etwas Bestimmtem zu suchen. Endlich klopfte sie mit der flachen Hand auf die aufgeschlagene Stelle und schob es Anna zu, sodass sie die Seiten besser sehen konnte. „Hier ist es." Sie tippte mit dem Zeigefinger auf eine Skizze.

Anna traute ihren Augen nicht und studierte die Zeichnung eingehend. Das Bild stellte eine nackte Frau dar, die in einem eigentümlich anmutenden Kreis kniete. Das Rund war mit heidnisch wirkenden Symbolen umgeben und in seiner Mitte sah man halb verdeckt, die Spitzen eines merkwürdigen Sterns. Die Schrift konnte sie nicht lesen. Das Buch schien in einer fremden Sprache geschrieben zu sein, denn sie erkannte nicht ein einziges Wort. Am rechten Rand der zweiten Seite erkannte sie eine Anordnung von Begriffen, die einer Liste ähnelte.

Sie wies mit dem Finger darauf und fragte: „Stehen dort die Dinge, die du benötigst?"

„Das ist richtig", sagte Rita schlicht, „aber über das Meiste davon brauchst du dir keine Gedanken machen. Ich werde diese Dinge mitbringen." Sie zögerte, bevor sie weitersprach. „Das Einzige was du beisteuern musst, ist mindestens ein Gegenstand, der ihr gehört hat, als sie noch lebte. Befindet sich irgendetwas von der Nixe in deinem Besitz?"

Überrascht brach es aus Anna heraus: „Nein. Woher soll ich denn einen Gegenstand von ihr haben?"

„Dann habe ich nun eine Aufgabe für dich. Finde einen. Irgendwo auf deinem Hof wird es noch altes Gerümpel geben. Es wäre vollkommen untypisch, wenn er gänzlich leer gewesen wäre, als dein Gatte ihn übernahm."

„Und wenn ich nichts finde?", fragte Anna verzweifelt.

„Dann bleibt uns nur das Gemälde. Aber ich möchte es ungern verwenden. Du könntest zwar erklären, dass es dir zu unheimlich sei, aber mir wäre es lieber, es bliebe an seinem Platz, um unnötige Fragen zu vermeiden. Außerdem bin ich nicht sicher, was geschieht, wenn wir ihre Seele gänzlich vom Hof entfernen. Wir dürfen nicht vergessen, dass sie einst Opfer eines schrecklichen Unrechts wurde. Ich möchte ihre negative

Kraft bannen, sodass sie keinen Schaden mehr anrichten kann und sie nicht mit allen Mitteln vom Hof jagen."

„Ich habe keine Ahnung von diesen Dingen", sagte Anna. „Aber können wir sie nicht einfach davon überzeugen, dass ihr Kind nicht mehr auf dem Hof ist und sie zurück zu ihrem Wassermann schicken?"

„Ein netter Gedanke. Aber ohne einen Beweis wird sie nicht gehen. Die andere Möglichkeit, außer der Bannung, bestünde darin, das Kind der Nixe zu finden und es ihr zu geben. Abgesehen davon, dass ich nicht wüsste, wie du das anstellen sollst, halte ich diesen Weg für viel zu gefährlich. Ich nehme an, dass ihr Kind tot ist. Wie willst du es finden? Und schließlich hält nichts die Nixe davon ab auch dich umzubringen."

Anna blieb nichts anderes übrig, als ihr zuzustimmen. Das Kind der Nixe ausfindig zu machen war nach all der Zeit mit Sicherheit unmöglich, obwohl sie sich nicht vorstellen konnte, dass es unbedingt leichter wäre, einen Gegenstand von ihr zu finden. Wenigstens gab es einen Ausweg in Form des Gemäldes, aber in diesem Punkt hatte Rita Recht. Nach all den Fragen die sie in letzter Zeit gestellt hatte, würde es auffallen, wenn es verschwand. Doch wo sollte sie suchen?

Rita warf einen Blick aus dem Fenster. „Es wird bald dunkel. Es wird Zeit über mein Honorar zu reden", sagte sie.

„Was verlangst du?" Anna war auf alles gefasst und sicher, dass die Antwort der älteren Frau sie in ein weiteres Problem stürzen würde.

„In Hangenau gab es lange Zeit Herbstlilien, doch sie sind selten geworden. Ich weiß aber, dass deine Großmutter noch welche in ihrem Garten hat. Würdest du mir die besorgen? Ich brauche sie für meine – Studien."

Anna verstand nicht. Sie musste Rita völlig entgeistert angestarrt haben, denn diese hob fragend eine Braue. Sie wartete ganz offensichtlich auf eine Antwort.

Schließlich fragte Rita: „Was hast du geglaubt, was ich verlangen würde? Deinen Stammhalter vielleicht?"

12

Limbergen, 2010

Ich hatte schon seit einer Woche nichts mehr von Ingrid gehört oder gesehen. Sie hatte mir zwar angekündigt, mich unangemeldet besuchen zu wollen, doch je mehr Zeit verstrich, desto unwahrscheinlicher kam mir ein neuerlicher Besuch vor. Erst recht, wenn ich darüber nachdachte, wie eilig sie sich beim letzten Mal verabschiedet hatte. Ihr überstürzter Aufbruch kam mir mittlerweile vor wie eine Flucht, doch bei all meiner Grübelei konnte ich nicht sagen wovor. Ich hatte sie eingeschätzt als einen Menschen, der zwar Spaß an Geheimniskrämerei hat – es hatte ihr sichtlich Vergnügen bereitet, mich bezüglich ihres Geschenks im Dunkeln tappen zu lassen – aber ansonsten eher als Person, die geradeheraus war. In jenem Moment hatte sich jedoch irgendetwas drastisch verändert und ich beschloss, sie bei einer neuen Begegnung direkt darauf anzusprechen. Als könnte sie dies ahnen, ließ sie sich Zeit.

Den Besuch bei den Mormonen, für eine weitere Recherche in den originalen Kirchenbüchern, hatte ich auf unbestimmte Zeit verschoben. Zum einen, weil ich herausfinden musste, wie der wirkliche Nachname der Familie Lüttke-Herzog gelautet hatte, was mühsam werden würde, weil ich jeden einzelnen Geburtseintrag nach den Vornamen der Eltern absuchen müsste und zum anderen, weil die Arbeit auf unserem Hof und unsere Kinder meine volle Aufmerksamkeit verlangten. Mir blieb einfach nicht genügend Zeit. Die Hofchronik würde warten müssen.

Die große Wohnküche erstrahlte in neuem Glanz. Der alte Fliesenspiegel war einem Mosaik gewichen und den Boden hatten wir mit Terrakotta ausgelegt. Es roch nach frischer Farbe und neuen Möbeln und der antike Küchenschrank aus Apfelholz bot einen wahren Blickfang zwischen all der Moderne. Das Mosaik hatten wir inselförmig an der Esse fortgeführt und darunter stand nun ein alter Küchenherd, den ich im Kuhstall gefunden und anschließend vom Rost befreit hatte. Es war ein altmodischer Herd, der mit Holz oder Kohle befeuert wurde. Die gusseisernen Kochplatten konnte man mit einem Haken aufhebeln. An der Front gab es zwei schwere Türen für den Brennraum und ein separates Backfach. Ringsum führte eine Messingreling, an der man Handtücher und ähnliches trocknen konnte. Ich fand, dass uns die Kombination zwischen alt und neu gut gelungen war.

Die imposante Halle war unser ganzer Stolz, bis auf eine winzige Kleinigkeit. Frank schien es nicht zu stören, aber mir waren die beiden Bodenplatten des Kamins ein Dorn im Auge. Eigentlich störte mich nur die Linke der beiden, denn eine Ecke war abgebrochen und es zog sich ein unschöner Riss quer über die Oberfläche.

Solange wir keinen Ersatz für sie besaßen, würde Frank sie nicht austauschen, es sei denn … Ich musste lächeln. Ich würde ihn einfach dazu zwingen, indem ich sie herausnahm und verschwinden ließ.

Ich musterte den Stein und fragte mich, wie schwer er wohl sein würde. Wenn es sich um den regional üblichen Sandstein handelte, wäre es auch für mich kein Problem das unschöne Teil zu entsorgen. Ich beschloss es darauf ankommen zu lassen, ging in die Tenne und suchte mir das passende Werkzeug.

Kaum dass ich die Brechstange auf den Boden neben den Kamin gelegt hatte, stürmte Kathi aus ihrem Zimmer und fragte: „Machst du?"

„Ich arbeite, mein Schatz."

„Kathi auch arbeite."

„Du kannst mir hier aber nicht helfen", versuchte ich ihr zu erklären. „Du kannst mir zusehen."

Kathi nickte und blieb neben mir stehen. Neugierig beobachtete sie, wie ich die Feuerböcke aus dem Kamin entfernte und neben sie auf den Boden stellte. Sie kletterte darüber und setzte sich auf einen der Böcke, als würde sie ein Pferd reiten wollen. Ich musste lachen.

Ich widmete mich wieder der Platte, setzte das Brecheisen unter die abgebrochene Ecke und hebelte sie ein Stück an. Sie lag sehr fest im Boden und ich brauchte mehrere Versuche. Es dauerte eine Ewigkeit, bis sich der Stein löste. Mit einem letzten Ruck hievte ich sie zur Seite.

„Mama guck mal, Loch!“, rief Kathi.

Tatsächlich befand sich unter dem Stein roher Erdboden und in dessen Mitte hatte man ein Loch gegraben. Erstaunt sank ich auf die Knie und sah hinein.

Die Mulde war nur wenig größer als ein Schuhkarton und nicht tief.

„Da ist irgendwas drin“, sagte ich zu Kathi, die neben mir in die Hocke gegangen war und ebenfalls die Öffnung musterte.

„Is das denn?“

„Ich weiß nicht“, sagte ich und langte hinunter. Meine Finger stießen auf kühles Metall. Ich tastete den Gegenstand ab, fand aber keinen Ansatzpunkt um ihn herauszuziehen.

„Ich hole ein Messer“, sagte ich zu Kathi und stand auf. „Nicht dran gehen“, mahnte ich und verließ die Halle. In der Küche suchte ich nach einem alten Schmiermesser, dass ich für gewöhnlich zum Kochen nutzte. Sollte es abbrechen, würde ich den Verlust verschmerzen können.

Kaum zwei Minuten später war ich zurück. Kathi saß brav neben dem Loch und wartete.

Ich ging auf die Knie und fuhr mit dem Messer vorsichtig an dem Gegenstand entlang. Auf diese Weise kratzte ich sandige Erde heraus bis sich uns ein sauberes Rechteck offenbarte. Ich fand an einer Kante einen Ansatzpunkt und hebelte. Ich bekam sie zu fassen und setzte das Messer an der gegenüberliegenden Seite an. Vorsichtig zog ich den Gegenstand heraus und stellte ihn vor mich.

„Spielzeuge!“, rief Kathi begeistert.

Ich schüttelte den Kopf. „Nein, ich glaube nicht, dass da Spielzeug drin ist."

„Geschenk. Kathi auch Geschenk. Ich auspacken." Meine Tochter tippte sich auf die Brust und ihre Augen leuchteten.

„Ich weiß nicht, was das ist. Aber es sieht nicht aus wie ein Geschenk", sagte ich in ruhigem Tonfall. „Lass mich das lieber aufmachen."

Was würde wohl darin sein? Ich fuhr mit der Handfläche über den Deckel und befreite ihn von Erde. Darunter verbarg sich eine hübsche Blumenmalerei. Ich zögerte. Was, wenn jemand dort sein verendetes Haustier begraben hatte und ich die Kiste nun vor den Augen meiner Kleinen öffnete. Einen solch schauerlichen Anblick wollte ich ihr lieber ersparen. Andererseits, wer vergrub bitte ein totes Tier unter dem Kamin, wenn er einen großen Garten besaß.

Ich hörte, wie sich die Tür zur Tenne öffnete und Leon in der Küche nach mir rief.

„Mama?"

„Wir sind hier!"

„Leon!", rief Kathi und sprang auf. „Mama, Leon wieder da."

Mein Sohn kam in die Halle und pfefferte seinen Schulranzen unter die Treppe.

Insgeheim war ich froh über die Ablenkung. Ich sah Kathi auf ihn zulaufen und unser Fund war in Vergessenheit geraten. Ich schnappte mir die Kiste, stand auf und schob sie klammheimlich hinter die Bodenplatte, die schräg angelehnt am Kamin stand.

Leon begrüßte seine Schwester indem er ihr über den Kopf strubbelte und Kathi plapperte: „Kathi hat gefunden. Geschenk gefunden."

„Was für ein Geschenk?"

„Nichts weiter", sagte ich und lenkte das Gespräch schnell in eine andere Richtung. „Wie war die Schule?"

„Gut."

„Hast du Hunger?“

„Klar.“

„Dann hilf mir mal den Tisch zu decken.“ Ich nahm Kathi an die Hand und die Aussicht auf das Mittagessen lenkte sie derart von unserem Fund ab, dass sie sich ohne Widerrede in die Küche führen ließ.

„Kathi auch decken.“

„Ja, du kannst uns helfen.“ Ich schmunzelte über ihren Eifer und gab ihr einen Plastikteller in die Hand, den sie glücklich zum Tisch brachte.

Nach dem Mittagessen zog sich Leon in sein Zimmer zurück, um seine Hausaufgaben zu erledigen. Ich brachte Kathi ins Bett, damit sie ihren wohlverdienten Mittagsschlaf abhalten konnte und brannte darauf allein zu sein.

Als ich die Tür zu ihrem Zimmer geschlossen hatte, lauschte ich, ob Leon irgendwelche Anstalten machte, seines zu verlassen, doch es blieb still. Endlich konnte ich in aller Ruhe nachsehen, was sich in der Metallkiste befand und ich zog sie ungeduldig hervor. Ich hatte nicht die Muße mich an den Tisch zu setzen, sondern versuchte sie gleich an Ort und Stelle zu öffnen. Der Deckel schien fest gerostet zu sein, also fuhr ich mit dem Messer darunter und zog es unter der Kante entlang. Ich setzte meine Fingernägel an, zog mal hier, mal dort, bis der Deckel schließlich aufsprang.

In der Kiste lag ein sorgfältig gefaltetes, einst weißes Stück Stoff. Obenauf lag ein blanker Zweig. Als ich ihn anfasste, um ihn neben die Kiste zu legen zerfiel er mir in den Fingern zu feinem Staub. Mein Blick fiel auf den Stoff. Würde mit ihm dasselbe geschehen, wenn ich ihn herausholte? Mit größtmöglicher Vorsicht fasste ich ihn mit den Fingerspitzen an zwei Ecken, hielt die Luft an und hob ihn heraus. Vor meinen Augen entfaltete sich ein langes Kinderhemdchen. Erleichtert atmete ich aus. Er hielt. Ein Gegenstand fiel mit einem hellen ‚Kling‘ auf den Steinboden. Ich hob ihn auf und hielt einen schlichten, goldenen Ring in der Hand. Er wies mehrere Macken und Kratzer auf und sah abgetragen aus. Im Inneren fand ich eine winzige Gravur:

Heinrich 7ber 1689.

„Wow“, entfuhr es mir ehrfürchtig. Im Kopf rechnete ich nach. 1689 bis 2010. Da hielt ich tatsächlich einen Ehering in meinen Händen, der über dreihundert Jahre alt war. Das konnte man wahrlich einen Schatz nennen. Ich legte ihn zurück in die nun leere Kiste und wandte mich wieder dem Hemdchen zu. Das Oberteil war passend für ein Baby, doch es war überlang. Es sah aus wie ein Taufkleidchen. Die Ränder waren mit einer feinen Stickerei verziert und als ich es vorsichtig auf Links schlug, fand ich einen Namen in blauem Garn gestickt:

Johanni 4 Aprilis 1690

Fieberhaft rechnete ich nach. September bis Anfang April. Johanni war ein Siebenmonatsbaby. Ich brauchte keine Gynäkologin sein, um zu wissen, dass dieser Junge wohl nicht in der Ehe gezeugt worden war.

Hier hielt ich den Hinweis auf eine weitere Familie in Händen, die einst auf diesem Hof gelebt haben musste und zwar noch vor Johann und Anna Lüttke-Herzog. Ein Mann mit dem Namen Heinrich und ein Junge namens Johanni, was die übliche lateinische Abwandlung für Johann war. Aber wer war die Mutter? War das vielleicht das Taufkleid von Johann Lüttke-Herzog, Annas Mann? Wenn er 1733 geheiratet hatte, würde das bedeuten, dass er dreiundvierzig Jahre alt gewesen wäre. Eine Möglichkeit, die ich in Betracht ziehen musste. Aber wie lautete der Name seiner Eltern?

Ich legte das Taufkleid zurück in die Kiste und klappte den Deckel zu. Dann stand ich auf und verstaute sie im Küchenschrank. Im Schlafzimmer suchte ich nach meinen zusammengetragenen Notizen, die auch den Namen von Johanns Eltern enthielten. Seine Mutter hieß Margaretha, aber mit Enttäuschung las ich, dass sein Vater Alois geheißen hatte und nicht Heinrich. Das passte nicht zusammen. Johann Lüttke-Herzogs Taufkleid konnte es nicht sein.

Es musste noch einen anderen Jungen mit dem Namen Johann auf diesem Hof gegeben haben. Ein Junge, der nicht in der Ehe gezeugt worden war und dessen Vater Heinrich genannt wurde. Wer war seine Mutter? Ich musste in die originalen Kirchenbücher Einsicht nehmen. Die Frage, die mich allerdings noch viel brennender interessierte, deren Antwort ich mit Sicherheit auch in den Kirchenbüchern nicht würde finden können, war: Wer hatte die Sachen unter der Kaminplatte versteckt und warum? Das war mehr als außergewöhnlich.

13

„Ich habe sie gefunden“, sagte Ingrid noch während sie im strömenden Regen vor der Tür stand und strahlte mich an.

„Wen?“

„Deine Anna Lüttke-Herzog. Das heißt, wahrscheinlich. Ich bin mir nicht ganz sicher, aber sie könnte es gewesen sein.“

Ich trat einen Schritt zur Seite und ließ Ingrid eintreten. Sie musste den Weg von ihrem Hof aus hierher gelaufen sein, denn sie war tropfnass. Unter dem Arm trug sie eine triefende Holzkiste von der doppelten Größe eines Schuhkartons. Sie stellte diese auf den Boden und zog ihren Mantel aus. Dann streifte sie sich die Schuhe von den Füßen, nahm die Kiste auf und brachte sie in die Küche. „Hast du ein Handtuch für mich?“

„Sicher.“ Gespannt, was sie mir zeigen würde, beeilte ich mich ihr das Gewünschte zu geben.

Sie stellte die Kiste auf den Tisch und wischte die groben Tropfen vom unbehandelten Holz. Dann setzte sie sich auf einen Stuhl und öffnete den Deckel.

Ich ließ mich neben ihr nieder und sah hinein. Die Kiste war voll mit teils vergilbten Papieren und einem alten Buch, das in schadhaftes Textil gebunden war.

„Das hier“, sagte sie feierlich „sind die gesammelten Aufzeichnungen einer Urahnin von mir. Die Frau trug den Namen Rita und lebte hier in der Gegend.“ Sie nahm das Buch heraus, legte es neben die Kiste und schlug es auf. Am unteren Rand der ersten Seite stand die Jahreszahl 1738. Sie wies mit dem Finger darauf und sagte: „Sie hat zur selben Zeit gelebt, wie deine Anna.“

Sie nahm das oberste Blatt aus der Kiste und sagte: „Pass auf.“ Ingrid begann zu lesen:

Ein unsagbarer Schrecken liegt auf diesem Hof. Ich habe Anna aufgesucht und ihr erklärt, dass es nicht Gottes Wille war. Sie hat mich zum Dank davongejagt, aber ich glaube sie wird den Gedanken so schnell nicht loswerden. Ich hoffe, dass sie erkennt, dass ich ihr helfen kann. Es wird schwierig, aber das Wissen meiner Vorfahren wird mir dabei behilflich sein.

„Ein merkwürdiger Eintrag. Was sie wohl damit gemeint hat?", fragte ich und nahm Ingrid das Blatt aus der Hand um es selbst noch einmal zu lesen.

„Die Antwort steht hier", sagte sie und nahm das nächste Blatt.

Sie hat mich aufgesucht und mich gebeten ihr zu helfen. Ich war darüber sehr erleichtert, obwohl ich auch Angst vor dem Zorn der Nixe habe. Ich habe beschlossen, sie mit Feuer zu bannen, doch brauche ich dafür einen Gegenstand, der ihr gehört hat, als sie noch lebte. Wirkungsvoll wäre ein Gegenstand, der ihr zu Lebzeiten viel bedeutet hat, doch werde ich mit dem Vorlieb nehmen müssen, was die Mersche zu finden imstande ist.

Ich verstand nicht, worauf Ingrid hinaus wollte. Für mich sprach diese Rita in Rätseln. Fragend sah ich sie an.

„Meine Urahnin war scheinbar davon überzeugt, dass auf dem Hof dieser Mersche Anna ein Geist umgeht und wollte ihn mit Feuer bannen. Sie war allem Anschein nach eine Hexe oder Heilerin. Wie auch immer man es nennen mag, ihre anderen Aufzeichnungen zeugen davon, dass sie ihre irische Tradition lebte. Mit diesem kulturellen Hintergrund kam sie wohl darauf, diesen Geist zu bannen. Leider erwähnt sie immer nur eine Mersche und Anna, aber keinen Hofnamen. Mich hat dieser Humbug nie interessiert, deshalb stand die Kiste unbeachtet auf dem Dachboden. Aber als du mir letztens erzählt hast, dass hier eine Anna Lüttke-Herzog gelebt hat und du keine Kinder gefunden hast, erinnerte ich mich an eine Sage aus dieser Gegend. Sie handelt von einer Frau, die alle Kinder verlor und die Schuld dafür wurde einem bösen Wassergeist zugeschrieben."

Das sollte der Grund für ihren eiligen Aufbruch gewesen sein? Die Erklärung ging ihr so glatt über die Lippen, dass sie mir vorkam wie auswendig gelernt. Das erweckte in mir den Eindruck, als sage sie nur die halbe Wahrheit.

Sie ließ sich durch meinen forschenden Blick nicht aus der Ruhe bringen und fuhr fort: „Was nun, wenn die Sage wahr wäre und meine Rita deiner Anna helfen wollte?" Sie sah mich forschend an. „Glaubst du, dass wir herausfinden können, ob sich diese Geschichte hier auf deinem Hof zugetragen hat – nach all der Zeit?"

In diesem Augenblick wurde mir bewusst, dass ich das schon hatte. Ich sprang so heftig auf, dass mein Stuhl gefährlich kippte. Gerade rechtzeitig packte ich ihn an der Lehne und stellte ihn sicher auf die Füße. Mit wenigen Schritten war ich am Küchenschrank und öffnete die untere Tür. Die Metallkiste, die ich gefunden hatte, stand immer noch dort und schien nur darauf zu warten, dass ich sie mit ihrer Vergangenheit verknüpfte.

Ich holte sie heraus, brachte sie zum Tisch und stellte sie an meinen Platz. „Du sagst, Rita habe diese Nixe mit Feuer gebannt? Rate mal, wo ich das hier gefunden habe."

„Im Feuer?" Ingrid lachte unsicher.

„Beinahe. Sie war versteckt unter den Bodenplatten des Kamins in der Halle."

„Wie bitte?" Ingrid war vollkommen überrascht. Nun war es an ihr, neugierig zu sein und ich kostete das eine halbe Minute lang aus, bevor ich den Deckel hob.

Ingrid schob die Unterlagen beiseite, die vor ihr lagen, zog die Kiste zu sich heran und sah hinein. Staunend verfolgte sie, wie ich zuerst das Taufkleidchen und dann den goldenen Ring herausholte und ihr die Namen und Daten zeigte, die sich darauf befanden.

„Dann muss diese Geschichte tatsächlich hier stattgefunden haben. Das müssen die persönlichen Dinge der Nixe sein", sagte Ingrid und wirkte mit einem Mal sehr nachdenklich.

„Was denkst du?", fragte ich, doch sie schwieg.

Es dauerte eine Weile, bis sie mich endlich an ihren Gedanken teilhaben ließ. „Wenn diese Bannung tatsächlich stattgefunden hat, bedeutet das auch, dass Anna Lüttke-Herzog diejenige Frau ist, die ihre Kinder auf diesem Hof verlor. Wenn das stimmt, dann frage ich mich, was die Ursache war ..." Sie hielt inne. „In der Sage heißt es, dass alle ihre Kinder starben. Versteh mich nicht falsch, aber ich glaube nicht an Geister."

„Vielleicht ist aber auch nur ein Kind gestorben, aus welchem Grund auch immer. Schließlich gab es viele Krankheiten zu jener Zeit, die man nicht heilen konnte. Und Sagen sind wie Stille Post. Je öfter sie erzählt werden, desto mehr werden sie aufgebauscht."

„Da ist was Wahres dran. Hoffentlich hast du Recht."

Mein Blick wanderte durch die Küche, die nur noch wenig mit der gemein hatte, die sie einst war. Ich bekam eine Gänsehaut, als ich mir vorstellte, wie Anna Lüttke-Herzog hier gelebt und gelitten hatte. Kaum vorstellbar ein Kind zu verlieren, doch damals herrschten andere Zeiten. Ich schluckte den Kloß hinunter, der sich in meinem Hals bildete, als ich an Kathi und Leon dachte und mir vorstellte, ich könnte sie verlieren. Welch unglaubliches Leid hatte Anna durchleben müssen.

Ingrid schien in dieselbe Richtung gedacht zu haben, denn sie verstand sofort was ich meinte, als ich laut sagte: „Ob es für Anna wohl ein Trost war, zu wissen, dass es jemanden gab, der ihr helfen konnte? Ob es ihr nach dieser Bannung besser ging und sie wieder neuen Mut gefasst hat? Ich meine Humbug hin, Geisterglauben her, ich denke damals war man noch viel abergläubischer als heute."

Ingrid nickte. „Ich denke, wenn die Kirche keine Antwort hat, und das schließe ich aus Ritas Zeilen, dann ist man für solche Spukgeschichten viel empfänglicher, oder? Ich könnte mir vorstellen, dass es ihr danach besser ging. Sie wird sicher geglaubt haben, dass diese Nixe verschwand und alles wieder in Ordnung war."

„Und was ist mit dieser Nixe? Schreibt Rita noch mehr darüber? Wie kam sie denn darauf, dass es auf meinem Hof spuken soll?"

Ingrid schien mit sich selbst zu ringen. Sie zögerte den Bruchteil einer Sekunde bevor sie die Augen niederschlug, die wenigen Unterlagen wieder in die Kiste packte und den Deckel schloss. Dann sagte sie in einem kühlen Tonfall: „Nein, darüber gibt es nichts genaues. Nur vage Andeutungen. Ich vermute, dass sie diese Spukgeschichte mit irgendeiner Legende aus Irland verbunden hat. Vielleicht hat sie sie auch einfach nur erfunden, um Geld zu verdienen."

Wieder flammte in mir der Keim von Misstrauen auf. Jetzt war ich mir sicher, dass Ingrid irgendetwas vor mir verbarg. Sie sagte nicht die ganze Wahrheit. Ich legte den Kopf schief und musterte sie genau. Sollte sie ruhig merken, dass mir ihre Lüge nicht entgangen war.

Als sie zu mir aufsah, hielt sie zwar meinem Blick stand, doch das schlechte Gewissen konnte ich ihr ansehen. Was war es, das sie mir verschwieg? Gut, wir kannten uns noch nicht lange. Vielleicht war es etwas, das sie nicht einmal einer Freundin anvertrauen würde. Das wäre natürlich ein Grund, schließlich war ich nicht einmal das. Eine Nachbarin, ja. Eine Bekannte, auch das. Aber von einer Freundin war ich meilenweit entfernt. Dennoch hatte ich das Gefühl, es wäre wichtig zu erfahren, was sie mir verschwieg.

Ich wagte einen neuerlichen Vorstoß. „Du bist hier aufgewachsen und kennst die Gegend und ihre Geschichten besser als ich. Mich würde interessieren, wie es mit Anna weiterging. Wie viele Kinder sie hatte und ob sie hier glücklich war. Ich möchte immer noch eine Hofchronik erstellen, denn schließlich waren das die Menschen, die vor uns hier lebten und litten. Willst du mir dabei vielleicht helfen?"

Ingrids Augen leuchteten. „Ich weiß nicht warum, aber deine Ansichten finde ich sehr interessant und auch meine Neugierde ist geweckt. Also sag mir wie."

„Vielleicht kannst du mir noch mehr von der Geschichte um Anna erzählen."

„Oh", sie lachte. „Da gibt es nicht viel außer dem, was ich dir schon gesagt habe. Es geht die Geschichte um, eine Frau, die irgendwo in dieser Gegend gelebt haben soll - nun, wie wir jetzt wissen, war es wohl hier - jedenfalls wird sich erzählt, dass sie eine sehr traurige Frau war. Sie hat mehrere Kinder gehabt. Einige sagen, es seien vier gewesen, andere Versionen sprechen von zehn Kindern. Allesamt wären sie auf mysteriöse Weise gestorben. Angeblich ist die Frau daraufhin wahnsinnig geworden." Sie zog die Lippen kraus. „Ich fürchte, es wird kein glorreicher Stammbaum, wenn auch nur die Hälfte davon wahr ist. Bist du sicher, dass du den tatsächlich an die Wand hängen willst?"

Ich zuckte mit den Schultern. „Warum nicht, schließlich gehörten diese Menschen zu diesem Hof, genau so wie ich jetzt."

„Wenn du meinst." Ingrid lächelte und der Schalk kehrte in ihre Augen zurück. „Dann hängen eben lauter Leichen an der Wand."

„Ach, wenn man es genau nimmt, wären sie so oder so alle gestorben, schließlich reden wir hier über die Mitte des 18. Jahrhunderts. Mir wäre dennoch wesentlich wohler, wenn sich herausstellte, dass nicht mal die Hälfte der Geschichte stimmt."

14

Frank war alles andere als begeistert darüber, dass die Kaminplatte völlig zerstört war. Ich dachte, es wäre sinnlos sie einfach verschwinden zu lassen, also schleppte ich sie auf den Dachboden und ließ sie aus dem Dreipass in den Hof fallen, sodass sie in mehrere Stücke zerbrach. Frank glaubte mir kein Wort, als ich erklärte, sie sei mir beim Heraushebeln einfach auseinandergebrochen. Er hatte mich so forschend von der Seite angesehen, dass ich mir sicher war, dass er wusste woher der Wind wehte. Ich beschloss ihm von Ingrids Besuch zu erzählen und als ich ihm schließlich zeigte, was ich unter dem Kamin gefunden hatte, sagte er: „Na, was für ein Glück, dass dir die Platte nicht gefallen hat."

Meinen Unschuldsblick, den ich bei diesen Worten aufsetzte, nahm er mir nicht ab, denn er setzte hinzu: „Mach mir nichts vor. Blöd ist, ich hab keine Ahnung, wo ich einen Ersatz auftreiben soll." Er wirkte missmutig.

Am darauffolgenden Nachmittag stieg Frank mit einer Liste hiesiger Baustoffmärkte ins Auto und als Kathi in den Hof rannte und jammerte, sie wolle auch mit, stieg er wieder aus und setzte sie kurzerhand in ihren Kindersitz auf der Rückbank.

Ich winkte ihnen zum Abschied und sah ihnen nach, wie sie erst auf den Feldweg einbogen und kurze Zeit später über die Landstraße verschwanden.

„Wo fährt Papa hin?", fragte Leon, der aus einem nahegelegenen Gebüsch herausbrach. Ein blondes Mädchen folgte ihm, das mich mit großen, grünen Augen ansah.

„Er fährt einkaufen."

„Mit Kathi?"

„Ja."

„Und warum hat er mich nicht auch mitgenommen?"

„Du warst ja nicht da."

Leon schwieg, aber ich konnte ihm seine Enttäuschung im Gesicht ablesen. „Außerdem sieht es mir so aus, als würdest du lieber spielen." An das Mädchen gewandt sagte ich: „Hallo, ich bin Julia und wer bist du?"

„Sabine", sagte sie kurz angebunden.

„Und was habt ihr im Gebüsch gemacht?"

Bei dieser Frage erfuhren ihre Züge eine solch plötzliche Wandlung, dass ich vollkommen überrascht die Brauen hob. Das Mädchen grinste über das ganze Gesicht und ihre Augen sprühten vor Begeisterung, als sie sprach.

„Wir haben einen Igel gefunden. Der ist noch ganz klein. Meine Mama hat gesagt, dass man sie wiegen soll, wenn man sie im Herbst findet, damit man gucken kann, ob sie den Winter auch überleben. Sonst muss man sie mitnehmen und füttern."

Sofort stimmte Leon mit ein. „Mama, dürfen wir den Igel in der Küche wiegen?"

„Was?"

„Ja." Sabine nickte eifrig und wischte sich mit dem Jackenärmel über die laufende Nase. „Leon hat gesagt, Sie haben eine Küchenwaage. Da können wir den Igel doch wiegen."

Ich zögerte kurz, weil ich an die Flöhe im Fell des Tieres dachte, dann sah ich die bettelnden Augen der Kinder und mir blieb einfach nichts anderes übrig, als es zu erlauben. „Wo ist denn euer Igel?"

„In den Büschen", sagte Leon und rannte sofort los, dicht gefolgt von seiner neuen Freundin.

Langsam ging ich ihnen nach und als ich den Grünstreifen erreicht hatte, kamen die Kinder bereits wieder heraus – ohne Igel.

„Er ist weg", sagte Leon enttäuscht.

„Wir hätten ihn besser gleich mitgenommen", sagte Sabine und in ihrer Stimme lag ein leichter Vorwurf.

„Ich pack den nicht ohne Handschuhe an. Der sticht doch."

„Na und?"

„Vielleicht war er ja doch groß genug", sagte ich mit einem Seitenblick auf meinen Sohn, der völlig zerknirscht auf seine Turnschuhe starrte.

Plötzlich erhellte sich seine Miene. „Wir haben einen Siebenschläfer auf dem Dachboden, stimmt's, Mama?"

„Echt?", fragte Sabine.

„Oh, ich weiß nicht. Ich hab ihn nicht gefunden, als ich oben war. Aber es kann sein, dass sich da einer verschanzt."

„Den müssen wir suchen." Sabine hatte ihre Begeisterung zurückgewonnen und Leon war gleichfalls Feuer und Flamme.

„Moment, Kinder." Ich hob die Hände, um die beiden zu bremsen. „Wie gesagt, ich weiß nicht, ob da einer ist. Außerdem weiß ich nicht, ob ich das so gut finde, wenn ihr da oben herumturnt." Ich dachte an die alte Leiter und das Holzlager.

„Wir passen auf, versprochen", sagte Leon. „Dürfen wir? Bitte."

„Aber nur, wenn ihr nicht ans Geländer geht."

„Machen wir nicht!", rief Leon und war schon an mir vorbei. Die Kinder rannten wie die Hasen über den Hof und verschwanden in der Tenne.

So ganz wohl war mir nicht, also beschloss ich ihnen ins Haus zu folgen, um wenigstens in ihrer Nähe zu sein, doch die Kinder hielten Wort.

Nachdem ich mich klammheimlich die Treppe hinaufgeschlichen hatte, sah ich sie in einer Ecke kauern und irgendwelche Ritzen im Fußboden untersuchen. Ich konnte mir zwar beim besten Willen nicht vorstellen, wie sich dort ein Siebenschläfer je hätte hineinzwängen können, aber sei es drum. Sie waren beschäftigt und das war die Hauptsache.

Ich sperrte Boomer in den Garten und nutzte die Zeit, um einmal gründlich durchzuputzen. Anschließend deckte ich den Tisch für unser Abendbrot. Als ich den Kühlschrank öffnete, wunderte ich mich wieder einmal über den gesegneten Appetit meiner Familie. Die Butter war fast leer. Wurst gab es keine, dafür wenigstens noch Käse. Ich zog die Alufolie von der Schüssel, in der die restlichen Frikadellen vom Vortag lagen und schüttelte den Kopf. Es waren nur noch drei einsame Hackkugeln darin. Ich hatte mir zwar schon gedacht, dass das Landleben hungrig machte, aber mit einem solchen Kahlfraß hatte ich nicht gerechnet.

Sabine riss mich jäh aus meinen Gedanken, als sie laut schreiend die Treppe heruntergerannt kam.

Ich eilte ihr entgegen. „Was ist passiert?" Mir rasten tausend Bilder durch den Kopf, in denen ich Leon am Boden des Holzlagers sah.

„Leon ist eingebrochen", schoss es aus ihr heraus. Mit weit aufgerissenen Augen sah sie mich an. „Da war was morsch und jetzt liegt er unten und sagt nichts mehr."

Ich flog förmlich die Treppe hinauf, dicht gefolgt von Sabine, die vor Aufregung angefangen hatte zu weinen.

„Wo?"

„Da drüben", schluchzte sie, drängte sich an mir vorbei und ließ sich kurz vor dem Giebel am Rand eines Lochs auf die Knie fallen.

Ich tat es ihr gleich und spähte hinunter. „Leon! Leon, bitte sag doch was!"

„Mama", stöhnte er und sah zu mir herauf.

„Ist alles ok? Hast du dir was gebrochen?"

„Weiß nicht. Mama, bitte hol mich hier raus, es ist so dunkel."

Fieberhaft überlegte ich, was zu tun sei. „Ich hole ein Seil, dann kann ich dich hochziehen", sagte ich. „Sabine, du bleibst hier bei Leon."

Das Mädchen nickte nur.

Ich sprang auf und lief in die Tenne. Ein Seil, ein Seil. Wo zum Teufel hatte ich das nur gesehen? Im Schweinestall suchte ich vergebens. Erst im Holzlager fand ich in einer Ecke ein zusammengerolltes Tau. Das war zwar nicht das, was ich gesucht hatte, denn ich wusste irgendwo hing eines, aber dieses würde es sicher auch tun. Ich schnappte es mir und lief zurück. Auf dem Dachboden angekommen, hörte ich meinen Sohn jammern.

„Mama, mach schnell, ich will hier raus. Hilfe."

„Deine Mama kommt gleich wieder", sagte Sabine. „Dauert bestimmt nicht lange." Dann sah sie auf. „Da kommt sie. Sie ist da."

„Mama!"

„Ja, ich bin hier. Ich lasse jetzt gleich das Seil zu dir runter. Du musst es dir unter die Arme legen, hörst du?" Ich entrollte das Tau, weitete die Schlaufe an dessen Ende und ließ es zu Leon hinunter.

Er griff danach, steckte Kopf und Arme hindurch und rief: „Ich bin fertig!"

Vorsichtig zog ich an, doch Leon schrie: „Aua! Aua! Mama, hör auf!"

Sofort gab ich nach. „Leon, was ist los? Wo tut es dir weh?"

„Ich klemme fest, du kannst mich nicht hochziehen."

Die Ernüchterung schlug mir ins Gesicht, wie ein Faustschlag. Nach oben raus ging also nicht. Ich musste von unten zu Leon gelangen, doch wo war er eingebrochen? Ich rief mir Frank in Erinnerung und den Moment, als er versucht hatte, mir den Grundriss zu erklären. Halle, Treppe, Küche. Was lag hinter der Küche? Die Upkammer und Leons Zimmer. Ich maß den Dachboden mit einem Blick. Erstere fiel weg, sie lag zu weit links. „Leon, hör mir zu. Du musst mir sagen, wo du bist. Ich versuche dich von unten zu finden, ok?"

„Ja."

„Du musst jetzt immer weiter rufen, bis ich dich gefunden habe", sagte ich eindringlich. Ich sah Sabine an und das Mädchen verstand sofort.

„Ich rufe mit."

„Gut." Ich versuchte all meinen Optimismus in meine Stimme zu legen. „Ich bin sicher, es wird nicht schwer sein, wenn ihr nur ordentlich Lärm macht." Ich stand auf, stieg zur Halle hinab und hörte, wie die beiden Kinder riefen und Krach schlugen. Wenn doch nur Frank hier wäre, dachte ich, dann ginge es sicher schneller. Dem Lärm folgend, trat ich in die Küche und wandte mich dann zu Leons Zimmer. Die Geräusche waren hier gedämpft, so als wären die Kinder in Watte gepackt worden. Am Ende des Zimmers angelangt, legte ich ein Ohr an die Wand und lauschte. Hier musste es sein. „Leon!" rief ich, um mich zu vergewissern.

„Ja, ich bin hier!"

Seine Stimme klang dumpf. Als ich an der anderen Wand lauschte und wieder um Antwort rief, klang er weiter entfernt. Er musste hinter der Stirnwand sein. „Ok, ich denke, ich hab dich. Jetzt muss ich die Wand aufbrechen, hörst du?"

„Wie denn?"

Ich konnte die feine, unterschwellige Angst in seiner Stimme ausmachen, wusste, dass er jetzt an einen Vorschlaghammer und Ähnliches dachte. „Keine Sorge, ich bin vorsichtig!", versuchte ich ihn zu beruhigen.

„Wobei bist du vorsichtig? Was ist los?"

Ich drehte mich um und wäre ihm vor Erleichterung fast um den Hals gefallen. „Frank! Gott sei Dank." Mit wenigen Worten setzte ich ihn ins Bild.

Augenblicklich verschwand er und kam kurze Zeit später mit Werkzeug zurück.

Ich hatte zusammen mit Kathi in der Zwischenzeit die Tapete abgerissen, um die Wand freizulegen. Schließlich mussten wir wissen, womit wir es zu tun hatten.

„Leon", rief Frank.

„Papa!"

„Ja. Mach dir keine Sorgen. Das hier ist nur eine Ziegelmauer, die haben wir schnell offen und dann holen wir dich da raus. Wie geht es dir?"

„Ganz ok, wenn ich mich nicht bewege!“

„Er scheint nicht mehr so viel Angst zu haben“, stellte ich fest.

„Das ist auch gut so. Panik können wir jetzt nicht gebrauchen.“

Gemeinsam kratzten wir den Mörtel aus den Fugen und lockerten langsam die ersten Steine. Dann klopfte Frank mit einem Hammer gegen den Ersten und er glitt langsam nach innen.

„Leon! Kannst du den Ziegel sehen, den ich rein geklopft habe?“

„Ja!“

„Wo ist der bei dir?“

„Bei meinem Knie!“

„Wie viel Platz ist da?“

„Du kannst ihn durchschieben, der fällt neben mir runter.“

Frank klopfte weiter und dann hörten wir den Ziegel fallen. Er schlug dumpf auf den Boden der anderen Seite. Der Anfang war gemacht und eine Viertelstunde später stieg Frank durch das Loch zu Leon.

„Kathi auch.“

„Nein, wir bleiben hier“, sagte ich bestimmt. „Papa holt Leon da raus.“

Frank schob einen Balken zur Seite, dann hob er die Arme und Leons Turnschuhe tauchten auf. Mit unserem Sohn auf dem Arm stieg er durch das Loch aus der dunklen Kammer heraus. Er setzte ihn auf dem Teppich ab und untersuchte seinen Knöchel.

„Ist nicht schlimm, war nur verklemmt. Das tut nicht weh“, sagte Leon tapfer.

Sabine kam ins Zimmer gestürmt. „Alles klar bei dir?“ Ein wenig verlegen blickte er zu Boden. „Ja, war nicht so schlimm.“

„Ich wäre gestorben vor Angst“, widersprach Sabine.

Mein Sohn grinste und ich sah ihm an, dass er sich wie ein Held fühlen musste.

„Ich glaube, unser Held schreit förmlich nach einer Dusche."

Leon stöhnte. „Muss ich? Kann ich nicht später?"

„Oh nein", widersprach ich. „Du gehst am besten jetzt. Wir wollen gleich Abendbrot essen und da hätte ich gerne ein sauberes Kind am Tisch."

„Ich muss auch nach Hause", sagte Sabine. „Wollen wir morgen wieder spielen?"

„Ok, aber ich suche nicht mehr nach dem Siebenschläfer."

Sabine lachte. „Nee, aber vielleicht finden wir ja noch einen Igel."

Ich schüttelte lächelnd den Kopf. „Bis morgen, Sabine."

„Tschüss", verabschiedete sie sich und lief hinaus.

Kathi wollte gleich hinterher und ich schnappte sie am Kragen. „Wo willst du denn hin, kleine Madame?"

„Kathi auch tüs sagen."

„Du kannst baden gehen."

Kathis Augen leuchteten. „Ich schwimmen."

„Klar kannst du in der Wanne auch schwimmen", sagte ich und brachte die Kinder ins Bad, während Frank das Werkzeug wegräumte.

Als die beiden soweit versorgt waren, ging ich in Leons Zimmer, um mir anzusehen, wo er hineingekracht war. Ich trat an das Loch in der Wand und spähte hinein.

„Hier, nimm die", sagte Frank hinter mir, knipste eine Taschenlampe an und leuchtete hinein.

Der Lichtstrahl durchschnitt die Düsternis des dahinter liegenden Raums. Er war nicht groß – vielleicht eineinhalb Meter tief – und erstreckte sich über die ganze Breite von Leons Zimmer. Zwei Pfetten der Decke waren eingestürzt und hingen quer im Raum. An der Rückwand erkannte ich ein Blümchenmuster, ähnlich dem, das ich in der Halle freigelegt hatte.

Gemeinsam stiegen wir hinein, sahen uns genauer um und ich hatte uralten Staub in der Nase. Ich stieß einen Laut des Erstaunens aus. Das Zimmer war fast komplett eingerichtet.

An der linken Wand stand eine Kommode, im rechten Winkel dazu eine Babywiege mit gedrechselten Gitterstäben. Rechts stand ein Schaukelstuhl mit einem mottenzerfressenen Kissen, das auf morschem Rattan ruhte. An der Wand stand ein rechteckiger Gegenstand schräg angelehnt, abgedeckt von einem fleckigen Leinentuch. Frank leuchtete mir, während ich ihn umdrehte und das Tuch herunterzog.

„Das ist der Wahnsinn“, entfuhr es mir. „Sieh dir das an.“

„Sieht aus wie ein altes Ölgemälde. Glaubst du, das ist echt?“

Ich fuhr vorsichtig mit den Fingerspitzen über das Motiv, das unter einer Dreckkruste lag. Die Oberfläche fühlte sich leicht feucht an. Unter meinen Fingern konnte ich sanfte Unebenheiten spüren. „Also, ein Kunstdruck ist das nicht. Leuchte mal hier rüber“, sagte ich, während ich auf die Kommode zuging.

Frank folgte mir und richtete den Strahl der Taschenlampe auf die Schubladen.

Ich griff nach den Knäufen, die in gleichmäßigem Abstand rechts und links an der Lade angebracht waren, und zog. Das Holz musste gearbeitet haben, denn sie war schwergängig. Kaum dass ich sie um einen Spalt geöffnet hatte, klemmte sie ganz.

„Soll ich?“, fragte Frank.

Ich trat zur Seite.

Frank mühte sich ordentlich ab. Er ruckelte kräftig an der Lade und die Kommode folgte seiner Zugrichtung, doch schließlich offenbarte sie uns ihren Inhalt. Im Schein der Lampe lagen fein säuberlich aufgestapelte Kleidungsstücke.

„Vorsichtig“, mahnte ich, als er eines herausholte.

Er legte es auf die Ablage und faltete es sorgsam auseinander. Es sah wie ein Hemdchen aus, wie es ein Baby in alter Zeit tragen würde.

„Unglaublich.“ Ich staunte.

„Das ist der Knaller“, sagte Frank ungläubig.

Vorsichtig nahmen wir weitere Stücke heraus und legten sie auf der Ablage aus. Darunter weitere Hemdchen, Leinenwindeln, Tücher, Hauben und aufwendig bestickte Bänder.

„Wozu sind die denn gut?“, fragte Frank.

„Ich denke, das sind Fatschbänder. Babys wurden früher fest in eine Decke eingepackt und dann mit diesen Bändern umwickelt.“

In der zweiten Schublade fanden wir verschiedene Tag- und Nachtkleidchen und zwei gestrickte Babydecken, die wir uns aber nicht mehr näher ansahen. Ich wusste, dass wir beide denselben Gedanken hatten, als Frank ihn laut aussprach.

„Wer mauert denn ein komplett bestücktes Kinderzimmer ein?“, fragte er ungläubig und kratzte sich am Kopf.

„Gute Frage. Den Sinn dahinter verstehe ich auch nicht.“

Beim Abendbrot sann ich pausenlos über dieses seltsame Zimmer nach. Wessen Zimmer war das? Hatte dort Annas Baby geschlafen? War es womöglich dort gestorben, in dieser Wiege? Aber warum hatten sie es zugemauert? War die Trauer so groß gewesen, dass sie es aus den Augen haben wollten? Ich überlegte, was ich wohl getan hätte. Ich hätte die Möbel vermutlich weggeworfen oder verbrannt. Wenn ich nun davon ausging, dass das Zimmer aus Trauer verschlossen worden war, was hatte dann dieses Gemälde dort zu suchen? Hatte es einfach im Zimmer gehangen und war mit dem Rest der Möbel in der Dunkelheit verschwunden? War es vielleicht von der Wand gefallen in all den Jahren? Nein, das passte nicht. Es war abgenommen worden, denn es stand ja verkehrt herum und war obendrein abgedeckt, als wir es fanden. Vielleicht hatte es jemand einfach hineingestellt, weil er nicht wusste wohin damit.

Ich war so in meine Grübeleien vertieft, dass ich die Kinder wie automatisch ins Bett brachte.

Als ich Leon einen Gutenachtkuss auf die Stirn drückte, sah er mich ernst an und fragte: „Mama, gibt es Gespenster?“

„Wie kommst du denn jetzt darauf?" Ich folgte seinem Blick zu dem Loch in der Wand und mir wurde mulmig zumute. Bei einer solchen Aussicht wurden die vermeintlichen Monster im Schrank gleich viel realer. „Hast du Angst? Sollen wir das zumachen?", fragte ich.

Unsicher schüttelte er den Kopf, aber in seinen Augen las ich etwas anderes und sein Empfinden konnte ich sehr gut nachvollziehen.

Ich rief nach Frank und wir besorgten einige Bretter, mit denen wir das Loch verschlossen. Er wollte gerade die letzte Bohle befestigen, als ich ihn aufhielt. „Warte."

Frank sah mich fragend an.

„Ich will nur das Gemälde rausholen."

„Das bleibt doch nicht ewig so."

„Das weiß ich, aber das Bild kann ich doch nachher in aller Ruhe sauber machen. Ich konnte es mir ja noch nicht einmal richtig ansehen. Dafür war es viel zu duster da drin."

Er schnaubte amüsiert. „Und das fällt dir jetzt ein, wo ich fast fertig bin. Wie willst du da denn reinkommen? Bist du neuerdings unter die Sardinen gegangen?"

Ich schob ein Bein hinein und versuchte mich durch die Lücke zu quetschen, doch ich musste einsehen, dass ich dazu einfach nicht dünn genug war.

Frank lachte und selbst mein Sohn kicherte. Ich warf ihm einen vernichtenden Blick zu.

„Schon gut", sagte Frank und löste das Brett, das er zuletzt befestigt hatte. „Ich wollte damit nicht sagen, du wärst dick."

„Das wäre ja auch das Allerletzte", entgegnete ich schnippisch, dann kletterte ich hinein und kassierte einen Klaps auf mein Hinterteil.

Frank leuchtete mir mit der Taschenlampe und ich fand das Bild sofort. Ich reichte es ihm durch die Öffnung und stand schon fast wieder in Leons Zimmer, als er es zur Seite gestellt hatte.

„Darf ich jetzt?“ Frank sah mich herausfordernd an und um seine Mundwinkel zuckte es amüsiert.

„Ja, jetzt kannst du.“

„Nichts vergessen?“ Er hielt das Brett über die Öffnung, ließ mich jedoch nicht aus den Augen.

„Nein, ist gut jetzt.“

„Och, ich meine nur. Nicht, dass dir gleich, wenn alles wieder fest ist, einfällt, dass du noch das Schränkchen mit den Babysachen haben willst … Oder die Wiege? Na?“, feixte er.

Ich lachte. „Nein, später. Du kannst das Brett ruhig festschrauben.“

„Ok, ganz wie du willst.“ Er setzte die Bohrmaschine an und im nu war die Bohle wieder an ihrem Platz. Das letzte Brett verschloss die Öffnung vollends.

„Du, Schatz …“

„Nix da, jetzt ist es zu.“

Kichernd wandte ich mich an Leon, der uns zugesehen hatte, drückte ihm einen Kuss auf die Stirn und fragte: „Besser so? Meinst du, du kannst jetzt schlafen?“

Er nickte fröhlich und sah dankbar zu uns auf.

„Gute Nacht, ich hab dich lieb“, sagte ich und verließ dann sein Zimmer, jedoch nicht ohne das Gemälde.

Nachdem ich den Tisch abgedeckt und die Spülmaschine eingeräumt hatte, suchte ich mir einige Utensilien zusammen, mit denen ich das Bild würde reinigen können. Darunter einige fusselfreie Tücher, Wattestäbchen, zwei weiche Pinsel und eine Schale Wasser. Mit diesen Dingen bewaffnet, ging ich in die Halle, legte den schweren Rahmen auf den Fußboden und hockte mich davor.

„Soll ich dir den Kamin anzünden?“, fragte Frank.

Ich sah zu ihm auf und dann schaute ich zu dem klaffenden Loch im Boden des Brennraums. „Geht doch nicht.“

Er grinste. „Gleich schon.“

„Oh, hast du eine neue Platte gefunden?“

„Ja, allerdings nicht im Baumarkt, sondern bei einem Steinmetz, der an der Sandsteinroute einen Betrieb führt. Das ist oben am Rand der Baumberge.“

„Da war ich bisher noch nicht“, stellte ich fest. „Und die Platte hast du sofort bekommen?“

Er grinste schief. „Nicht nur eine.“

Wie meinte er das jetzt wieder? Ich runzelte die Stirn.

„Mach du mal dein Bild sauber, ich gehe sie holen.“

Ich tat, wie mir geheißen und begann mit dem schweren Holzrahmen. Er wurde von einer kunstvollen Schnitzerei geziert. Mit Bedauern stellte ich fest, dass er an einer Ecke ausgebrochen war und sich ein unschöner Riss hinaufzog. Anschließend widmete ich mich dem Gemälde. Es starrte vor Dreck und in akribischer Kleinarbeit legte ich Zentimeter um Zentimeter frei. Vor einem fast schwarzen Hintergrund bildete sich zunächst das streng in einen Knoten gefasste Haar, gefolgt von einem porzellanfarbenen Gesicht. Ich wunderte mich über die dunklen Augen, die so gar nicht zu ihrem Teint passen wollten. Fast wie Schneewittchen, schoss es mir durch den Kopf. Der untere Teil des Gemäldes offenbarte ihre altmodische Kleidung. Sie trug ein rauchfarbenes Kleid über dem ein leicht bläulicher Schimmer lag. Es hatte den Anschein, als sei dies nicht der Farbton gewesen, den der Maler beabsichtigt hatte. Wahrscheinlich war das Bild nachgedunkelt. Der üppige Rock floss über ihre Knie und überdeckte den Stuhl auf dem sie saß fast zur Gänze. Die Hände ruhten sittsam gefaltet auf ihrem Schoß und umschlossen einen Ilexzweig. Die Schönheit dieser Frau wurde überschattet von einem fast melancholischen Gesichtsausdruck. In ihren Augen lag eine Trauer, die ich nicht in Worte fassen konnte.

Frank stand plötzlich hinter mir und fragte: „Ist das Anna Lüttke-Herzog?“

Ich war so in dieses Bildnis versunken gewesen, dass ich zusammenschrak, als ich seine Stimme hörte. Als ich mich gefasst hatte, sah ich zu ihm auf und sagte: „Ich denke, ja. Das Bild muss jedenfalls auf unserem Hof gemalt worden sein, denn wenn man genau hinsieht, kann man die Backsteineinfassung des Kamins erkennen." Ich wies auf den dunklen Hintergrund neben der Frau und zeichnete mit der Fingerspitze einzelne Steine nach. „Findest du nicht auch, dass sie unglaublich traurig aussieht?"

Frank brummte. „Keine Ahnung. Vielleicht ein wenig verträumt?"

Ich forschte in den Zügen der Frau und dachte darüber nach, wie ich wohl aussehen würde, wenn ich träumte. Kopfschüttelnd sagte ich: „Auf mich wirkt sie traurig."

„Von mir aus auch das", sagte Frank und zuckte mit den Schultern. „Schau mal, wie findest du die?" Er deutete auf die gelbliche Sandsteinplatte, die er an die Wand gelehnt hatte.

„Ui, die ist schön."

„Gut, dass sie dir gefällt. Nicht dass du sie auch wieder aushebelst und sie dabei zerbricht." Sein Ton troff vor Sarkasmus.

Ich neigte den Kopf zur Seite und zog eine Braue hoch. „Sie passt allerdings nicht zu der anderen Platte."

„Ha, dachte ich es mir. Ich weiß schon, warum ich zwei gekauft habe."

„Und ich wusste schon immer, dass du lernfähig bist", sagte ich und grinste breit.

Frank schnaubte amüsiert und schüttelte den Kopf, dann verließ er die Halle.

Wahrscheinlich holt er die andere Platte, dachte ich, stand auf und räumte meine Sachen zur Seite. Als er zurückkehrte, half ich ihm, den alten Zwilling aus dem Boden zu hebeln, der natürlich nicht auseinanderbrach, und kassierte einen schiefen Seitenblick, doch er sagte nichts weiter. Mit dem Thema waren wir offensichtlich durch.

Darunter befand sich lediglich nackter Erdboden. Wir passten die neuen Bodenplatten ein und als wir fertig waren, stellte Frank noch die Feuerböcke an ihren Platz.

„Bist du mit dem Gemälde fertig?", fragte er.

„Ja, fast. Warum?"

„Ich dachte, wenn sie vor dem Kamin gemalt wurde, könnten wir sie doch darüber hängen. Sieht bestimmt gut aus."

Ich musterte die kahle Stelle über dem Brennraum und nickte dann zufrieden. „Gute Idee. Von dort aus kann Anna die ganze Halle überblicken."

15

Der Herbst zeigte sich von seiner schönsten Seite. Die Luft war mild, es wehte ein sanfter Wind und die Landschaft war mit Laub in allen erdenklichen Farben bedeckt. Nur noch wenige Blätter erinnerten an die sommerliche Pracht der Bäume und auch diese segelten nacheinander herab auf die Erde, wie die Federn eines Vogels.

Bepackt mit einem kleinen Rucksack, der einen Schreibblock und diverse Stifte enthielt, entriegelte ich einen Flügel des Doppeltors und trat aus der Tenne in die angenehme Herbstsonne.

Es war noch früher Nachmittag und meine Familie hielt sich draußen auf. Leon rannte mit ein paar Kindern auf dem weitläufigen Hof vor der Tenne um die Wette. Vergessen war der Einbruch in das zugemauerte Kinderzimmer. Sein Fuß schien keinen nennenswerten Schaden davongetragen zu haben. Kathi saß neben Frank im Blumenbeet und beobachtete interessiert, wie ihr Vater die Außenanlagen winterfest herrichtete.

Ich wollte die Gunst der Stunde nutzen und nach Wuppertal fahren. Ich hatte dort per Internet ein Family History Center der Mormonen ausfindig gemacht und die Mikrofilme der Kirchenbücher bestellt, die mir interessant erschienen. Ich brannte darauf, die abgelichteten Originale einzusehen. Mich interessierten die Geburtseinträge von Johann und Anna. Ich wollte alles daransetzen, den richtigen Nachnamen zu finden, damit ich sehen konnte, ob Kinder aus der Ehe hervorgegangen und ob sie tatsächlich gestorben waren. Bisher war es nur ein Verdacht, auch wenn alles dafür sprach, dass es sich bei Anna um die Frau aus der Sage handelte. Ich konnte mir keinen anderen, vernünftigen Grund vorstellen, warum jemand eine Kiste unter dem Kamin deponieren sollte. Die einzige Erklärung war die Ausführung Ritas, dass sie die Nixe bannen wollte. Aber dazu brauchte es ein Motiv und ohne dass ich Kinder fand, gab es keins.

Um Jean-Luc, meinen geliebten Erpel, in den Hof fahren zu können, musste ich auch den zweiten Torflügel öffnen. Also schob ich die Riegel in die richtige Position, lehnte mich fest gegen das Holz und schob. Der Flügel knarrte mit dumpfem Grollen über den Betonboden. Als ich mich abwenden wollte, hielt mich etwas zurück. Der Ärmel meiner Bluse saß tief in einem lang gezogenen, senkrecht verlaufenden Spalt fest.

Ich versuchte mich zu befreien, doch es gelang mir nicht, das Stück Stoff einhändig aus dem Spalt zu ziehen, ohne meine Bluse zu beschädigen.

„Frank! Kannst du mir bitte helfen?"

Er arbeitete keine fünf Meter von mir entfernt, sah auf, erfasste meine missliche Lage und lachte. „Der Hof scheint nicht zu wollen, dass du mich mit den Kindern hier allein lässt."

„Oh doch, er will", sagte ich ungeduldig und funkelte ihn an.

Er konnte sich das Grinsen nicht verkneifen und trat dicht an mich heran. „Du kannst dich ja gar nicht wehren", raunte er mir genießerisch ins Ohr, legte beide Hände neben meinen Kopf und drückte sich an mich.

Ich kicherte und klapste ihm mit der freien Hand auf den Oberschenkel. „Du bist unverbesserlich."

Er strich mein Haar zur Seite und küsste meinen Hals. „Bleib nicht zu lange, Kleine", raunte er, sah mir tief in die Augen und zog den Ärmel vorsichtig nach oben heraus.

Er hatte es doch tatsächlich fertig gebracht ihn heil zu lassen, ohne auch nur einmal hinzusehen, was er tat.

„Das Tor muss schon sehr lange gerissen sein", sagte er und zog mit den Fingern den Spalt nach, der unter den verschiedenen Anstrichen verborgen gelegen hatte.

Der Riss zog sich vom unteren Drittel des Tors bis ganz nach oben durch und mündete in eine Scharte. „Das Tor muss irgendwann kräftig zugeschlagen sein", stellte er fest.

„Vielleicht bei einem Sturm?" Mein Interesse war geweckt.

„Schon möglich. Hier auf dem flachen Land pfeift der Wind manchmal mit solch einer Wucht ums Haus, dass es mich nicht wundern würde. Allerdings ist das Tor recht schwer – da hat vielleicht einer nachgeholfen."

„Schade, dass wir wohl nie erfahren werden, wie das passiert ist.", sagte ich bedauernd. „Ob man feststellen kann, wie alt das Tor ist und wann der Riss entstand?"

Er schüttelte nachdenklich den Kopf. „Ich glaube nicht. Vielleicht wie alt das Tor ist, aber der Riss? Man könnte eventuell durch die verschiedenen Farbschichten, die darüber liegen, eine Zeit eingrenzen, aber das Tor war bestimmt lange Zeit ungestrichen." Er sah mich an. „Ehrlich? Keine Ahnung", schloss er und zuckte mit den Schultern.

Ich war enttäuscht. Da lag etwas greifbar vor mir. Das Tor könnte uns eine Geschichte erzählen – vielleicht war der Riss einem Missgeschick Johanns zuzuschreiben – aber ich hatte keine Möglichkeit, sie aus dem Dunkel der Vergangenheit zu heben.

Mein Blick strich hinüber zu Kathi und ich sah sie mit dreckverschmierten Klamotten inmitten des von ihr frisch umgepflügten Beets sitzen. Sie strahlte uns an.

Frank war meinem Blick gefolgt und wir mussten beide lachen.

„Ich werde sie noch baden, bevor sie ins Bett geht", beruhigte er mich. „Wenn du jetzt fährst, kannst du ihr vielleicht noch Gute Nacht sagen."

Den Hinweis verstand ich sofort. Ich drückte ihm noch einen Kuss auf die Wange und beeilte mich, die Ente aus der Tenne zu fahren. Ich warf noch einen letzten Blick auf das Tor, winkte dann zum Abschied aus dem geöffneten Klappfenster und verließ knatternd den Hof.

Eine knappe Stunde später kämpfte ich mich durch den dichten Verkehr der Wuppertaler Innenstadt. Das Navigationsgerät war zwar eingeschaltet, aber ich hatte das Gefühl als hätte ich mich hoffnungslos verfahren.

Völlig entnervt hielt ich auf einem Parkstreifen, als die Dame den mir wohlbekannten Satz äußerte: „Wenn möglich, bitte wenden."

Ich schaltete das Gerät aus, zeigte der verstummten Dame hinter dem schwarz gewordenen Bildschirm kurzerhand einen Vogel und beschloss, mich lieber an echte Menschen zu halten.

Die nächste Passantin gehörte mir und ich fragte nach dem richtigen Weg. Mir entging nicht, dass sie verständnislos auf das Navi starrte, doch mir war das gleich. Sollte sie doch denken, was sie wollte, wenn sie mir nur half.

Kaum fünfzehn Minuten später kam ich in der Martin-Luther-Straße an, parkte Jean-Luc und ging ins Gebäude. Ich stellte mich der freundlich lächelnden Frau am Empfang vor und nannte mein Anliegen.

Sie händigte mir sechs Mikrofilmrollen aus. Dann folgte ich ihr in einen kleinen Nebenraum, in dem drei Lesegeräte standen.

„Haben Sie dieses Gerät schon einmal bedient?"

„Nein", gab ich zu.

Geduldig wies sie mich ein und ließ mich dann allein mit den Worten: „Wenn Sie meine Hilfe brauchen, ich bin nebenan."

Ich bedankte mich und begann mit meiner Recherche. Wie ich erwartet hatte, musste ich mich durch Sütterlin und holpriges Latein kämpfen. Ein zweiter Faktor kam noch hinzu: Die schreckliche Handschrift des Pfarrers brachte mich schier zur Verzweiflung. Es dauerte eine ganze Weile, bis ich mich eingelesen hatte.

Es gab nur einen Eintrag mit dem Namen Lüthke-Herting. Es war die Eheschließung von Anna und Johann, die ich bereits aus dem Internet kannte. Wäre ich derjenige gewesen, der die Daten hatte online stellen müssen, ich wäre auch an der Sauklaue des Pfarrers verzweifelt. Die Eltern standen mit dem Beinamen Grote-Bisig dabei. Wahrscheinlich war das auch wieder nur ein Hofname. Leider bedeutete das für mich eine Sackgasse. Ein Wort ließ mich jedoch innehalten. Ich konnte es nicht entziffern, aber es stand gleich hinter dem Namen von Johanns Vater Alois. Es half nichts. Seufzend stöberte ich in den Einträgen auf der Suche nach einem winzigen Hinweis.

Ich stieß auf einen weiteren Eintag mit denselben Vornamen. Alois und Margarethae. Aber hier stand kein Hofname sondern Kamp. Ich stutzte. Gleich dahinter folgte dasselbe Wort wie in dem zuvor gefundenen Eintrag. Konnte das sein? Ich glich die beiden Schriftzüge ab. Die gleiche Länge, doch an dieser Stelle etwas besser lesbar - ferrarius. Schmied. Alois Kamp, Schmied und sein Weib Margarethae, Hausfrau. Das war es. Da es für gewöhnlich nur einen Schmied im Ort gab, mussten das dieselben Menschen sein. Ich konnte mein Glück kaum fassen. Ich hatte den Nachnamen tatsächlich gefunden. Um auch den letzten Zweifel auszuräumen, suchte ich noch den Geburtseintrag von Johann und fand eben jenen Alois Kamp und Margarethae als Eltern verzeichnet. Bingo.

Jetzt fehlten mir nur noch die Kinder. Mit gemischten Gefühlen ging ich das Geburtsregister durch.

Hermanni Johannii * 17 Aprilis 1735

Ich schrieb mir den Eintrag auf und scrollte weiter.

Hermanni Johannii * 11 Augusti 1736

Zwei Kinder kurz hintereinander, die denselben Namen trugen. „Oh, bitte nicht." Es war nicht mehr als ein Flüstern, denn ich wusste worauf das hinauslief.

Von der Sage um Anna abgesehen, war es zu diesen Zeiten mit der ärztlichen Versorgung nicht weit her und es kam oft vor, dass Kinder, insbesondere Babys, krank wurden und verstarben. Meist bekam das folgende Kind denselben Namen wie sein voriges Geschwisterchen. Man glaubte, so ein Stück weit das Verlorene zurückzubekommen.

Anna Catharinae * 8 Februarii 1738

Ich suchte weiter, aber ich fand kein weiteres Kind mehr. Meine Lüttke-Herzogs waren nicht kinderreich, aber sie hatten immerhin zwei.

Schweren Herzens legte ich die Mikrofilmrolle mit den Sterbeeinträgen in das Lesegerät, um das Sterbedatum des ersten Kindes zu suchen. Ich scrollte in die Jahre 1735-1740. Ich zögerte einen Augenblick, dann atmete ich tief durch und durchsuchte die Spalten.

Kurze Zeit später offenbarte sich mir ein Eintrag, der Hermann Johann betraf:

Hermanni Johannii + 21 Martii 1737 – 7 Monate 10 Tage

Ein Seufzer drang über meine Lippen. Der Junge war im Jahr 1737 im Alter von 7 Monaten gestorben. Ich stutzte. Irritiert sah ich auf meinen Notizblock. Er wies mir als Geburtsjahr 1735 aus. Mein Blick glitt zu dem nachfolgenden Jungen, den die Eltern ebenfalls Hermann genannt hatten. Meine Augen weiteten sich. Geburtsdatum: 11 Augusti 1736.

„Beide Jungen", sagte ich tonlos und suchte nach seinem älteren Bruder.

Hermanni Johannii + 19 8bris 1735 – 6 Monate 2 Tage

„Nein." Es war fast überflüssig die Namen der Eltern abzugleichen. Aber es waren Johann Kamp und Anna. Mir schwindelte vor Entsetzen und die Worte begannen vor meinen Augen zu tanzen. Zwei Kinder gleich hintereinander.

„Drei Kinder", flüsterte ich. „Drei."

Anna Catharinae + 24 Augusti 1738 – 6 Monate 16 Tage

„Mein Gott", brach es aus mir heraus. Das war mehr als ein Mensch ertragen konnte. Betroffen lehnte ich mich in meinem Stuhl zurück. Ich dachte an Leon und Kathi. Bei der bloßen Vorstellung schossen mir die Tränen in die Augen. Ich fühlte einen dicken Kloß im Hals. Dann sah ich am unteren Ende des Bildschirms einen Namen, der mich nicht mehr überraschen konnte:

Anna Theresia Lüthke-Herzog + Augusti 1738
– 31 Jahre etliche Tage.

Über die Art ihres Ablebens schwieg sich das Kirchenbuch jedoch beharrlich aus.

16

Mir kam es vor, als ob jemand die Landkarte gefaltet hätte und Wuppertal gleich neben unserer Bauernschaft liegen würde. Ich war eben erst auf die Autobahn gefahren und gleich darauf bog ich schon von dem Wirtschaftsweg in unsere Hofzufahrt ein. Ich muss so in Gedanken gewesen sein, dass ich den ganzen Rest der Fahrt wie automatisch hinter mich gebracht hatte. Dennoch war mir der genaue Inhalt meiner Grübeleien ebenso wenig bewusst, wie die Wegstrecke die ich zwischenzeitlich zurückgelegt haben musste.

Durch die kleine, rechteckige Frontscheibe sah ich eine Gruppe Kinder, die ausgelassen über den Hof rannte. Leon mitten unter ihnen. Alle Kinder, bis auf Sabine, blieben stehen und hüpften herum. Sie sangen und das Mädchen lachte. Boomer sprang freudig bellend um sie herum. Keines der Kinder achtete auf mich. Ein fröhliches Spiel in der Abendsonne, dachte ich und lenkte die Ente nach rechts, um sie vor der Tenne abzustellen.

Das alte Gemäuer lag vor mir und ich merkte sofort, dass sich etwas in meiner Wahrnehmung verändert hatte. Wirkte es am Vormittag noch grandios in der sanften Herbstsonne, als wache es freundlich über seine Bewohner, so kam es mir jetzt wuchtig und bedrohlich vor. Es war gerade so, als habe jemand ein schweres, graues Tuch darüber ausgebreitet. Jede anheimelnde Empfindung hatte sich in Tristesse verwandelt, die mich augenblicklich frösteln ließ.

Ich musste an die Kinder denken, die niemals alt genug geworden waren, um einen Fuß auf diesen Hof zu setzen, geschweige denn, so ausgelassen herumzutollen. Ich fühlte mich beklommen, als ich Jean-Luc abgestellt hatte und ausstieg.

Ich stieß die Fahrertür zu und hörte die Kinder fröhlich singen. Ich konnte nicht sagen, warum ich die Augen schloss und auf den genauen Wortlaut lauschte. Es war, als würde jede einzelne Sekunde in eine halbe Ewigkeit gedehnt. Als würden die Kinder in Zeitlupe herumrennen und der Kinderreim seltsam verzerrt an mein Ohr dringen:

„Wise, Wase Wassernixe
kommt bei Nacht aus ihrer Pfütze
nimmt die kleinen Kinder weg
alle rufen meck, meck, meck"

Die Silben sickerten in mein Bewusstsein und ergaben einen Sinn, den ich nicht zu fassen vermochte. Die Worte hallten in mir nach. Was sangen sie über die Kinder? Sie wurden weggenommen? Von der Wassernixe? Welch ein grauenvoller Reim.

Ich runzelte die Stirn und schüttelte den Kopf. War der Reim wirklich so grauenvoll oder kam er mir nur so vor, weil ich wusste, was an diesem Ort vor nunmehr fast drei Jahrhunderten geschehen war? Vor Ewigkeiten.

Leon sah zu mir herüber, hob den Arm zu einem Gruß, der wohl vor seinen Freunden cool wirken sollte und ich musste unvermittelt lächeln. Ich winkte ihn zu mir.

Er sah sich nach den anderen um und rannte dann auf mich zu. Knapp zwei Meter von mir entfernt bremste er ab, schlitterte knirschend über den Schotter und kam genau vor mir zum Stehen.

Ich ging in die Hocke, zog ein Taschentuch aus meiner Hosentasche und reichte es Leon, während ich wie beiläufig nach dem Sinn ihres Spiels fragte.

„Fangen", sagte Leon atemlos und schnäuzte sich die Nase.

Ich strich ihm eine Haarsträhne aus der verschwitzten Stirn und bohrte nach. „Und was singt ihr da?"

Er zuckte mit den Schultern.

„Eine Wassernixe, die die Kinder holt?", half ich ihm auf die Sprünge.

Leon lachte. „Ja, das war Sabines Idee. Sie ist die Wassernixe und muss uns fangen."

„Und ihr seid die Kinder", stellte ich mehr fest, als dass ich fragte.

„Klar."

„Na dann lass dich nicht erwischen", sagte ich und gab ihm einen Klaps, als er sich umwandte um davon zu rennen. Ich sah ihm nach und beobachtete, wie er ausgelassen herumhüpfte und Sabine die Zunge herausstreckte.

Innerhalb weniger Sekunden geschahen tausend Dinge auf einen Schlag. Die beiden lachten lauthals, die anderen Kinder sangen den Reim und Boomer bellte. All diese Laute vermischten sich, prallten gegen das alte Gemäuer und wurden in einem Echo zurückgeworfen. Aus dem Augenwinkel nahm ich eine Bewegung war und blickte zum Tennentor, hinauf zum Dreipass. Erschrocken wich ich einen Schritt zurück.

Ein undeutlicher Schatten in Form einer Frauengestalt sah auf die Kinder herab. Die Kirchenglocken im entfernten Buldern schlugen ihr Sechs-Uhr-Geläut. Das Weinen eines Kindes quoll aus der Tenne.

Panik ergriff mich. Was ging hier vor? Ich rannte zu Leon, packte ihn am Handgelenk und zog ihn mit mir.

„Mama, was ist denn los? Warum gehen wir rein? Aua, du tust mir weh!"

Ich ignorierte sein Jammern, hastete ins Halbdunkel der Tenne und sah Frank auf mich zukommen. Er trug die weinende Kathi auf dem Arm.

„Hallo, schon zurück?", fragte er. Das Lächeln gefror ihm auf den Lippen. „Was ist passiert?"

„Was ist mit ihr?" Ich trat dicht an ihn heran und untersuchte die Kleine fieberhaft.

In seiner Stimme schwang ein besorgter Unterton. „Sie wollte Schokolade, aber wir essen gleich. Das hat ihr nicht gepasst."

Ich blickte zu ihm auf und sah, dass er mich verständnislos musterte.

„Mama, lass mich endlich los!", jammerte Leon und zerrte sich frei.

„Schnell", sagte ich zu Frank und nahm ihm Kathi ab. „Geh rauf auf den Boden. Da ist jemand."

„Was?"

„Ich habe da jemanden stehen sehen." Ich deutete über unsere Köpfe.

Frank runzelte die Stirn, schien aber zu spüren, wie ernst es mir war. „Wo genau?"

„Am Dreipass. Da stand ..." Ich zögerte einen Sekundenbruchteil. „... eine Frau."

Frank dirigierte uns in die Küche, schnappte sich im Vorbeigehen eine Taschenlampe vom Sideboard und verschwand in der Halle.

Kathi hatte sich beruhigt und sagte: „Kathi auch mit."

„Nein. Wir müssen hier bleiben." Mussten wir das? Die Kinder ja, aber im Grunde wollte ich auch nach oben gehen. Ich sah zu Leon, der sich das Handgelenk rieb und mich anstarrte. Sofort überfiel mich ein schlechtes Gewissen. Ich hatte ihm nicht wehtun wollen. Ich ging in die Hocke, stellte Kathi neben mich, ohne meinen Arm um ihre Hüfte zu lockern und sah ihm ernst in die Augen. „Es tut mir leid. Zeig mal her."

Leon verzog die Lippen zu einem Schmollen, hob aber sein Handgelenk unter meine Nase.

Es war leicht gerötet und erleichtert stellte ich fest, dass ich ihn nicht ernsthaft verletzt hatte. Seine Reaktion rührte wohl doch eher von verletztem Stolz, weil ich ihn ohne Erklärung so unsanft von seinen Freunden getrennt hatte. Ich hatte zwar deren Gesichter nicht gesehen, aber ich konnte mir vorstellen, wie ich auf sie gewirkt haben musste. Als hätte ich nicht alle Tassen im Schrank.

„Leon tut weh", stellte Kathi fest.

„Nein. Ist nicht so schlimm." Ich pustete sanft über die Rötung. „Entschuldige bitte", sagte ich zerknirscht an Leon gewandt.

„Schon gut." Er schien mein Gesicht zu erforschen und ich wusste, dass ich ihm eine Erklärung schuldete, doch dazu fühlte ich mich im Augenblick nicht imstande.

„Da ist niemand", sagte Frank, als er wenige Augenblicke später zu uns zurückkam.

Ich ließ Kathi los, strich Leon über die Wange und richtete mich auf. „Bist du sicher?"

„Absolut. Außerdem hätte Boomer gemeldet, wenn jemand hier wäre, der nicht hergehört. Du weißt doch, was der bei Fremden für ein Theater macht." Er stellte die Taschenlampe zurück an ihren Platz.

Ich kam mir so dumm vor. Boomer – natürlich. Daran hatte ich nicht gedacht. Andererseits war er ja mit den Kindern draußen gewesen und auch ein Hund ist nicht unfehlbar.

„Was war denn los?", fragte Leon.

Ich räusperte mir einen Kloß aus dem Hals. Mir war nur zu bewusst, wie sie mich alle anstarrten. Frank stand Sorge ins Gesicht geschrieben, Leons Augen funkelten eher neugierig und Kathi verfolgte unseren Wortwechsel ohne im Geringsten zu verstehen, was vorging. Ich verstand mich ja selbst nicht mehr. Was hatte ich denn nun gesehen? Hatte ich überhaupt was gesehen, oder hatte ich in diesem Moment einfach neben mir gestanden? Ich hatte wohl wirklich nicht alle Tassen im Schrank.

„Ich weiß nicht", versuchte ich mich zu erklären. „Ich habe gedacht, jemand Fremdes würde hier herumschleichen und ich wollte euch beschützen. Es sieht wohl so aus, als hätte ich mich geirrt. Tut mir leid."

„Das kann passieren", sagte Leon altklug. „Ich hab auch mal gedacht, es würde von hinten ein Auto kommen und habe Ella in den Graben geschubst, obwohl da gar kein Auto war …", plapperte er drauflos.

Ich hatte ihn nie zuvor über ein Mädchen namens Ella reden hören und ich hegte den Verdacht, dass er die Geschichte gerade aus dem Stegreif erfand, doch ich sagte nichts, da er es offensichtlich gut meinte. Ich war ihm dankbar, dass er mir so schnell verziehen hatte, daher lächelte ich.

Auch Frank hörte ihm aufmerksam zu, doch wertete er die Story nicht, als Leon geendet hatte. Stattdessen sagte er: „Ich mach uns jetzt erst einmal einen Kaffee."

„Kann ich wieder spielen gehen?"

„Es wird schon dunkel und ich glaube nicht, dass deine Freunde noch da sind", gab ich zu bedenken.

„Ich kann doch mal nachsehen."

„Ok, aber wenn sie weg sind, kommst du wieder", gab ich nach. Ich brachte es einfach nicht fertig ihm den Wunsch abzuschlagen, schließlich war ich schuld am abrupten Spielende.

Er flitzte aus der Küche und rief: „Bis später!"

Kathi wollte ihm schon nachlaufen, doch ich hielt sie zurück. „Komm, wir machen dir jetzt etwas zu essen."

Ich hörte Frank lachen. „Sie will überall mitmischen, unsere Kleine."

„Kann ich verstehen." Ohne ein weiteres Wort setzte ich Kathi auf einen Stuhl und deckte den Tisch. Dann zog ich mir selbst einen Stuhl heran, ließ mich ebenfalls nieder und begann ihr ein Brot zu schmieren.

Frank kam mit zwei dampfenden Tassen Kaffe herüber, stellte eine neben mich und setzte sich zu uns. Als Kathi aß, ergriff er das Wort und fragte: „So, jetzt erzähl. Was war da eben mit dir los? Irgendetwas muss dich völlig aus der Bahn geworfen haben."

Ich schnaubte. Aus der Bahn geworfen? Das war sehr nett ausgedrückt. Ich hatte eher das Gefühl, völlig durchgedreht zu sein. Was war da eben mit mir passiert? Warum war ich in Panik geraten? Ich hatte etwas gesehen, doch war ich mir nun gar nicht mehr sicher, ob es auch tatsächlich eine Frau gewesen war. Und überhaupt, wie kam ich auf eine Frau und warum hatte mich das so erschreckt? Was war der Auslöser gewesen? Ich dachte angestrengt nach und versuchte mich in diesen Moment der Panik zurückzuversetzen. Es war diese Wassernixe aus dem Kinderreim, aus der Sage, Kathi, die weinte, Kinder die geholt wurden - die starben. Annas Kinder.

„Julia, geht's dir gut? Du wirst ja ganz bleich."

Meine Hände krampften sich um die heiße Tasse. Langsam führte ich sie an die Lippen und nippte am Kaffee.

„Schon gut, mir ist nur gerade etwas klar geworden."

„Was denn?"

„Ich glaube, es war einfach etwas zu viel. Ich habe in den Kirchenbüchern gestöbert und dort Anna und ihren Mann Johann gefunden. Sie hatten drei Kinder …"

„Ok, aber was hat das mit …?"

Ich unterbrach ihn mit einer Handbewegung. „Ich habe dir doch von dieser Sage erzählt. Von der Nixe, die angeblich alle Kinder von Anna geholt haben soll." Ich sah zu Kathi, die uns beobachtete und von ihrem Brot abbiss. Meine nächsten Worte wählte ich mit Bedacht. „Sie wurden alle nicht viel älter als sechs Monate." Ich machte eine kurze Pause, um die Worte wirken zu lassen und blickte ihm unverwandt in die Augen. „Verstehst du? Alle drei." Um meine Worte zu unterstreichen hob ich meine Brauen und nickte leicht. „Die Ursache ist nicht eindeutig, jedenfalls scheint sie nicht mit einer Epidemie oder Ähnlichem einherzugehen. Das muss ich noch recherchieren, aber die Geburtsdaten strecken sich über einen Zeitraum von drei Jahren. Von daher müsste das eine Krankheit gewesen sein, die über längere Zeit gewütet hat."

Frank hörte aufmerksam zu, doch ich konnte spüren, dass er langsam ungeduldig wurde.

„Als ich eben zurückkam, spielten die Kinder draußen Fangen und sangen dabei einen merkwürdigen Reim. Irgendwas von einer Wassernixe, die die Kinder holt und dann habe ich oben im Dreipass etwas gesehen." Ich hielt inne und sann darüber nach, was ich gesehen hatte. Die Kirchturmglocke hallte in meinen Ohren nach. „Kathi hat geweint."

Frank nickte zögernd. Auch wenn ich nicht wirklich in Worte fassen konnte, was genau mit mir passiert war, schien er mir folgen zu können. „Ich verstehe. Du standest sozusagen unter dem Einfluss deiner Entdeckung und dann stürzte alles auf einmal über dich herein."

„Es war, als wäre ich mitten in einem Alptraum. Ich hatte plötzlich Angst, dass was passieren würde, dass Kathi ... und Leon wollte ich bei mir haben. Ich weiß auch nicht", schloss ich und fühlte mich völlig verunsichert.

Konnte sowas möglich sein? Ich hatte mich niemals für derart beeinflussbar gehalten, aber der Tod der drei Kinder hatte mich so mitgenommen, dass ich wohl einfach übersensibel reagiert hatte.

„Und du glaubst, du hast da oben jemanden gesehen?"

„Ich bin mir nicht mehr sicher." Ich versuchte gedanklich hinaufzusehen. „Da war ein Schatten – glaube ich. Ich habe wirklich gedacht, da oben steht eine Frau und sieht den Kindern beim Spielen zu." Ich schüttelte den Kopf. „Wahrscheinlich habe ich mir das in dem Moment nur eingebildet."

„Ich habe oben alles abgesucht. Da war niemand." Er nahm meine Hand und drückte sie sanft. „Zumindest habe ich keinen gesehen. Vielleicht war es eine Fledermaus? Die fliegen in der Dämmerung und oben auf dem Boden könnten sie sich wohlfühlen."

Das klang für mich nicht einleuchtend. Der Schatten war nicht nur eine flüchtige Wahrnehmung gewesen, aber da ich selbst nicht wusste, was ich von alledem halten sollte, sagte ich: „Möglich" und beließ es dabei.

17

Lymbergen, 1738

Anna saß am Küchentisch und starrte auf ihre Hände, die mit dem weißen Tischtuch zu verschmelzen schienen. Ihr goldener Ehering stand dazu im Widerschein. Irritiert musterte sie ihn und er kam ihr fremd vor, so als hätte sie ihn noch nie in ihrem Leben gesehen. Sie schloss langsam ihre Lider, bis der Ring zu einem verschwommenen Streifen zusammenschrumpfte. Ihre Augen brannten, als habe man ihr Sand hineingerieben. Wie von selbst fielen sie zu.

Sie hatte den Ring ausgesperrt, die Tischdecke, den Tisch, die Anrichte, die Küche und jegliches Licht. Sie sah tief in sich hinein und bemerkte die abgrundtiefe Dunkelheit, die in ihr herrschte.

Stimmen drangen auf sie ein. Sie kamen aus dem Nebenraum. Sie sprachen leise, doch sie waren dort. Sie wusste, dass sie in der Deele saßen. Allesamt waren sie gekommen - was wollten sie hier?

Sie erinnerte sich nicht. Wollte nicht darüber nachdenken, wollte sie nicht hören. Sie hob die Hände an die Ohren, wollte auch sie aussperren, doch sie waren immer noch da. Die Stimmen, das Gackern der Hühner, die Tiere im Stall. Sie waren laut - unerträglich laut. Sie presste die Ohren so fest zu, dass sie schmerzten, versuchte sich auf das Rauschen in ihrem Kopf und ihren Atem zu konzentrieren.

Sie fühlte einen leichten Druck auf ihrer Schulter. Er wurde verstärkt und wieder zurückgenommen. Langsam ließ sie die Hände sinken und sah auf.

„Komm doch zu uns, Kind“, sagte eine schwarz gekleidete Frau, die zu ihr herabsah.

Anna verstand nicht.

Die Frau wirkte besorgt. Ihre Hand glitt streichelnd ihren Arm herab. „Anna?“

Noch immer sagte sie keinen Ton und sah in die sanften, blauen Augen der Frau, deren Gesicht ihr seltsam vertraut war. Die Frau legte den Arm um sie und half ihr auf. Widerstandslos ließ sie sich aus der Küche führen.

Gemeinsam traten sie in die Deele. Dort saßen die Menschen, die zu den flüsternden Stimmen gehörten. Zwölf Augenpaare richteten sich auf sie und sie fühlte sich augenblicklich unbehaglich. Sie wirkten wie eine einheitliche schwarze Wand.

Ihr Blick glitt zu der stehenden Gestalt am lakenverhangenen Fenster, die sich langsam umwandte. Das welke Gesicht des schlanken Mannes zeigte Sorgenfalten auf der Stirn, umrahmt von sorgfältig geschnittenem, silbergrauem Haar. Gütige Augen musterten sie. Seine bleichen Hände waren um ein ledernes Buch gefaltet.

Er trat einen Schritt auf sie zu. Anna wich zurück. Sie wollte nicht hier sein, niemanden sehen und dieser Mann rührte an ihrem Gedächtnis. Ihr Verstand schrie auf unter größter Pein. Sie durfte nicht zulassen, dass er sich ihr näherte. Er durfte nicht. Niemand durfte das.

Irritiert sah sie neben sich. Die Frau hielt sie immer noch im Arm. Diese Frau, die aussah wie sie selbst, nur älter - viel älter.

„Mama“, wisperte sie. Wie wabernder Nebel krochen die Erinnerungen in ihr Bewusstsein zurück, begannen die trügerische Leere zu füllen, formten sich zu den verzerrten Bildern, die sie nicht sehen wollte.

Verzweifelt schüttelte sie den Kopf, als könnte sie sie aufhalten, sah die mitleidigen Mienen der Anwesenden auf sich ruhen und den schlanken Mann, wie er einen weiteren Schritt auf sie zutrat.

Die Tür am anderen Ende der Deele öffnete sich erst einen Spalt weit, dann unaufhörlich bis zur Gänze, wie in einem Albtraum.

Johann stand auf der Schwelle, das aschblonde Haar fiel ihm wirr in sein verzerrtes Gesicht. Seine einst so wachen Augen blickten ihr trübe entgegen. Hinter ihm flackerte ein gelblicher Schein in dem abgedunkelten Raum.

Ihre Blicke trafen sich. Johann kam heraus und trat neben den Kamin.

Der Nebel lichtete sich mit einem Schlag. Grausame Bilder verfestigten sich. Sie kannten keine Gnade.

Ihre Augen sahen, ihr Verstand begriff – sie selbst war noch vor wenigen Stunden dort gewesen. Sie hatte sie in ihren Armen gehalten. Den kleinen Körper mit den blauen Lippen. Das bleiche Gesicht. In dem Zimmer lag der Tod.

Wie hatte sie je glauben können, Rita wäre imstande ihr zu helfen? Warum nur war sie dieses Wagnis eingegangen? Der Fluch musste viel älter und mächtiger sein als die Bannungsversuche einer einfachen Hexe. Hatte das Feuer den Fluch womöglich erstarkt?

Die Nixe hatte den Sieg davongetragen und sie selbst hatte verloren; das Liebste auf Erden. Ihr kleines Mädchen. Ria.

Ein fast unmenschliches Heulen verließ Annas Kehle. Sie sah den Schmerz in Johanns Gesicht, die Bibel in des Pfarrers Händen, das silberne Kreuz an der Kette um seinen Hals, ihre Verwandten, wie sie sie mitleidig anstarrten. Sie sah ein weiteres Augenpaar über dem Kamin, das zu ihr herabfunkelte. Auf den Lippen lag der blanke Hohn.

Mit einem Schrei riss sie sich aus den Armen ihrer Mutter und stürzte durch die Halle.

„Anna!", hörte sie sie rufen.

„Haltet sie auf!", rief ein anderer

Jemand sprang auf und versuchte ihren Arm zu greifen doch sie raste wie blind.

„Um Himmels willen!"

„Haltet sie doch fest!"

„Oh Herr, erbarme dich!"

„Anna!"

Sie sah Johann, wie er sich bereit machte sie zu stoppen, doch im selben Moment, in dem er sie zu fassen suchte, sprang sie und riss das Gemälde von der Wand.

„Sie hat sie geholt! Sie hat sie alle geholt! Die Nixe hat sie umgebracht!" Ihre Stimme überschlug sich hysterisch.

Johann packte sie und hielt sie fest an die Brust gepresst.

Sie strampelte und trat auf den schweren Rahmen ein. „Das Haus ist verflucht! Sie ist immer noch hier! Sie war es! Sie!"

Ihre Stimme brach und Tränen stürzten aus ihren wunden Augen. Sie hatte keine Kraft mehr um weiter auf das Bild einzutreten. Anna fühlte sich, als würde sie von innen heraus in Stücke gerissen.

Johann hielt sie immer noch fest umschlungen. Langsam lockerte er seinen Griff. Ihre Verwandten sprachen durcheinander, sie hörte ein schleifendes Geräusch und Johann ließ sie sinken, bis sie in einem Sessel saß.

Johann kniete vor ihr, seine Hände lagen immer noch auf ihren Hüften und sie sah ihm in die Augen.

Hass keimte in ihr auf und als sie sprach, war ihre Stimme nicht mehr, als ein heiseres Flüstern. „Du hast gesagt, sie wäre fort – Es ist deine Schuld."

18

Limbergen 2010

Der Schock des Vortags steckte mir noch immer in den Knochen. Der Gedanke an Anna Lüttke-Herzog und ihre verstorbenen Kinder ließ mich nicht zur Ruhe kommen. Die Erinnerung an jenen Tag, als ich mich zum ersten Mal mit Ingrid über Annas Geschichte unterhalten hatte, jagte mir einen Schauer über den Rücken. Hatten wir zu diesem Zeitpunkt noch geglaubt, es könne nur ein Bruchteil der Geschichte wahr sein, da jede Sage aufgebauscht wurde, so hatte ich gestern feststellen müssen, dass alles der Wahrheit entsprach. Das Grauen, das sich auf diesem Hof abgespielt hatte, war schier unbeschreiblich. Es waren tatsächlich alle ihre Kinder gestorben. Und nicht nur das, plötzlich tauchte dieser Kinderreim aus dem Nichts auf, der wie ein knochig ausgestreckter Finger auf ein Geisterwesen wies, dass seine Zeit bis zum heutigen Tag überdauert hatte.

Hatte es diese Wassernixe wirklich gegeben? Rita war davon überzeugt gewesen. Wenn die Sage um Anna und ihre Kinder schon so viel Wahrheitsgehalt besaß, war es dann vielleicht auch möglich, dass es dieses mordende Geisterwesen gegeben haben könnte? Welchen Grund hätte diese Nixe haben können, Annas Kinder zu holen? War sie ein Geisterwesen, oder war sie zu jener Zeit ein lebender Mensch, der erst in der Sage zum Geist mutiert war?

Ich wusste nicht mehr wo mir der Kopf stand. Der ganze Hof schien buchstäblich vollgestopft mit Hinweisen. Was würde ich hier noch entdecken? Gab es Dinge, die ich eventuell übersehen hatte?

Eines stand unwiderruflich fest. Ich musste der Ursache auf den Grund gehen.

Welche Dinge waren ungeklärt? Ich wusste zwar, was aus Annas Kindern geworden war und ich hatte einen vagen Verdacht, was Anna betraf, doch welche Rolle spielte diese mysteriöse Wassernixe?

Ich brauchte Fakten, auf die ich mich stützen konnte, keine Mutmaßungen. Fakt eins war, dass Anna versucht hatte zusammen mit der Hexe Rita die Nixe zu bannen, denn die Kiste hatte ich unter dem Kamin gefunden. Wann war das gewesen?

Ich versuchte mir vorzustellen, wie eine Frau reagieren würde, deren erstes Kind stirbt. In solch unsicheren Zeiten mit Epidemien, mangelnder Hygiene und einer hohen Sterblichkeitsrate unter Kindern, würde ich zwar unermesslich leiden, aber es auch nicht als ungewöhnlich empfinden. Vermutlich kannte ich diese Dinge aus meinem Bekanntenkreis, vielleicht auch durch meine Mutter. Ich würde es ein weiteres Mal versuchen. Wenn aber auch das zweite Kind sterben würde und dann eine Hexe zu mir käme, die mir sagte, der Tod des zweiten Kindes wäre die Schuld eines bösen Geistes, der mich heimsuche - ich würde nicht mehr schwanger werden wollen, es sei denn es gäbe eine Lösung. Zweifellos musste die Kiste also zwischen dem Tod des zweiten Sohns und der Geburt des Mädchens vergraben worden sein. Aber, und das war Fakt Nummer zwei, irgendetwas musste schief gelaufen sein, denn es hatte offensichtlich nicht funktioniert. Die Frage, deren Antwort ich ebenso wenig wusste, wie die auf all die anderen war: Warum nicht? Was war falsch gewesen?

Das konnte doch nur zweierlei bedeuten. Entweder es gab keine Nixe, oder das Ritual wurde falsch durchgeführt.

Im Internet fand ich einiges über Hexenrituale und Bannungen. Wenn ich es richtig verstanden hatte, dann brauchte man wie beim Voodoo einen oder mehrere Gegenstände, die das Geisterwesen mit der irdischen Welt verbanden. Etwas aus ihrem Besitz, am besten einen Gegenstand, den das Wesen einst liebte. Ich las allerdings auch über furchtbare Dinge, die geschehen konnten, wenn man das Ritual falsch durchführte. Auf einer Seite standen schreckliche Erlebnisse von Menschen, die Experimente mit einem Hexenbrett durchgeführt hatten. Sie berichteten von Verfolgungen durch böse Geister, die so weit gingen, dass manche um ihr Leben fürchteten. War es Anna vielleicht auch so ergangen?

Wurde ich auch verfolgt? Mit Schrecken dachte ich an die Gestalt auf dem Dachboden? Hatte ich dort wirklich jemanden gesehen? War es die Nixe?

Mir kam ein schrecklicher Gedanke. Hatte ich das Siegel gebrochen, indem ich die Kiste ausgegraben hatte? Betrat die Nixe diese Welt, indem ich den Bann löste und sie aus ihrem Gefängnis befreite? Hatte sie es auf meine eigenen Kinder abgesehen?

Diese Gedanken krochen in meine Seele wie ein dunkler Schatten. Geisterglauben, Hexen und Dämonen waren Phänomene, mit denen ich mich noch nie befasst hatte. Plötzlich befand ich mich mitten in einem real gewordenen Alptraum.

Nein, versuchte ich mich zu beruhigen. Es gab keine Geister. Hinter all dem musste eine rationale Erklärung stecken. Aber der winzige Stachel eines Zweifels blieb.

Anna Lüttke-Herzog war der Schlüssel zu dem Geheimnis und ich musste mehr über sie in Erfahrung bringen. Irgendetwas hatte sie dazu bewogen, Rita glauben zu schenken und ich musste herausfinden, was es war.

Ich holte die Bannungskiste aus dem Küchenschrank und untersuchte sie zum wiederholten Male. Das Taufkleidchen mit dem Namen Johanni und dem Datum: April 1690 – Der goldene Ehering von einem Heinrich, 1689. Die Kirchenbücher reichten nicht weit genug zurück, aber vielleicht gab es im Archiv in Münster einen Hinweis, der nur darauf wartete, dass ich ihn fand.

Ingrid kam mir in den Sinn, die Unterlagen über Rita besaß. Leider hatte sie die Holzkiste wieder mitgenommen. Zu gerne hätte ich jetzt darin gestöbert. Irgendetwas sagte mir, dass ich dort etwas finden könnte, das mir half. Wenn ich ihr erzählen würde, was ich über Anna herausgefunden hatte, würde sie mich vielleicht darin suchen lassen, aber ihre Reaktion auf meine Fragen nach der Nixe ließ mich zweifeln.

Mein Entschluss stand fest. Ich musste es darauf ankommen lassen. Ich packte die Kiste weg, zog Kathi an und machte mich auf den Weg zu Ingrids Hof.

Die Luft war mild, obwohl es in der Nacht geregnet hatte. Vereinzelt standen Pfützen wie kleine Seen auf unserem Weg, die ich mit großen Schritten überquerte. Kathi hatte ich vorsorglich Gummistiefel angezogen. Sie hüpfte begeistert in eine Pfütze nach der anderen und ließ das Wasser nach allen Seiten spritzen.

Es war nicht weit bis zu Jansens. An einer Gabelung wandten wir uns nach rechts und etwa einen Kilometer weiter lag das große Backsteingebäude inmitten von Maisfeldern. Wir näherten uns der Rückseite des Gebäudes über einen von Gras bewachsenen Fußweg. Ich wusste, dass es auf der Vorderseite eine geteerte Zufahrtstrasse gab, aber das hätte einen Umweg über die Landstraße bedeutet. Das Gras war feucht und durchweichte meine Turnschuhe. Ich würde mir wohl bei Zeiten selbst Gummistiefel anschaffen müssen.

Der Wiesenpfad schlug einen Bogen um den angrenzenden Stall und mündete anschließend in den Hof.

Eine getigerte Katze lief in zwei Metern Entfernung an uns vorbei, sah uns kurz an und verschwand dann unter einem Busch links neben der Eingangstür.

„Kathi ei machen."

Ich schüttelte den Kopf. „Lass die Katze mal in Ruhe. Ich glaube, sie will nicht, sonst wäre sie nicht weggelaufen."

Meine Tochter sah enttäuscht aus, daher beeilte ich mich ihr zu erklären, dass wir Ingrid besuchen wollten und nicht die Katze.

„Kathi Lutscher haben", sagte sie und nickte mit dem Kopf zur Bestätigung.

Ich musste lächeln. „Vielleicht hat Ingrid einen Lutscher. Wenn nicht, dann bekommst du nachher einen, wenn wir wieder zu Hause sind, ok?"

Wir näherten uns der Haustür. Sie stand offen, aber es war niemand zu sehen, also drückte ich auf den Klingelknopf auf der linken Seite des Eingangs. Sie gab keinen Laut von sich. Ich klopfte und rief dann nach Ingrid, aber nichts rührte sich. Einen Augenblick dachte ich daran zu gehen, doch dann hörte ich ein verhaltenes Schluchzen.

„Ingrid?"

Lauschend trat ich in das Dämmerlicht des Hausflurs, Kathi an der Hand.

„Ingrid?"

Keine Antwort. Im oberen Stockwerk weinte jemand. Unsicher tappte ich mit Kathi die Treppe hinauf. Im oberen Flur angelangt lauschte ich erneut. Vor uns erstreckte sich ein langer Gang, gesäumt von je zwei verschlossenen Türen, die nach rechts und links in irgendwelche Zimmer zu führen schienen. Die Tür an der Stirnseite stand eine Handbreit offen. Das Schluchzen kam eindeutig von dort.

Ich nahm Kathi mit bis vor die Tür, dann gab ich ihr ein Zeichen, dort zu warten. Sie sah mich mit großen Augen an und drückte sich an meine Seite.

„Kathi mit", flüsterte sie.

Das Weinen verstummte.

„Ingrid?", sagte ich zum wiederholten Mal, dann schob ich die Zimmertür auf.

„Oh mein Gott!", entfuhr es mir und ich schlug eine Hand vor den Mund.

Es bot sich mir ein grauenvoller Anblick. Das Zimmer war verdunkelt worden, doch auf jedem freien Platz standen Kerzen, die den Raum in ein unheimliches Licht tauchten. Die Wände waren schwarz gestrichen. An der Stirnwand hing ein Regal, auf dem ein bleicher Totenschädel lag, flankiert von zwei Kerzen in Haltern, die Drachenklauen nachempfunden waren.

Auf dem nackten Holzboden prangte ein überdimensionales Pentagramm, in dessen Mitte kauerte Ingrid, in ihren Armen hielt sie ein Tier. Offenbar hatte sie ihm die Kehle durchgeschnitten, denn ihre Hände waren blutverschmiert. Auf ihrem Schoß breitete sich eine dunkle Lache aus. Dickflüssiges Blut troff auf den Dielenboden.

In Sekundenbruchteilen zerrte ich Kathi hinter mich und drehte mich auf dem Absatz um. Ich schnappte mir meine kleine Tochter und lief den Flur entlang zur Treppe.

„Julia!", hörte ich Ingrid rufen. „Julia, bitte, du verstehst das falsch. Julia!"

Aber ich war schon die Treppe hinunter und flüchtete mit Kathi auf dem Arm aus dem düsteren Haus. Ich rannte über den Hof, stolperte auf dem Wiesenpfad und wäre um ein Haar der Länge nach hingefallen. Erst auf dem Feldweg zu unserem Hof setzte ich Kathi ab und rang nach Atem. Ich ging vor ihr in die Hocke und fragte: „Alles gut?"

„Mama derannt", sagte sie und sah mich aus kugelrunden Augen an.

„Ja, ich bin gerannt."

„Wo is Ingrid?", fragte sie.

„Ingrid ist zu Hause und wir gehen jetzt auch heim. Da bekommst du einen Lutscher von mir."

Kathi nickte lächelnd. „Lutscher haben." Dann nahm sie meine Hand. „Komm, Mama. Kathi Lutscher holen."

Erleichtert richtete ich mich auf. Sie schien von der grauenhaften Szene nichts mitbekommen zu haben. Langsam setzten wir unseren Heimweg fort.

Wie hatte ich mich in einem Menschen nur derart täuschen können?

19

Ich war auf mich allein gestellt. Ingrid hatte mich getäuscht und ich war mir nicht sicher, was sie im Schilde führte. Ich brauchte dringend Informationen und noch am Abend desselben Tages erzählte ich Frank, was geschehen war.

Er sah die Geschichte nüchtern. „Warum machst du dir wegen einer alten Sage solche Sorgen? Abgesehen davon zwingt dich keiner, Kontakt mit Jansens zu haben. Wenn sie so schräg drauf sind, dann lass sie halt nicht mehr hier rein."

„Du verstehst das nicht", entgegnete ich. „Es muss doch einen Grund gegeben haben, warum die Kinder von Anna gestorben sind. Und was ist, wenn es diese Nixe wirklich gibt?"

„Das ist Quark." Er winkte ab.

„Was wenn nicht?"

In diesem Moment wurde mir klar, warum Anna Lüttke-Herzog der Hexe geglaubt haben musste. Sie musste genauso unsicher gewesen sein. Es war ein Risiko, einfach davon auszugehen, dass die Geschichte erfunden war, und nur das Beste zu hoffen.

„Wenn ich jetzt annehme, dass es die Nixe nicht gibt, wir uns aber irren, dann könnten wir unsere Kinder genauso verlieren wie Anna."

Frank schnaubte. „Du solltest dir mal selbst zuhören. Willst du mir allen Ernstes erzählen, dass irgendein Geist vor knapp zweihundertfünfzig Jahren Kinder ermordet hat und jetzt wieder hier ist, um unsere zu holen?" Er sah mich herausfordernd an. „Du musst verrückt sein."

War ich das? Aus seinem Munde hörte sich das wirklich unglaublich an. Gab es die Nixe oder gab es sie nicht? War sie wieder hier? Hatte ich den Bann gelöst? „Was ist mit der Frau, die ich gestern gesehen habe?"

„War es denn eine? Du warst dir doch selbst nicht sicher."

„Und warum führt Ingrid dann ein Hexenritual durch?"

Frank runzelte die Stirn. „Keine Ahnung, vielleicht ist sie irre und du lässt dich davon anstecken? Manche sind Christen und andere Moslems oder Buddhisten. Was weiß ich, warum jeder was anderes glaubt und danach handelt."

„Aber das hat doch nichts mit Religion zu tun!", ereiferte ich mich.

„Es hat was mit Glauben zu tun", entgegnete er. „Vielleicht glaubt Ingrid an diese Gespenstergeschichte. Die Frage ist, was glaubst du?"

Damit erwischte er mich auf dem falschen Fuß, denn in dieser Hinsicht war ich mir tatsächlich unsicher. Es gab Situationen, die dafür sprachen, dass manches auf unserem Hof nicht mit rechten Dingen zuging. Dennoch wäre es möglich, diese rational zu erklären. Schließlich lenkte ich ein: „Gut, vielleicht reagiere ich etwas über."

„Etwas?" Seine Brauen schnellten in die Höhe.

Unter dem Tisch ballte ich meine Hände zu Fäusten, dann atmete ich einmal tief durch. Mit erzwungen ruhiger Stimme sagte ich: „Ich glaube nicht wirklich daran, aber ich wäre mir gerne sicher."

Frank legte den Kopf schräg. Seine Augen funkelten. „Willst du die Kinder vorerst zu meinen Eltern bringen?"

„Geht das denn?", brach es aus mir heraus. Kaum dass ich die Frage ausgesprochen hatte, wurde mir bewusst, dass ich ihm auf den Leim gegangen war.

Er schnaubte und es klang leicht verächtlich, als er feststellte: „Du glaubst also doch dran."

„Verdammt, ich weiß es nicht! Ich weiß nicht, was ich glauben soll! Ich will nicht blind durch die Gegend laufen und so tun, als ob nichts wäre! Was, wenn die Kinder in Gefahr sind, weil wir den Kopf in den Sand stecken?"

Frank trat auf mich zu und ich wandte mich ab. Ich fühlte, wie er mir die Hände von hinten auf die Arme legte. In ruhigem Ton sagte er: „Ich wollte nicht mit dir streiten. Ich kann mir vorstellen, wie du auf diese Ideen kommst, aber ich halte es wirklich für blanken Unsinn, dass hier irgendein Geist rumspukt und unsere Kinder holt. Du hast doch auch nie an Gespenster geglaubt. Warum jetzt?"

Ich kniff die Lippen zusammen und sagte nichts, da ich merkte wie meine Unterlippe zitterte.

Er drehte mich langsam zu sich um und legte mir seinen Finger unter das Kinn.

Ich blickte auf und er sah mir tief in die Augen.

„Es gibt sicher für alles eine rationale Erklärung und die gilt es zu finden. Ingrids Verhalten ist schon merkwürdig, aber du kennst sie doch kaum. Und glaub mir, Leon und Kathi sind nicht in Gefahr. Vielleicht beruhigt es dich, wenn ich dir sage, dass unsere Kinder beide älter sind als sechs Monate? Hast du nicht gesagt, Annas Kinder wurden nicht älter?"

Ich dachte über seine Logik nach. Das war allerdings ein starkes Argument. Aber wir waren auch nicht gleich nach ihrer Geburt hier gewesen. Ich drehte mich im Kreis. Was immer Frank sagen mochte, um mich zurück auf den Boden der Tatsachen zu holen, ich fand immer ein Gegenargument. Ein eindeutiger Beweis dafür, dass ich meinen Sinn für Logik verloren hatte. Ich war nie sonderlich religiös oder abergläubisch gewesen. Warum also jetzt? Die Antwort lag auf der Hand: Ich war nicht mehr nur für mich selbst verantwortlich. Ginge es allein um mich, dann würde ich die Sage vollkommen nüchtern angehen. Eine Frage begann sich in meinem Kopf zu formen und ich sprach sie laut aus. „Welche Ursache kann es haben, dass die Kinder ausgerechnet alle in einem ähnlichem Alter starben?"

Frank nickte. „Ein guter Ansatz."

„Ich werde herausfinden, was dahinter steckt", sagte ich entschlossen.

„Wenn ich dir helfen kann, dann sag es mir."

„Das hast du schon und ich glaube, ich weiß, was ich als Nächstes tun kann."

„Was?“

„Ich brauche jemanden, der sich mit der regionalen Geschichte auskennt.“

Eine halbe Stunde später hatte ich einen netten älteren Herrn vom Heimatverein am Telefon. Herr Diepholz war ein wenig verdutzt, wie mir schien, als ich ihn nach Anna Lüttke-Herzog fragte, aber als ich ihm erklärte, dass ich von einer Sage über eine arme Frau und den Tod ihrer Kinder gehört hatte, wusste er wovon ich sprach.

„Ich erinnere mich. Es gibt eine Legende von solch einer unglücklichen Familie. Und Sie glauben, diese Frau lebte auf Ihrem Hof?“, fragte er und schien begeistert.

„Alle Indizien deuten darauf hin“, sagte ich, ohne im Einzelnen auf meine Funde einzugehen. „Aber sagen Sie, geht aus der Sage auch irgendein Grund hervor, warum die Kinder starben?“

„Sie meinen sicher einen, der nichts mit Geistern zu tun hat.“ Er schnaufte in den Hörer. „Aus der Sage selbst nicht, leider“, sagte er. „Aber es gab vor ein paar Jahren einen Professor, der in frühzeitlichen Legenden nach Hinweisen auf eine bestimmte psychische Erkrankung gesucht hat. Wenn Sie sich einen Moment gedulden, suche ich nach den Unterlagen. Ich hatte mir das damals aufgeschrieben, weil ich den Ansatz sehr interessant fand.“

„Ich habe Zeit“, sagte ich und konnte es nicht fassen. Da lag sie vor mir, zum Greifen nah, die Erklärung, nach der ich gesucht hatte.

Es wurde still in der Leitung, dann hörte ich ein leises Rascheln, als würde Herr Diepholz in Papieren stöbern.

„Hören Sie?“, fragte er schließlich und ich bejahte.

„Das war ein Professor Holbrock aus Münster. Er schrieb eine Abhandlung über das Münchhausen-Stellvertretersyndrom und wollte beweisen, dass diese Krankheit häufiger vorkommt, als man gemeinhin glaubt. Er suchte nach Beispielen in der Vergangenheit und zwar weit bevor sie von Doktor Roy Meadow erstmals beschrieben wurde."

„Münchhausen-Stellvertretersyndrom?"

„Ja. Man spricht von dieser Krankheit, wenn nahe Verwandte, meistens sind das die Mütter, ihre Kinder absichtlich vergiften, um sie dann aufopferungsvoll zu pflegen."

„Darf ich fragen, wie der Professor darauf kam, dass es sich bei Anna um eine solche Frau handelte?"

„Oh, den Beweis dazu hat er nie erbracht. Da ich ihm nicht sagen konnte, um welche Familie es sich in Wirklichkeit gehandelt haben könnte, gab er die Verfolgung der Legende aus Zeitmangel wieder auf. Er sagte damals nur, dass diese Geschichte für ihn interessant sei, weil laut der Überlieferung alle ihre Kinder starben. Aber es ist bei diesem einzigen Telefonat geblieben. Er hatte mich zwar gebeten ihn zu benachrichtigen, falls ich noch etwas herausfinden würde, aber ich muss zugeben, dass ich nur oberflächlich danach gesucht habe. Ich war zu dieser Zeit gesundheitlich nicht auf der Höhe. - Und Sie sagen, Sie haben die Frau gefunden? Das ist sehr interessant. Da Sie den Namen haben, könnten Sie in den Kirchenbüchern forschen. Haben Sie schon das hiesige Pfarramt besucht?"

„Nein", gestand ich. „Ich war in einem Archiv in Wuppertal, aber ich glaube, das macht nicht viel Unterschied, da die Kirchenbücher dort in Kopie einsehbar sind. Ich bin auch auf den Sterbeeintrag von Anna Lüttke-Herzog gestoßen, aber es wird keine Todesursache angegeben."

„Das kommt oft vor -", sagte Herr Diepholz, „wenn jemand seinem Leben selbst ein Ende setzte. Sie müssen wissen, dass Selbstmord in den Augen der Kirche immer noch als ein Verbrechen gilt und die sofortige Exkommunizierung zur Folge hat. Es kam auf die Umstände und die Gnade des Pfarrers an, ob sie in diesem Fall überhaupt Erwähnung fand."

„Das hatte ich vermutet, da ihr Tod kurz auf den des jüngsten Kindes folgte."

„In der Sage heißt es, sie wäre über den Tod ihrer Kinder wahnsinnig geworden. Ein Selbstmord wäre also durchaus denkbar in diesem Fall. Unglaublich, dass er wahr sein soll."

„Ich bin selbst überrascht in welchem Ausmaß die Überlieferung übereinstimmt", gab ich zu, ohne ihn jedoch merken zu lassen, wie sehr mich der Fall aus der Bahn geworfen hatte.

„Sie müssen mir unbedingt berichten, wenn Sie noch mehr Hinweise finden. Ich habe mir den Namen der Frau notiert und werde selbst beim Pfarramt vorbeisehen. Vielleicht gibt es dort eine Akte über sie. Würden Sie mir vielleicht sagen, wann sie gelebt hat?"

Ich nannte ihm die Geburts- und Sterbedaten von Anna und bedankte mich artig. Anschließend gab ich ihm noch meine Telefonnummer durch, für den Fall, dass er Erfolg haben sollte. Er versprach, sich bei mir zu melden und ich im Gegenzug, ihn auf dem Laufenden zu halten. Eine weitere Frage brannte mir unter den Nägeln. „Ist Ihnen im Zusammenhang mit dieser Sage auch eine Wassernixe ein Begriff?"

„Sie meinen die Variante, wonach Ihre Anna Lüttke-Herzog von einem Geisterwesen heimgesucht wurde? Ja, davon habe ich gehört. Viele Leute halten das durchaus für wahrscheinlich, aber das liegt eher daran, dass sich Spukgeschichten besser erzählen lassen. Die Leute lieben so was." Er lachte. „Ich für meinen Teil glaube eher an die Variante des Professors. Sie merken schon, unser Münsterland ist voll von solchen Legenden. Wenn Sie an dieser Sage Interesse haben, dann brauchen Sie mir nur Ihre Mailadresse zu geben. Ich scanne sie Ihnen ein. Es gibt eine handschriftliche Variante aus dem Jahr 1691. Der Autor ist Herneo Loeke, ein unbedeutender Schreiberling, denn weitere Werke von ihm sind nicht bekannt; wobei man sein einziges Werk auch nicht herabsetzen darf. Er war durchaus begabt."

Diese Flut an Informationen überraschte mich vollkommen. Rita hatte die Nixe vielleicht gar nicht erfunden, sondern ihre Schlüsse aus einer schon zu dieser Zeit existierenden Legende gezogen und sie mit Anna verknüpft. Ob das nun ein Fehler war oder nicht, konnte ich nicht sagen, aber es gab einen schriftlichen Beweis für die Existenz dieser noch älteren Sage. Ob Ingrid das wusste? Dieses Telefonat hatte mich jetzt schon weiter gebracht, als alle Recherche zuvor, so schien es mir. Ich beeilte mich, ihm meine Mailadresse zu geben und vergewisserte mich, dass er sie auch richtig notiert hatte, indem ich sie von ihm wiederholen ließ. „Ich danke Ihnen. Sie haben mir wirklich weitergeholfen“, sagte ich und ließ durchblicken, dass ich ihn nun nicht länger behelligen wollte.

„Gern geschehen. Es ist so, dass ich Geistergeschichten zwar interessant finde, mich aber eher der historische Aspekt interessiert. Aus alten Überlieferungen lernt man viel über die Lebensart in vergangenen Zeiten. Ich habe mich vor ein paar Jahren einer anderen Legende gewidmet, die ohne Spuk auskommt und eher kriminalistischer Natur ist. Es war für mich sehr aufschlussreich, den Tathergang zu rekonstruieren. Mir war es sogar möglich, anhand der Sage die Ereignisse mit den Originalschauplätzen zu verknüpfen.“

„So etwas ist unglaublich spannend“, sagte ich und amüsierte mich insgeheim über Herrn Diepholz' Redseligkeit.

„Haben Sie schon von der Legende der Mersche Tilbeck gehört?“, fragte er.

„Nein, bisher nicht“, gestand ich.

„Es handelt sich dabei um einen Mordfall, der sich vor langer Zeit am Rand der Baumberge ereignet hat. An einer Stelle nicht weit vom Tatort entfernt, steht ein altes Steinkreuz, auf dem steht, dass es 1764 reborieret, also erneuert, wurde. Das heißt, es ist ursprünglich noch älter. Wann genau sich der Mord ereignet hat, habe ich leider nicht rekonstruieren können, aber er war heimtückisch und wegen einer Nichtigkeit. Lassen Sie mich von vorne beginnen.“ Er räusperte sich, dann begann er mit dunkler Stimme zu erzählen:

„In der Nähe vom Stift Tilbeck am Rande der Baumberge liegt der Hof Schulze-Tilbeck. Dort lebte im ausgehenden Mittelalter eine angeblich recht füllige Frau, die derbe Reden pflegte. Ihre Schläfen waren schon ergraut und sie trug ihr Haar in einem festen Knoten gebunden. Weithin war sie bekannt als die Mersche Tilbeck. Die Legende berichtet, dass sie zu einer Zeit, als auf dem Laerbrocke ein Landtag abgehalten wurde, in Münster auf dem Markt war und dort reichlich Geschäfte machte. Auf dem Rückweg zu ihrem Hof kehrte sie in einem Gasthaus namens Adams Hoek ein, in dem auch Soldaten vom Landtag reichlich zechten.

Adam, der Wirt, war ein großer, kräftiger Geselle, dem die Gutmütigkeit ins Gesicht geschrieben stand. Er hatte schon viel gesehen in seinem Gasthaus und verstand es, die hungrigen Mägen der Reisenden zu füllen und so manchen Staub aus den durstigen Kehlen zu spülen. Sein Gebräu war weit und breit bekannt und wenn es etwas zu feiern gab, dann zechte man bei ihm bis spät in die Nacht.

Nach einem kurzen Blick durch den Schankraum ließ sich die Mersche in einer der hinteren Ecken auf einer grobgehauenen Bank nieder. Die Soldaten klopften Karten auf ihren Tisch und führten derbe Reden. Auch ein paar Landsknechte zechten lautstark grölend.

Die Mersche leerte gierig ihren Becher Bier, halb verdurstet von dem langen Weg aus Münster, wobei ihr Busen wogte, dass man glauben konnte ihr Kleid möge bersten. Auf den ersten Becher folgte ein weiterer, der wiederum nicht ihr letzter blieb.

Dunkelheit legte sich über das Land und die Mersche Tilbeck rief den Wirt, um die Zeche zu zahlen. In ihrem prall gefüllten Beutel klimperte es verheißungsvoll, als sie ihn umherschwenkte und mit ihren dicken Fingern darin wühlte.

„Dusend, dusend, kinen Deut“, murmelte sie und merkte nicht, dass sie interessiert beobachtet wurde. Schließlich reichte sie Adam eine Münze und erhob sich schnaufend, um den Heimweg anzutreten.

Zwei finstere Gesellen hatten es mit einem Male sehr eilig. Hastig zahlten sie ihre Zeche und verdrückten sich, kaum dass die Mersche Tilbeck das Lokal verlassen hatte.

Die Mersche wandte sich zur Landwehr, die durch den Wald über den Berg führte. Kaum dass sie unter das dichte Blätterdach getaucht war, hörte sie einen Ast knacken. Sie merkte auf, doch dachte sie an ein wildes Tier. Stattdessen sprangen zwei Landsknechte hinter dem Wall hervor und versperrten ihr den Weg.

„Euch kenne ich, ihr wart beim Odams", stellte die Mersche argwöhnisch fest. Die beiden blickten sich an, scheinbar unschlüssig, wie sie vorgehen sollten. Die Mersche befehligte harsch: „Trollt euch und gebt den Weg frei", doch die Spießgesellen lachten nur.

Urplötzlich sprang einer der Kerle vor und packte sie grob.

Die Mersche schrie auf und teilte kräftig aus, doch sein Kumpan, auf alles gefasst, schwang einen schweren Knüppel. Er drosch auf sie ein und führte schließlich den letzten Schlag. Die Mersche Tilbeck fiel zu Boden und rührte sich nie mehr.

Die beiden Mörder beeilten sich den Beutel zu finden, in dem die Dusend stecken sollten, doch als sie ihn schließlich öffneten und in die hohlen Hände leerten, hielten sie tausend Schuhnägel darin. Mit vor Entsetzen geweiteten Augen starrten sich die beiden an, fassungslos über ihre Meuchelei für nichts.

Plötzlich fuhren sie herum, doch zu spät. Die aufmerksamen Soldaten waren ihnen gefolgt. Sie wurden auf der Stelle festgenommen. Auf frischer Tat ertappt.

Sie wurden vor das Femgericht gebracht. Die Schöffen hörten sich geduldig den Bericht der Soldaten an, um gleich darauf das Urteil über die beiden Halunken zu sprechen. ‚Verfemt zum Strang', verkündeten sie einstimmig und ließen die beiden auf der Stelle am Galgen aufknüpfen.

Dieser, so heißt es, sei längst verfault, doch steinerner Zeuge ist das Mordkreuz, das noch heute von dieser heimtückischen Tat kündet."

Herr Diepholz schloss mit den Worten: „Gemeuchelt für eine Handvoll Schuhnägel."

„Sie erzählen die Geschichte so spannend, als wenn Sie dabei gewesen wären", stellte ich fest.

Er lachte. „Ich habe sie mittlerweile so oft wiedergegeben, dass ich sie selbst um viele Details ausgeschmückt habe. Aber die historischen Eckpunkte sind verbrieft. Der Hof Schulze-Tilbeck wird auch heute noch erfolgreich bewirtschaftet und in der Nähe vom Mordkreuz gibt es ein verlassenes Gasthaus, das zwar nicht Adams Hoek heißt, aber auf alten Flurkarten wird dieser Grund als Odams bezeichnet. Da der damalige Hof Schulze-Tilbeck nicht über die heute existierende Landstraße zu erreichen war, führte der kürzeste Weg tatsächlich über die alte Landwehr."

„Solche Geschichten liebe ich. Sie sind so greifbar. Und wo genau finde ich das Mordkreuz?"

„Gleich am Eingang zur Landwehr. Wenn Sie vom Stift Tilbeck Richtung Schapdetten fahren, liegt es auf der rechten Seite der Landstraße. Knapp gegenüber ist eine Bushaltestelle. Im Prinzip nicht zu verfehlen."

„Und wo ist der Hof, auf dem die Mersche lebte?"

„Schulze-Tilbeck liegt, wenn Sie der Landstraße folgen und nicht zu Fuß über die Landwehr laufen wollen, an der vorigen Kreuzung rechts und dann etwa zwei Kilometer weiter linker Hand. Sie erkennen ihn an dem gelben Sandsteinturm."

Ich schrieb die Beschreibung mit und beschloss, nach dem Telefonat auf die Suche via Satellit zu gehen. „Gibt es denn auch einen Hinweis auf die Person der Mersche Tilbeck?"

„Dazu kann ich nur sagen, leider nicht. Mersche ist eine Ableitung von Merschke, was auch Meiersche heißt. Das wiederum bedeutet, sie war die Frau des Herrn eines Meierhofs, was man auch Schulte oder Schulze nannte. Sie war demzufolge die Frau vom Schulze des Hofes Tilbeck. So genannt also Mersche Tilbeck. Wie in Ihrem Fall mit Anna Lüttke-Herzog ist das ein Hoftitel und kein Nachname im eigentlichen Sinne. Den einzigen Anhaltspunkt bietet die Inschrift des Mordkreuzes. Der Mord geschah vor 1764 – irgendwann. Ich habe damals versucht neben den Schauplätzen auch eine Person mit der Sage zu verknüpfen, aber in den Kirchenbüchern wird nichts in dieser Richtung erwähnt. Ich fürchte, dass die Begebenheit älter ist, als die Aufzeichnungen reichen. Viele Kirchenbücher sind im Dreißigjährigen Krieg leider vernichtet worden."

„Ein altbekanntes Problem und traurig obendrein", sagte ich und dachte an die Gravur im Ehering, den ich gefunden hatte. „Was ist mit dem Femgericht, gibt es darüber noch Akten?"

„Die gab es sicher, aber sie sind nicht erhalten. Sie merken schon, im Grunde ist es immer noch eine Sage und wird auch eine bleiben. Da haben Sie mit Ihrer Hofgeschichte vielleicht mehr Glück, weil sie nicht ganz so weit zurückliegt. Ich bin gespannt, was Sie noch zu Tage fördern."

„Wir", erinnerte ich ihn. „Ich möchte ungern auf Ihre Erfahrung verzichten."

Im Telefon knackte es und ich deutete dies als ein amüsiertes Schnauben.

„Sie haben mich so neugierig gemacht, dass ich Ihnen gerne behilflich bin."

„Bitte vergessen Sie nicht, mir die Legende von der Wassernixe zu mailen. Darauf bin ich sehr gespannt."

„Nein, nein. Die scanne ich gerade. Der Text ist zwar nicht leicht zu lesen, denn er ist in Sütterlin verfasst, aber wenn Sie Kirchenbucheinträge verstehen, dann dürfte das für Sie kein Problem sein. Ich besitze leider selbst nur eine recht schlechte Kopie, daher sind einige Passagen unleserlich, aber ich habe sie damals handschriftlich ergänzt, so weit ich sie vom Original entziffern konnte. Wenn Sie das Manuskript einsehen möchten, es liegt im Bistumsarchiv in Münster unter …"

Ich beeilte mich, alles zu notieren und öffnete mein E-Mail Konto. Knapp zwei Minuten später erschien eine Posteingangsmeldung. Betreff: Wassernixe. „Danke, Ihre Nachricht ist gerade eingegangen."

„Gern geschehen. Dann wünsche ich Ihnen viel Erfolg und hoffe, dass wir uns bald über Neuigkeiten austauschen können."

Ich wünschte ihm einen schönen Abend und beendete dann das Gespräch. Eine Flut von Informationen schwirrte in meinem Kopf durcheinander. Die Sage um die Mersche Tilbeck war durchaus sehr interessant, aber sie brachte mich nicht zur Lösung meines Problems. Ich durfte die Suche nach der Ursache des Schreckens auf meinem eigenen Hof nicht aus den Augen verlieren. Wichtig war für mich nur, ob die Gefahr gebannt war, oder ob ich eben diese aus den Tiefen der Vergangenheit befreit hatte. Herr Diepholz hatte mir die logische Erklärung geliefert, nach der ich gesucht hatte. Das Münchhausen-Stellvertreter-Syndrom war eine Möglichkeit, die ich gerne bereit war in Betracht zu ziehen, auch wenn das bedeutete, dass Anna Lüttke-Herzog eine kaltblütige Mörderin gewesen sein könnte. Ergab das einen Sinn? Hatte sie Rita nur etwas vorgespielt, um den Verdacht von sich selbst abzulenken und die Schuld einem Geisterwesen in die Schuhe zu schieben, das nicht existierte? Wenn ein Mensch so krank war, seinen eigenen Kindern etwas derart Schreckliches anzutun, würde dieser dann Selbstmord begehen?

Ich kannte mich mit solchen psychischen Störungen nicht aus, aber stufte diese Möglichkeit als denkbar ein. Wer wusste schon, wie man tickt, wenn man falsch tickt.

Ich klickte auf die Mail von Herrn Diepholz und öffnete das angehängte Bild. Es war der Scan der Wassernixen-Legende. Ich musste ihn zuvor etwas vergrößern, doch dann konnte ich die Sage in aller Ruhe lesen. Etwa zwanzig Minuten später hatte ich alle mir wichtig erscheinenden Punkte herausgeschrieben. Als ich die Nachricht geschlossen hatte, fiel mein Blick auf den Posteingang. Darin lag eine weitere Mail von Herrn Diepholz. Irritiert öffnete ich sie und schmunzelte, als ich sie las. Er hatte mir nicht nur alle Eckpunkte zu der Legende um Anna aufgeschrieben, sondern auch die zur Mersche Tilbeck notiert. Selbst der Hinweis, wo die Sage um die Nixe im Original zu finden war, fehlte nicht. Ein überaus gründlicher Mensch, dachte ich, ein Umstand, der ihn mir augenblicklich noch sympathischer machte. In diesem Moment war ich mir sicher, einen neuen Verbündeten gefunden zu haben, abgesehen von Frank, der mir immer zur Seite stehen würde, auf welche Ideen ich auch käme.

20

Hangenau, 1690

Das Feuer prasselte im Kamin und tauche die Hütte in einen flackernden Schein. Die Frauen der Gemeinde Buldern drängten sich dicht aneinander und lauschten den Worten, die eine von ihnen zum Besten gab. Es war so still, dass man eine Nadel hätte fallen hören können. Die Spannung hing so dicht im Raum, wie der dunkle Rauch, der sich den Abzug hinauf kräuselte und den Geruch von schmorender Eiche ins Zimmer trug. Die Grabesstimme, kaum lauter als ein Wispern, wob ein festes Netz in ihren Geist, dazu geschaffen, ewig zu verweilen, neu gewoben und fortgesponnen zu werden.

„Ich schwöre bei der heiligen Mutter Kirche, dass ich die Wahrheit spreche", sagte sie. Der Schein der Flammen tanzte auf ihren Zügen und verwischte jeden Zweifel an ihren Worten.

Sechs Augenpaare waren auf sie gerichtet und harrten gebannt der Geschichte, die ihnen versprochen worden war. Die Ereignisse, die niemand zu erklären vermochte. Katharinas Verschwinden. Eine Schwester, die sie alle geschätzt, mache von ihnen geliebt hatten. Sie wussten, dass die wahren Umstände diesen Raum niemals verlassen, vielleicht heimlich erzählt, doch nie vertreten werden durften. Versprochen wurde ihnen die Wahrheit, so unglaublich sie auch klingen würde.

„Ich weiß um die Zuneigung die viele von euch für Katharina empfunden haben", fuhr die Stimme fort. „Doch glaubt mir, sie ist nicht mehr unsere geliebte Schwester von einst. Ihr seid besser beraten euch von ihr fern zu halten, wenn euch das Leben eurer Kinder lieb ist."

Ungläubige Blicke trafen sich und ein Raunen ging durch den Raum.

Nore hob die Hand und augenblicklich wurde es still. Sie sah in die gespannten Gesichter der Zuhörenden und richtete ihre Worte an die Frau zu ihrer Rechten. „Du kennst mich und weißt, dass ich nie die Unwahrheit sprach."

Diese nickte. „Dafür verbürge ich mich."

„Lass uns die Wahrheit hören", drängte eine andere und zustimmendes Gemurmel erfüllte den Raum.

„So hört, doch seid euch eines gewiss: schlaflose Nächte werden euch begleiten, so lange ihr lebet." Ihr Blick glitt über die erhitzten Gesichter, dann begann sie zu erzählen, von der Nacht, in der das Kind geraubt und Katharina zu einem Schattenwesen wurde.

„Ihr alle wisst, wie schön sie war. Tochter der Heckes Marie, die ihren Gatten so früh verlor und doch noch ein Kind empfing. Unsere Katharina war ein fröhlich Kind und wurd zur Maid, so liebreizend, wie nur der Himmel sie hat schöpfen können. Welch Ironie, dass selbiger Hand im Spiel hatte und sie mit einer Mitgift versah, die manch üblen Halunken auf den Plan rief.

Heinrich, so sollt er heißen, doch liebte er nur Stellung und Hof, nicht unsere Katharina. Übel mitgespielt wurd ihr, doch eines Nachts stahl sie sich davon. Sie eilte zum Schlosssee mit festem Willen, ihrem Leben ein Ende zu setzen."

Mit geweiteten Augen sah sie umher. Sie nickte den Frauen zu, die ihr schockierte Blicke zuwarfen und die Münder offen hielten, ohne sich dessen bewusst zu sein.

„So ging sie ins Wasser, fühlte die kalten Wellen ihre Knöchel umspielen, stakste tiefer hinein und ließ sich hinab in die Wogen des Vergessens. Als sie glaubte, ihr letzter Atemzug sei gekommen, öffnete sie die Lippen und ließ die Fluten ein. Der Schmerz des Wassers in ihrer Brust war so stark, dass sie erschrocken die Augen öffnete. Sie sah geradewegs in das schöne, ebenmäßige Antlitz eines Mannes mit feuerrotem Haar. Sie glaubte, sie sei in der Hölle für ihren Frevel und dies musste der Teufel sein. Schön und abgrundtief böse. Er fasste sie an den Handgelenken, dann schlang er seine starken Hände um ihre Hüfte und zog sie zu sich hinab."

Die Frauen murmelten und aus ihren Worten ging Unglauben hervor. „Woher willst du das wissen? Wenn es so war, wie du sagst, dann ist sie tot", zischte eine feiste Bäuerin.

Nore sah diese ärgerlich an. Dann sagte sie: „Willst du die Geschichte nun hören, Wilma, oder nicht?"

Die Angesprochene schnaubte abfällig und streckte ihre Hand zum Zeichen, dass sie fortfahren sollte.

„Katharina erwachte am sandigen Seeufer. Als sie die Augen aufschlug, glaubte sie an einen bösen Traum, doch neben ihr regte sich eine große Gestalt. Es war der rote Teufel aus dem See, der zu ihr trat und sprach: ‚Sagt mir, holde Maid, welchen Grund könntet Ihr haben, Eure Seele fortzugeben in des Allmächtigen Hand?'

Verwirrt strich sie sich eine nasse Strähne aus der Stirn. Dann fasste sie all ihren Mut und fragte den Teufel: ‚Bin ich tot und in der Hölle? Sagt es mir, denn wenn dem so ist, dann bin ich frei.'

Der Ruude lachte schallend und in seinen Augen blitzte es. ‚Ist Euch das Leben ein Kerker, dass Ihr von Freiheit sprecht?'

‚Weniger das Leben, als die Ehe', antwortete sie. Um ihre Worte zu bekräftigen, entblößte sie ihren Leib, der übersäht war von blutigen Striemen, die von grausamen Rutenhieben zeugten.

Sein Schweigen und die fassungslosen Blicke, die ihren Rücken streiften, verwirrten sie umso mehr. Allmählich wurde ihr bewusst, dass dieser Mann nicht der Teufel war. Sie war nicht ertrunken, wie sie es erhofft hatte . Erschrocken zog sie ihr Kleid über die Schultern und raffte es zusammen, um sich schleunigst vor seinen Blicken zu verbergen. Beinahe gleichzeitig sprang sie auf die Füße, bereit zur Flucht, als seine kräftige Hand sie zurückhielt.

‚Wo wollt Ihr hin?', fragte der Fremde und musterte ihr liebliches Gesicht.

Sie sah in seine grünen Augen, die sanft die ihren erforschten. Seufzend gestand sie ihm, dass sie es nicht wisse. Heim vielleicht, zurück in die wahre Hölle.

Der Fremde zögerte, doch dann lockerte er seinen Griff und sagte: ‚Versprecht mir eins, darum bitte ich Euch. Wenn Ihr mich braucht, lasst es mich wissen.'

Von diesem Tage an hatte Katharina ein Geheimnis. Wann immer sie heimlich verschwand, war sie bei ihm. Sie ertrug Heinrichs Demütigungen und verlor niemals dieses glückliche Glimmen in den Augen. Heinrich bemerkte die Wandlung Katharinas – Wir alle sahen sie, doch selbst seine grausamsten Hiebe trieben dieses Leuchten nicht aus.

Eines Abends lag sie bäuchlings auf ihrem Nachtlager, das Leibchen vom Rücken gefetzt. Sie sah mich an, als ich zur Tür eintrat und schaffte es tatsächlich zu lächeln. Sie sagte zu mir: ‚Wenn ich ihn nicht hätte, ich würde es nicht ertragen.'

‚Von wem sprecht Ihr?', fragte ich, ließ mich neben ihr nieder und wusch ihr das Blut aus den Striemen.

Da erzählte sie mir ihr Geheimnis. Sie schloss mit den Worten: ‚Nicht mehr lang und es ist vorbei. Er wird mich holen und mit mir sein eigen Kind.'

Ich weiß noch genau, wie erschrocken ich war, doch sie lächelte nur."

In der Hütte herrschte eine Stille wie in der tiefsten Gruft. Das Holz im Kamin knackte und leiser Regen prasselte gegen die winzigen Sprossenscheiben.

Die Frau beugte sich vor, nahm ihren Becher zur Hand und trank einen Schluck. Dabei glitt ihr Blick über den Rand und sie schien zufrieden mit der Wirkung ihrer Worte. Sie ließ ihre

Hand sinken und stellte den Becher fast lautlos zurück auf den niedrigen Tisch.

„Es vergingen wenige Monate bis man Katharina ansehen konnte, dass sie guter Hoffnung war. Ihr selbst habt gesehen, wie glücklich sie war. Auf dem Hof gab es zur selben Zeit zwei Veränderungen. Heinrich ließ von ihr ab, denn sicherlich glaubte er, sie trage sein Kind im Leib und der Stallmeister verschwand spurlos, woraufhin ein neuer angestellt wurde."

„Der Ruude", wisperte die feiste Wilma.

Nore nickte und lächelte versonnen. „Wer kann es ihm verdenken?"

Wilma seufzte tief und man konnte die Ungeduld in ihren Zügen ahnen.

„Wenige Monate später gebar Katharina ihr Kind und dann kam die Nacht, die alles verändern sollte. Katharina war mit ihrem Kind allein. Nur der Himmel weiß, warum der Ruude nicht am Hof war. Heinrich war im Wirtshaus an jenem Abend und kam mit übler Laune heim. Er muss etwas geahnt haben, denn gleich nachdem er in die Küche trat, forderte er ihr Kind. Katharina spürte den Hass, der in ihm aufkeimte, als sie sich weigerte, und versuchte ihr Kind zu schützen, doch wie zuvor gab es nichts, was sie ihm hätte entgegensetzen können. Es gelang ihr, das Kind aus dem Fenster der Kammer herabzulassen, doch sie selbst blieb zurück und wurde Opfer Heinrichs Raserei. Seit dieser Nacht ist sie verschwunden und ich weiß, dass Heinrich ihr Mörder ist."

Nore lehnte sich genüsslich in den Sessel zurück und ließ ihre Worte wirken. Die anderen schwiegen und tauschten vielsagende Blicke.

Wilma nickte und starrte sinnierend auf den Dielenboden, als gelte es dort ein bestimmtes Staubkorn unter vielen zu entdecken. Schließlich sah sie auf, legte den Kopf schräg und lächelte schief. „Wenn du das so genau wissen willst, musst du neben ihr gestanden haben", stellte sie fest.

Nores Blick hielt dem der Zweiflerin stand. Sie lehnte sich so weit vor, dass ihr Atem über Wilmas Gesicht strich. Dann wisperte sie: „Nein, doch was ich euch jetzt erzähle, darf dieses Zimmer niemals verlassen."

Die Frauen rückten näher an sie heran und spitzten die Ohren.

„Katharina war tot - Der rote Teufel holte sie zu sich, doch er hat sie zurückgeschickt, um sein Kind zu holen."

Sechs Augenpaare weiteten sich vor Entsetzen und Nore fuhr mit Grabesstimme fort. „Sie ist mir erschienen, als ich des Nachts auf dem Hof war, um mein Hab und Gut zu holen. Ihr wisst, dass er verwaist ist. Und bei Gott - ich schwöre, ich wünschte, ich hätte es nicht getan."

„Als ich die Küche betrat, hatte ich das Gefühl, als wäre der kahle Steinboden der Esse noch warm. Es war, als wäre nichts geschehen und es hätte mich nicht gewundert, wenn Katharina mit einer Kerze in der Hand aus ihrer Kammer getreten wäre. Doch die Stille beschied mir ein Gefühl der Beklemmung. Ich spürte mehr, dass etwas nicht mit rechten Dingen zuging, als dass ich es sah.

Plötzlich wurde es eiskalt und die Stille wich einem Rauschen, wie das des Wassers der Mühle. Aus der Deele drang ein bläulicher Schein. Die pure Neugierde trieb mich und was ich dann sah, ließ mir den Atem stocken.

Vor dem Kamin sah ich eine durchscheinende Gestalt. Sie schwebte mit ausgebreiteten Armen über dem Boden. Ihr dunkles Haar schien zu fließen und das Kleid umspielte sie wie Wellenkaskaden. Ein Rinnsal bahnte sich seinen Weg über den Steinboden geradewegs auf mich zu, bildete eine Lache und umfloss meine Knöchel. Ich war nicht mehr imstande zu fliehen.

Sie hob ihren Kopf. In ihren Augenhöhlen lag die Schwärze der Nacht. Sie öffnete die Lippen. Ein Sturm schlug mir entgegen und mit ihm ein Schrei:

‚Gib mir mein Kind!'"

Die letzten Worte hatte Nore ausgeschrieen und ihre Zuhörerinnen fuhren zusammen.

Wilma sprang auf, Rosalind entfuhr ein erschreckter Schrei. Mit weit aufgerissenen Augen schlossen sich klamme Finger um Kruzifixketten.

„Ich fasste all meinen Mut zusammen, doch meine Stimme zitterte als ich sprach: ‚Ich habe dein Kind nicht.'

Wieder peitschte mir ein Sturmböe ins Gesicht und sie heulte: ‚Ich will mein Kind!'

Ich fühlte, wie die Nässe in meinen Rock kroch, als ich vor Angst auf die Knie sank. ‚Verschone mich', wimmerte ich und rang die Hände.

Katharina streckte die ihren nach mir aus und ihre Finger formten sich zu Klauen. Einen Augenblick glaubte ich, sie würde mich ergreifen, doch dann kreuzte sie die Arme, legte sie auf die Brust und ließ den leeren Blick sinken. Wie das murmelnde Plätschern der Olff, drangen ihre letzten Worte in meine Ohren: ‚Ich werde ein Jedes holen, bis ich das Rechte gefunden. Das Kind ist mein!'

Das Wasser gab mich frei, zog sich zurück und ich sah, wie sie in ihr Bildnis über dem Kamin floss."

Im Raum hing ein tiefes Schweigen, lediglich durchbrochen vom Knacken der Scheite im Feuer. Keine der Frauen sagte ein Wort, auch Wilma sank auf ihren Hocker und starrte Nore mit offenem Mund an.

Deren Augen glitten unauffällig über die zutiefst betroffenen Mienen. Sie schien zufrieden und die Spur eines Lächelns umspielte ihre Lippen.

21

Linthberghe, 1690

Gerhard Busch brachte die Kutsche gleich neben der Kirche zum Stehen, trat die Bremse fest und sprang vom Bock. Maria wartete, bis ihr Mann die Pferde gebunden hatte und zu ihr trat, um ihr hinunterzuhelfen. Während sie seine Hand hielt und herabstieg, nickte sie einigen Menschen zur Begrüßung zu und ließ ihren Blick über die Anwesenden schweifen. Dann wandte sie sich an eine Frau, die eine lange, wollene Pelerine um die Schultern trug.

„Guten Morgen, Sibilla", sagte sie und reichte ihr die Hand.

Die Frau lächelte leicht und erwiderte den Gruß. „Schön dich zu sehen, Maria. Was führt dich nach Buldern? Gibt es im Stift heute keinen Gottesdienst?"

Maria schnaubte amüsiert. „Wir wollten nur sehen, ob euer Pfarrer heute ausnahmsweise einmal gute Laune hat." Sie wurde ernst. „Ist dir Katharina schon begegnet? Sie war nicht auf dem letzten Markt und ich wollte nach ihr sehen."

Sie schüttelte vage den Kopf und schien über irgendetwas nachzudenken. Dann sagte sie: „Nein, ich bin aber auch gerade erst eingetroffen. Vielleicht ist sie schon drinnen."

Maria fragte sich, was sie vor ihr verbergen wollte. Sie konnte in ihren Augen lesen, dass etwas nicht stimmte, also hakte sie behutsam nach. „Sibilla?" Sie legte eine Hand auf ihren Unterarm und sah ihr forschend ins Gesicht.

Die andere blickte zu Boden, dann flüsterte sie so leise, dass kein Umstehender etwas verstehen konnte: „Es gibt Gerüchte. Ein Knecht deines Schwagers ist bei Nacht und Nebel verschwunden und seither hat man Katharina auch nicht mehr gesehen."

„Was?“

Sibilla hob warnend die Finger an den Mund und sah sie aus großen Augen an.

„Was soll das heißen? Katharina würde nie …“

„Ich kann nur sagen, was ich gehört habe. Es ist schon merkwürdig, dass niemand etwas von ihr gehört hat. Aber vielleicht spinnen sich die Leute auch nur etwas zusammen. Sie hat doch jetzt den Säugling.“

Maria nickte bedächtig.

„Junge Mütter haben doch immer alle Hände voll zu tun“, fuhr Sibilla fort, aber Maria kam es so vor, als wollte sie sie nur beruhigen.

„Sie würde aber niemals einer Predigt fernbleiben“, sagte Maria bestimmt und ihr Blick wanderte zur geöffneten Kirchentür.

„Sie sitzen bestimmt bereits vorne in den ersten Bänken.“

„So wird es sein.“ Sie wollte gerade gehen, um sich zu vergewissern, als sie es sich anders überlegte. „Was ist mit diesem Knecht?“, wisperte sie leise.

Sibilla hob die Brauen und holte dann tief Luft. Sie wirkte überglücklich, doch noch ihren neusten Tratsch loswerden zu können. Eifrig erzählte sie, was sie von der Beuklerschen gehört hatte. „Es soll noch gar nicht so lange her sein. Vor etwa zehn Tagen hat es angeblich einen handfesten Streit gegeben“, wobei sie das Wort „angeblich“ betonte und die Augen verdrehte. „Dein Schwager Heinrich soll auf einen Knecht losgegangen sein. Und zwar nicht auf irgendeinen, sondern auf den Ruuden.“ Sibilla sah sie eindringlich an. „Du kennst doch diesen gutaussehenden …“ sie hielt die Hand vor den Mund und flüsterte ihr ins Ohr: „… Teufel.“

Ihr Blick sprach Bände. Als wäre die Tatsache, dass es ausgerechnet der Ruude war, an sich schon bedeutungsträchtig genug. Sie sah zum Kirchengebäude und bekreuzigte sich, dann fuhr sie fort: „Sie sollen sich die Nasen blutig geschlagen haben. So hat es jedenfalls der Stallbursche erzählt. Allerdings hat er nicht gesehen, wer gewonnen hat, denn er hat seine Beine in die Hand genommen und sich verdrückt."

„Hoffentlich hat Heinrich ordentlich was eingesteckt", entfuhr es Maria und sie biss sich auf die Zunge.

Sibilla kicherte verhalten und zwinkerte ihr zu, als teile sie ihre Meinung. „Muss er wohl", sagte sie. „Er soll ein paar Tage lang nur noch im Haus geblieben sein. Wahrscheinlich hat er seine Wunden geleckt. Mit dem Ruuden legt man sich nicht an, ohne ordentliche Blessuren davonzutragen." Sie errötete, wie ein junges Mädchen.

Maria schmunzelte. Sie konnte ihre Reaktion sehr gut nachvollziehen. Dieser stattliche Mann hatte vielen Frauen in der Gegend den Kopf verdreht, ohne dass er auch nur einer von ihnen ernsthafte Avancen gemacht hätte. „Und dann ist er verschwunden?"

Sie fasste sich wieder. „So hat es der Thomas erzählt. Als er sich am nächsten Morgen wieder aus seinem Versteck wagte und in den Stall schlich, war der Ruude verschwunden und mit ihm all seine Sachen." Sie nickte, wie um ihren Worten Nachdruck zu verleihen.

„Aber meine Schwester würde niemals mit ihm gehen. Was hat sie mit diesem Kerl zu schaffen?", ereiferte sich Maria. „Nicht zu fassen, was die Leute sich einfallen lassen."

Sibilla verzog das Gesicht und meinte dann: „Wenn nicht Katharina, dann die Magd. Die ist nämlich auch weg."

„Leonore?"

„Nein, das Küchenmädchen. Die kleine graue Maus", antwortete Sibilla prompt, offensichtlich bestens informiert.

„Was? Das glaube ich nicht. Dieses magere kleine Ding? Das schon Angst hat, wenn es im Heu raschelt?"

Sibilla schnaubte schnippisch. „Wenn du mich fragst, hatte dieses unscheinbare Mädchen es faustdick hinter den Ohren."

„Wenn du meinst. Aber das trifft sicherlich nicht auf meine Schwester zu. Sie ist eine ehrbare Frau", stellte sich Maria schützend vor Katharina.

Diese Geschichte beunruhigte sie mehr, als sie sich eingestehen wollte. Was war da nur im Gange? Dass Heinrich einen Streit vom Zaun brach, war im Grunde nichts Ungewöhnliches. Er hatte ein hitziges Gemüt, das war weit und breit bekannt. Auch dass Katharina unter ihm zu leiden hatte, war nicht neu. Es gab auch immer wieder Knechte, die unter Heinrichs Knute unzufrieden waren und sich absetzten. Aber dass auch das Küchenmädchen verschwunden war, gab ihr zu denken. Sie hatte sie eher scheu in Erinnerung. Pflichtbewusst, aber ängstlich. Die Sorte Mensch, der vor dem eigenen Schatten Reißaus nahm. Außerdem liebte sie Katharina und klebte förmlich an ihr, wie ein junges Hündchen. Es kam ihr weit hergeholt vor, dass ausgerechnet sie zusammen mit dem Ruuden ins Ungewisse aufzubrechen wagte, besonders wenn das bedeutete Katharina zurückzulassen. Andererseits – die Liebe vermag viel und man hatte schon Seltsameres gesehen.

Gerhard kam auf sie zu und sagte an sie beide gewandt: „Es wird Zeit", dann geleitete er Maria in die Kirche. Sibilla schloss sich ihnen an und als sie ins Zwielicht des sakralen Baus eingetreten waren, ließ Maria ihren Blick über die Bänke schweifen. Der ganze Ort war versammelt, auch die Menschen aus den Bauernschaften drängten sich dicht an dicht, doch von Katharina und Heinrich war nichts zu sehen. Sie schritt die Reihen ab, in der Hoffnung sie unter den vielen Menschen übersehen zu haben, nickte dem ein oder anderen freundlich zu, doch Katharina blieb wie vom Erdboden verschluckt.

Maria folgte der Rede des Pfarrers nur halbherzig. Immer wieder kehrten ihre Gedanken zum Verbleib ihrer Schwester zurück. Wäre sie tatsächlich mit dem Ruuden durchgebrannt, dann hätte Heinrich das mit Gewissheit an die große Glocke gehängt und überall den gehörnten Ehemann gegeben.

Ihre Sorge ließ ihr keine Ruhe. Maria konnte es kaum abwarten, dass der Küster endlich die erlösende Glocke läuten würde. Kaum dass der erste Ton durch die Kirche schallte, stand sie auf und eilte hinaus, dicht gefolgt von ihrem Mann.

„Warum hast du es so eilig?", fragte Gerhard

„Ich muss zu meiner Schwester."

Gerhard sah verwirrt aus. „War sie denn nicht im Gottesdienst? Ich dachte, ich hätte sie gesehen."

Maria fuhr herum. „Wo?"

Gerhard legte nachdenklich die Stirn in Falten, sagte jedoch nichts.

„Gut, warten wir, wer heraus kommt", sagte Maria und stellte sich neben den Eingang. Menschen flanierten an ihnen vorbei und sammelten sich vor der Pforte. Maria ließ diese nicht einen Moment aus den Augen, selbst, als Sibilla sie erneut ansprach und feststellte, dass sie keinen vom Linthbergher Hof gesehen hatte. Die Menschentraube lichtete sich. Jemand schüttelte ihr zum Abschied die Hand mit den Worten: „Lass dich wieder einmal bei uns sehen", doch Maria brummte nur und wartete.

Zuletzt trat der Pfarrer heraus und schloss die Pforte. Dann drehte er sich zu ihr um und lächelte. „Schön, dass du heute bei uns warst, Schwester. Ist Katharina leidend?"

Maria wollte den Geistlichen nicht anlügen und wählte ihre Worte mit Bedacht. „Aus diesem Grund bin ich hier. Ich dachte, ich sollte zunächst den Gottesdienst besuchen, um ihr Eure erbauenden Worte überbringen zu können."

„Sehr löblich", stellte der Pfarrer wohlwollend fest. Er wechselte noch wenige Worte mit Gerhard und verabschiedete sich dann freundlich. „Nun geht mit Gott und richtet meinen Gruß aus. Ich werde für Katharinas baldige Genesung beten."

„Ich danke Euch im Namen meiner Schwester, Hochwürden."

Sie beobachtete ungeduldig, wie er um die Gebäudeecke verschwand, dann hakte sie eilends Gerhard unter und rannte fast zu ihrem Gespann. Gerhard half ihr hinauf, dann schwang er sich auf den Bock und ließ die Zunge schnalzen. Die beiden Pferde legten die Ohren nach hinten, dann zogen sie an und sie rumpelten über die Feldwege in Richtung Linthberghe.

Auf der Fahrt erzählte sie ihrem Mann die Gerüchte, die um ihre Schwester und den Hof kursierten und legte ihm die Dringlichkeit dar, nach Katharina zu sehen. Er brummte missmutig, aber sie wusste, dass diese Reaktion nicht ihr galt. Gerhard hielt ebenso wenig von Heinrich, wie sie selbst. Er ließ die Pferde traben, soweit das möglich war und sie war ihm dankbar, dass auch er den Ernst der Lage erkannt hatte.

Eine halbe Stunde später passierten sie das kleine Gesindehaus, bogen dahinter zum Hof ein und fuhren bis vor das Tennentor. Maria hatte als erste festen Boden unter den Füßen und schritt eilends zum Vordereingang.

Die Tür war fest verschlossen. Sie hämmerte mit den Fäusten auf das Holz ein und rief: „Katharina!"

Gerhard trat an eines der Sprossenfenster und spähte hinein. „Da drinnen regt sich nichts", stellte er fest und ging dann um das Gebäude herum.

Maria hämmerte abermals gegen die Tür. „Katharina!" Sie legte ein Ohr an das Holz und lauschte.

„Hier ist niemand", sagte Gerhard, als er zurückkam. „Alle Fenster sind fest verschlossen. Selbst der Stall ist zu."

Maria überlegte kurz. „Was ist mit Thomas?"

„Im Stall kann er nicht sein. Vielleicht haben wir im Gesindehaus Glück?"

„Komm mit", sagte Maria und eilte zu dem kleinen Fachwerkbau. Sie klopfte, dann versuchte sie die Tür zu öffnen, doch auch diese war verschlossen.

„Schhht." Gerhard hob einen Finger an die Lippen und neigte den Kopf.

Auch Maria lauschte.

„Thomas? Hier sind Gerhard und Maria! Öffne bitte die Tür! Thomas? Ich weiß, dass du da bist!"

Maria hörte ein leises Rascheln. Sie legte ihre ganze Sanftmut in ihre Stimme. „Thomas, bitte komm heraus. Thomas? Bitte."

Sie hörte, wie sich jemand am Riegel zu schaffen machte, dann schwang die Tür langsam nach innen auf und ein blasses Jungengesicht lugte durch den Spalt zu ihr heraus. Um den Knaben nicht zu erschrecken, zwang sie sich zu einem Lächeln und beobachtete erleichtert, wie er die Tür schließlich vollends öffnete. Vor ihr stand der verängstigt dreinblickende Stallbursche ihres Schwagers. Seine Füße waren nackt und seine zerlumpten Kleider schlotterten um seine schmächtige Gestalt. Er sagte keinen Ton, stand einfach da. Nur seine Augen wanderten ruhelos über den Hof.

„Warum hast du dich eingesperrt, Junge?", fragte Gerhard väterlich.

Maria sah, wie ihr Mann vorsichtig sein Gewicht verlagerte, sodass er die Tür mit einer Armbewegung aufhalten konnte, falls Thomas sie wieder schließen würde. Dieser schien jedoch nichts dergleichen vorzuhaben. In seiner Stimme lag ein kaum merkliches Zittern, als er sprach. „Ist er weg?"

„Heinrich?", fragte Maria.

Der Junge nickte und sah sich um.

„Es ist niemand hier", sagte Gerhard.

Behutsam fragte Maria: „Wovor hast du Angst, Thomas? Was ist passiert?"

„Er ist sehr wütend", sagte dieser.

„Warum?"

Der Junge zuckte mit den Schultern. „Vielleicht weil Darragh ihn verprügelt hat."

„Er hat was?", fragte Gerhard erstaunt.

„Heinrich ist auf Darragh losgegangen und hat ihn mit der Mistgabel bedroht, da hat der Ruude sie ihm aus der Hand gerissen und ihm einen kräftigen Schlag versetzt."

„Weißt du auch, worum es ging?"

„Nein. Ich hab gesehen, dass ich weg kam. Ich habe mich da hinten versteckt." Er wies mit der Hand zu einem halbverfallenen Schuppen.

„Und wo ist meine Schwester?"

„Sie war im Haus und hat geschrien, aber irgendwann hat sie aufgehört."

„Mein Gott", entfuhr es Maria

„Wann war dieser Streit?", wollte Gerhard wissen.

„Vor ein paar Tagen."

„Hast du meine Schwester seither gesehen?", fragte Maria und hoffte inständig seine Antwort möge ‚ja' lauten, doch Thomas schüttelte den Kopf.

„Ich versuche dem Heinrich aus dem Weg zu gehen, wo ich kann. Am besten sieht er mich erst gar nicht, sonst lässt er seine Wut noch an mir aus. Katharina habe ich nicht mehr gesehen."

„Was ist mit den anderen?", fragte Gerhard.

„Leonore hat gesagt, sie geht zu ihrer Familie zurück. Heinrich hat ihr ein Veilchen geschlagen, als sie einfach nur in der Küche stand."

Maria konnte sich nicht mehr beherrschen. „Ist Katharina mit dem Ruuden mitgegangen? Hat er sie vielleicht dazu gezwungen?"

Thomas riss die Augen auf und wurde noch bleicher, als er ohnehin schon war. „Das weiß ich nicht. Seine Sachen sind nicht mehr da, er ist abgehauen, ganz bestimmt." Er nickte heftig. „Aber die Sachen von deiner Schwester sind noch da. Ich habe ihre Schürze und ihren Umhang gesehen, als ich mich ins Haus geschlichen habe, um Essen zu holen. Sie hängen am Haken."

„Hat das Baby in letzter Zeit geweint? Du musst doch irgendwas gehört haben, Junge." Maria packte ihn verzweifelt bei den Schultern und schüttelte ihn so heftig, dass sein Kopf vor und zurück rollte.

Thomas jammerte: „Nein, habe ich nicht, ich habe gar nichts gehört. Hier ist alles still, außer der Flucherei vom Heinrich."

Maria ließ ihn fahren und sah Gerhard besorgt an. Auf diesem Hof stimmte gar nichts mehr. Alle waren fort und wo zum Teufel war dieser gottlose Heinrich. Als wenn er ihre Frage gespürt hätte, sagte Gerhard: „Wir sollten uns im Wirtshaus umsehen. Wenn er nicht dort ist, dann fragen wir seine Saufkumpane aus."

Maria nickte, dann sah sie zu Thomas, der sich klammheimlich in die Hütte zurückziehen wollte. „Was hält dich noch hier?"

In Thomas' Zügen lag Überraschung. „Ich habe doch niemanden mehr, zu dem ich gehen kann."

„Doch, jetzt schon. Pack dein Bündel und setz dich auf den Wagen. Du kannst bei uns arbeiten. Ich wäre nicht bei Trost, würde ich dich hier lassen."

Noch während sie zu dem Jungen sprach, wechselten seine Züge von freudiger Überraschung zu blankem Entsetzen. Seine Augen weiteten sich und er starrte geradewegs an ihr vorbei. Sie wandte sich um und hörte ihn noch bevor sie ihn sah.

„Was macht ihr hier!", brüllte Heinrich, der gerade in die Einfahrt getreten war. „Schert euch von meinem Hof!"

Gerhard war gleichfalls herumgefahren und sah seinem Schwager entgegen. „Da ist er", sagte er unnötigerweise. „Und bringt gleich seine üble Laune mit."

„Der kann was erleben", brauste Maria auf und ging ihm entgegen. „Wo ist meine Schwester?"

„Das geht dich nichts an, du dummes Weib!"

„Moment mal. So sprichst du nicht mit meiner Frau", entgegnete Gerhard in harschem Tonfall.

Es trennten sie nur noch wenige Schritte, als Heinrich die geballte Faust hob und schrie: „Ich rede wie es mir passt. Ihr sollt verschwinden, sonst mach ich euch Beine!"

Maria konnte nicht an sich halten. Mit einem Satz ging sie auf ihn los und versuchte ihn zu packen. „Wo ist Katharina? Was hast du mit ihr gemacht?"

Heinrich wehrte sie mit einer Leichtigkeit ab, als hätte er es mit einer Katze zu tun. Seine groben Hände hielten ihre Gelenke so fest umschlossen, dass ihr ein stechender Schmerz durch die Glieder fuhr. Dann stieß er sie zur Seite und sie landete unsanft zu Füßen ihres Mannes.

Gerhard half ihr auf und zog sie hinter seinen Rücken, als er Heinrich anbrüllte: „Was ist in dich gefahren? Setzt es da oben bei dir aus? Du tätest gut daran Maria zu antworten. Wo ist ihre Schwester?"

„Willst du mir etwa drohen? Ich mach dich mit dem kleinen Finger fertig, wenn ich wollte. Und dieses unnütze Weib ..." er deutete auf Maria „... gleich mit dazu. Wäre Katharina nicht schon weg, würde ich sie euch an den Hals jagen. Die ganze Sippschaft taugt doch nur, um ihnen Kinder zu machen und sie dann in Schande vom Hof zu jagen. Also verschwindet von hier und zwar schnell!"

„Was heißt das, sie ist weg?", rief Maria und drängte sich neben Gerhard, der sie jedoch mit starkem Arm zurückhielt.

„Wir werden gehen", sagte Gerhard beschwichtigend und hob eine Hand zum Zeichen seiner Aufgabe.

„Das werden wir nicht! Ich will wissen, was der mit Katharina gemacht hat", empörte sich Maria.

„Nichts hab ich gemacht. Deine Hurenschwester hat sich davongestohlen!"

Maria fühlte, wie ihr das Blut ins Gesicht schoss. Sie versuchte sich aus Gerhards festem Griff zu befreien, doch dieser ließ nicht locker.

„Den Jungen nehmen wir mit", sagte er in ruhigem Ton und nickte zu Thomas, der ihnen auf leisen Sohlen gefolgt war.

Der Stallbursche wartete Heinrichs Antwort gar nicht erst ab und drückte sich an ihnen vorbei.

„Der frisst einem sowieso nur die Haare vom Kopf, der faule Bengel! Von mir aus nehmt ihn und werdet glücklich!"

Gerhard zog Maria mit sich, ließ Heinrich jedoch nicht aus den Augen, als sie an ihm vorbei zum Wagen gingen.

„Wir können nicht einfach gehen", sagte Maria. „Was ist mit Katharina? Und sie hat doch das Kind."

„Er wird es dir nicht sagen. Ich bin mir nicht einmal sicher, ob er weiß, wo sie ist. Vielleicht sagt er die Wahrheit?"

„Das kann nicht sein."

„Selbst wenn er lügt. Im Moment kannst du nichts ausrichten. Sie ist seine Frau und er kann mit ihr machen, was er will."

„Aber ich muss ihr helfen", sagte Maria und wollte wieder umkehren, doch Gerhard hielt sie zurück.

„Sei vernünftig. Lass uns gehen. Wir können den Pfarrer ins Vertrauen ziehen und ihn hierher schicken. Vielleicht kann er herausfinden, was hier vorgeht und wie es Katharina geht."

„Ich habe ihn glauben lassen, sie sei krank."

„Umso besser. Dann brauchst du ihm nur sagen, es ginge ihr schlechter und er wird sofort nach ihr sehen wollen. Dann wissen wir auch, ob sie noch hier ist oder ob Heinrich die Wahrheit sagt."

Er dirigierte sie auf den Wagen, auf dessen Pritsche Thomas saß und sprang dann selbst hinauf. Er trieb die Pferde an und sie rumpelten davon.

22

Limbergen, 2010

Es regnete und gegen Abend wurde es mit einem Mal so kalt, dass sich die ersten Schneeflocken unter die Tropfen mischten und sich weißer Flaum über die Felder legte. Die Dämmerung brach frühzeitig herein und es war nun nicht mehr von der Hand zu weisen, dass das Land bald gänzlich in die dunkle Jahreszeit eintauchen würde. Ich stand am Fenster, sah hinaus und fühlte mich genauso trist wie das Wetter. Meinetwegen hätte es das ganze Jahr über Sommer und goldener Herbst sein können.

Die Kälte ließ mich frösteln. Ich kreuzte die Arme und rieb mir die Schultern. Ich fühlte, wie sich ein zweites Händepaar von hinten auf meine Arme legte und Frank sich an mich schmiegte.

„Es wird kalt diese Nacht", sagte er.

„Hmmm", brummte ich zustimmend. Ich legte meinen Kopf an seine Schulter und genoss die Wärme, die von ihm ausging.

„Warum legst du dir nicht deine Wolldecke über, wenn du frierst?"

„Weil ich sie nicht mehr finde. Wahrscheinlich hat Leon damit wieder eine Hütte gebaut. Ich weiß nicht, wo er sie hingetan hat." Wir standen eine ganze Weile so da und sahen hinaus, dann fragte ich unbestimmt: „Glaubst du, dass wir hier glücklich sein werden?"

„Wie kommst du jetzt darauf?"

Ich zögerte einen Augenblick, bevor ich antwortete. Schließlich sagte ich: „Weil auf diesem Hof schon so viel Leid geschehen ist."

Frank drehte mich um und schien meine Miene zu erforschen. „Das ist nur ein Haus, Julia."

Ich verzog die Mundwinkel. „Ich weiß", sagte ich, doch meine Stimme klang in meinen eigenen Ohren wenig überzeugend. „Hier sind so viele Menschen gestorben. Immer wenn ich durch dieses Haus gehe, muss ich daran denken, wie viel Trauer diesen Hof erfüllt haben muss. Es ist fast so, als wenn sie über die Jahrhunderte immer noch in der Luft liegen würde. Als wäre sie immer noch greifbar."

„Das klingt für mich nicht besonders rational. Hast du wirklich dieses Gefühl?" Er legte seinen Kopf schief. „Als deine Mutter vor zwei Jahren gestorben ist …"

Ich öffnete den Mund um ihm das Wort abzuschneiden, doch er hob die Hand, um mir zu bedeuten, ihn ausreden zu lassen.

„Als deine Mutter vor zwei Jahren starb, hast du ihr Haus geerbt. Du bist durch die Zimmer gegangen und hast dir vorgestellt, wie es war, als du noch bei ihr gelebt hast. Hattest du da auch dieses Gefühl? Sie ist in diesem Haus gestorben und nicht etwa weil sie alt war, sondern krank."

„Nein", gab ich zu. „Aber das ist etwas anderes. In meinem Elternhaus hat es viel Liebe und Glück gegeben."

„Woher willst du wissen, dass es hier nicht so war. Wenn sich diese Menschen nicht geliebt hätten, dann wären hier nicht drei Kinder geboren worden. Außerdem war diese Familie sicher nicht die einzige, die hier gelebt hat. Vielleicht waren die Leute, die den Hof verkauft haben, auch sehr glücklich hier."

„Und warum haben sie ihn dann verkauft?", gab ich zu bedenken. „Ich meine, wir haben sie ja nicht einmal gesehen, geschweige denn kennengelernt."

Er schmunzelte. „Weil sie zu alt waren, um den Hof wieder in Schuss zu bringen."

Ich sann über seine Worte nach und nickte unbestimmt. Das war zumindest der Grund, den uns der Makler genannt hatte.

Ich wäre noch vor ein paar Monaten nie auf die Idee gekommen, daran zu zweifeln. „Fandest du es nicht merkwürdig, dass der ganze Verkauf über einen Anwalt lief?"

„So was mag es geben. Wer weiß schon, warum Leute die Dinge so handhaben, wie sie es tun. Außerdem, sieh es mal so: wir lassen hier eh keinen Stein auf dem anderen und wir werden den Hof mit Liebe und Glück füllen. Ok?" Er legte seinen Finger unter mein Kinn und hob meinen Kopf. „Lass uns am besten gleich damit anfangen", sagte er und grinste jungenhaft. Dann senkte er seine Lippen und küsste mich innig.

„Mama", sagte Kathi und zupfte an meiner Bluse. „Kathi kinken."

„Hast du Durst? Willst du was trinken?", fragte ich.

„Ja", sagte unsere Kleine und nickte eifrig. „Kathi Apfelhaft kinken."

„Gut, dann komm mal mit. Wir gehen in die Küche und holen dir Apfelsaft. Und wenn du fertig getrunken hast, gehen wir Zähneputzen. Du gehörst ins Bett, kleines Mädchen."

Frank und ich lächelten uns an, dann nahm ich Kathis Hand und führte sie in die Küche. Ich goss den Saft ein, reichte ihn Kathi und griff nach dem Hundenapf, doch er war voll. „Hast du Boomer schon das zweite Mal Futter gegeben?"

„Ich? Nein", sagte Frank.

Während ich den Napf wieder an seinen Platz stellte, stürmte Leon herein.

„Mama, ich hab was ganz Tolles entdeckt", rief er und wirkte aufgeregt.

Er war verdreckt von Kopf bis Fuß und sah aus, als wäre er von einer wochenlangen Expedition heimgekehrt.

„Wie siehst du denn aus?", fragte Frank.

Ich strubbelte Leons Haar und zupfte ein paar Spinnenweben weg, doch er schüttelte mich ab und erzählte begeistert von einem Geheimversteck, das er entdeckt hatte.

„Da ist noch ein Zimmer im Holzlager. Ich wollte Mäuse fangen und hab eine Falle gebaut." Stolz warf er sich in die

Brust. „Ich habe eine Schnur an einen Stock gebunden und den unter den Rand vom Eimer gestellt und da drunter habe ich Käse gelegt. Und dann habe ich mich versteckt und auf die Mäuse gewartet."

Es hätte wohl wenig Zweck gehabt ihm zu erklären, dass Käse gar nicht ganz oben auf dem Speiseplan von Mäusen stand.

„Als dann eine Maus kam, war ich ganz leise und habe gewartet, dass die unter den Eimer geht, aber da kam Vertigo um die Ecke und hat sie gejagt. Sie ist dann durch ein Loch in der Wand verschwunden. Vertigo hat dann versucht da mit seinen Pfoten reinzukommen. Das sah total lustig aus", sagte er lachend. „Die Maus hat bestimmt gedacht, sie wäre da sicher, aber das Brett war ganz locker, ist abgegangen und auf Vertigo draufgefallen."

Er kicherte und ich konnte mir bildlich vorstellen, wie Vertigo wie ein geölter Blitz aus dem Lager geschossen sein musste. Augenblicklich kam die Erinnerung an die Nacht vor wenigen Monaten zurück, als er den Topf von der Fensterbank geworfen hatte. Ich schüttelte den Kopf und verscheuchte das ungute Gefühl aus meinen Gedanken.

„Ich hab meinen Arm da reingesteckt und dahinter ist Holzboden." Aufgeregt hüpfte er auf und ab, dann nahm er meine Hand und zog mich in Richtung Tennentür. „Das müsst ihr euch ansehen", sagte er und sah zu Frank, der auf uns zukam.

„Lass Mama mal Kathi ins Bett bringen. Deine Schwester ist ganz müde. Ich komme mit."

„Aber du kommst auch, ja?" Fragend sah er zu mir auf.

„Klar", sagte ich. „Gleich, ok?"

Es sah ganz so aus, als wollte Kathi die Worte ihres Vaters bestätigen. Sie rieb sich die Augen. Dann sagte sie: „Kathi auch gucken."

Ich musste lächeln. So müde sie war, sie fand natürlich, dass sie nicht müde wäre. „Du kannst morgen gucken. Komm, wenn du jetzt ganz schnell schläfst, dann ist auch ganz schnell morgen." Ich kicherte in mich hinein und stellte mir vor, wie es wohl wäre, wenn man beim Schlaf einen Turbo einschalten könnte. Für Kathi klang das offensichtlich logisch, denn sie nickte und hob die Arme, damit ich sie hochnehmen konnte.

Frank und Leon verschwanden in der Tenne und ich hörte wie er ihm die Geschichte noch einmal erzählte – mit ein paar Ausschmückungen wahrscheinlich. Ich hob Kathi auf meine Hüfte und brachte sie ins Bad.

„Bum, bum", sagte Kathi mit der Zahnbürste im Mund.

„Ja, das ist der Papa", sagte ich und lauschte. Leon musste wirklich etwas entdeckt haben. Frank schien das Loch zu vergrößern, was sonst hätte solch einen Lärm gemacht. Es klang gerade so, als wären sie nebenan. Ich versuchte mir die Lage des Holzlagers vor Augen zu führen. Unser Bad lag im Schweinestall, das Lager am Ende desselben, also waren sie nicht allzu weit von uns entfernt. Ich war gespannt, was sie wohl finden würden, also beeilte ich mich und kürzte das Abendritual ein wenig ab, natürlich ohne dass Kathi es bemerkte. Ich nahm mir noch die Zeit ihr ein Lied vorzusingen, dann gab ich ihr einen Gute-Nacht-Kuss und winkte ihr zu. Als Kathi sich zufrieden den Daumen in den Mund steckte und die Augen schloss, zog ich leise die Tür zu.

In Windeseile folgte ich Leon und Frank in das Holzlager, doch da waren sie nicht. War ich an ihnen vorbeigelaufen? „Frank? Leon?"

„Wir sind hier, Mama!"

Ich ging zurück durch die niedrige Tür in den winzigen Vorraum. Hier gab es kein Fenster. Das einzige Licht drang aus der Tür vom Schweinestall herein. Als ich das letzte Mal in dieser Kammer gewesen war, stand sie voll mit Holzresten, Brettern und Gerümpel, dessen Zweck sich mir verschlossen hatte. Frank und Leon waren fleißig gewesen. Nun war die Kammer fast leer, bis auf wenige Gartengeräte, die noch an der linken Wand lehnten, darunter eine Sense, eine verrostete Schaufel und eine hölzerne Mistgabel. In der hinteren Bretterwand klaffte ein Loch und der Raum dahinter war in ein sanftes Licht getaucht. Ich steckte meinen Kopf hinein.

„Hallo“, sagte Frank.

„Und?“, fragte ich.

„Das ist mein Geheimversteck“, sagte Leon.

Der Raum war ein nur etwa fünf Quadratmeter großer Verschlag. Am unteren Ende der rückwärtigen Mauer sah ich ein rechteckiges Brett mit einem Holzriegel. Rechts und links waren wenige, dreckverkrustete Holzböden angebracht, die über schräge Stiegen miteinander verbunden waren.

„Ich denke“, sagte Frank, „das war mal ein Hühnerstall.“

Ich musste lächeln.

„Nee, komm. Wir brauchen keine Hühner“, sagte Frank, als könnte er meine Gedanken lesen.

Er kennt mich zu genau, dachte ich und beeilte mich ihm zu erklären, dass ich im Leben nicht daran gedacht hätte, Hühner anzuschaffen. „Obwohl die Aussicht, von einem freundlichen Kikeriki geweckt zu werden, durchaus seinen Reiz hat“, schloss ich und grinste.

„War mir klar“, meinte Frank. „Sollte hier so ein Viech rumlaufen und auch nur einen Kicks machen, landet es im Topf.“

„Papa“, schalt Leon entrüstet.

„Willst du dein neues Geheimversteck mit einem Hahn teilen?“

„Nee, dafür ist hier zu wenig Platz.“

„Da hast du es“, sagte Frank an mich gewandt. „Ist nix mit Hühnern.“ Er grinste.

Ich gab klein bei. „Na gut, dann eben nicht.“ An Leon gewandt fragte ich: „Und? Wie willst du dich hier einrichten? Du hast es entdeckt, also kannst du machen, was du willst.“

Unser Sohn sah sich um, dann funkelten seine Augen vor Begeisterung. „Zuerst muss ich sauber machen und die Regale auch. Dann kann ich da meine Lieblingsbücher draufstellen. Und was zu schreiben.“

„Ich denke, wir sollten die Hühnerleitern entfernen und die Bretter gegen neue tauschen."

Leon nickte. „Haben wir auch alte Decken und Kissen? Dann kann ich es mir hier richtig gemütlich machen."

„Das kriegen wir hin", sagte ich. „Wie wäre es mit einem Kaninchen zum Schmusen?"

„Au ja!"

Franks missfallender Blick traf mich und ich musste kichern. Herausfordernd sah ich ihn an, als ich ergänzte: „Und weil es unfair wäre, wenn du eins hast und Kathi nicht, würde ich sagen wir brauchen zwei, nicht wahr?"

Frank holte tief Luft, als wollte er widersprechen, brachte jedoch vor Leon kein Wort über die Lippen. Sein Blick sprach Bände.

Ich schmunzelte immer noch.

„Ich hole einen Besen!" Leon drängte sich an mir vorbei und verschwand durch die Öffnung.

Frank richtete sich zu seiner vollen Größe auf und trat auf mich zu. Dann legte er seinen Arm um meine Hüfte und zog mich fest an sich heran. Sein Blick senkte sich tief in meine Augen. Er raunte: „Das war unfair."

„Ach, und dein Manöver nicht?"

„Was meinst du?"

„Wenn ich Hühner bekomme, muss Leon auf sein Versteck verzichten", half ich ihm auf die Sprünge.

„Ich will keine Hühner."

„Tja, dann wirst du halt jetzt mit Kaninchen leben müssen."

Er verzog den Mund.

„Sieh es sportlich, die machen nicht so viel Krach", feixte ich.

Frank hatte mich immer noch fest im Griff. Er hob eine Braue und seine Augen funkelten. „Das wird dich was kosten", raunte er mir ins Ohr, senkte seinen Mund auf den meinen und küsste mich leidenschaftlich. Ein wohliges Kribbeln breitete sich in meinem Inneren aus.

Als Leon mit dem Besen hereingestürmt kam, lösten wir uns voneinander und Frank grinste unverschämt. Er entließ mich mit einem Klaps auf mein Hinterteil.

Ich lachte, dann warf ich einen Blick auf die Uhr. „Ok, dann lasst uns loslegen, aber in einer Stunde gehst du ins Bett, Leon."

„Och, schon? Dann werden wir bestimmt nicht fertig sein."

„Schauen wir mal wie weit wir kommen", sagte Frank.

Während meine Jungs sich im Hühnerstall zu schaffen machten, begann ich den Vorraum aufzuräumen. Die Geräte brachte ich in den Schweinestall und ich besorgte mir einen Reisigbesen, mit dem ich dem Dreck zu Leibe rückte. Als ich geendet hatte, warf ich einen Blick in den Schweinestall und beschloss, die lange Gasse zwischen den Koben gleich mitzufegen. Stetig arbeitete ich mich voran.

„Wo kommen die denn her?" Frank war hinter mich getreten und sah auf den Haufen, den ich zusammengekehrt hatte.

„Was meinst du?"

Er ging in die Hocke und sammelte etwas auf. Er hielt mir die geöffnete Hand unter die Nase und schüttelte sie, sodass ihr Inhalt in die Mitte des Handtellers hüpfte.

„Was ist an verrosteten Nägeln so besonders?", fragte ich.

„Normalerweise nichts, aber das sind keine Baunägel. War der frühere Besitzer Schuster?"

„Nicht dass ich wüsste. Vielleicht haben die Bauern früher ihre Schuhe selbst instandgesetzt?" Ich nahm ihm einen der Nägel aus der Hand und drehte ihn zwischen den Fingern. „Schade, dass man nicht herausfinden kann, warum die hier liegen", sagte ich und steckte ihn in meine Hosentasche.

23

Limbergen, 2010

Sie war bereit. Ein Blick auf das Zifferblatt der Uhr verriet ihr, dass die Nacht nun nicht mehr weit entfernt lag. Eine gute Zeit, um zu beginnen.

Sie setzte sich auf den nackten Dielenboden und zog eine Schatulle heran. Ohne zu zögern, klappte sie den Deckel auf, nahm eine schwarze Kerze heraus und legte sie vor sich. Dann griff sie erneut hinein und hielt eine Schachtel Streichhölzer in der Hand. Ein leises Zischen durchschnitt die Stille, als sie das Hölzchen anriss. Der warme Schein ließ weiche Schatten über die Wände huschen. Sie hielt den Boden der Kerze an die Flamme und träufelte dunkle Wachspunkte auf die Dielen. Die Flamme erlosch und sie drückte die Kerze auf das noch warme Wachs.

Ihr Blick schweifte suchend umher, dann stand sie auf, ging in den hinteren Teil der Kammer und kehrte mit einer Schale und einer Flasche zurück. Sie stellte die Schale neben die Kerze und goss Wasser hinein.

Sie kniete sich davor, dann wanderten die Hände hinauf zu ihrem Hals. Mit gespreizten Fingern hob sie eine feingliedrige Kette über den Kopf. Sie ließ das silberne Medaillon vor ihren Augen kreisen und betrachtete es versonnen, dann ließ sie es langsam ins Wasser gleiten. Es gab ein klickendes Geräusch, als es am Boden der Schale auftraf.

Erneut griff sie in die Kiste und zog zwei vergilbte Tücher heraus. Sie waren sorgfältig gewaschen und gebügelt. Sie legte eines zur Seite, das andere breitete sie auf dem Boden aus.

Ein weiteres Mal glitten ihre Hände in die Schatulle. Vorsichtig hob sie einen Gegenstand heraus. Die Kerzenflamme tanzte über den reich verzierten Messingrahmen des Handspiegels und es hatte den Eindruck als würden die keltischen Symbole ineinanderfließen.

Sie nahm das erste Tuch zur Hand und rieb den Spiegel von allen Seiten sorgfältig ab, als wollte sie ihn gänzlich auf Hochglanz polieren. Schließlich schien sie mit ihrem Werk zufrieden und legte ihn auf das ausgebreitete Tuch.

Vorgebeugt betrachtete sie sich einen Moment in der schwarz-spiegelnden Oberfläche. Sie schloss die Augen und atmete rhythmisch ein und aus. Dann blickte sie hinab und hob die Hände.

Mit ihrer Rechten strich sie kreisförmig über den Spiegel, öffnete die Lippen und wisperte: „Anseo, agam scáthán, tá an chumhacht, go bhfuil tú a chosaint."

Sie strich mit der linken Hand in die entgegengesetzte Richtung. „Agamsa, agam scáthán, agus tú ag theachtaire, a bhfuil tú chun tuairise a."

Ihre Stimme wurde eindringlicher, als sie wiederum mit der rechten Hand über die Oberfläche glitt. „Mise, agam scáthán, rn do máistir, tá tú chun obey."

Mit dem letzten Streich der Linken hauchte sie: „Seo, agam scáthán, tá an chumhacht, go bhfuil tú a chaomhnú."

Sie faltete die Hände im Schoß, atmete tief ein und ließ die Luft schließlich weichen. Dann schlug sie den Spiegel sorgfältig in das Tuch ein, auf dem er ruhte, nahm ihn auf und erhob sich. Mit wenigen Schritten durchmaß sie die Kammer und legte ihn mit der Spiegelfläche nach unten in das Fenster.

Ihr Blick glitt hinaus und während sie den Mond betrachtete, umspielte ein Lächeln ihre Lippen.

24

Limbergen, 2010

Ein beschaulicher Morgen lag vor mir. Ich stand in der Küche und ließ für Frank und mich Kaffee aus der Maschine, während Kathi am Tisch saß und an einer Scheibe Brot kaute.

„Leon auch esst", sagte sie und sah mich an.

Ich lächelte und schüttelte den Kopf. „Nein, Leon ist in der Schule."

„Leon tommt wieder", sagte sie bestimmt und nickte.

„Natürlich. Er ist bald wieder da."

Sie biss von ihrem Brot ab, dann kletterte sie vom Stuhl. „Kathi spielen."

„Gibst du mir noch dein Brettchen?"

Meine Kleine nickte, nahm das Frühstücksbrett vom Tisch und brachte es mir.

„Na, du bist aber ordentlich", sagte Frank, der aus der Tenne in die Küche trat.

Kathi strahlte über das ganze Gesicht, dann drehte sie sich um und verschwand kichernd in die Halle.

Ich reichte Frank eine dampfende Tasse und fragte: „Und? Wie weit bist du?"

Er setzte sich an den Tisch und nippte an seinem Kaffee. „Ich muss jetzt ausbluten lassen."

Ich runzelte die Stirn und nahm ihm gegenüber Platz. Dann ging ich gedanklich seine Ausführungen über Ölwechsel durch und mir wurde klar, was er damit meinte. „Ach so", sagte ich und um zu beweisen, dass ich beim letzten Mal wirklich aufgepasst hatte, sagte ich fachmännisch: „Das Öl läuft jetzt langsam aus der … Ablassschraube in die Schüssel …"

Plötzlich sprang er auf. „Mist, die Schüssel!"

„Was?“, fragte ich entsetzt und stellte mir bildlich vor, wie sich eine riesige schwarze Lache auf dem Tennenboden ausbreitete.

Frank brach in schallendes Gelächter aus und ließ sich zurück auf den Stuhl sinken.

Ich schnappte nach Luft. „Bah, bist du gemein“, sagte ich und stimmte in sein Gelächter ein. Mir hätte sofort klar sein müssen, dass er mich auf den Arm nahm. Ihm würde niemals ein solcher Fehler unterlaufen.

Nach einer Weile schüttelte ich immer noch lächelnd den Kopf. „Warum machst du das eigentlich jetzt? Du fährst doch erst am Sonntag nach Bremen?“

„Schon, aber ich muss noch meine Unterlagen für das Seminar durchgehen. Wenn ich erst in Bremen bin, habe ich dazu keine Zeit.“

„Kann ich überhaupt nach Münster fahren? Du weißt, ich wollte heute Nachmittag ins Landesarchiv.“

„Das ist kein Problem. Mit unseren beiden Rabauken komme ich schon zurecht.“ Er stand auf. „So, dann wollen wir doch mal sehen, ob die Schüssel voll ist“, sagte er, grinste und verschwand in die Tenne.

Ich schnaubte und stellte mir vor, welch dämliches Gesicht ich wohl gemacht haben musste.

Als ich in die Halle trat, saß Kathi auf dem Boden und hatte allerlei Spielzeug um sich verteilt. Als sie mich sah, verzog sie den Mund zu einem Lächeln. „Du auch spielen“, sagte sie.

„Ich möchte jetzt dein Zimmer aufräumen. Willst du mir dabei helfen?“

Sie stand auf, hob ihr T-Shirt eine Handbreit hoch und sammelte einige Murmeln ein, die sie in den so entstandenen Beutel legte.

Ich tat es ihr gleich und wir brachten das Spielzeug in ihr Zimmer.

Als ich auf Knien an ihrer Kommode einige Plastikfiguren einsammelte, stutzte ich. In die etwa handbreite Lücke zwischen der Wand und dem Möbel hatte die Kleine meine vermisste Wolldecke gestopft. Ich drehte mich zu ihr um und wollte gerade etwas sagen, als mir mein Lächeln auf den Lippen gefror.

Kathi stand mitten im Zimmer, hielt den Kopf leicht gesenkt und starrte mich aus großen Augen von unten herauf an. Sie musste genau verfolgt haben, was ich tat.

Ohne ein Wort wandte ich mich wieder der Decke zu und streckte die Hand danach aus.

Kathis Schrei fuhr mir bis ins Mark. „Nein! Nicht machen!"

Erschrocken zog ich die Hand zurück.

Mit einem Satz war Kathi bei mir und warf mich fast um, als sie in meinen Armen landete.

Ich hielt sie fest an mich gedrückt und wiegte sie. Was war mit ihr los? War sie so bestürzt darüber, dass ich meine Decke in ihrem Zimmer gefunden hatte? War es möglich, dass sie in ihrem zarten Alter schon solche Schuldgefühle haben konnte? Himmel, es war doch nur eine Wolldecke. Beruhigend flüsterte ich auf sie ein. „Alles ist gut. Ist doch nicht schlimm. Ich hole sie nur da raus, dann stecken wir sie in die Waschmaschine und alles ist in Ordnung."

Kathi schüttelte heftig den Kopf, immer noch fest an mich gedrückt.

„Warum soll ich sie denn nicht aus der Ecke holen, hm?"

Sie schwieg.

„Kathi, guck mich an."

Kathi lehnte sich leicht zurück und sah zu mir auf.

„Warum soll die Decke da drin bleiben?"

„Kathi hat wecketan."

„Du hast die Decke weg getan?"

Wieder schüttelte sie den Kopf.

„Was passiert denn, wenn ich die Decke raushole?"

Ihre Augen weiteten sich, doch sie blieb stumm.

Sie stellte meine Geduld auf eine harte Probe. Ich hatte keine Ahnung, was sie mir sagen wollte. Ich versuchte es anders.

„Pass auf, ich hole sie jetzt raus und ich verspreche dir, es passiert nichts, ok?“

„Nein!“

„Ich bin schon groß. Glaub mir, alles ist gut.“ Ich streckte die Hand aus.

Sie drängte sich dicht an mich, drehte den Kopf aber so, dass sie genau sehen konnte was ich tat.

Ich bekam die Decke zu fassen.

Kathi fing an zu zittern und weinte.

Mit einer Hand hielt ich sie an mich gedrückt, mit der anderen zog ich.

Plötzlich wurde sie panisch. „Nein! Mama, nich machen!“ Sie schlug nach meinem ausgestreckten Arm und drängte sich gleichzeitig so fest an mich, als wollte sie mich wegschieben. „Nich machen!“

Ich hielt die Decke in der Hand, doch ich konnte an ihr nichts Ungewöhnliches feststellen, das erklären würde, warum Kathi sich so benahm.

Sie vergrub ihr Gesicht in meiner Bluse und weinte immer noch.

„Schau, es ist nichts passiert. Das ist nur eine Decke.“ Mein Blick fiel in die Nische. Ich fuhr erschrocken zusammen und prallte zurück.

Ein Stöhnen drang über meine Lippen und ich atmete erleichtert aus. „Das ist doch nur Lillie“, sagte ich und streichelte Kathi über den Kopf. „Warum hast du sie denn da versteckt?“ Ich beugte mich vor und nahm die Puppe heraus.

Kathi hatte aufgehört zu weinen. Sie beobachtete mich mit Argusaugen und versteifte sich.

„Du magst Lillie doch?“

Kathi schüttelte den Kopf. „Mag nich Lili.“

„Warum nicht?“, fragte ich verständnislos.

„Lili böse.“

Die Erkenntnis traf mich wie ein Blitzschlag. Ingrid. Es war diese Puppe gewesen, mit der Ingrid gespielt hatte. Ich versuchte mir die Szene vor Augen zu führen, als ich die Tür geöffnet und sie beide im Kinderzimmer gesehen hatte.

Ingrid hielt Lillie in der Hand und jagte Kathi. „Ich bin böse." Die Worte hallten in mir nach.

Wie um zu beweisen, dass von der Puppe keine Gefahr ausging, streichelte ich Lillie über den Kopf. „Nein, sie ist nicht böse. Ihr habt doch nur gespielt, weißt du?"

Kathi entspannte sich. In ihre Züge trat Neugierde. Sie legte den Kopf schief und betrachtete die Puppe.

„Schau, sie sieht ganz traurig aus."

Kathi streckte ihre Hand nach Lillie aus und stupste ihr mit dem Finger auf die Nase.

„Komm, wir ziehen ihr ein neues Kleid an, dann ist sie bestimmt wieder fröhlich."

Kathi nickte, weigerte sich aber sie mir abzunehmen.

Ich sah mich im Zimmer um und fand für sie eine andere Puppe. Gemeinsam zogen wir die beiden um.

Kathi hatte sich zwar beruhigt, aber ich hatte den Eindruck, dass sie immer wieder verstohlen zu mir rüberschielte. Schließlich setzten wir die Puppen nebeneinander auf die Kommode und räumten den Rest des Zimmers auf.

25

Limbergen, 2010

Als sie die Augen aufschlug, stand die Sonne hoch am Himmel und die Vögel zwitscherten. Sie sah zum Fenster und betrachtete das unförmige Tuch auf dem Sims. Ein Lächeln huschte über ihre Lippen. Bald bist du mein, dachte sie. Dann warf sie die Decke zur Seite und erhob sich.

Auf nackten Sohlen ging sie zum Fenster, legte ihre linke Hand auf das Päckchen und wiederholte die Weihe der vergangenen Nacht:

„Anseo, agam scáthán, tá an chumhacht, go bhfuil tú a chosaint.

Agamsa, agam scáthán, agus tú ag theachtaire, a bhfuil tú chun tuairise a.

Mise, agam scáthán, rn do máistir, tá tú chun obey.

Seo, agam scáthán, tá an chumhacht, go bhfuil tú a chaomhnú."

26

Münster, 2010

Das Landesarchiv in Münster war nicht schwer zu finden und nachdem ich meine Ente auf einem großen Parkplatz abgestellt hatte, schnappte ich mir meine gesammelten Unterlagen und ging auf das beeindruckende Gebäude zu. Die Seite des roten Backsteinbaus war übersät von langen weißen Sprossenfenstern. Auf dem Dach sah ich drei Giebelfenster mit Türmchen. Nord- und Südseite waren als Treppengiebel ausgeführt worden, deren Stufen von Laternen der Neorenaissance geschmückt wurden. Insgesamt versetzte mich das Gebäude in Erstaunen und ich blieb einige Minuten stehen, um es auf mich wirken zu lassen. Nachdem die Fußgängerampel auf grün gesprungen war, schlenderte ich über die Straße, ließ das Magazin zu meiner Rechten liegen und trat in das angrenzende Verwaltungsgebäude.

Es dauerte über eine Stunde, bis ich mich durch die einzelnen Verzeichnisse und die darin aufgeführten Akten gekämpft hatte. Schließlich lagen vor mir auf meinem Tisch die Unterlagen, die mir interessant erschienen.

Das Original der Legende von der Wassernixe fand ich in einem Magazin über hiesige Sagen und es beinhaltete nichts Neues. Herr Diepholz hatte die unleserlichen Stellen ausgezeichnet gedeutet. Es gab sogar eine kurze Niederschrift von dem Mordfall der Mersche Tilbeck; nüchterne Fakten und halb so spannend wie jene Version, die mir Herr Diepholz erzählt hatte. Ich hätte sie wahrscheinlich überblättert, wenn ich sie nicht zuvor schon einmal gehört hätte. Es gab noch viele Geschichten und ich hoffte mehr über Anna zu finden, doch die Akten schwiegen sich beharrlich aus.

Eine brünette Frau trat an meinen Tisch und fragte: „Man hat mir gesagt, Sie hätten nach Unterlagen zum Hof Herzog in Limbergen gefragt?"

Überrascht nickte ich.

„Dann sollten Sie unter den Hexenprozessakten nachsehen. Da gab es einen sehr berühmten Fall in Buldern. Vielleicht hilft Ihnen das weiter. Der Mann, der dort verurteilt wurde, bewirtschaftete den Hof, nach dem Sie suchen."

„Wo finde ich die Akte?", fragte ich interessiert. „Darf ich fragen, woher Sie das wissen?"

Die Frau lächelte und legte mir eine Mappe vor die Nase. „Ich hatte die Prozessakten, weil ich sie für meine Recherchen brauchte. In meiner Dissertation geht es um die Hexenverfolgung in Deutschland."

„Sie studieren?"

„Ich schreibe meine Doktorarbeit. Ich hoffe, damit einen wichtigen Beitrag zur Historik leisten zu können", sagte sie. „Aus welchem Grund interessieren Sie sich für den Hof?"

„Ich stelle eine Chronik auf, weil mein Mann und ich ihn gekauft haben."

„Faszinierend", stellte sie fast bewundernd fest. „Ich würde einiges dafür geben, ein solches Stück Geschichte mein Eigen nennen zu dürfen."

„Tut mir leid, aber wir werden ihn so schnell nicht wieder verkaufen", sagte ich mit einem gewissen schalkhaften Unterton.

Die Frau schnaubte amüsiert, dann sagte sie: „Es ist die vorletzte Verurteilung in der Akte. Danach hörten die Prozesse in dieser Region auf." Sie wandte sich zum Gehen. „Viel Erfolg."

„Danke, für Sie auch."

Ich starrte die Mappe vor mir an, wie ein lang verschollen geglaubtes Buch der Bibel. Ein Hinweis und war er noch so klein. Ich selbst wäre nie darauf gekommen mir Hexenprozessakten durchzusehen. Warum auch? Ich schlug den Deckel auf und suchte in den losen Blättern nach dem richtigen Fall und noch bevor ich ein Datum abgleichen konnte, geschweige denn mich eingelesen hatte, sprang mir ein einzelner Satz ins Auge.

Heinrich Leugers von jugend auf der zeubery bezichtigt, liegen wieder denselben starke inditia und vermutungen, dass er Schadzuber auf seyn eigen Weib gelegt habe dergestalt sie verschwunden sey.

War das möglich? Konnte Heinrich Leugers der Mann von der Gravur des Rings sein?

Ich begann die Akte zu lesen. Stellenweise war die Schrift vergilbt oder schlicht unleserlich, aber mir gelang es, ganze Sätze anhand des Zusammenhangs zu rekonstruieren.

Der Fall Heinrich Leugers kam durch die Anzeige einer Frau mit dem Namen Maria zum Busch ins Rollen. Die Aussage begann damit, dass diese unter Eid erklärte, sie wüsste, dass er mit Otto zum Kotten zum Hexensabbat gewesen sei. Sie selbst habe gesehen, wie er von zum Kotten das Potteken mit einer Zaubersalbe zur Verwahrung empfangen habe und nachdem dieser der Zauberei überführt und verbrannt worden war, habe Heinrich dessen Platz eingenommen. Vor einer Woche dann, habe er ihre Schwester Katharina mit einem Schadzauber belegt, woraufhin diese verschwunden sei. Dann habe er das Potteken in der Hand gehalten, sich mit Zaubersalbe eingeschmiert und sei daraufhin schneller als der Wind davongerannt.

„Katharina“, entfuhr es mir. Ich blätterte wenige Seiten vor und suchte nach dem Abschnitt, der mir gleich zu Anfang ins Auge gefallen war. Heinrich hatte demnach seine Frau weggezaubert. Maria sprach von ihrer Schwester. Heinrich Leugers war also im Jahre 1690 mit Katharina verheiratet, deren Schwester Maria zum Busch sie vermisste.

Ich nahm mir meinen Notizblock zur Hand und schrieb mir die Namen auf. Ich konnte mein Glück kaum fassen. Hier war sie, die Frau aus der Legende. Katharina Leugers, deren

Geburtsnamen ich noch nicht kannte. Hatte Heinrich sie ermordet? War sie deshalb verschwunden? Hatte sie, wie in der Legende berichtet wurde, einen Liebhaber und ein Kind mit ihm? Aus welchem Grund lieferte Maria ihn der Inquisition aus? Hasste sie ihn so sehr? Wusste sie, was er getan hatte?

Eintausend Fragen. Eine schwerer zu beantworten als die andere und dennoch; hier war eine heiße Spur, die mich zu dem wahren Kern der Sage führen konnte. Katharinas Ring lag zu Hause in meinem Küchenschrank. Hätte sie ihn nicht eigentlich tragen müssen, als sie verschwand? Warum hatte sie ihn vom Finger genommen? Oder hatte der Mörder den Ring entfernt? Das Taufkleidchen mit dem Namen Johanni – das Kind aus der Legende. Wessen Kind? Ich schrieb mir meine Gedanken auf und überlegte, wie ich weiter vorgehen könnte. Maria zum Busch war ein Anhaltspunkt, den ich überprüfen konnte. Heinrich Leugers – der Nachname, der mir bisher gefehlt hatte. Katharina, die ich über Heinrich und ihre Schwester Maria finden konnte. Meine Gedanken überschlugen sich und mir fiel es zunehmend schwerer mich auf das Wesentliche zu konzentrieren. Ich musste mich förmlich zwingen, nicht gleich aufzuspringen, um den neuen Spuren zu folgen. Ich nahm die Prozessakte zur Hand und las weiter. Was war aus Heinrich geworden? Vielleicht gab es hier noch mehr Hinweise.

„Sie kommen zurecht?“

Ich sah auf. Direkt in das freundliche Gesicht der Dame, die mir gleich bei meiner Ankunft die verschiedenen Verzeichnisse gezeigt hatte. „Ja, danke“, sagte ich.

„Es ist eigentlich nicht üblich, dass jemand die entliehenen Akten einfach an andere weitergibt“, sagte sie.

Ich war verwirrt, hatte keine Ahnung wovon sie sprach.

„Sie haben die Prozessakten?“

„Ja.“

„Gut, ich schreibe sie auf Ihren Namen. Der richtige Weg wäre gewesen, dass Frau Baltazar sie mir zurückbringt und Sie sich die Akten dann bei mir holen.“

„Ach so." Jetzt begriff ich, was sie meinte. Wir hatten die Bürokratie abgekürzt. „Entschuldigung. Es war ein absoluter Zufall."

Die Frau lächelte immer noch. „Ist in Ordnung, so was kann vorkommen."

Sie wandte sich um und wollte mich gerade wieder allein lassen, doch ich hielt sie zurück. Ich wies auf die Stelle nach Heinrichs Aussage, in der er die Anschuldigungen seiner Schwägerin vehement bestritten hatte. „Kennen Sie sich ein wenig mit Hexenprozessen aus?"

„Es kommt darauf an, was Sie wissen möchten."

„Hier ist davon die Rede, dass sich Heinrich Leugers der Wasserprobe unterzogen hat. War das nicht eigentlich eine Methode der Inquisition, um festzustellen, ob man eine Hexe war oder nicht? Galt das nicht als Folterritual?"

„Nein, hier in Westfalen nicht. In dieser Gegend unterzog man sich der Prozedur freiwillig, um seine Unschuld zu beweisen. Das war oft die letzte Möglichkeit, um schlimmere Verfolgungen abzuwenden. Es war nicht unbedingt legal und wurde von der Kirche nicht gern gesehen, teilweise sogar verboten, wurde aber in unserer Region allgemein praktiziert. Hatte man keine Zeugen, die einen entlasteten, dann konnte die freiwillige Wasserprobe einen Zeugen ersetzen."

„Interessant."

„Sicher, und im Grunde eine Chance, aber wehe die Probe ging schief."

„Sie meinen, wenn derjenige unterging und nicht mehr rausgezogen werden konnte, bevor er ertrank?"

Die Dame schüttelte den Kopf. „Das kam so gut wie nie vor. Die Menschen wurden mit einem Seil gesichert, auch wenn sie als Hexen oder Zauberer verschrien waren." Sie sah mich vielsagend an. „Nein, ich meine damit, wenn sie schwammen."

Ich blätterte eine Seite weiter, dann riss ich die Augen auf. „Oh mein Gott."

27

Lembeck, 1690

Heinrich Leugers war nervös. Er stand am Ufer der Lippa und sah auf das glitzernde Wasser. Nicht weit von ihm entfernt zu seiner Rechten konnte er einen hölzernen Steg ausmachen. Darauf saß der Büttel an einem Tisch. Ihm gegenüber standen zwei Männer in Zivilkleidung, einer mit einem auffällig langen Bart und der andere sehr beleibt. Ein Priester und der Scharfrichter, der unter seinem schwarzen Umhang einiges an Kraft vermuten ließ, waren ebenfalls anwesend. Neben dem Steg standen zwei Soldaten in voller Waffe. Zweifellos, um einzugreifen, sollte es notwendig sein.

Heinrich war sich nicht sicher, ob sie auch zum Schutz der Menschen hier waren, die sich freiwillig der Probe stellten, denn etwas abseits saß eine Traube schaulustiger Menschen im Gras, die das Treiben rund um den Steg beobachteten. Manche hatten zu ihren Füßen Körbe stehen und er konnte sich gut vorstellen, was sich darin befand. Er hatte schon viel gehört und den Berichten zufolge, sollte es regelmäßig zu Übergriffen gekommen sein. Menschen, die mit faulen Eiern und allerlei verdorbenen Feldfrüchten warfen, sobald ein Opfer in Sicht kam.

Heinrich ließ sich im Gras nieder und wartete. Er hatte noch nicht den Mut sich der Probe zu stellen. So weit hatte sie ihn gebracht, das böse Weib. Ihre Anklage war mit so viel Wohlwollen aufgenommen worden, dass man glauben konnte, sie hätten nur darauf gewartet, etwas gegen ihn in die Hand zu bekommen. Er wusste, dass er nicht dabei war, einen Preis für die beliebteste Person im Dorf zu gewinnen. Zeit seines Lebens hatte er gegen seine niedere Abstammung und seinen schlechten Leumund kämpfen müssen. Maria hatte genau dies genutzt, um ihn in Misskredit zu bringen. Eiskalte Berechnung, die er ihr nicht zugetraut hatte.

Er wurde jäh aus seinen Gedanken gerissen, als ein Tumult losbrach. Neugierig beobachtete er die Menschen und den Steg. Einige sprangen auf und schrien unflätige Beschimpfungen, die er genau verstehen konnte. „Teufelsbuhle" und „Hexe" waren die weniger kräftigen Bezeichnungen. Darunter mischten sich Verwünschungen aller Art. Einer der Soldaten hob die Hand, worauf die Menge verstummte.

Eine blasse Frau, die ein Gewand trug, das einem Sack nicht unähnlich sah, hielt den Blick gesenkt und ging mit hängenden Schultern auf den Steg. Sie trat an den Büttel heran und sagte etwas, worauf dieser seine Feder in ein kleines Fässchen tauchte und sie dann über das Pergament huschen ließ.

Der Mann sagte etwas zu ihr und sie nickte. Dann trat der Priester an sie heran und faltete die Hände. Kurz darauf wich er einen Schritt zurück und machte dem Bärtigen Platz. Dieser bedeutete ihr sich auf den Steg zu setzen und zog Lederriemen aus einem Beutel, die wie überlange Würmer schlaff aus seiner Faust herabhingen.

Das Mädchen ließ sich nieder, sah zu ihm auf und zog die Knie zu sich heran. Sie beugte sich vor, schlang die Arme um ihre Beine und fasste sich mit den Händen an die Fußknöchel.

Der Bärtige stand breitbeinig über ihr und brach in schallendes Gelächter aus.

Die Zuschauer stimmten mit ein, nur Heinrich verfolgte das Geschehen unbelustigt. Er fragte sich, was sie Komisches getan haben mochte. Er beobachtete, wie der beleibte Mann an sie herantrat und sah, wie ein Messer in der Sonne aufblitzte.

Das Mädchen kreischte vor Entsetzen. Es sah so aus, als wollte sie die Flucht ergreifen, doch sie wurde grob gepackt und niedergehalten.

Die Klinge glitt unter ihr Gewand, dann rissen die Männer daran und warfen die Fetzen hinter sich.

Sie wehrte sich verzweifelt, doch sie packten ihre Arme und banden sie mit den Riemen überkreuzt an ihre Knöchel. Anschließend schlang der Bärtige ein Tau um ihre Mitte und zog es fest. Die beiden Männer wichen zur Seite, um dem Scharfrichter Platz zu gewähren, der mit zwei schweren Schritten auf sie zukam. Er packte das Mädchen und trug sie auf Augenhöhe.

Für einen Moment schien es, als würde die ganze Welt den Atem anhalten. Die Menschen im Gras schwiegen, kein Tier regte sich, selbst der Wind hielt einen Augenblick inne. Der schwarze Mann wartete nicht länger und warf das Mädchen in den Fluss.

Es gab ein platschendes Geräusch, Wasser spritzte hoch und sie sank hinab.

Nun kam Bewegung in die Anwesenden. Die Männer traten näher heran. Die Schaulustigen sprangen allesamt auf die Füße und reckten die Hälse. Der Bärtige ließ Seil nach.

Heinrich stand auf und versuchte die Frau zu sehen. Alles was an die Prozedur erinnerte, war das Tau, das wie ein Messer in die Wellen schnitt und große Luftblasen, die an der Oberfläche aufbrachen.

Sie ertrinkt, dachte Heinrich und sein Bauch krampfte sich zusammen. Warum zieht er sie nicht heraus? Seine Hände begannen zu schwitzen. Was, wenn sie nicht rechtzeitig entschieden und die Frau ertrank. Würden sie ihn auch sterben lassen? Was nutzte ihm die bewiesene Unschuld, wenn er tot war?

Eine Ewigkeit schien vergangen, als der Priester endlich die Hand hob und der Bärtige das Seil einholte. Die Frau kam in Sicht und wurde dann vollends aus dem Wasser gezogen. Der beleibte Mann griff ihr unter die Arme und zog sie auf den Steg. Dort blieb sie auf den Brettern regungslos liegen.

Sie ist tot, ganz sicher. Heinrich konnte die Augen nicht von ihr lassen, sah sich selbst dort liegen, wie in einem wahr gewordenen Albtraum.

Der Bärtige schnitt die Riemen durch und zog das Seil unter ihr hervor.

Plötzlich hustete sie und wand sich. Dann richtete sie sich fast unmerklich auf und erbrach einen Schwall Wasser.

Während der Büttel schrieb, ging der Priester in die Hocke und legte ihr eine Decke um die Schultern. Dann faltete er die Hände und anschließend segnete er sie. Die Schaulustigen wirkten enttäuscht, denn sie setzten sich wieder ins hohe Gras. Nur zögernd begannen sie sich zu unterhalten und niemand achtete mehr darauf, wie die junge Frau aufrecht von dannen zog.

Nur Heinrich hatte sie weiterhin beobachtet, ohne sie jedoch wirklich als Person wahrzunehmen. In Gedanken sah er sich selbst davongehen, ebenso aufrecht und erwiesenermaßen unschuldig. Was sie geschafft hatte, konnte er auch. Jetzt war es an ihm sich der Probe zu stellen.

Um nicht den Mut zu verlieren, sprang er förmlich auf die Füße und hastete auf den Steg zu. Aus den Augenwinkeln sah er schemenhaft wie einige der Schaulustigen aufstanden, wie bei der Frau zuvor. Er versuchte, nicht auf sie zu achten, sah sie nicht direkt an, aus Angst jemanden zu entdecken, den er vielleicht kannte. Irgendetwas war anders. Sie beschimpften ihn nicht. Ein Murmeln hing in der Luft und wuchs zu einem Knurren, wie das eines hungrigen Rudels von Wölfen. Sein Herz schlug ihm bis zum Hals, als er endlich auf den Holzsteg trat. Dieser schien unter seinen Füßen zu wanken, wie ein launischer Kahn. Sein Blick glitt über die verschlossenen Mienen der Soldaten. Heinrich wandte sich dem Tisch zu.

Die Augen des Büttels wirkten kalt, sein Gesicht reglos. „Name?"

Heinrich schluckte und spürte deutlich den Kloß in seinem Hals. „Heinrich Leugers", antwortete er mit belegter Stimme.

Der Mann tauchte die Feder in das Fass und schrieb mit dunkler Tinte den Namen auf das Pergament. Heinrich wandte sich von der Menge ab und entledigte sich seiner Kleider.

Noch bevor er sich auf den nächsten Schritt vorbereiten konnte, wurde er bereits von den beiden Helfern gepackt. In

Windeseile war er verschnürt. Das Tau wurde ihm um die Mitte gebunden und der Bärtige schnürte so fest, dass ihm die Luft entwich. Es folgte ein derber Stoß in die Rippen. Heinrich krümmte sich, dann fiel er schneller als er sich hätte wappnen können.

Das Wasser umschloss ihn mit eiskalten Fingern. Er hatte die Augen geschlossen und versuchte sich darauf zu konzentrieren was geschah. Er wollte die Luft aus seinen Lungen weichen lassen, um auf den Grund zu sinken, doch es gab keine. Panik durchschwemmte seinen Körper. Er sehnte sich hinab in den Schlamm, öffnete den Mund und schluckte. Nichts half.

Luft, ich brauche Luft. Ich ertrinke, noch bevor ich unten bin. Ich kann nicht runter, ich kann nicht.

Das Tau spannte sich, hielt ihn oben. Dann wurde gezogen. Er kämpfte, versuchte mit letzter Kraft hinabzutauchen, doch seine Gegenwehr half nichts. Er wurde aus dem Fluss gezogen. An der Oberfläche schlug er mehrfach gegen den Steg, bis er endlich auf den Bohlen landete. Er schnappte nach Luft, wie ein Fisch auf dem Trockenen. Die Männer zerschnitten die Riemen und als er sich wieder frei bewegen konnte, richtete er sich auf.

Es traf ihn etwas schmerzhaft im Rücken und fiel polternd neben ihn auf die Planken. Noch bevor er erkannte, was es gewesen war, wurde er ein weiteres Mal getroffen. Sie warfen mit Steinen nach ihm. Er hob den Kopf und sah, wie die Soldaten reglos wenige Schritte abseits standen und die Attacke ignorierten. Dann wurde er hart am Kopf getroffen und sackte zusammen. Er presste eine Hand auf die schmerzende Stelle und spürte warmes Blut durch seine Finger sickern.

Der Amtmann verkündete lautstark: „Heinrich Leugers ist geflossen."

Die Schaulustigen tobten.

Die beiden Soldaten traten heran, packten ihn grob und stellten ihn auf die Füße. Unter ihm bildete sich eine Lache. Er wankte, dann sah er auf. Seine Augen waren direkt auf die wütende Menge gerichtet. Statt Steinen flogen jetzt Tomaten und halb verrotteter Kohl, die stinkende Flecken auf seiner Haut hinterließen. Wie durch ein Wunder trafen sie die Soldaten nicht.

Heinrich raffte seine Kleider zusammen und zog sich hastig an, während der Scharfrichter eine Hand hob und die Geschosse versiegten.

Der Amtmann richtete das Wort an ihn. „Heinrich Leugers, ist dir bewusst, dass die Wasserprobe zu deinen Ungunsten ausgefallen ist?“

Wie betäubt nickte er.

„Trete heran und mach dein Zeichen.“

Was, wenn er sich weigern würde? Sein Blick fiel auf ein Breitschwert, das unschuldig im Halfter des Soldaten hing.

Unschuldig, dachte er. Das traf weder auf das Schwert noch auf ihn zu.

Er wurde an den Tisch gezerrt und ehe er sich versah, hielt er die Feder in der Hand.

Er war freiwillig hier. Wenn er jetzt unterschrieb, konnte er gehen und bis auf Weiteres auf seinem Hof bleiben. Wo sollte er auch hin? Er starrte auf das Pergament. Dort stand schon das Ergebnis der Probe. Geflossen.

Sein Zögern veranlasste den Soldaten, eine Hand auf den Schwertknauf zu legen. Er musste sich entscheiden. Auf der Stelle abgeführt zu werden, oder sein Zeichen auf das Pergament zu kritzeln.

Mit zitternden Fingern senkte er die Feder, dann schrieb er. Noch bevor er sie abgesetzt hatte wurde er vom Tisch fortgezogen und sie wurde ihm aus den Fingern gewunden. Jemand stieß ihn vom Steg und er landete unsanft auf den Knien im Dreck.

Er rappelte sich auf, sah in die Menge und da stand sie. Maria. Die Hände fest in die Hüften gestemmt. Auf ihren Zügen lag Genugtuung. Ihre Lippen umspielt von einem Lächeln.

Heinrich stürzte auf sie zu und schrie: „Du widerwärtiges Weib!“

Er wurde von hinten gepackt, doch das war ihm einerlei. Er tobte, bäumte sich auf, trat gegen belederte Beine. „Ich werde dich lehren, was es heißt sich mit mir anzulegen! Du böse Hexe! Zur Hölle sollst du fahren! Zur Hölle mit dir! Ich bring dich um!“ Seine Stimme überschlug sich. „Ich bring dich um!“

Er wurde unsanft ein Stück des Weges hinuntergetragen, fort von der Menge, fort von Maria. Dann landete er im hohen Bogen im Dreck. Einer der Soldaten versetzte ihm einen derben Tritt. „Mach, dass du wegkommst“, herrschte er ihn an.

Heinrich sprang auf, schüttelte die Fäuste gegen Maria, fing sich einen weiteren Tritt ein, dann rannte er. Der Feldweg flog nur so unter ihm hinweg. „Ich bring dich um, das schwöre ich. Du bist tot.“

28

Tilbeck, 1690

Maria öffnete die Tür zu Adams Hoek und trat in das Dämmerlicht des Schankraums. Überall saßen und standen halb betrunkene Männer, darunter eine Gruppe Soldaten, die wüste Trinklieder grölten.

Der alte Adam stand hinter dem Tresen und zapfte eine weitere Runde. Als er zur Tür blickte, sah er Maria und hob grüßend eine Hand, dann wies er in den hinteren Teil der Wirtschaft.

Maria folgte seiner Geste, sah einen einzelnen freien Tisch und drückte sich an der Theke vorbei.

Ein stattlicher Mann trat ihr in den Weg um das Frischgezapfte von Adam in Empfang zu nehmen. Er sah sie an, grinste breit und sagte: „Wen haben wir denn da? Guten Abend, schöne Frau."

Maria hob die Brauen. „Darf ich bitte durch?"

Der Soldat tippte seinen Freund auf die Schulter und feixte: „Sollen wir der Dame Platz gewähren?"

Dieser wandte sich gemächlich um und hielt inne, als sein Blick auf Maria fiel. Er musterte sie unverhohlen. „Liebchen, willst du nicht lieber in unserer Gesellschaft weilen?" Mit einem Kopfnicken wies er in die Richtung, die Maria eingeschlagen hatte. „Da hinten erwarten dich weitaus schlimmere Rüpel, als wir es sind." Er lachte dröhnend und seine strahlend blauen Augen funkelten.

„Danke", entgegnete Maria liebenswürdig. „Ich komme schon zurecht."

„Wenn du uns brauchst, lass es mich wissen." Er schob seinen schweren Reitmantel zur Seite.

Maria sah die zweifellos scharfe Klinge eines Breitschwertes im Kerzenschein blitzen.

Der Mann grinste und mit einer unbekümmerten Handbewegung verbarg er es wieder. „Es ist unsere Aufgabe über euch zu wachen", sagte er ernst. „Erst recht über eine solch schöne Maid wie Ihr es seid."

Maria dankte artig und machte Anstalten sich an ihm vorbeizuzwängen, als er auch schon einen Schritt zur Seite wich und sie mit einem höflichen Nicken passieren ließ.

Sie steuerte den leeren Tisch in einer Ecke an und setzte sich. Ihr Blick fiel auf die Soldaten, die miteinander scherzten und sah, wie ihr der Hauptmann einen wohlgefälligen Blick zuwarf und zwinkerte. Dann wandte er sich seinen Gefährten zu und trank sein Bier mit einem kräftigen Zug leer.

Maria musste lächeln. Diese Kerle konnten Rüpel und Galan in einem sein. Eine Herausforderung für eine jede Frau. Wenn sie nicht glücklich verheiratet wäre … Sie zwang ihre Gedanken in eine andere Richtung. Was würde sie dafür geben, den Hauptmann mit seinen Männern ausborgen zu können, um Heinrich in die Knie zu zwingen. Der Pfarrer hatte mittlerweile aufgegeben. Heinrich ließ ihn nicht ein. Ihre Anzeige hatte zwar zur Folge gehabt, dass er sich der Wasserprobe unterzog, aber seit diesem Tag verschanzte er sich auf dem Hof und würde ihn erst verlassen, wenn die Hölle gefror. Sie fühlte sich so machtlos. Alles hatte sie versucht und wenn Heinrichs Nachbarn je herausfanden, was tatsächlich mit ihrem Vieh geschehen war, würden sie hinter ihr her sein und nicht hinter ihrem Schwager, wie sie es beabsichtigt hatte. Wie lange würde es noch dauern, bis der Büttel ihn verhaftete? Sie wusste es nicht und sorgte sich darum, Katharina dann noch rechtzeitig retten zu können.

Der alte Adam trat an ihren Tisch und stellte einen vollen Humpen Bier vor ihre Nase.

Maria sah auf und zwang sich zu einem Lächeln. „Viel zu tun heute, was?"

Adam lachte. „Das ist doch immer so, wenn ein Landtag gehalten wird."

„Ach, das hatte ich ganz vergessen. Ist es wieder soweit?"

Der Wirt nickte. „Morgen früh fangen sie an und ich denke nicht, dass sie vor dem Abend durch sein werden."

„Gut für dich", stellte Maria fest.

„Ja", sagte Adam und sah sich im vollen Schankraum um. „Morgen Abend werde ich wieder volles Haus haben und danach wird es wieder ruhiger werden." Dann richtete er seine wachen Augen auf sie und fragte: „Sag, Maria, wo hast du deinen Mann gelassen?"

„Er hatte heute viel zu tun", wich sie aus und sah auf ihre Finger.

„Sag nur, er hat keine Ahnung, dass du dich bei mir herumtreibst?"

Ruckartig hob sie den Kopf und starrte ihm direkt in die Augen. Dann zischte sie: „Sag ihm bloß kein Wort."

Adam hob abwehrend die Hände. „Ich mische mich da nicht ein. Du kannst so oft nach Linthberghe gehen, wie du möchtest. Auch wenn ich glaube, dass das wenig Sinn hat."

„Woher weißt du das?", fragte Maria überrascht.

„Jeder weiß, dass du dich um deine Schwester sorgst. Halb Tilbeck spricht davon und in Buldern weiß es auch jeder."

„Und warum stehe ich dann ganz alleine da? Was ist mit den starken Männern, die sich damit rühmen, wie toll sie sind. Keiner hat den Mumm Heinrich entgegenzutreten und ihn zu zwingen meine Schwester freizugeben", sagte Maria wütend.

„Weil das keinen was angeht, Mersche", sagte er förmlich. „Im Grunde nicht einmal dich, auch wenn Katharina deine Schwester ist. Sie hat sich diesen Mann erwählt, also muss sie auch unter seiner Knute zurechtkommen."

„Du weißt genauso gut wie ich, dass sie ihn nicht erwählt hat. Vater hat sie an ihn verkauft", entgegnete sie ihm bitter.

Adam ließ sich auf den Stuhl neben ihr sinken und schob ihr den Krug zu. „Trink einen Schluck und beruhige dich. Es nützt dir nichts, in Wut zu geraten, nur weil die anderen längst eingesehen haben, dass Katharina sich ihrem Schicksal fügen muss, welches auch immer das sei."

„Schließt das einen Mord mit ein?", fragte Maria schnippisch.

„Halt, das geht zu weit. Hast du für diese Behauptung irgendwelche Beweise?"

„Nein, wie könnte ich auch, Heinrich lässt mich ja nicht auf den Hof!"

„Dann halte deine Zunge im Zaum, sonst knüpfen sie dich noch wegen übler Rede an den nächsten Baum."

Maria schnaubte. „Dann bin ich eben betrunken. Ihr Kerle kommt mit so was doch auch immer durch."

Adam kniff die Augen zu Schlitzen zusammen.

Maria seufzte. „Ach Adam, ich weiß einfach nicht mehr was ich noch tun soll. Was ist, wenn ihr wirklich etwas Schlimmes zugestoßen ist. Ich muss einfach wissen, was mit ihr ist."

Die Züge des Wirts wurden weicher. „Ich kann dich verstehen, aber bitte, halte dich zurück. Ich möchte nicht, dass dir etwas geschieht." Bei diesen Worten legte er ihr freundschaftlich eine Hand auf die Schulter, dann erhob er sich.

„Was bekommst du?" Maria deutete auf ihr Bier.

„Nichts", sagte Adam.

Maria beachtete ihn gar nicht und zog ihren prall gefüllten Beutel hervor.

Adam starrte sie mit großen Augen an. Seine kräftige Hand schoss hervor und drängte die ihre unter den Tisch. „Bist du des Wahnsinns?", zischte er und sah sich um. „Hoffentlich hat das keiner gesehen. Deine Spielchen kannst du machen, wenn hier nicht so viel los ist."

Maria kicherte. „Wieso? Sollen die Leute doch denken, ich sei reich."

„Zum Landtag kommt allerlei Gesindel. Gott bewahre, wenn das die Falschen denken."

„Aber du weißt doch, das sind nur Schuhnägel."

„*Ich* weiß das“, sagte Adam. Kopfschüttelnd sah er sie an. „Du solltest wirklich nicht so leichtfertig sein. Deine Späße werden dir noch irgendwann zum Verhängnis werden.“

„Ach was“, sagte Maria.

„Lass den Beutel bloß wo er ist“, beschwor Adam sie. „Heute nehme ich von dir kein Geld.“

„Wie du willst“, sagte Maria und ließ ihn in die Falten ihres Rocks gleiten. Dann nahm sie den Krug in die Hand und trank ihn in solch schnellen Zügen leer, dass die Soldaten vor Neid hätten erblassen können. „Ich werde mich auf den Heimweg machen“, sagte sie und erhob sich.

Adam nickte. „Ich habe auch noch alle Hände voll zu tun. Grüß deinen Mann von mir.“

„Bei anderer Gelegenheit.“

Für einen Sekundenbruchteil huschte Verwirrung über sein Gesicht, bis er begriff und nickte. Dann sagte er: „Ich hoffe, es klärt sich bald alles auf.“

Maria sah die Aufrichtigkeit in den Zügen ihres Freundes und dankte ihm, dann wandte sie sich um und bahnte sich einen Weg zwischen den vollbesetzten Tischen hindurch. Sie öffnete die Tür und trat hinaus in die Dämmerung.

Der frische Wind blies ihr entgegen und sie wickelte sich fester in ihren Wollumhang. Ein Blick zum Himmel verriet ihr, dass es eine kalte Nacht werden würde. Vereinzelte Sterne standen bereits am wolkenlosen Firmament. Nicht mehr lange und sie würden in ihrer ganzen Pracht erstrahlen. Maria lenkte ihre Schritte zur Landwehr und tauchte unter das dichte Blätterdach der Bäume. Hier herrschte düsteres Zwielicht und Maria eilte den ausgetretenen Pfad zwischen den beiden Erdwällen entlang, der sich sanft den Hügel hinaufwand. Ihr wurde unheimlich zumute. Zu ihrer Rechten knackte ein Zweig im Unterholz und ein Käuzchen schrie. Unruhig wandte sie sich um, doch sie sah niemanden. Das Herz schlug ihr bis zum Hals, als sie ihren Weg fortsetzte. Ihr eigenes Schnaufen klang wie die Atemgeräusche von hundert Verfolgern in ihren

Ohren. Sie legte einen Schritt zu und rannte fast den Hügel hinauf. Plötzlich sprang eine Gestalt vom Wall herab und versperrte ihr breitbeinig den Weg.

„Wohin so eilig?", klang ihr eine raue Stimme entgegen.

Erschrocken wich sie einen Schritt zurück und prallte gegen einen weiteren Mann, der seine Arme augenblicklich von hinten um ihre Taille schlang. Er lachte kehlig und sie spürte seinen heißen Atem im Ohr. Maria öffnete ihren Mund zu einem Schrei, doch ihr Angreifer schien das vorausgesehen zu haben, denn seine schwielige Hand legte sich auf ihre Lippen.

„Ist sie das?", raunte der Mann hinter ihr.

„Sieh in ihren Beutel", zischte der andere.

„Wenn ich wüsste, wo sie den versteckt hat."

Maria wurde von groben Händen am ganzen Körper betastet. Eine Hand fuhr unter ihren Umhang, fasste ihren vor Angst wogenden Busen und fuhr dann weiter hinab.

Der andere ging einen Schritt auf sie zu. Maria trat nach ihm, doch er lachte nur. „Mach schon", zischte er seinem Gesellen zu.

„Man wird doch wohl noch ein bisschen Spaß haben dürfen", entgegnete der und grabschte weiter an ihr herum.

„Keine Zeit. Lass uns lieber schnell unseren Auftrag erledigen, bevor einer kommt." Er fuhr mit der Hand in ihre Rockfalte und bekam den Beutel zu fassen. Er riss an dem Lederband. Maria hörte ihre Tasche reißen.

Sie strampelte wie wild, versuchte sich zu befreien, doch sie hatte keine Chance. Der Griff der Halunken war unerbittlich. Von welchem Auftrag sprachen diese Männer?

„Herr im Himmel, hilf mir", betete sie stumm.

Der Mann öffnete den Beutel und griff hinein, dann raunte er: „So verrückt kann nur eine sein. Das ist die Richtige."

Sein Kumpan, der sich von hinten dicht an sie drängte, seufzte und sagte nur ein einziges Wort: „Bedauerlich."

Hatte sie bisher noch gehofft es mit einfachen Räubern zu tun zu haben, denen sie vielleicht mit einer angetasteten Ehre, doch lebend, würde davonkommen können, befiel sie nun Todesgewissheit.

Der Mann ihr gegenüber hob den Arm und sie sah, dass seine Hand einen großen Stein umschloss. Dann schlug er zu. Die dumpfen Laute, die der Stein auf ihrem Körper verursachte nahm sie nur noch am Rande war. Sie spürte keinen Schmerz, nur wie die Dunkelheit tief in ihre Seele kroch.

Von fern hörte sie jemanden rufen, doch dessen Worte erfasste sie nicht. Jemand hob ihren Kopf. Mit Mühe schlug sie die Augen auf, die sich seltsam verklebt anfühlten. Ein Gesicht formte sich vor ihr. Strahlend blaue Augen sahen auf sie herab. Sie wollte ihm etwas sagen, doch sie konnte ihren Mund nicht öffnen.

„Schhht", wisperte der Hauptmann. „Nicht sprechen. Wir bringen dich von hier weg."

Sie konnte die Verzweiflung in seinen Augen lesen. Ein Gurgeln drang aus ihrer Kehle und sie schmeckte Blut. Ihr Blick verschwamm, dann schloss sie die Augen.

„Vergib mir", hörte sie den Hauptmann flüstern. „Ich habe versagt."

29

Linthberghe, 1690

Heinrich spürte, wie ihm der Schweiß über den Nacken rann und sich in seinem Kragen sammelte. Seine rauen Hände schlossen sich kraftvoll um die Mistgabel und mit jedem Hieb in den Dung fuhr ein fast unmerkliches Zittern durch den langen Stiel in seine Arme.

Mit einem Ohr lauschte er hinaus. Er war sich nicht sicher, wer zuerst seinen Hof betreten würde. Ludger und Caspar oder der Büttel mit dem Inquisitor.

Er hoffte, es würden die Landsknechte sein, die ihm eine gute Botschaft überbrachten. Die Vorwürfe gegen ihn wogen schwer und er hätte sich ohrfeigen können, dass er nach Lembeck gegangen war, um seine Unschuld zu beweisen. Er hätte wissen müssen, dass Maria sich die Gelegenheit nicht entgehen lassen und ihn verfluchen würde, sonst wäre er niemals geflossen. Warum, um des Teufels willen, war er nicht klüger gewesen und hatte zuerst die Landsknechte beauftragt. Jetzt war es zu spät. Man würde ihn die Probe nicht wiederholen lassen - im Gegenteil. Er war sich sicher, dass sie nur zu bald kommen würden, um ihn zu verhaften. Die einzige Möglichkeit ungeschoren davonzukommen, war der Erfolg der Brüder.

Er hörte das Hufestampfen eines Pferdes, das in großer Eile vorangetrieben wurde. Das Geräusch wurde lauter und er spähte aus der Tenne. Ein einzelner Reiter näherte sich und lenkte das Pferd auf seinen Hof. Der Landsknecht sprang aus dem Sattel, noch bevor das Tier stand. Mit einer fahrigen Bewegung warf er den Zügel über den Holzpfosten des Weidezauns und hielt genau auf ihn zu.

Heinrich musterte den Mann, erkannte Ludger und trat hinaus in die Sonne. „Gott zum Gruß", brummte er und ließ seinen Blick schweifen. Sie schienen allein zu sein. Dann wies er einladend in die Tenne und ging voran. Ludger folgte ihm.

Erst im Halbdunkel des Stalls wandte sich Heinrich um und sah Ludger an. Der Landsknecht wirkte gehetzt. Er hatte dunkle Ringe unter den Augen und seine Haut wirkte aschfahl.

„Wo ist Caspar?", fragte Heinrich.

Ludger zögerte, dann verzog er den Mund und sagte, ohne auf die Frage zu antworten: „Ich habe keine Zeit. Die Soldaten sitzen mir im Nacken. Gib mir meinen Lohn und ich verschwinde."

„Was soll das heißen? Die Soldaten sitzen dir im Nacken? Willst du mir etwa sagen, ihr wurdet erwischt?"

Der Landsknecht brummte unheilvoll. „Caspar hatte nicht so viel Glück. Sie haben ihn bestimmt schon aufgeknüpft. Halte dein Wort und du siehst mich nie wieder."

„Was ist mit Maria?" Er trat einen halben Schritt zurück und tat so als falte er die Hände hinter dem Rücken. Vorsichtig tastete er hinter sich, wohlweislich darauf bedacht, unauffällig zu sein. Ludger machte nicht den Eindruck, als habe er die sanfte Vibration in seiner Stimme bemerkt. Wenn sie Caspar geschnappt hatten und der womöglich nicht den Mund hatte halten können ... Er wagte es nicht, den Gedanken bis zum Ende fortzuführen. Er wusste nur eines ganz sicher: vielleicht, mit viel Glück, war Caspar nicht mehr dazu gekommen etwas zu erzählen. Er musste dafür sorgen, dass Ludger dazu auch keine Gelegenheit bekam. Selbst wenn er sagte, er würde von hier verschwinden. Er wusste aus Erfahrung, dass man niemandem trauen konnte, außer sich selbst.

„Was soll mit der schon sein. Sie macht dir keinen Ärger mehr."

„Nie mehr?"

„Das ist sicher", bestätigte der Landsknecht. Wie um seine Worte zu bekräftigen, ließ er die Hand in sein Wams fahren und zog einen ledernen Beutel hervor.

Heinrich beobachtete jede seiner Bewegungen genau.

„Hier", sagte Ludger und hielt ihm den Beutel entgegen.

Heinrich streckte die Rechte aus und Ludger ließ das Säckchen hineinfallen. Auf der Stelle fühlte er das Gewicht des Inhalts schwer in seiner Hand. Mit der anderen weitete er die Riemen, ohne sein Gegenüber aus den Augen zu lassen. Dann schüttete er den Inhalt in seine hohle Hand und wusste ohne hinzusehen, dass es Marias Schuhnägel waren, die ihn in die Finger stachen.

Für die Dauer eines Wimpernschlags verharrten sie beide. Plötzlich ging alles ganz schnell. Heinrich warf die Nägel in des Landsknechts Gesicht, schleuderte den Beutel fort, griff hinter sich und hatte die Mistgabel in der Hand. Im selben Augenblick wehrte Ludger die Geschosse mit der Linken ab und zückte mit der anderen Hand ein Messer.

Heinrich stieß ein Brüllen aus und ließ die Gabel vorschnellen, doch Ludger wich ihm geschickt aus. Wieder setzte Heinrich nach. Dieses Mal zielsicher. Er traf die Hand, die das Messer führte.

Ludger drehte es in die Horizontale, verkeilte es zwischen den Zinken, packte mit der freien Hand den Stiel und stemmte sich mit aller Wucht dagegen.

Heinrich prallte zurück, stolperte, fiel rücklings zu Boden und riss den Gegner mit sich. Dessen Gewicht drückte ihm schwer gegen die Brust, sein heißer Atem schlug ihm keuchend ins Gesicht.

„Du stinkender Bastard", stieß Ludger hervor. „Ich wusste, man kann dir nicht trauen. Caspar ließ sich nicht davon abbringen. Wenn er nicht gewesen wäre, hätte ich der Mersche ein Gegenangebot gemacht. Dann wärst du jetzt tot und nicht die Frau."

Heinrich kniff die Augen zusammen. „Vielleicht hätte sie es sogar angenommen", zischte er. „Aber dieser Fehler wird dein letzter bleiben." Heinrich sah, wie sich Ludgers Augen vor Überraschung weiteten, als er zustieß und die Klinge tief in dessen Leib fuhr. Sein Atem stockte für einen Moment, dann öffnete er die Lippen und ein feines Rinnsal Blut stahl sich aus dem Mundwinkel. Der Landsknecht röchelte, dann brach sein Blick.

Heinrich stieß den erschlafften Körper von sich, schloss die Augen und blieb liegen. Die Schweine rumorten in den Koben, manche quiekten durchdringend. Nie zuvor hatte er die Laute der Tiere als solchen Lärm empfunden. Krampfhaft versuchte er sich zu konzentrieren, seine Gedanken zu sammeln. Caspar war gehängt worden. Was genau hatte Ludger gesagt? Er versuchte sich die Worte zurück ins Gedächtnis zu rufen. War er gehängt worden? Nein, er hatte gesagt, wahrscheinlich. Gut, das konnte er herausfinden. Das musste unauffällig geschehen, aber er hatte schon eine Idee, wen er vorschicken könnte. Gerald schuldete ihm noch einen Gefallen. Maria war tot. Wenigstens das war wie erwartet vonstattengegangen. Sie konnte nicht mehr gegen ihn aussagen. Damit waren zwar die Anschuldigungen nicht vom Tisch, aber es gab keine Zeugin mehr, auf die man sich berufen konnte. Thomas würde sich nicht trauen, etwas gegen ihn zu unternehmen. Er war ein kleiner Junge - keine Gefahr und viel zu einfältig, um sein Komplott zu erkennen.

Heinrich richtete sich auf. Sein Blick fiel auf Ludgers leblosen Körper. Er musste den Kerl verschwinden lassen und zwar so schnell es ging.

Ein mächtiger Eber krachte gegen das Holz des Kobens.

Augenblicklich musste Heinrich grinsen. Er würde es erledigen, sofort. Er rappelte sich auf und schritt zur Tat.

Kaum eine Stunde später war er schweißgebadet, sein Hemd von Blut durchtränkt. Heinrich verließ den Stall und trat durch die Deele in die Küche. Er warf das Bündel Kleider, die er dem Landsknecht ausgezogen hatte, in die Glut des Küchenofens und legte Holz nach. Als die Flammen höher schlugen, entledigte er sich seines Hemdes und seiner Hose und warf sie hinterher. Er wartete bis lediglich ein Haufen Asche übrig geblieben war. Erst dann zog er die kreisrunde Abdeckplatte mit dem Haken über die Öffnung und ging hinaus, um sich sorgfältig zu waschen.

Welch eine Schweinerei, dachte er und musste unwillkürlich lachen.

30

Münster, 2010

Die Archivarin war inzwischen an ihren Platz zurückgekehrt. Ich konnte es immer noch nicht fassen. Heinrich Leugers war laut der Akte geflossen. Er war also nicht untergegangen und somit in den Augen der Inquisition der Hexerei schuldig. Zumindest sprach die missglückte Wasserprobe für seine Schuld. Natürlich war das blanker Unsinn. Hexerei in dem Sinne wie es zu diesen Zeiten ausgelegt wurde, eine tatsächliche Buhlschaft mit dem Teufel, gab es nicht. Dessen war ich mir absolut sicher, auch wenn es Menschen gab, die das bestreiten würden. Ich wusste nur nicht, ob ich Heinrich nun bemitleiden oder mich darüber freuen sollte. Es blieb immer noch die Tatsache, dass Katharina verschwunden war. Er hatte sie vielleicht wirklich umgebracht, so wie es die Sage berichtete, und nun ging es ihm selbst an den Kragen.

Mein Blick fiel auf seine Unterschrift. Ein Beweis dafür, dass es ihn tatsächlich gegeben hatte. Ehrfurcht ergriff mich, als ich mir vorstellte, wie er auf das Pergament geschrieben hatte. Das kleine ‚s' des Wortes Leugers war durch einen langgezogenen Strich entstellt, so als wäre er beim Schreiben weggezogen worden.

Darunter stand eine winzige Notiz:

Leugers fiel in Raserei dergestalt er drohte die Mersche Tilbeck zu vermorden.

Demnach schien es zu einer Auseinandersetzung nach der Probe gekommen zu sein. Einer Drohung von Heinrich, gerichtet an die Mersche Tilbeck.

Ich notierte mir gerade den Satz, als ich ins Stocken geriet. Tilbeck? Mersche Tilbeck? Was hatte sie denn mit Heinrich zu tun? Er hatte ihr gedroht sie zu ermorden?

Hastig blätterte ich zurück zur Anklägerin. Maria zum Busch, die Schwester seiner Frau Katharina. Ich kramte die Mordlegende der Mersche Tilbeck hervor. Wann war sie gestorben? Das Mordkreuz wurde 1764 reboriert, was bedeutete, dass der Mord selbst schon viel früher geschah. Aber wann?

Ein vager Verdacht trieb mich, Heinrichs Akte weiterzulesen. Wenn ihm der Prozess gemacht worden war, dann mussten dort auch Ankläger gehört werden. Maria war also gezwungen gegen ihn auszusagen.

Ich blätterte vor. Heinrich Leugers war nicht gleich nach der Wasserprobe inhaftiert worden, was ich mir nur dadurch erklären konnte, dass er sich dieser freiwillig unterzogen hatte. Erst am 26. September 1690 wurde er auf seinem Hof verhaftet und der Prozess begann. Ich ging die Seiten eine nach der anderen durch. Wo kamen auf einmal diese ganzen Ankläger her und wo war die Anschuldigung von Maria geblieben, die behauptet hatte, er habe seine Frau verflucht?

Aus den Aussagen ging klar hervor, dass Heinrich in der Gegend um Buldern keinen besonders guten Ruf genossen hatte, denn die Menschen zeigten bereitwillig mit dem Finger auf ihn.

Ich las die Aussage eines Nachbarn Hegemann, der ihn bezichtigte, seine Biester durch Schadzauber zum Tode gebracht zu haben. Mit Biestern waren scheinbar Rinder gemeint.

Ein anderer Nachbar sagte aus, dass Leugers Schuld habe am plötzlichen Tod seines Pferdes. Ebenjener habe dem Tier etwas ins Ohr geflüstert, woraufhin es wahnsinnig wurde und noch in derselben Nacht elendig krepierte.

Mit einem Mal tauchten Anklagen auf, deren Begebenheiten schon Jahre zurücklagen. Es hatte auf mich den Anschein, als liefe ein Komplott gegen ihn, um ein ungeliebtes Mitglied der Gemeinde ein für alle Mal loszuwerden. Kein Wort mehr von Maria zum Busch.

Der Satz am Ende einer Litanei von Anschuldigungen jagte mir einen Schauer über den Rücken.

Heinrich Leugers wird zur peinlichen frag gestellt.

Ich sog die Luft zwischen den Zähnen ein. Die peinliche Frag. Ich hatte irgendwo schon einmal gelesen, was mit dieser Redewendung gemeint war. Das Wort Peinlichkeit stammte aus dem Griechischen und bedeutete Strafe. In diesem Zusammenhang war dies nichts anderes, als eine blumige Umschreibung dessen, was ihm bevorstand: ein Verhör unter Folter.

Ich widerstand meiner Neugierde, um den Verdacht nicht zu verlieren, überflog die Beschreibungen der eingesetzten Foltermethoden, die Fragen, die ihm gestellt wurden und die Antworten, die aus ihm gepresst worden waren.

„Maria, wo bist du?", sprach ich zu mir selbst und erntete ein verärgertes Zischen von einer Frau am Nachbartisch. Ich warf ihr einen entschuldigenden Blick zu.

Es war als wäre ich zuvor mit Betriebsblindheit geschlagen gewesen, denn als ich meine Aufmerksamkeit wieder auf die Seiten vor mir richtete, sprang mir ihr Name förmlich ins Gesicht.

Eine winzige Zeile hielt ihren Verbleib fest:

Die Klägerin Maria zum Busch konnt keiner Frag bestellt werden, da sie vermordet also umbs Leben gebracht.

Die Worte von Herrn Diepholz klangen in meinen Ohren nach. Eine Meuchelei für eine Handvoll Schuhnägel.

Ich taste mit meiner Hand zu meinem Oberschenkel, dann lehnte ich mich zurück und fuhr in die Tasche. Meine Finger stießen auf das winzige Stück Eisen und ich zog es heraus. In meiner geöffneten Hand lag der verrostete Nagel, den wir zusammen mit den anderen in unserem Schweinestall gefunden hatten. Heinrichs Stall.

Die Indizien fügten sich vor meinem inneren Auge zusammen, wie die Teile eines Puzzles.

Maria zum Busch und die Mersche Tilbeck waren ein und dieselbe Person. Heinrich hatte seine Frau Katharina verschwinden lassen. Maria vermisste ihre Schwester und klagte ihn an. Er drohte nach der Wasserprobe, sie umzubringen. Vielleicht hatte er gehofft, wenn es keine Klägerin mehr gäbe, dann wäre auch eine Strafverfolgung hinfällig. Nur hatte er die Rechnung ohne den Wirt gemacht, denn er war ganz offensichtlich unbeliebt und seine Nachbarn waren auf den Zug mit aufgesprungen.

Aber warum waren die Schuhnägel im Stall? Die Mersche sollte doch an der Landwehr in der Nähe vom Stift Tilbeck umgebracht worden sein, an der Stelle an der das Mordkreuz stand. Außerdem waren zwei Landsknechte die Mörder und nicht Heinrich. War sie zuvor auf dem Hof gewesen, statt, wie die Legende berichtete, auf dem Markt? Hatte Heinrich sie dort umgebracht und dann die Leiche zur Landwehr geschafft?

Ein Mord ohne Alibi? Der Verdacht wäre sicher sofort auf ihn gefallen. Das käme einer Verschiebung gleich. Statt einer Hinrichtung wegen Zauberei, wäre er wegen Mordes am Strang geendet.

Herr Diepholz hatte erwähnt, dass die Mörder gefasst und auf dem Femgericht verurteilt worden waren. Verfemt zum Strang. Doch was, wenn die Landsknechte nicht aus eigenem Antrieb gemordet hatten, die vermeintliche Geldgier nur vorgeschoben war und sie von Heinrich den Auftrag erhalten hatten? Heinrich Leugers, der Drahtzieher, der Auftragskiller auf Maria angesetzt hatte. Solch ein schrecklicher Mensch war sicher auch in der Lage seine eigene Frau zu töten.

Mein Mitleid war wie weggeblasen. Er war zwar wegen eines Vergehens gefoltert worden, das mit Sicherheit völlig aus der Luft gegriffen war, aber ein Funken Wahrheit war dran. Er hatte seine Frau nicht weggezaubert, sondern war ihr Mörder und Katharinas Schwester, die ihn denunziert hatte, war ihm ebenso zum Opfer gefallen, wenn auch über einen Umweg.

Ich drehte den Schuhnagel zwischen Daumen und Zeigefinger und flüsterte ihm zu: „Du hast keine Schuld." Dann schob ich ihn zurück in die Tasche meiner Jeans.

Es fehlte immer noch das Motiv für den Mord an seiner Frau. Die Legende besagte, dass sie ein Kind mit einem Liebhaber gehabt hatte. Demnach wäre es ein Mord aus Leidenschaft gewesen. Aber für die Existenz dieses Kindes gab es keinen urkundlichen Beweis. Ich hatte das Taufhemd und einen Namen. Dazu den Ehering von Heinrich. Die Gegenstände, die Anna und Rita für die Bannung Katharinas benutzt hatten. Ich konnte also davon ausgehen, dass das Kind tatsächlich gelebt hatte, aber eine kirchliche Aufzeichnung gab es nicht, geschweige denn einen Beweis dafür, dass Johanni das Ergebnis einer Affäre war.

Ohne Liebhaber, kein Seitensprung. Damit war das Kind offiziell von Heinrich, doch welchen anderen Grund hätte es geben können?

Wo war der Geliebte und vor allem, wo war das Kind? Vielleicht musste ich das Pferd von hinten aufzäumen. Wenn ich herausfand, wo das Kind abgeblieben war, führte mich das eventuell auch zu seinem Vater.

Ich raffte alle Unterlagen zusammen und kopierte mir die gesamte Prozessakte von Heinrich Leugers, die Sage von der Mersche Tilbeck und die Legende der Wassernixe. Die Schriftstücke verstaute ich in meinem Rucksack. Als ich gerade gehen wollte, kam mir ein Gedanke und ich wandte mich noch einmal an die nette Archivarin. „Sagen Sie, haben Sie aus der Region Buldern auch Haus- und Personenschatzungslisten aus den Jahren 1680 bis etwa 1750?"

„Da muss ich nachsehen", sagte sie und ihre Finger flogen über die Tastatur des Computers. „Ich habe hier das Status Animarum für Buldern, das stammt aus dem Jahr 1749. Es beinhaltet aber nur das Dorf selbst, Hangenau und die Dorfbauernschaft. Limbergen dürfte nicht dabei sein. Ich denke, Sie sind da mit dem Kirchspiel Darup besser beraten."

„Ich dachte, Limbergen gehört zu Nottuln und Teile zu Buldern?"

„Soweit ich mich erinnere, gehört der Hof Herzog zu Darup, aber ich kann mich irren. Vielleicht sehen wir einfach in allen drei Kirchspielen nach", sagte die Frau und lächelte.

Es dauerte eine ganze Weile, bis sie schließlich ein paar Ergebnisse für mich hatte. Es gab nicht viel. Ein paar Listen mit Steuerzahlungen und einige Einwohnerverzeichnisse. Da es schon spät war, kopierte ich kurzerhand alles, was sie mir herausgesucht hatte, um die Unterlagen später Zuhause in aller Ruhe durchzusehen. Ich bedankte mich und verabschiedete mich dann.

Jean-Luc war fast das letzte Fahrzeug auf dem Parkplatz vor dem Landesarchiv. Es wehte ein kräftiger Wind, dennoch schien die Sonne. Das Grün meines Erpels passte hervorragend zu dem bunten Herbstlaub auf dem Asphalt. Ich stieg ein und ließ den Motor an. Tief in Gedanken versunken, bog ich auf die Landstraße, dann hatte ich eine Idee. Ein kleiner Umweg über die Baumberge konnte nicht schaden.

31

Dülmen, 1690

Konnte es die Hölle auf Erden geben? Heinrich hatte sich die Frage zum wiederholten Male gestellt und hätte sie in der Inbrunst seiner Überzeugung mit ‚Ja' beantwortet. Die Hölle war hier. Dieser Kerker war es. Aus allen Ecken stank es nach Tod und Verderben. Die Düsternis kroch in jeden Winkel seiner verkommenen Seele. Er war verdammt.

Alles war schrecklich fehlgegangen. Nicht Maria war es, die ihm nun zum Verhängnis wurde. Die Nachbarn waren es. Diese missgünstigen Neider, die ihn hassten und nun eine Gelegenheit sahen ihn loszuwerden. Er wusste, dass er ein schlechter Mensch war. Er hatte gemordet. Ja, aber er hatte auch einen Grund dafür gehabt. Sie hatten ihn dazu getrieben. Die Weiber, die Ausgeburten des Teufels. Sie waren es, die verflucht waren. Er war ihr Opfer und um ihretwillen hier. Das wusste er. Die Klagen der Nachbarn waren ihre Strafe. Teufelsbuhlen. Hexen. Ihr Fluch lag auf ihm.

Er hörte die Schritte schwerer Stiefel im Gang, begleitet von klirrenden Waffen mindestens zweier Soldaten. Sie tauchten in den Schein der Fackel und traten an das Gitter heran. Einer von ihnen steckte den Schlüssel ins Schloss und öffnete seine Zelle. Hinter ihnen trat der Büttel hervor, entrollte ein Pergament und verlas mit tönender Stimme: „Heinrich Leugers. Die Anklage lautet auf Zauberei und der Verdacht wurde bekräftigt. Du wirst der peinlichen Frag gestellt."

„Nein!", schrie er entsetzt. „Ich habe nichts getan! Ich bin unschuldig!"

Die Soldaten packten ihn grob. Er fiel auf die Knie und brüllte, doch es half nichts. Sie zerrten ihn aus dem Kerker, stellten ihn auf die Füße und legten ihm Eisen an. Halb stoßend, halb zerrend, zwangen sie ihn den Gang hinunter der von flackernden Fackeln beleuchtet wurde. Er mündete in eine Kammer und sein erster Blick fiel auf die Streckleiter. Heinrich wand sich und brüllte, versuchte sich zu befreien, ohne zu wissen wohin er würde entkommen können, doch die Männer hielten ihn mit eisernem Griff. In einer Ecke stand ein langer Tisch. Zu beiden Seiten saßen ein Pfarrer und ein Mann, der wie ein Richter anmutete. Er sah, wie der Büttel sich in ihrer Mitte niederließ und den Blick in eine Akte senkte, die vor ihm ausgebreitet lag. Er zog einige Papiere heran und legte eine Schreibfeder zurecht.

Die Soldaten schoben ihn zu einem Tisch, der in der Mitte der Kammer aufgestellt worden war, setzten ihn auf einen Stuhl und zurrten seine Beine fest.

Er heulte wie ein wildes Tier, als das breite Leder ihm bis auf die Knochen schnitt. Ein Schleier legte sich über seine Augen und er zwinkerte die Tränen fort. Er sah den Scharfrichter in die Kammer treten. Er schritt würdevoll auf den Tisch zu, zog einen weiteren Stuhl heran und setzte sich ihm gegenüber.

„Dies ist erst der Anfang, Leugers“, sagte er mit sonorer Stimme und beugte sich vor. Er musterte ihn und verengte die Augen zu Schlitzen. „Willst du ein Geständnis ablegen, bevor wir fortfahren?“

„Ich kann nicht gestehen, was ich nicht tat“, entgegnete Heinrich und seine Stimme vibrierte vor Wut.

„Schön.“ Seine Stimme klang belustigt, dann senkte er seinen Ton, so dass ihn die Offiziellen am hinteren Tisch nicht hören konnten: „Ein zorniger Mann überlebt für gewöhnlich länger.“

„Ihr dürft ihn nicht töten“, zischte einer der Soldaten, doch der Scharfrichter winkte ab und schnaubte verächtlich.

Heinrich ließ die Männer nicht aus den Augen und dachte mit Schrecken daran, was ihm bevorstand.

Auf ein Zeichen wurden Heinrichs Hände auf den Tisch gerissen. Mit Grauen verfolgte er, wie sie ihm Daumenschrauben anlegten. Die Wut wich seiner Angst, die aus dem tiefsten Winkel seiner Seele emporkroch. Sie ergoss sich in seinen Geist und lähmte ihn, während er entsetzt zusah, wie der Scharfrichter die Schrauben anzog. Ein stechender Schmerz fuhr ihm durch jeden einzelnen seiner Finger und breitete sich in seiner Hand aus.

„Heinrich Leugers, ich frage dich: „Hast du Gott, dessen Geboten und der heiligen Kirche abgeschworen?"

„Nein!"

Er zog die Schrauben fester und Heinrich keuchte.

„Heinrich Leugers, ich frage dich: Hast du Schadzauber über deine Mitmenschen oder deren Biester gesprochen?"

„Nein, das habe ich nicht", stieß er hervor.

Die Drehung der Schraube ließ den stechenden Schmerz bis hinauf in seinen Arm schießen. Ein gequältes Stöhnen stahl sich über seine Lippen.

„Hast du mit anderen Zauberern Umgang gehabt? War die Packechor deine Bole und hast du mit ihr geschlechtlich verkehrt, um den Teufel zu ehren?"

Heinrich versuchte den Schmerz aus seinem Bewusstsein zu bannen. Er konnte nicht mehr klar denken. Er hörte die Worte des Scharfrichters, doch wurden sie überschattet von seiner Qual. Sie begannen sich zu kräuseln wie Nebelschwaden, die sich in seinen Verstand wanden und nur schwer zu fassen waren. Eine Bole hatte er nicht. Verkehr hatte er nicht. Warum sprach der Mann vom Teufel?

Er öffnete die Lippen. Außerstande einen klaren Satz hervorzubringen, verneinte er und sah in die unerbittlichen Augen seines Gegenübers.

Das Nächste, das er hörte, waren berstende Knochen. Ein Feuer fraß sich wie eine alles verzehrende Welle durch seinen Körper und brach in seinem Kopf. Er stieß einen markerschütternden Schrei aus. „Ihr sollt verdammt sein! Der Teufel wird euch holen", schleuderte er ihnen entgegen. Worte quollen aus ihm heraus. Er brüllte ihnen entgegen, was sie hören wollten.

Alles war ihm egal, wenn sie nur aufhörten. „Ich hab abgeschworen, Gott kann mir gestohlen bleiben. Die Kirche ist seine Hure und der Teufel soll uns vor ihr retten! Ich hab von ihm Materie empfangen und die Gastnersche gelähmt! Ich habe Biester besprochen und sie sind krepiert!" Ein irres Lachen quoll aus seiner Kehle. „Alle sind sie krepiert! Mit verdrehten Augen lagen sie da. Ich habe auf ihren Körpern getanzt und dabei auf einem Stock gespielt! Die schönste Melodie war das! Die schönste Melodie!"

Die Stimme des Scharfrichters drang zu ihm durch, doch verstand er nicht, was dieser sagte. Er rief nur: „Ja, ja! Auch das habe ich getan! Ich habe alles getan! Ich kann schneller laufen als ein Pferd! Der Teufel hat eine Salbe, die man sich schmieren muss und dann kann ich schneller rennen als der Wind! Ich habe geheime Gebete gesagt und alle wurden krank! Das habe ich getan!" Seine Stimme brach. „Das habe ich getan."

Als die Schrauben gelöst wurden, trat Schwärze vor seine Augen. Seine geschundene Seele tauchte tief in ihn hinab und verschanzte sich in undurchdringlicher Dunkelheit.

32

Baumberge, 2010

Ich hatte keinen einzigen Berg gesehen, seit wir ins Münsterland gezogen waren. Auch als ich die Gegend um die Baumberge erreichte, musste ich feststellen, dass sie diese Bezeichnung kaum verdienten, verglichen mit dem Schwarzwald. Es waren eher sanfte Hügel, die sich aus der Landschaft erhoben. Dennoch empfand ich sie als sehr reizvoll. Die Bäume trugen letzte Reste des prachtvollen Herbstlaubs und die kräftigen Böen ließen bunte Blätter zu Boden segeln. Ich schaltete einen Gang runter und überwand eine sanfte Steigung, dann sah ich zu meiner Linken ein verlassenes Fachwerkgebäude. Ich stellte die Ente auf einem Schotterplatz ab und stieg aus.

Das ehemalige Gasthaus schien schon seit langer Zeit leer zu stehen. Der einstige Biergarten war überwuchert mit Unkraut. Die Hecken sehnten sich nach einem neuen Schnitt. Der Anstrich des Gebäudes war ausgeblichen und an einigen Stellen bröckelte der Putz. Manche Fenster waren blind und ein Blendladen hing nur noch an einem Scharnier. Das ganze Gemäuer schien nach tatkräftigen Händen zu betteln.

Augenblicklich überfiel mich eine Gänsehaut. An dieser Stelle sollte Adams Hoek gestanden haben, das Wirtshaus, in das die Mersche Tilbeck laut der Legende in der Mordnacht eingekehrt war. Sicher handelte es sich nicht mehr um die ursprüngliche Wirtschaft, dazu waren die Ereignisse zu lange her, aber es bereitete mir Freude, mir genau das vorzustellen. Der Flurname in alten Karten lautete zum Oadams und nicht weit entfernt lag die alte Landwehr.

Ich wusste, dass es unter unbefugtes Betreten fallen würde, sollte man mich erwischen, aber ich konnte dem Drang nicht widerstehen. Ich vergewisserte mich mit einem kurzen Blick, dass ich nicht beobachtet wurde und drückte mich dann schnell durch die Hecke. Ich trat an eines der Fenster heran, stellte mich auf die Zehenspitzen und spähte hinein.

Vor mir lag der verlassene Schankraum. Auf morsch wirkenden Holzdielen standen ein paar alte Sitzgruppen und im hinteren Teil konnte ich eine verwahrloste Theke erkennen. Rechts sah ich die Eingangstür und ich stellte mir vor, wie Maria vor über dreihundert Jahren eingetreten war und sich an einen der Tische gesetzt hatte. Meine Phantasie füllte den Raum mit Menschen, die lachten und tranken. Ich sah einen feisten Wirt hinter der Theke, alle Hände voll zu tun. Mein Bild wurde düster, als ich mir die beiden Landsknechte in einer Ecke vorstellte, die Maria beobachteten. Ahnungslos löschte sie ihren Durst, genoss die Wärme des offenen Kamins und ruhte sich aus von ihrem weiten Weg aus Münster.

Ob die Landsknechte noch vor ihr das Lokal verlassen hatten? Sie wussten mit Sicherheit, dass sie über die Landwehr gehen musste.

Ich stellte mir vor, wie sich die beiden Gesellen verdrückt hatten und Maria, immer noch ahnungslos, wenige Minuten später folgte.

„Geh nicht", flüsterte ich.

Aus der Nähe hörte ich die Glocken des Stifts läuten und ich befand mich wieder im Hier und Jetzt. Der Schankraum war leer und nichts erinnerte mehr an die Ereignisse aus längst vergessener Zeit.

Wehmütig bahnte ich mir einen Weg zurück durch die Hecke. Ich ließ meine Ente auf dem Parkplatz stehen und folgte zu Fuß Marias Weg, vorbei am Stift Tilbeck, bis zur alten Landwehr. Vor mir lag ein dichter Laubwald. Zwischen zwei langgezogenen Wällen wand sich ein ausgetretener Pfad den Hügel hinauf. Eine Informationstafel am Fuß des Weges gab Auskunft über die Landwehr und zeigte mir auf einer Karte meinen Standpunkt. Ich suchte nach Adams Hoek und fuhr den Weg, den ich zurückgelegt hatte, mit dem Finger nach. Ich hatte die Lage vom Hof Tilbeck noch vom Satellitenbild in Erinnerung, versuchte ihn auf der Karte auszumachen und stellte fest, dass er über die Landwehr relativ zügig zu erreichen war.

Mein Magen zog sich zusammen, als ich ins Dämmerlicht des Blätterdachs eintauchte. Die Abendsonne zauberte kleine Lichtpunkte auf den Weg und so malerisch der Pfad auch wirkte, so beklommen fühlte ich mich. Mir wurde umso stärker bewusst, dass genau hier an dieser Stelle auch Maria entlanggegangen war. Hier irgendwo war sie überfallen worden, weil sie Heinrich im Weg gestanden hatte. Ich folgte dem gewundenen Pfad und stellte mir vor, wie die Landsknechte über den Wall gesprungen waren und Maria überfallen hatten. Wie war sie gestorben? Wurde sie erschlagen, wie die Sage berichtete? Ich hielt Ausschau nach dem Mordkreuz, doch konnte ich es nicht entdecken. Die Dämmerung sank stetig herab und mir wurde unheimlich zumute. Der Mord an Maria war so lange her und dennoch hatte ich das Gefühl, als wäre er immer noch präsent, als könnte ich das Unrecht, das an diesem Ort geschah, körperlich fühlen. Gegenwart und Vergangenheit schienen mir an diesem Ort so nah beieinander, wie zwei Folien, die übereinander lagen. Wenn es doch nur möglich wäre, eine davon so zu verschieben, dass ich einen Blick erhaschen könnte.

Der Ort war verlassen, weit und breit keine Menschenseele zu sehen. Maria hatte sich vielleicht ähnlich gefühlt. Mein Herz schlug schneller, ein Zweig knackte im Unterholz und ich fuhr herum. Jemand schnaufte, ich erkannte dumpfe Schritte, die sich auf mich zu bewegten. Wie erstarrt stand ich da, unfähig mich zu rühren.

Auf der Kuppe erschien eine Gestalt. Beim näheren Hinsehen erkannte ich eine Frau im Sportdress mit Kopfhörern in den Ohren. Sie kam heran, lächelte und murmelte: „N'abend." Ohne stehen zu bleiben, joggte sie an mir vorbei, den Weg hinunter und verschwand so schnell, wie sie aufgetaucht war.

Mir war gar nicht bewusst, dass ich die Luft angehalten hatte. Erleichtert atmete ich aus. Meine übermäßige Phantasie würde mich eines Tages noch ins Grab bringen, dessen war ich mir sicher.

Es konnte nicht mehr weit sein. Ich fasste meinen letzten Mut zusammen, zwang mich zur Ruhe und dachte an die Joggerin. Ich klammerte mich an dieses Stück beruhigender Wirklichkeit, ehe ich weiter hinaufging.

Die Wälle der Landwehr endeten auf halber Strecke und der Pfad verzweigte sich. Ich wählte den Anstieg und trat schließlich auf der Kuppe aus dem Wald. Mein Blick wanderte über eine weitläufige Wiese, die sich sanft bis hinab ins Tal streckte. Am Fuß, jenseits einer Landstraße, konnte ich den gelblichen Sandsteinturm des Hofes Tilbeck sehen. Um ihn herum gruppierten sich mehrere große Gebäude, darunter ein Wohnhaus, eine Tenne und mehrere Stallungen. Friedlich lag er in der Abendsonne und für einen Augenblick fühlte ich mich um Jahrhunderte zurückversetzt. Ich setzte mich eine Weile ins hohe Gras, um zu verschnaufen und hing meinen Gedanken nach.

Dort hatte sie gelebt, die Mersche Tilbeck. Dieser Hof war in jener Nacht ihr Ziel gewesen, das sie nie erreichen sollte. Vielleicht hatte dort unten ihr Mann gewartet und als sie nicht erschien, war er zur Suche nach ihr aufgebrochen. Sie hatte womöglich Kinder, die um sie weinten. Ich stellte mir vor, wie die Trauer auf den Hof hinabsank, wie die Dämmerung, als die Botschaft ihres Todes ihn erreichte. Als allen bewusst wurde, dass Maria nie mehr heimkehren würde.

Eine Meuchelei für eine Handvoll Schuhnägel, würde man sagen, doch in Wahrheit war es ein feiges Komplott ihres eigenen Schwagers. Ein kaltblütiger Auftragsmord, ausgeführt an einer Frau, die sich um ihre Schwester sorgte.

Die Dämmerung schritt voran und die Sonne schickte ihre letzten Strahlen über den Hügel hinter dem Hof Tilbeck. Ich stand auf, klopfte mir das Hinterteil ab und musterte den dunklen Wald. Ich könnte auch um ihn herumlaufen, statt hindurch, aber das würde viel länger dauern. Ich beschloss es der Joggerin gleichzutun, um mich nicht von einer Panik überwältigen zu lassen. Ich zwang meine Phantasie bis in den hintersten Winkel meines Kopfes und lief los. Hügel abwärts, an den Baumreihen vorbei, zwischen den beiden Wällen hinab bis zum Hinweisschild. Es ging schneller, als ich geglaubt hatte und ich kam nicht umhin zuzugeben, dass ich heilfroh darüber war. Das Mordkreuz hatte ich nicht gesehen, aber es musste hier irgendwo sein.

Ein schwarzer Wrangler Jeep hielt auf der Wiese zwischen der Landstraße und dem Radweg. Ein Pärchen stieg aus. Die junge Frau hielt ein kleines Gerät in der Hand. Sie trug eine Schirmmütze auf dem Kopf, auf der ein quadratisches Symbol prangte. Die pechschwarzen Haare waren darunter zu einem Pferdeschwanz gebunden und vereinzelte pinkfarbene Ponysträhnen lugten unter dem Schirm hervor. „Hallo", grüßte sie freundlich und warf dann einen Blick auf das Gerät.

„Hallo", erwiderte ich ihren Gruß, überlegte kurz und fragte dann: „Sind Sie von hier? Wissen Sie vielleicht, wo das Mordkreuz ist?"

Ihr Begleiter trat neben sie, musterte mich und fragte: „Suchen Sie auch nach dem Cache?"

„Dem was?"

„Ach nix", sagte er mit einer wegwerfenden Geste. „Das Mordkreuz muss ganz in der Nähe sein", fuhr er fort.

„Ach, komm schon", sagte die junge Frau und sah mich an. „Es ist schließlich kein Geheimnis, was wir hier machen."

„Doch ist es", widersprach er.

„Quatsch." An mich gewandt sagte sie: „Wir suchen hier nach einem Geocache. Der heißt Mersche Tilbeck Teil drei und soll zum Mordkreuz führen. Ich habe hier die Koordinaten und das Kreuz muss ganz in der Nähe davon sein. Wenn Sie wollen, können Sie sich anschließen. Kennen Sie die Sage um die Mersche Tilbeck?"

Unwillkürlich musste ich lächeln. „Ja, sie ist mir ein Begriff. Das ist der Grund, warum ich hier bin. Geocache, ist das diese Schatzsuche per GPS?"

„Ja, genau", brummte ihr Freund.

In wenigen Sätzen erklärte mir seine Begleiterin, was es mit diesem Geocaching auf sich hatte und dass man den Schatz natürlich nicht entfernen durfte, damit auch andere ihn noch finden konnten. Ich versprach, nichts zu verraten, und wir suchten gemeinsam an den Koordinaten nach der Dose.

Ich hielt mich etwas abseits der beiden und dann sah ich es. Auf einem Erdwall stand ein kleines, unscheinbares Steinkreuz. An einer Seite war es moosbedeckt, doch die Inschrift war deutlich lesbar.

INRI
ANNO 1764 ALDA BI DIG
CRe.IST.RebORHReT.DAS.AL=
=HIeeINeMeIRSCHe.TILBICK
VeRMOR
DeT IST

Ich bekam augenblicklich eine Gänsehaut. Hier war sie ermordet worden. Das war die Stelle, an der Maria gestorben war. Ehrfürchtig fuhr ich mit den Fingern über die raue Oberfläche. Ich zog den Schuhnagel aus der Hosentasche, grub mit der bloßen Hand eine kleine Vertiefung und legte ihn hinein. Dann bedeckte ich ihn mit Erde und legte einen Stein darauf, den ich neben dem Kreuz fand.

„Ah, Sie haben es gefunden." Die junge Frau trat an das Kreuz heran. „Ist die Geschichte nicht schauerlich? Die arme Frau."

„Ein Mord ist immer furchtbar, egal aus welchem Grund oder wie lange er auch her sein mag. Sie sagten, das hier sei der dritte Teil. Wie viele gibt es denn?"

„Es sind drei und ein Bonus. Also insgesamt vier. Teil eins liegt in der Nähe des Hofs, auf dem sie gelebt haben soll. Teil zwei ist am Adams Hoek und der dritte Teil liegt hier am Mordkreuz."

„Und der Vierte?"

„Der liegt am Laerbrock. Das ist die Stelle, an der die Landtage abgehalten wurden. Dort sollen die Landsknechte zum Strang verurteilt worden sein."

„Wo finde ich denn den Laerbrock?"

Sie zuckte entschuldigend die Schultern. „Ich kann Ihnen nur die Koordinaten geben. Wenn Sie ein normales Straßennavi haben, können Sie die auch dort eingeben. Ansonsten bleibt Ihnen nur noch die Suche per Satellit im Internet."

„Das reicht mir schon", sagte ich.

Die Schatzjägerin schien wirklich alles dabei zu haben. Sie kramte in ihrer Tasche, zog einen kleinen Spiegel, einen Kugelschreiber und einen Leatherman heraus. Sie drückte mir die Sachen in die Hand. „Halten Sie mal", sagte sie und kramte weiter. Schließlich riss sie einen Streifen von einem Blatt Papier ab, nahm mir den Kugelschreiber aus der Hand und schrieb die Koordinaten auf. Dann reichte sie mir die Notiz. „Das sind sie."

„Die Nordkoordinate zuerst, dann die Ostkoordinate. Wenn Sie das so im Internet eingeben, wird der Ort sofort gefunden. Damit dürften Sie keine Probleme haben. Leider ist es für uns schon zu spät den Bonus zu suchen, sonst hätten Sie mitfahren können, aber wir müssen morgen früh raus und es wird schon dunkel."

„Kein Problem."

Sie sah sich um. Dann fragte sie: „Sind Sie zu Fuß?"

„Mein Auto steht an dem alten Gasthaus. An der Stelle, wo Adams Hoek gewesen sein soll."

„Sie sind kein Geocacher und suchen trotzdem die Orte auf? Was interessiert Sie an der Sage?"

Ich lachte auf. Ja, das war wirklich etwas verrückt. Es gab scheinbar einen Menschen, der die Sage genau wie ich spannend fand und den Orten Geocaches widmete. Meine Intention war etwas tiefschürfender, mein Motiv eher persönlicher Natur. Dennoch stieß ich auf diese Leute. Das war ein eindeutiges Zeichen dafür, wie tief verwurzelt die Legende in dieser Gegend war. Mich hätte zwar interessiert, ob die Geocacherin auch von der Sage um die Wassernixe gehört hatte, wollte sie aber nicht fragen, um nicht meinerseits allzu neugierige Fragen beantworten zu müssen. Ich drückte mich absichtlich vage aus, als ich ihr antwortete. „Sagen wir mal so: Ich vergrabe mich gern in alten Sagen und Legenden und diese fand ich einfach unglaublich spannend."

Sie nickte, scheinbar zufrieden mit meiner Erklärung. „Wissen Sie was, wir müssen eh in die Richtung. Wenn Sie wollen, können wir Sie an Ihrem Auto absetzen."

Sie schien mein Zögern zu spüren, denn sie beeilte sich hinzuzufügen: „Ich würde mich schlecht fühlen, wenn ich Sie in der Dunkelheit bis zur Wirtschaft laufen ließe."

Sie hatte Recht. Wirklich wohl war mir dabei auch nicht. Es war ein gutes Stück Weg. „Das ist nett, danke", willigte ich also ein.

Ihr Freund staunte nicht schlecht, als wir beide zum Wrangler gingen, sagte aber nichts.

„Wohin?", fragte er nur, als wir alle im Wagen saßen.

„Zum Adams Hoek. Da steht ihr Auto", sagte die Geocacherin.

Er ließ den Motor des Jeeps an und wendete, dann fuhren wir die Landstraße hinunter. Kaum fünf Minuten später bog er auf den Schotterplatz ein und hielt neben meiner Ente.

Die junge Frau jauchzte beim Anblick von Jean-Luc. „Das ist Ihr Auto? Mensch, ist die cool."

Der Ausbruch entlockte mir ein Lächeln. Ich war es gewohnt in meiner Ente angestarrt zu werden. Manchmal erntete ich wohlwollende Blicke, aber meistens wurde ich mitleidig belächelt. „Ja, das ist Jean-Luc, mein Erpel."

„Wie alt ist der?", fragte der Freund.

„Baujahr 1986."

„Ein Youngtimer", stellte er fest. „Wie viel gelaufen?"

Ich zuckte mit den Schultern. „Ich hab keine Ahnung, wie oft der schon rund ist. Der Kilometerzähler geht nur bis 99 999."

Er ließ es sich nicht nehmen, auszusteigen und meine Ente in Augenschein zu nehmen. Er war ganz offensichtlich beeindruckt. Nach einigen Fragen und versuchter Fachsimpelei, auf die ich ihm jedoch nur unbefriedigende Antworten geben konnte, da ich nun wirklich nichts von Autos verstand, verabschiedete er sich höflich. Die junge Frau winkte mir noch einmal zu, bevor sie vom Parkplatz rollten und ich hob zum Abschied die Hand.

Mittlerweile war es dunkel geworden und auch für mich war es an der Zeit nach Hause zu fahren. Ich rief kurz Frank an, um ihn wissen zu lassen, dass ich nun unterwegs sei, und trat den Heimweg an.

33

Limbergen, 2010

Der Mond stand am klaren Nachthimmel und schickte seine Strahlen durch das geöffnete Fenster der Kammer. Frische lag in der Luft, wie sie nur ein kräftiger Regenguss auswaschen konnte. Mit ihr strömte Kälte herein, die sie frösteln ließ. Den schwarzen Spiegel vor sich auf dem ausgebreiteten Tuch, murmelte sie ein letztes Mal die Weihungsformel, um sich des Spiegels Macht zu eigen zu machen. Sie beugte sich vor und konzentrierte sich auf die dunkle Oberfläche. Sie schickte positive Gedanken in seine Richtung und konnte deutlich spüren, dass er ihr antwortete. Wohlige Wärme breitete sich in ihr aus. In ihrem Geist formten sich Worte, wie Fragmente höchster Poesie, doch welches war der Schlüssel? Leise formte sie die Worte, verlieh ihnen Stimme und beurteilte ein jedes nach seiner inneren Wirkung. Der Spiegel antwortete mit weiteren Worten.

Mit leiser, gleichbleibender Stimme spulte sie eines nach dem anderen ab, benutzte sie wie einzelne Schlüssel an einem großen Bund, in der Hoffnung, den Richtigen zu finden. „Orchidea", sagte sie leise, horchte tief in sich hinein und fühlte beinahe körperlich ein verneinendes Vibrieren. „Marmor", versuchte sie das Nächste, doch auch dieses wurde von dem Spiegel zurückgewiesen. „Lindwurm. Rose. Wolfsmilch."

Sie versuchte ihn zu fühlen, zu begreifen, eine innere Verbindung zu ihm aufzunehmen, als folge sie einem wärmenden Strahl, dann sagte sie: „Herbstlilie."

Das Gefühl, das sie bei diesem Wort durchströmte, war unglaublich friedlich. Mit dem Schlüsselwort hatte sie seine Macht für sich erschlossen. Nun gehörte er ihr, daran gab es keinen Zweifel.

Höchst zufrieden hob sie den Spiegel auf, um ihn zu versiegeln. Sie wischte mit dem Tuch darüber und flüsterte: „Herbstlilie." Dann zog sie über dem Spiegel ein freihändiges Pentagramm, so wie sie es gelernt hatte. Erst nachdem sie ihn verschlossen hatte, schlug sie ihn wieder in das Tuch ein und bettete ihn sorgfältig, mit der Spiegelfläche nach unten, in die Schatulle.

Sie schloss den Deckel und lächelte. Bald war die Zeit gekommen, dann würde sie bereit sein für den letzten Schritt.

34

Limbergen, 2010

„Guten Morgen." Frank strich mir über die Schulter und lächelte mich an. „Gut geschlafen? War ja doch ziemlich spät gestern."

Ich drehte mich zu ihm um und brummte. „Ich hatte gar nicht vor so lange wegzubleiben." Ich streckte mich und gähnte herzhaft. „Du wirst nicht glauben, was ich gestern alles gefunden habe", begann ich.

„Das kannst du mir gleich beim Frühstück erzählen", sagte Frank und zwinkerte mir zu. „Was möchtest du lieber? Brötchen holen oder Boomer um die Ecke bringen?"

Ich kicherte verschlafen „Glaub mir, das würde ich manchmal wirklich zu gerne tun." Dann fragte ich: „Ist schönes Wetter?" Ich zwinkerte mir den Schlaf aus den Augen und richtete mich auf. Mein Blick ging zum Fenster.

„Draußen ist eine Waschküche", sagte Frank. „Es nieselt."

Ich verzog den Mund. Gestern war es noch so schön gewesen. Ich hatte wirklich gehofft, das Wetter würde sich noch eine Weile halten.

Frank deutete meine Miene richtig. „Ok, ich geh mit Boomer. Ich habe deinen Erpel übrigens in die Tenne gestellt, nicht dass er dir noch unterm Hintern wegrostet."

„Danke, du bist ein Schatz."

„Ich weiß", sagte er und verließ das Schlafzimmer.

Immer noch lächelnd schwang ich meine Beine über die Bettkante und blieb für einen Moment sitzen. Das war allerdings ein sehr aufschlussreicher Tag gewesen und ich war gespannt, was Frank dazu sagen würde. Sicher, ich war noch immer weit davon entfernt das Rätsel um Katharina zu lösen. Ich wusste immer noch nicht, ob es nun tatsächlich auf unserem Hof spukte oder nicht, aber je mehr ich herausfand, desto unwahrscheinlicher schien es mir. Es war, als würde ich die Menschen aus dem Dunkel des Mysteriums empor ans Licht heben. Sie schienen mir mit jedem Mal realer und weniger geheimnisvoll.

Mein Magen knurrte. „Ist ja schon gut", sagte ich und legte mir eine Hand auf den Bauch. Dann stand ich auf, schlüpfte in Jeans und Pullover und verließ das Schlafzimmer.

Leon saß in der Halle auf dem Boden und spielte. „Morgen, Mama", rief er fröhlich, als er mich sah. Als hätte er ein schlechtes Gewissen, senkte er den Blick und sagte leise: „Kathi schläft noch." Er schielte quer durch die Halle zu ihrer Zimmertür.

„Guten Morgen." Ich trat an ihn heran und strubbelte ihm die Haare. „Dann schlage ich vor, du bist etwas leiser." Ich zwinkerte ihm zu.

„Mach ich", wisperte er und beugte sich wieder über sein Spielzeug.

„Ist Papa schon weg?"

Er sah nicht auf, als er antwortete: „Ja, gerade. Er hat gesagt, er hat sein Handy mit und geht nur kurz ums Feld."

„Ok. Kann ich dich dann allein lassen? Ich hole Brötchen. Wenn Kathi wach wird, kannst du Papa ja rufen oder klingelst auf seinem Handy durch, wenn er noch nicht zurück sein sollte."

Er sah auf und sagte entrüstet: „Klar, ich kann das doch."

Ich hob die Hände, wie um mich zu ergeben. „Ist ja schon gut. Ich weiß, dass du das kannst. Ich wollte nur fragen."

Er lachte.

Nachdem ich mir eine Jacke übergezogen hatte, holte ich Franks Schlüssel und ging in die Tenne. Jean-Luc stand in der Mitte des langen Raums, frisch abgeledert. Frank ist wirklich ein Schatz, dachte ich, strich im Vorbeigehen über den grünen Lack und lächelte.

Als ich durch das Tor hinausging, empfing mich der nasskalte Spätherbst. Tatsächlich nieselte es. Über den Wiesen lag eine dichte Nebeldecke und tauchte die Landschaft in Tristesse. Ich stieg in unsere Familienkutsche und fuhr über den Wirtschaftsweg in Richtung Buldern.

Trotz der eingeschalteten Scheinwerfer war die Allee nur schemenhaft zu erkennen. Große graue Schatten wanderten an meinem Fenster vorbei, dazwischen kleinere, die ich grob als Sträucher zu erkennen glaubte. Plötzlich tauchte wie aus dem Nichts eine leicht gebeugte Gestalt am Straßenrand auf. Es sah so aus, als trüge sie einen großen Sack auf dem Rücken. Kaum dass die Person aufgetaucht war, verschmolz sie auch schon wieder mit all den anderen Schemen und verschwand.

Wer verirrte sich bei diesem scheußlichen Wetter zu Fuß in diese gottverlassene Allee? Ich überlegte einen Moment, dann trat ich auf die Bremse. Im Rückspiegel war nichts zu sehen. Der Rückwärtsgang rastete ein und ich trat vorsichtig auf das Gaspedal. Langsam rollte der Wagen zurück. Nebelschwaden zogen an mir vorbei, wie herabgefallene Wolkenfetzen, kräuselten sich und flossen ineinander zu einem undurchdringlichen Grau.

Irgendwo hier musste sie gestanden haben, dachte ich und fuhr noch ein Stück weiter. Meine Hand tastete zu dem Fensterheber und ich ließ die Scheibe auf der Beifahrerseite summend in den Falz sinken. Kalter Wind schlug mir ins Gesicht. Ich zwinkerte und ließ den Wagen weiterrollen, doch niemand war zu sehen.

Das Brummen des Motors schlug eine verzweifelte Schneise in die Stille. Weit entfernt konnte ich das Rauschen der Autobahn ausmachen, sonst hörte ich nichts. Die feuchte Luft wog schwer und roch nach Moder. Plötzlich stob eine Gruppe Krähen auf. Ich schnappte nach Luft. Mein Herz pochte so heftig, dass ich für einen Augenblick die Augen schloss. „Himmel noch eins."

Meine eigene Stimme klang fremd in meinen Ohren, als sei sie geradewegs dem Grab entsprungen. Ich räusperte mir den Kloß aus der Kehle, holte tief Luft und schloss das Fenster. Für einen Augenblick hatte ich ganz vergessen, warum ich unterwegs war. Ich schnaubte und schalt mich selbst, ob meiner Trödelei, dann legte ich den Gang ein und fuhr weiter.

In Buldern schienen die Bürgersteige noch hochgeklappt zu sein, dabei war es schon fast halb neun. Keine Menschenseele war unterwegs. Erst als ich beim Bäcker ankam, sah ich ein paar Leute. Zwei Autos parkten vor dem Geschäft und ich stellte meinen Wagen gleich daneben ab.

Die Tür öffnete sich und eine Frau mit eisengrauem Haar trat heraus. In der Hand hielt sie eine Tüte mit frischem Backwerk.

„Ingrid", entfuhr es mir. Ich sah, wie sie die Straße überquerte und auf einen VW zusteuerte. Ich wartete keinen Moment länger. Ich wollte sie wegen der Puppe zur Rede stellen. Ohne mein Auto abzuschließen, wandte ich mich der Straße zu und rief ihr nach.

Ingrid war unterdessen eingestiegen, startete den Motor und fuhr los. Unsere Blicke trafen sich. Für einen winzigen Augenblick glaubte ich Überraschung in ihrem Gesicht zu sehen. Ohne einen Gruß fuhr sie an mir vorbei.

„Mist." Kopfschüttelnd wandte ich mich der Bäckerei zu und ging hinein.

Die schlanke Frau hinter dem Tresen sprach mit einer Kundin. Ich hätte womöglich nicht zugehört, wenn nicht Ingrids Name gefallen wäre.

„Sie kann einem wirklich leid tun", sagte die Verkäuferin.

„Bist du sicher, dass es mit Nadine so schlimm ist? Das Mädchen war doch immer so freundlich und hat jeden gegrüßt", sagte die andere.

„Ich will nichts gesagt haben. Aber vor ein paar Tagen drückten sich merkwürdige Gestalten hier rum. Ich gehe jede Wette ein, dass sie sich mit ihr getroffen haben."

Sie senkte die Stimme und ich spitzte die Ohren.

„Sie waren schwarz angezogen und sahen nicht sehr gesund aus, genau wie Nadine. Ist dir nicht aufgefallen, dass seitdem immer mehr Haustiere als vermisst gemeldet werden?"

Die Kundin schien schockiert. Sie flüsterte: „Glaubst du wirklich, das hat was mit ihrer Tochter zu tun? Warum geht Karl nicht dagegen vor?"

„Dazu müsste er wohl zuerst wissen, wo sie sich immer herumtreibt. Manchmal ist sie tagelang verschwunden. Von meinem Schwager weiß ich, dass er schon auf der Wache war."

„Kann das Jugendamt denn da nichts machen?"

Die Frau hinter dem Tresen schnaubte missgünstig. „Sie ist doch volljährig, was sollen die schon machen?"

Erst jetzt schien sie zu merken, dass sie nicht alleine waren. Sie sah mich an und von einer Sekunde auf die andere wandelte sich ihr Gesichtsausdruck zu einem freundlichen Lächeln. „Was darf's denn sein?"

Ich trat heran und zeigte auf ein paar Brötchen, die einen herrlichen Duft verströmten. „Ich hätte gerne acht davon und zwei Käsebrötchen, bitte."

„Schönes Wochenende", sagte die andere Kundin.

Die Verkäuferin sah an mir vorbei und verabschiedete die Frau mit einem vielsagenden Blick.

Sollte ich sie ansprechen und nach dem Gespräch fragen? Ich hatte wirklich nicht lauschen wollen, aber innerlich zweifelte ich an dem, was ich vor einigen Tagen bei Ingrid gesehen hatte. Die Unterhaltung schien mir Recht zu geben. Und hatte Ingrid nicht an jenem Nachmittag gesagt, ich würde die Dinge falsch verstehen? Sie hatte bei einem Gespräch erwähnt, dass sie eine Tochter habe und ich hatte nicht einmal nach ihrem Namen gefragt. Ich erinnerte mich an ihren Gesichtsausdruck und das Gefühl, das ich dabei hatte – als wenn es da etwas gab, über das sie nicht hatte reden wollen. Mit einem Mal kam mir unsere Unterhaltung in der Halle vor, als würden Jahre dazwischenliegen. Sie hatte mir die Fahne geschenkt, sie war so freundlich, ja richtiggehend lieb gewesen. Wenn ich recht darüber nachdachte, hatte sie mich mit offenen Armen empfangen und behandelt, wie eine Tochter. Dieses ganze Gerede über die Geschehnisse auf unserem Hof, die Geschichten über

Hexen und Bannungen. All das hatte mich beeinflusst. Mir wurde allmählich bewusst, dass auch meine wachsende Angst um meine eigenen Kinder einen Teil dazu beigetragen hatte, dass ich an jenem Tag so reagierte. Ich hatte sie nicht einmal angehört …

„Darf es noch etwas sein?"

Die Worte rissen mich jäh aus meinen Gedanken. „Nein, danke", sagte ich, nahm die Tüte entgegen und zahlte. Als ich den Laden verließ, plagte mich ein schlechtes Gewissen. Hatte ich ihr Unrecht getan? Aber was war mit der Puppe? Warum hatte sie Kathi eine solche Angst gemacht? Erneut rief ich mir ihr Spiel vor Augen. Es war harmlos gewesen - eine Puppe fängt die andere. Kathi hatte vor Begeisterung gejauchzt. In meinen Gedanken hörte ich ihr begeistertes Lachen. Vielleicht hatte sie einfach nur schlecht geträumt, unbewusst die Puppe und das Spiel damit verbunden und dann Angst vor ihr bekommen? In diesem Fall war es nicht Ingrids Schuld. Sie hatte schließlich nur mit ihr gespielt.

Ich stieg in mein Auto und startete den Motor. Dann traf ich einen Entschluss. Ein Anruf konnte nicht schaden. Seit dem Vorfall hatte sie sich zurückgezogen und so könnte ich ihr signalisieren, dass das nicht mehr nötig war. Natürlich würde ich keinen Fuß mehr auf ihren Hof setzen, solange die Dinge nicht zu meiner Zufriedenheit geklärt waren, aber ich könnte sie zum Kaffee einladen. Ich wollte mit ihr reden und ihr die Gelegenheit geben sich zu erklären.

35

Als ich durch die Tenne in die Küche trat, saß meine Familie schon am gedeckten Frühstückstisch und begrüßte mich freudig.

„Hast du uns Käsebrötchen mitgebracht?", fragte Leon, stand auf und wollte mir schon die Tüte aus der Hand nehmen.

„Ja, nur Geduld. Setz dich wieder", sagte ich und legte den Autoschlüssel beiseite.

„War viel los?", fragte Frank, als wir mit dem Frühstück begonnen hatten.

„Nein. Buldern ist und bleibt ein uriges Nest." Ich nahm meine Tasse zur Hand. „Ich habe Ingrid gesehen."

Er sah auf. „Und?"

„Nichts und. Ich wollte mit ihr reden, aber sie war schneller in ihrem Auto, als ich aus meinem."

„Hat sie dich gesehen?"

„Erst als sie an mir vorbeifuhr. Denke ich zumindest."

„Kathi will Ingrid gehen", sagte unsere Kleine und sah mich an.

„Das geht im Moment nicht. Ingrid hat viel zu tun."

„Was hättest du ihr denn gesagt?", fragte Frank und biss von seinem Brötchen ab.

„Ich hätte sie zur Rede gestellt, obwohl ich glaube, dass ich die Situation tatsächlich falsch verstanden habe."

Augenblicklich hörte er auf zu kauen und sah mich forschend an.

„Beim Bäcker habe ich etwas gehört, das mich stutzig gemacht hat."

„Was denn?", fragte Leon und wirkte interessiert.

Da ich froh war, dass er von der Geschichte nichts wusste und wollte, dass es auch so blieb, lenkte ich seine Frage ab.

„Ach, lass mal, Leon, so wichtig ist das jetzt auch nicht. Was hast du denn heute eigentlich vor? Hast du dich mit Sabine verabredet?“ Ich warf Frank einen kurzen Blick zu und richtete dann meine volle Aufmerksamkeit auf Leon.

„Nee, Sabine ist heute bei ihrer Oma. Joschua kommt gleich her und wir wollen unser Clubhaus weiterbauen.“

„Wie weit seid ihr denn? Habt ihr die Hühnerstiegen schon sauber?“, fragte Frank.

„Kathi auch baun.“

Leon sah seine Schwester an und schien darüber nachzudenken, was er ihr sagen sollte. Dann grinste er über das ganze Gesicht und sagte: „Klar, du kannst helfen.“

Kathi ließ ihr angebissenes Käsebrötchen auf den Teller fallen und wollte sofort aufstehen, doch ich hielt sie zurück.

„Sie darf doch auch abwaschen helfen, oder?“, fragte Leon.

Daher wehte also der Wind. „Du bist aber nett zu ihr, ja? Und du passt auf sie auf“, sagte ich.

Er nickte.

Die Kinder hatten es mit einem Mal sehr eilig. Keine zwei Minuten später stand Leon auf und sagte, er sei satt.

Kathi stopfte ihren letzten Bissen in den Mund und bekam aufgrund dessen nur noch ein gedämpftes „Auch“ heraus. Dann rutschte sie vom Stuhl und folgte ihrem Bruder, der gerade die Tür zur Tenne öffnete.

Frank nahm einen Schluck Kaffee und sah mich über den Rand der Tasse an. Dann ließ er sie sinken. „Dann erzähl. Was hast du beim Bäcker gehört?“

„Hm ja, beim Bäcker. Die Verkäuferin hat sich mit einer Frau über Ingrid unterhalten.“ Ich gab das Gespräch in etwa wieder, so wie ich es erinnerte. Als ich geendet hatte, schwieg er eine Weile und sagte dann: „Du glaubst also, es könnte das Zimmer von ihrer Tochter gewesen sein, in dem du sie gefunden hast?“

„Ich fühle mich furchtbar. Wenn es wirklich so ist, dann hab ich es echt verbockt.“

„Jetzt mach dir darum keinen Kopf. Woher hättest du das wissen sollen? Ich glaube nicht, dass Ingrid dir das übel nimmt."

„Nein, das nicht, trotzdem muss ich mich bei ihr entschuldigen. Weißt du, ich bin wirklich heilfroh, dass ich sie vor dem Laden nicht abfangen konnte. Jetzt stell dir vor, ich hätte sie auch noch zur Rede gestellt. Was, wenn mir der Kragen geplatzt wäre. Ich mag gar nicht daran denken."

„Hätte, wäre, wenn, hat nichts mit der Realität zu tun und es nutzt auch nichts sich darüber Gedanken zu machen. Wie wäre es denn, wenn du sie anrufst."

„Aber was soll ich sagen?" Ich senkte meinen Kopf und studierte meine Finger, die sich um die Tasse schlossen.

„Wie wäre es fürs Erste mit: Hallo Ingrid?"

Ich schnaubte kaum hörbar und sah auf. „Und dann? Ich war ein Idiot? Oder was?"

Er legte seinen Kopf schief und sagte: „Stell dir vor, du wärst an ihrer Stelle. Sie hätte dich unter solchen Umständen entdeckt und dann ruft sie dich an. Was würdest du sagen?"

Ich verstand, was er meinte. Ich wäre wahrscheinlich erleichtert. „Vielleicht wartet sie darauf, dass ich mich melde?"

„Vielleicht. Aber sei nicht zu enttäuscht, wenn sie kurz angebunden sein sollte. Wenn es stimmt, was die Frauen beim Bäcker gesagt haben, dann hat sie sicher andere Sorgen, als eine Entschuldigung von dir. Ich glaube nämlich nicht, dass sie das erwartet."

Im dem Augenblick als er das sagte, wurde mir klar, dass ich das im Grunde gewusst hatte. Bei dem Gespräch in der Halle gab es jenen winzigen Moment, an dem ich gespürt hatte, dass etwas nicht stimmte. Der Sekundenbruchteil, an dem ihre Miene sich umwölkte, als es um Kinder ging. Aber was verschwieg sie mir noch? Die Kiste ihrer Ahnin, die sie so schnell wieder verschlossen und mitgenommen hatte. Erst erzählte sie mir freimütig von Anna und der Sage um die verstorbenen Kinder und dann blockte sie ab. Wusste sie mehr über die Legende der

Wassernixe, als sie zugegeben hatte? Aber warum ließ sie mich daran nicht teilhaben und was hatte das mit ihrer Tochter zu tun? Ich war vollkommen verwirrt.

Frank war zwischenzeitlich aufgestanden. Er trat neben mich und hielt mir wortlos den Telefonhörer unter die Nase.

Ich nahm ihn entgegen und zog mich in die Halle zurück. Gerade wollte ich ihre Nummer eintippen, als mir auffiel, dass ich sie gar nicht kannte. Also schickte ich eine kurze Suchanfrage im Internet ab und zwei Minuten später gab ich die Nummer in den Hörer ein.

Ich hörte das Verbindungszeichen und wartete. Geh dran, dachte ich und rief mir in Erinnerung, was ich sagen würde.

„Hallo, hier ist Familie Jansen …"

„Hallo Ingrid?"

„… im Augenblick ist niemand von uns da, aber bitte hinterlassen Sie eine Nachricht nach dem Piepton."

Es knackte in der Leitung. Statt etwas zu sagen, legte ich auf. Vielleicht später, dachte ich, legte den Hörer auf den Tisch und kehrte in die Küche zurück.

Frank hatte bereits das Frühstück abgeräumt und verstaute das schmutzige Geschirr in der Maschine. „Und?"

„Sie geht nicht ran. Ich versuche es nachher noch mal." Ich trat neben ihn, fischte den Lappen aus dem Spülbecken und wusch ihn aus. Während wir die Küche in Ordnung brachten, erzählte ich ihm von meinen Entdeckungen im Landesarchiv. Hier und da hakte er nach, manchmal runzelte er die Stirn, aber größtenteils hörte er aufmerksam zu. Nachdem ich geendet hatte, sagte er lange Zeit nichts und es sah so aus, als denke er angestrengt nach.

„Was denkst du?", fragte ich schließlich, weil ich es nicht mehr aushalten konnte zu warten, welche Meinung er dazu hatte.

„Die Schuhnägel können nur hier gewesen sein, weil auch der Beutel der Mersche Tilbeck hier war."

„Wie meinst du das?"

Er sah mich an, seine Augen verengten sich. Dann sah er an mir vorbei in unbestimmte Ferne. Sein Gesicht war ernst, als er ohne eine Erklärung in die Tenne ging.

Ich folgte ihm.

„Als du gestern in Münster warst, habe ich den Schweinestall aufgeräumt", sagte er. „Du hast zwar den Mittelgang gefegt, aber ich dachte, es wäre sinnvoller zuerst den ganzen Plunder aus den Koben zu räumen."

Wir waren am Rolltor angelangt. Er zog es auf und wir gingen hinein. Die Koben waren komplett aufgeräumt. In zwei der vorderen hatte er Holz und einige Gartengeräte geordnet, die anderen waren leer. Etwas Stroh und neue Bewohner hätten einziehen können.

„Ich dachte, du wolltest deine Unterlagen durchgehen?"

„Habe ich auch, aber es war nicht so viel."

Ich folgte ihm den Gang hinauf, bis zum letzten Drittel. Am drittletzten Koben blieb er stehen, drehte sich zu mir um und fuhr fort.

„Jedenfalls dachte ich, der Stall hätte innen rohen Erdboden und ich hatte die Idee, wenn ich den begradige und pflastere, könnten wir ein paar unserer Sachen hier einlagern. Kisten, die wir immer mal wieder brauchen, wie deinen ganzen Dekokram für Ostern, Weihnachten und das ganze Zeug."

„Hey", entrüstete ich mich.

Er winkte ab. „Ich sag ja gar nichts. Aber pass auf. Als ich einen ganzen Teil der Erde abgetragen hatte, fand ich Steinboden."

Er wies in den Koben und ich folgte seiner Geste. Staunend sah ich, was er meinte. Der Abschnitt war jetzt fast zwanzig Zentimeter tiefer, als der restliche Stall und der ausgetretene Steinboden war freigelegt. Im hinteren Eck hatte er die entfernte Erde aufgetürmt.

Er langte an mir vorbei und hakte etwas Unförmiges, Schwarzes von einem Nagel. „Das hier habe ich unter dem Dreck gefunden."

Der Gegenstand war etwa faustgroß und baumelte an einem schwarzen Band. Mir wurde augenblicklich heiß und kalt zugleich. „Ist es das, was ich denke, das es ist?“, flüsterte ich. Mein Hals fühlte sich plötzlich unglaublich trocken an und ich musste mehrfach schlucken, bevor ich meine Hand ausstreckte und den Beutel entgegennahm. Das Leder fühlte sich feucht und verwittert an, roch modrig und war so steif, dass ich dachte es würde unmöglich sein, hineinzusehen, ohne ihn zu beschädigen.

Frank schien meine Gedanken zu ahnen, denn er sagte: „Schau ruhig rein, es geht.“

Mit spitzen Fingern öffnete ich vorsichtig das kleine Säckchen, hielt es Richtung Licht und spähte hinein. „Das gibt's doch nicht.“

„Das dachte ich auch.“

Ich stülpte den Beutel vorsichtig um, schüttelte ihn sanft und ein Schuhnagel fiel mir in die Hand.

„So, und jetzt überleg mal. Du hast gesagt, die Mersche Tilbeck sei an der Landwehr ermordet worden. Deshalb steht dort ein Kreuz zum Gedenken. Ich habe von dir ja schon viel über solche Wegmarken gehört und du hast auch schon öfter die Inschriften mit einem Kirchenbucheintrag als echt beweisen können. Also scheinen sie mir durchaus als Zeugen relativ zuverlässig zu sein. In der Legende heißt es, dass die Mörder gefasst und verurteilt wurden, richtig?“

„Ja.“

„Frage: Wenn die Frau an der Landwehr ermordet wurde, was macht dann ihr Beutel hier?“

„Gute Frage. Für eine Antwort wäre ich mehr als dankbar.“

Er brummte zustimmend, dann sagte er: „Andere Frage: Woher wissen wir denn, dass dieser Beutel auch tatsächlich von der Mersche Tilbeck ist und nicht von jemand anderem stammt?“

„Wer ist denn noch so verrückt und bewahrt Schuhnägel in einem Beutel auf?“

„Sieh an", sagte Frank. „Und genau das bringt mich auf einen Gedanken. Wenn Heinrich, wie du sagst, der Auftraggeber war, dann hat er ihnen auch irgendeine Belohnung versprochen. Zumindest würde ich davon ausgehen, denn du gehst schließlich nicht einfach zu jemandem hin und sagst: ‚Hey, bring mir die Frau um, weil ich dich drum bitte.'"

Ich runzelte die Stirn. „Worauf willst du hinaus?"

„Wenn ich nun davon ausgehe, dass den Mördern ein Lohn versprochen worden ist, dann werden sie auch irgendwann gekommen sein, um ihn sich abzuholen." Er hob den Zeigefinger und sah mich eindringlich an. „Aber: wie beweise ich als Mörder, dass ich meinen Auftrag auch ausgeführt habe?"

Ich sog die Luft zwischen den Zähnen ein. „Natürlich. Ich bringe etwas mit, das nur von dieser Person stammen kann und das sie mit Sicherheit nicht freiwillig hergegeben hat."

Er grinste. „Was nun, wenn sie zwar einen der Mörder geschnappt haben, aber der andere entwischt ist. Um gut dazustehen und nicht zugeben zu müssen, dass sie nur den halben Job erledigt haben, behaupten sie, sie hätten beide verurteilt. Der Typ taucht hier auf und fordert seine Belohnung und zum Beweis bringt er den Beutel mit."

„Das könnte tatsächlich passen. Aber warum liegt er dann hier rum? Ich an Stelle von Heinrich, hätte ihn verschwinden lassen."

Frank lachte laut auf.

„Was?"

„Überleg mal, was du gerade gesagt hast."

„Ich hätte den Beutel verschwinden lassen?"

Er schnaubte. „Nein. Du sagtest: ‚Ich hätte *ihn* verschwinden lassen.'" Er hob eine Braue und sah mich vielsagend an.

Ich stutzte. Als ich begriff, was er nur angedeutet hatte, riss ich die Augen auf und mir wurde augenblicklich übel.

36

Ich hätte Frank niemals so viel kriminelle Energie zugetraut. Aber allein wäre ich auf diesen Gedanken nicht gekommen, obwohl ich unbewusst die richtige Frage gestellt hatte. Das war der Punkt. Heinrich hatte den Beutel nicht verschwinden lassen, aber vielleicht den Landsknecht. Womöglich hatte er das Leder übersehen, denn viel Zeit konnte er nicht gehabt haben. Dazu hatte ich einen Beweis in Form der Akten. Er war verhaftet worden. Ich wollte nicht mehr über Schweine und ihren Ruf als Allesfresser nachdenken.

Ich hatte Marias Beutel an mich genommen und während Frank nach unseren Kindern sah, ging ich zurück in die Halle. Ich wollte den Gedanken in meinen Unterlagen festhalten und anschließend die Papiere durchgehen, die ich aus Münster mitgebracht hatte.

Nachdem ich meine Tasche auf dem Tisch geleert hatte, beugte ich mich darüber und sortierte sie nach Hexenprozess Heinrich, Status Animarum und anderen Listen, in denen die Einwohner Höfen zugeordnet worden waren. Das Status Animarum, die erste offizielle Volkszählung, brachte mich nicht viel weiter. 1749 war eine Zeit, die vielleicht für die Geschichte um Anna relevant sein könnte, aber mich interessierten Heinrich Leugers und seine Frau Katharina. Die einzig interessante Erkenntnis, die ich daraus gewann, war, dass die Schlossbesitzer evangelisch waren. Es gab eine winzige Notiz, die mich schmunzeln ließ. Der Pastor merkte an, dass ihm jede Hoffnung und auch die Mittel für eine Bekehrung fehlen würden. Vielleicht war dies ein weiterer Grund, warum Heinrich nach der Wasserprobe zunächst auf seinen Hof zurückkehren konnte. Ein Grundherr hatte für gewöhnlich auch die Gerichtsgewalt über seine Bauern und da er obendrein evangelisch war, hielt er vielleicht nichts von der Inquisition. Wahrscheinlich hatte er sich in seinen Rechten beschnitten gefühlt, musste sich aber letztendlich der Übermacht beugen. Ein Gedanke, für den viel sprach.

Eine Einwohnerliste aus dem Jahr 1689 fiel mir in die Hände und ich wäre fast in Jubel ausgebrochen. Da standen sie schwarz auf weiß.

Aufgeteilt in vier Spalten, Nomina, aetas, Conditio und Locus orig., stand zuoberst: Heinrich Leugers mit der Altersangabe achtunddreißig. Die dritte Spalte war leer, gefolgt von der vierten, die ihn mit ex Beckumb, aus Beckum stammend auswies. Gleich unter seinem Eintrag stand uxor Catharina, was sie Heinrich als Ehefrau zuordnete. Leider stand bei ihr kein Alter.

Weitere Personen wurden aufgelistet. Zwei Mägde mit den Namen Leonore Heek und Dorte zum Bruch, ex Merfeld. Darunter standen noch zwei Knechte: Thomas, ein Junge von zarten zehn Jahren, und Rudger Darragh, ohne Altersangabe, aber mit dem Zusatz ex Ivernia, mit dem ich nichts anzufangen wusste.

Da lag er vor mir. Der Beweis, dass sie alle auf meinem Hof gelebt hatten, auch Katharina, die von ihrem Mann verhext oder umgebracht worden war. Die Frau, die aus unerfindlichen Gründen zu einer Wassernixe wurde.

Gedankenverloren sah ich auf und betrachtete das Gemälde über dem Kamin. Anna sah auf mich herunter, doch vermisste ich die Trauer in ihren Zügen. Ich erinnerte mich an das Gespräch mit Frank, als ich ihn fragte, ob er bei ihrem Anblick genauso empfand wie ich. Was hatte er gesagt? „Auf mich wirkt sie eher verträumt."

Ich stand auf und neigte den Kopf, suchte nach der Melancholie, die ich einst gesehen hatte, konnte sie aber nicht mehr entdecken. In ihren Zügen las ich eine Entschlossenheit, die ich zuvor nie bemerkt hatte.

Ich zog einen Stuhl heran, streifte meine Schuhe von den Füßen und kletterte hinauf. Ich sah direkt in die Augen dieser dunkelhaarigen Schönheit. Darin lag eine solch unterschwellige Bedrohung, dass es mir den Atem verschlug. Mein Blick wanderte hinab über ihr Kleid bis zu dem Ilexzweig in ihren Händen. Ich forschte zwischen den Falten ihres rauchfarbenen Kleides und sah weiter hinunter zu ihren Füßen, die neben dem dunklen Stuhlbein standen. Ich sah genauer hin, streckte den Finger aus und rieb sanft über die Oberfläche. Waren das Löwenpfoten?

Meine Augen wanderten an mir herunter, erfassten den Stuhl, auf dem ich stand. Ich stieg hinunter, ging in die Hocke und fuhr mit meiner Hand über das Ebenholz des Vorderbeins. Löwenpfoten.

Es hatte den Anschein, als wollte mein Magen einen Purzelbaum schlagen. War das möglich? Hatte die Frau auf einem dieser Stühle gesessen? Ich wusste, dass sie alt waren. Sehr alt sogar.

Wieder stieg ich hinauf. „Wer bist du?", flüsterte ich und suchte jeden Pinselstrich nach einem Hinweis ab, bis mir bewusst wurde, wonach ich forschte.

Es war nicht relevant, was ich fand, sondern was ich nicht entdecken konnte. Die Frau saß so vor dem Kamin, dass man einen Teil des Brennraums sehen konnte. Feine Linien des Mauerwerks waren zu erkennen, einst sicher heller, aber sie waren immer noch da. Doch eins fehlte: Die Schmuckplatte.

Ein Schauer lief mir den Rücken hinunter. Die Frau auf dem Bild konnte nicht Anna sein.

Mein Blick hob sich zu dem schneewittchengleichen Gesicht mit Augen von einem veilchenfarbenen Blau.

„Katharina."

Just in diesem Augenblick klingelte das Telefon.

Irritiert sah ich mich um und entdeckte den Telefonhörer, den ich nach meinem versuchten Anruf bei Ingrid auf den Tisch gelegt hatte. Seufzend stieg ich hinunter und nahm den Hörer in die Hand. Die Nummer auf der Anzeige erkannte ich nicht. Ich nahm das Gespräch entgegen, meldete mich mit meinem Namen und lauschte.

„Guten Tag, Frau Meinert. Erinnern Sie sich noch an mich? Hier ist Heribert Diepholz, vom Heimatverein."

„Oh, guten Tag. Natürlich erinnere ich mich an Sie. Aber ehrlich gesagt, habe ich nicht damit gerechnet so bald von Ihnen zu hören."

Es knackte in der Leitung, dann hörte ich ihn sagen: „Machen Sie Witze? Sie haben mich so neugierig gemacht, dass ich sofort einen Termin mit dem hiesigen Pfarrer verabredet habe."

„Wirklich?"

„Ja, und ich habe im Kellerarchiv der Pfarrei etwas gefunden, das Sie interessieren dürfte. Ich fand es jedenfalls sehr aufschlussreich."

„Jetzt spannen Sie mich doch nicht so auf die Folter", sagte ich und lachte über seine Begeisterung.

„Also, die Kirchenbücher habe ich nicht mehr durchsucht, weil Sie ja sagten, das hätten Sie schon getan, aber eine Frage hat mich beschäftigt. Und zwar, woran Anna Lüttke-Herzog gestorben ist. Ich habe mit dem Pfarrer nach Unterlagen seiner Vorgänger gesucht und es gibt tatsächlich einige wenige Aufzeichnungen. Sie stammen von einem Pfarrer Haferkamp, der zu jener Zeit im Amt war. Darin berichtet er von einer armen Schwester, die kurz nach dem Tod ihres Kindes verstarb. Angeblich soll es, laut Zeugen, ein Unfall gewesen sein, aber er hatte wohl gewisse Zweifel. Er schreibt, ich zitiere: … dass ihr Tod hoch rätselhaft ist. Und jetzt raten Sie, wer die Zeugen waren."

Ich fragte wie automatisch, da die Tragweite seiner Worte noch nicht ganz zu mir durchgedrungen war. „Wer?"

„Ihr Mann Johann, ein Jakob Hiegenbusch und Emma Wilking."

Ich dachte kurz über das Gehörte nach, dann fragte ich: „Sind Sie sicher, dass es dort um Anna ging? Ich meine, es gab damals viele Männer, die den Namen Johann trugen." Ich dachte an Katharinas Kind und meine erste Annahme, es könnte sich bei ihrem Sohn vielleicht um den Mann von Anna handeln, was sich als falsch herausgestellt hatte.

„Ich wusste, dass Sie mich das fragen würden und deshalb bin ich die Abgaben aus dieser Zeit durchgegangen. Dazu muss man wissen, dass die Leiche, nachdem sie in der Deele aufgebahrt worden war, über den Leichenweg zum Friedhof gefahren wurde. Dazu wurde ein Leiterwagen mit Pferdegespann benutzt. In der Stolgebühren-Ordnung steht, dass nur der Bauer und seine Frau ein Gespann aus vier Pferden bekamen. Außerdem wurde auf das Grab der Verstorbenen ein Leichenstein gelegt und kein Liekholz, wie bei anderen Familienmitgliedern." Er legte eine kleine Kunstpause ein. „Und die Abgabe wurde von Johann Kamp, genannt Herzog, bezahlt."

„Dann muss es Anna gewesen sein. Das ist ja unglaublich. Sie sind ein Genie."

„Ohne Ihre Hinweise hätte ich das mit Sicherheit nicht gefunden", sagte er. „Geschweige denn überhaupt danach gesucht."

„Und was genau hat der Pfarrer zu ihrem Tod geschrieben? Wie hieß er noch gleich?"

„Haferkamp", sagte er wie aus der Pistole geschossen. „Er hat nur angemerkt, dass er ihren Tod als hoch mysteriös empfand. Aber – wie drückte er sich noch aus? Augenblick."

Es raschelte leise, dann fuhr er fort: *„... ich um ihrer armen Seele Frieden willen den Beteuerungen des Johann, der Emma und des Jakob Glauben schenke. Der Herr möge ihrer Seele gnädig sein."*

„Das ist interessant", sagte ich. „Klingt mir so, als ob der Pfarrer wusste, dass sie sich umgebracht hat. Vielleicht hat er entschieden, den Zeugen zu glauben, weil Anna ihm leid tat."

„So sieht es aus. Aber es wäre auch möglich, dass er nur nicht wusste, wie er das Gegenteil beweisen sollte. Es gab schließlich drei Zeugen für einen Unfall", merkte er an.

„Wissen Sie, Herr Diepholz, Sie können mich jetzt für hoffnungslos weltfremd halten, aber mir würde der Gedanke gefallen, dass er es um ihretwegen auch nicht beweisen wollte."

Er lachte in den Hörer hinein. „Nein, ich denke, damit liegen Sie gar nicht so falsch."

„Hat dieser Pfarrer Haferkamp noch mehr Notizen hinterlassen?", fragte ich.

„Nicht viel, was für Sie relevant wäre. Meist alltägliche Dinge über Besuche bei verschiedenen Menschen und einige Stichworte zu Gottesdiensten, die er abhalten wollte."

Er schwieg für einen Moment und es raschelte wieder, als würde er verschiedene Blätter hin- und herschieben. „Ach so, da war noch irgendwas mit einer Truhe."

„Was für eine Truhe?"

„Was Genaueres schreibt er nicht. Kurz vor der Eintragung zu Annas Tod steht, dass er den Auftrag hatte, ihr eine Truhe zu bringen, die ihr von ihrer Großmutter vermacht worden war. Er schreibt noch, dass er sie in Hangenau abgeholt hat. Allerdings kommt dann nach ihrem Tod eine Notiz, dass er nicht wisse, ob es rechtens wäre, sie ihrem Ehemann zu übergeben. Öffnen konnte er sie nicht, weil es keinen Schlüssel gab. Er entschied dann aber, dass Anna die Truhe erbte, als sie noch lebte und sie längst auf dem Hof gewesen wäre, wenn er sie ihr gleich hätte aushändigen können."

„Wahnsinn."

Er wusste offensichtlich nicht, was mich so begeisterte, denn er fragte: „Was meinen Sie?"

„Sie haben mir gerade erzählt, woher die alte Truhe stammt, die jetzt bei mir in der Halle steht."

„Sie ist immer noch bei Ihnen auf dem Hof?" Er klang erstaunt und freudig überrascht zugleich.

„Ja, sie ist hier und immer noch verschlossen. Sie stand bei unserem Einzug in der Upkammer."

„Was würde ich drum geben, zu wissen, was darin ist", sagte er und ich verstand die Andeutung sofort.

„Ich werde einen Schlüsseldienst beauftragen und sie öffnen lassen."

„Sagen Sie mir dann, was sie beinhaltet?" Er schien zu zögern, dann setzte er hinzu: „Oder darf ich vielleicht sogar dabei sein, wenn sie geöffnet wird?"

Ich musste lachen, doch ich konnte ihn sehr gut verstehen. Ich war mindestens genauso neugierig. „Ja, dürfen Sie, dann lernen wir uns gleich persönlich kennen."

„Nur zu gern. Sie ahnen nicht, wie sehr ich mich freue." Nach einer kurzen Pause fragte er: „Haben Sie noch etwas Neues über Anna herausfinden können?"

„Nein", sagte ich wahrheitsgemäß. „Über Anna gibt es nichts von meiner Seite." Augenblicklich hatte ich ein schlechtes Gewissen. Sollte ich ihm von meinen Entdeckungen um die Mersche Tilbeck, Katharina und Heinrich erzählen? Mir wurde bewusst, dass ich nicht viele Beweise für meine Schlussfolgerungen vorlegen konnte, also entschied ich mich zu warten. Später war auch noch Zeit. Vielleicht hatte ich dann mehr zusammengetragen. Um nicht lügen zu müssen, sagte ich: „Ich war im Landesarchiv in Münster und habe dort einige Anhaltspunkte gefunden, die mit dieser Sage um die Wassernixe zu tun haben könnten, aber es ist noch nicht so wahnsinnig viel."

„Sie machen mich neugierig. Welche Hinweise?"

„Lassen Sie mir noch etwas Zeit, bis ich was Handfestes habe. Im Moment sind es nur Vermutungen und ein paar Indizien."

„Na gut, aber denken Sie daran. Ich stehe für die Wahrung unserer Geschichte. Ich bin nicht umsonst Mitglied im Heimatverein. Also vergessen Sie mich bitte nicht."

Ich war erleichtert über seine Reaktion, daher sagte ich: „Versprochen, ich werde Ihnen berichten, wenn ich mir sicher bin. – Ach, wissen Sie was, wenn die Truhe geöffnet wird, dann können Sie sich die Unterlagen ansehen und mir sagen, welche Schlüsse Sie daraus ziehen."

„Klingt hervorragend. So, ich will Sie nicht länger aufhalten. Ich wünsche Ihnen noch ein schönes Wochenende."

„Das wünsche ich Ihnen auch und danke, dass Sie mich aufgehalten haben. Ihre Informationen waren sehr wertvoll für mich."

„Gern geschehen", sagte er und beendete dann das Gespräch.

Ich legte den Hörer zur Seite und hatte das Gefühl, als schwirre mir der Kopf. Tausend Gedankenfetzen trudelten darin durcheinander, formten sich zu Gedanken und lösten sich wieder auf. Kleine Ansätze, kurze Geistesblitze; ich schüttelte den Kopf. Ich musste mir alles aufschreiben, sonst würde ich den Überblick verlieren.

Ich sah hinüber zu der Truhe, schnappte mir das Telefon und rief die Auskunft an. Ich hatte keine Lust im Internet nach einem Schlüsseldienst zu suchen, also ließ ich mich einfach verbinden. Der Mann am anderen Ende der Leitung teilte mir mit, dass er erst am Montagnachmittag Zeit hätte. Seufzend sagte ich zu, teilte ihm die Adresse mit und legte auf.

Sollte ich Frank bitten, sie doch aufzubrechen? Ich ging auf die Truhe zu und betrachtete sie eine Weile unschlüssig. Ich hatte es versprochen, auch wenn mich niemand dazu zwingen konnte das Versprechen einzuhalten. Aber ich blieb dabei. Es käme einem Frevel gleich, sie zu beschädigen. Außerdem war sie nun schon so lange Jahre verschlossen, da kam es auf ein paar Tage länger auch nicht mehr an.

37

Lymbergen, 1738

Auf diese Art hatte er sich sein Leben auf dem Lymberger Hof nicht vorgestellt.

Er wollte Anna Glück schenken und ihren Wunsch nach einer Familie mit vielen Kindern erfüllen. Im ersten Jahr waren sie zufrieden gewesen. Ihr Auskommen war üppig genug, um ein sorgloses Leben führen zu können, was nicht vielen beschert war. Und dann wurde Anna schwanger. Es war ihm eine Freude mit anzusehen, wie sie sich veränderte. Ihm war, als würde sie von innen heraus glühen. Eine Schönheit umgab sie, die nur ahnen ließ, welche Wonne es sein musste, ein Kind zu erwarten. Erst als sie sich der Niederkunft näherte, konnte er ihre Strapazen erkennen.

Sie hatte ihm einen Sohn geschenkt und er fühlte sich, wie der glücklichste Mann in der ganzen Gegend. Er hatte ein Fest gegeben und jeden Nachbarn eingeladen, den er kannte und das waren nicht wenige.

Und dann hatte sich alles verändert. Kaum hatte Anna ihn der Brust entwöhnt, wurde Hermann krank. Er hatte sich so machtlos gefühlt. Selbst der Doktor konnte nicht helfen und nach einem Monat starb ihr Sohn.

Auch wenn er seine eigene Trauer als unerträglich empfand, hatte er den Eindruck, als leide Anna mehr. Sie schloss sich ein und verweigerte das Essen. Es dauerte lange, bis sie sich erholte und sie es ein weiteres Mal versuchten.

Als ihr zweiter Sohn starb, hatte er das Gefühl, als wäre in ihm etwas zerbrochen, doch er musste stark sein – für Anna. Sie war völlig in sich zurückgezogen und stand nicht mehr aus ihrem Bett auf. Die Mägde übernahmen ihre Aufgaben und

Clara besuchte ihre Tochter, bis Anna sie in einem hysterischen Anfall vom Hof jagte.

Er konnte sich nicht erklären, welchen Grund es gab, aber plötzlich fasste sie neuen Mut. Sie erfuhr eine seltsame Wandlung. Irgendetwas veränderte sie. Sie unternahm viele Spaziergänge und schien voller Hoffnung.

Es überraschte ihn, als sie zu ihm sagte, dass sie es noch ein weiteres Mal versuchen wollte. Sie war sich so sicher, dass alles gut werden würde.

Nur zu gern erfüllte er ihren Wunsch. Er sah sie wieder lächeln. Nichts wünschte er sich sehnlicher, als dieses Lächeln einfangen zu können und sie wieder glücklich zu sehen, mit einem Kind in den Armen.

Johann stierte in den Becher, der vor ihm auf dem Tisch stand. Der Aufgesetzte vom letzten Jahr schillerte silbrig darin und er glaubte ihn höhnisch lachen zu hören. Mit einer Hand griff er sich an das Kinn und ließ die Finger über die Bartstoppeln fahren. Dann nahm er den Becher zur Hand, hob ihn an den Mund und leerte ihn mit einem Zug.

Sein Blick fiel auf den Küchenschrank, in dessen Scheiben er sich spiegelte.

Plötzlich sprang er auf und warf den Becher mit aller Wucht nach seiner Fratze. Der Becher zerschellte, eine Scheibe splitterte, doch es war ihm gleich. Er stützte beide Hände auf die Tischplatte und ließ den Kopf sinken.

Womit verdiente er ihre harten Worte. Es war nicht seine Schuld, dass auch die kleine Ria gestorben war.

Seine Brust zog sich schmerzhaft zusammen, raubte ihm den Atem. Ihr hasserfüllter Blick flackerte vor seinen Augen auf. Ihre strahlend blauen Augen, die er so liebte und in denen doch eine solche Eiseskälte gelegen hatte, dass er glaubte auf der Stelle zu gefrieren. Er wollte doch nur ihr Glück und ihre Liebe. Was er nun bekam, waren Hass und Kälte.

Sie sprach nicht mehr. Weder mit ihm noch mit jemand anderem. Kein Wort verließ mehr ihre Lippen.

Er konnte es nicht mehr ertragen. Was hatte sie geschrien, als sie durch die Deele stürzte? Er hörte ihren Schrei in seinen Ohren hallen. „Sie hat sie geholt!“

Entschlossen richtete er sich auf. Wenn sie wirklich an diese dumme Spukgeschichte glaubte, dann würde er es jetzt beenden. Vielleicht war es noch nicht zu spät. Sie könnte sich ein weiteres Mal erholen und ihn dann wieder lieben, wenn sie sah, was er für sie tat. Er hatte es nicht geschafft, ihr den Himmel auf die Erde zu holen, doch vielleicht wäre er in der Lage für sie die Hölle vom Hof zu jagen.

Er ging in die Deele und durchmaß den Raum mit wenigen Schritten. Das Gemälde, das Anna solche Angst bereitete, stand neben dem Kamin angelehnt. Sollte er es in Stücke schlagen? Oder besser noch, es gleich verbrennen? Unschlüssig stand er da und fragte sich, was Anna am liebsten sehen würde. Er schnappte sich den Rahmen und schlug den Weg zur Schlafkammer ein.

Die Tür stand offen, doch die Vorhänge waren zur Hälfte zugezogen und es herrschte Dämmerlicht. Anna saß in ihrem Schaukelstuhl vor dem Fenster und starrte hinaus.

Er schritt an sie heran und ging vor ihr in die Hocke. Ihr Blick führte ins Leere, als wäre sie nicht mehr bei ihm. „Anna?“, flüsterte er, doch in ihren Zügen zeigte sich keine Regung. „Anna, sag mir, was ich damit tun soll.“ Er hob das Gemälde an sie heran.

Sie wandte den Kopf und ihr Blick glitt über das Bildnis. Plötzlich fuhr sie zusammen, ihre Augen weiteten sich, als hätte sie das Entsetzen gepackt. Sie drückte sich tief in den Stuhl und schrie ihn an: „Nimm sie weg!“ Ihre Hände krallten sich derart kräftig um die Lehnen, dass ihre Fingerknöchel weiß wurden.

Johann wich zurück. „Sag mir, was ich tun soll. Ich werde es verbrennen. Soll ich es verbrennen?“

Anna keuchte. „Das darfst du nicht!“

„Warum nicht?“

„Das darfst du nicht." Ein gehetztes Flackern trat in ihre Augen.

„Soll ich es zerschmettern, zerschneiden? Alles was du willst. Was soll ich tun?"

„Nimm sie weg!"

Er richtete sich auf und ließ das Gemälde hinter seinem Rücken verschwinden. Er beobachtete, wie sich Annas Hände entspannten, doch ließ sie ihn nicht aus den Augen. Er trat wenige Schritte zurück und es hatte auf ihn den Anschein, als löste sich ihre Verkrampfung. „Ich schaffe es dir aus den Augen. Du wirst es nie wieder sehen müssen", sagte er in besänftigendem Ton. Er sah, wie sie ihren Kopf Richtung Fenster wandte. Teilnahmslos starrte sie hinaus.

Johann ließ seinen Blick in den hinteren Teil des Zimmers schweifen. Dort stand Rias Bettchen, daneben die Kommode, gerade so, als wäre nichts geschehen. Es fehlte nur ihr Kind. Er schloss für einen Moment die Augen und atmete tief ein. Das konnte er nicht länger ertragen.

Er drehte sich auf dem Absatz um und floh. Er hastete durch die Küche, öffnete die Tür zur Tenne und lief den Gang hinunter. Plötzlich wurde ihm bewusst, dass er den Rahmen immer noch in der Hand hielt. Er schleuderte das Bildnis zur Seite und hörte es kratzend über den Boden schlittern, während er durch das Tor hinaus auf den Hof rannte.

Johann spürte einen heftigen Aufprall, nahm am Rande war, dass er jemanden umgerannt hatte und riss ihn mit sich zu Boden. Er rollte sich zur Seite und sah in Jakobs freundliche Augen.

„He", sagte der. „Du hast es aber eilig."

Er stand auf, klopfte sich den Dreck von der Hose und hielt ihm dann seine Hand unter die Nase.

Johann zögerte. Er wäre am liebsten einfach liegen geblieben. Er konnte nicht mehr.

„Na komm schon. Steh auf mein Freund."

Er packte Jakobs Hand und ließ sich auf die Füße ziehen.

„Hoch mit dir", schnaufte er. Dann legte er eine Hand auf seine Schulter und fragte: „Wie kann ich dir helfen?"

Johanns Blick fiel auf einen Haufen Ziegelsteine am entgegengesetzten Ende des Hofs. Ein Gedanke schoss ihm durch den Kopf. Anna hatte sich entspannt, als sie das Bild nicht mehr sehen musste und er konnte Rias Möbel nicht mehr ertragen. Er nickte. Ja, er würde sie ihnen aus den Augen schaffen, die Erinnerung, und mit ihr den Schmerz.

„Hilf mir die Ziegel reinzuschaffen." Er deutete über den Hof und Jakobs Blick folgte seiner Geste.

Sein Freund wirkte irritiert, stellte jedoch keine Fragen und sagte nur: „Gut - sag mir wohin."

Sie gingen auf den Haufen zu und schnappten sich einige Ziegel. Johann sah sich suchend um, dann ging er zur Pforte des Kuhstalls und trat gegen den Handkarren, der an der Wand lehnte. Dieser kam durch den Stoß ins Rollen, rutschte herab und kam vor ihm zu stehen. Johann ließ die Ziegel hinein fallen, packte ihn am Griff und zog ihn zu Jakob. Gemeinsam beluden sie den Karren und zogen ihn anschließend durch die Tenne in die Schlafkammer.

Der Schaukelstuhl am Fenster war leer. Johann ließ den Karren los, schnappte sich den Stuhl, in dem Anna ihre Kinder gestillt hatte, und trug ihn in den hinteren Teil des Raums. Er stellte ihn neben das Bettchen, drehte sich zu Jakob um und sah ihn an.

„Was hast du denn nun vor?", fragte sein Freund.

„Wonach sieht es denn aus?", fragte Johann und ging auf ihn zu.

Jakob rieb sich das Kinn. „Ich kann es mir eigentlich denken, aber glaubst du, das ändert etwas?"

„Ja, das wird es und wenn nicht - schlimmer kann es nicht werden." Er packte das Ehebett am Fußende und hob es aufrecht an die Wand, ohne auf die Decken und Kissen zu achten. Dann langte er nach dem Karren, zog ihn vorbei und begann ihn abzuladen. Jakob trat neben ihn und aus den Augenwinkeln glaubte er, ihn den Kopf schütteln zu sehen.

Sie arbeiteten schweigend. Holten eine Fuhre nach der anderen ins Zimmer, beluden und entluden, bis sie genügend Ziegel beisammen hatten. Jakob ging hinaus um Mörtel anzurühren, während Johann das Gemälde aus der Tenne holte. Im Vorbeigehen zog er ein weißes Leinentuch von einer Kiste an der Wand und brachte beides in die Schlafkammer. Im hinteren Teil angekommen, verhüllte er das Bild, drehte es mit dem Bildnis zur Wand und lehnte es an. Johann richtete sich auf. Er konnte sich nicht erklären, warum Anna glaubte, dass ein lebloser Gegenstand, wie dieses dumme Bild, solch ein Unheil anrichten könnte. Er glaubte nicht an diesen Spuk, aber im Grunde war es ihm gleich. Er schaffte es weg, so wie sie es gesagt hatte. Alles würde gut werden.

Er nahm einen Ziegel in die Hand und legte ihn an die Stelle, an der er die Mauer errichten würde. Dann trat er einen Schritt zurück, maß mit einem Blick die Größe, schob ihn mit dem Fuß ein Stück näher an die Kommode und war zufrieden. Das reicht, dachte er und nickte.

Die Zeit verstrich wie im Flug. Sie hatten gearbeitet, wie die Berserker ihre Schlachten führten, und erst geendet, als die Mauer stand. Die Erschöpfung überfiel ihn wie der Guss aus einem Eimer. Er fühlte, wie der Schweiß an ihm herablief, wankte und setzte sich auf den Boden.

Jakob tat es ihm gleich und richtete seinen Blick auf ihr Werk. „Bist du nun zufrieden?", schnaufte er.

Johann fuhr sich mit einer Hand über die nasse Stirn und nickte. „Jetzt geht es mir besser."

„Gut", sagte Jakob. „Dann war es mir das wert."

„Danke", sagte er matt.

Jakob klopfte ihm auf die Schulter. „Dafür hat ein Mann Freunde."

„Ich muss es Anna zeigen", sagte er und stand auf.

Jakob wirkte nachdenklich, dann sagte er: „Was dir hilft, muss nicht auf sie zutreffen, das weißt du, ja?"

„Sie wollte es so", entgegnete er heftig.

„Was? Dass du die Sachen einmauerst? Hat sie das gesagt?"

Er ignorierte seinen Einwand. Was wusste Jakob schon. Er würde Anna suchen und ihr zeigen, was er für sie getan hatte. Im Vorbeigehen griff er nach dem Fußteil des Bettes, zog es zu sich heran und ließ es auf den Boden krachen. Dann verließ er das Zimmer.

„Anna?", rief er, obwohl er wusste, dass er keine Antwort zu erwarten hatte. Er lenkte seine Schritte in die Deele, doch dort war sie nicht. Im daran anschließenden Zimmer fand er sie auch nicht. Als er zurück in die Deele trat, kam Emma zur Tür herein. „Hast du Anna gesehen?"

Emma schüttelte den Kopf. „Draußen ist sie nicht", sagte sie. „Sie sitzt doch immer im Schaukelstuhl am Fenster."

Johann hastete an ihr vorbei, rief Annas Namen und suchte jeden Raum ab, doch konnte er sie nicht entdecken. Er lief durch die Tenne, warf einen Blick in den Kuhstall - nichts. Er spürte Angst in sich aufkeimen, warf sich förmlich herum, rannte durch den Schweinestall und brach durch die Tür ins Holzlager. Ein Schatten ließ ihn hochblicken.

„Neeeeeiiiiinnnnn!"

Er fiel auf die Knie, konnte seine Augen nicht von diesem entsetzlichen Anblick lösen. Seine Arme hingen schlaff an ihm herab. Die Finger krallten sich in die Erde. Seine Kehle brannte, ein Schleier legte sich über Anna, die hoch über ihm am Balken baumelte. Er heulte wie ein Wolf, schluchzte, schloss die Augen, zwang seinen Blick hinauf in der Hoffnung, es wäre nicht wahr.

Kräftige Arme schlossen sich um seine Brust und zogen ihn auf die Füße. Er hörte, dass jemand mit ihm sprach, doch die Worte ergaben für ihn keinen Sinn. Er wurde fortgedrängt, einen Schritt nach dem anderen. Seine Augen klebten an ihr. Jemand drehte ihn von ihr fort und er ließ es geschehen.

Eine weitere Person stürzte heran. Er schloss die Augen und hörte, wie sie aufgeregt gackerte, wie ein Haufen Hühner im

Stall. Wie durch dichten Nebel, immer noch das schreckliche Bild vor Augen, nahm er einzelne Worte war. Es war vom Pfarrer die Rede, einem tragischen Unfall.

Jemand half ihm, sich in den Staub zu setzen, legte ihm eine Decke um die Schultern, redete auf ihn ein. Jakobs Stimme drang in ihn. „Johann, sieh mich an. Verstehst du mich? Johann?“

Er wollte die Augen nicht öffnen. Nie mehr. Nichts hatte jetzt noch einen Sinn. Nichts. Der Schmerz in seinem Leib wurde unerträglich.

„Johann.“

Er wurde geschüttelt, fühlte, wie ihm kaltes Wasser ins Gesicht gespritzt wurde.

„Atme! Um Himmels willen, atme!“ Jakob schlug ihm ins Gesicht.

Er öffnete die Lippen, Luft strömte in seine Lungen.

Jakob legte ihm die Hände ans Gesicht und hob seinen Kopf. Er sah ihn eindringlich an, dann sagte er: „Mein Freund, hör mir jetzt genau zu.“

Er wollte nicht hören, was er sagte. Er versuchte seinen Blick zu senken, doch Jakob ließ es nicht zu.

„Nein, Johann. Sieh mich an. Es ist wichtig, dass du mir jetzt gut zuhörst.“

Er sah die Sorge in Jakobs Augen. Er nickte leicht.

„Emma holt den Pfarrer her, hörst du?“

Von seiner Stimme war kaum mehr als ein Flüstern übrig, als er antwortete: „Ja, ich höre dich.“

„Ich werde Anna jetzt da runterholen und es so aussehen lassen, als wäre es ein Unfall gewesen. Der Pfarrer darf sie so nicht sehen. Du weißt, was sonst geschehen wird.“

„Ich weiß.“

„Johann, wenn dich der Haferkamp fragt, was passiert ist, dann sag, sie muss gestürzt sein. Was sollst du sagen?“, hakte er nach.

„Sie ist gestürzt“, wiederholte Johann matt.

„Ja, das ist sie." Jakob schien zu zögern, dann sagte er etwas leiser: „Egal was du gleich hören wirst, Johann, versprich mir, dass du nicht hinsiehst."

Er nickte.

„Versprich es mir."

„Ich verspreche es."

Jakob atmete tief ein und blies die Luft aus. Dann richtete er sich auf und ging fort.

Johann wollte gar nicht hören, was Jakob tat. Er senkte den Kopf, schloss die Augen, stützte seine Ellenbogen auf die Knie und hielt sich die Ohren zu. Er hörte, wie das Blut in seinem Kopf rauschte. Dennoch entging ihm das Geräusch eines dumpfen Aufschlags nicht. Er widerstand der Versuchung sich umzudrehen. Anna war tot, egal was Jakob tat, es änderte nichts mehr daran. Seine geliebte Anna, sie würde nichts mehr spüren, nie wieder lächeln. Auf diesem Hof gab es kein Glück; hatte es nie gegeben.

38

Limbergen, 2010

Der Sonntag zeigte sich wechselhaft. Dichte Wolken und Sonnenschein gaben sich die Hand und für die Nacht hatte der Wetterdienst kräftigen Regen mit Sturmböen gemeldet. Da Frank am Abend nach Bremen fahren würde, beschlossen wir, den Nachmittag mit den Kindern draußen zu verbringen. Wir wollten gemeinsam mit dem Hund spazieren gehen und ich schlug vor, dies in Hangenau zu tun. Natürlich hatte ich einen winzigen Hintergedanken. Ich wollte gerne sehen, wo Annas Großmutter gelebt hatte, auch wenn ich nicht wusste, an welcher Stelle ihr Haus einst stand.

So luden wir die Kinder und Boomer ins Auto und machten uns auf den Weg. Ich lotste Frank durch Buldern, über die Nottulner Straße. „Ich würde gerne wissen, wie es hier in Buldern um 1730 ausgesehen hat. Ob sie schon richtige Straßen hatten? Aus Lehm oder gepflastert?“

Frank grinste. „Schlimmer als heute können sie jedenfalls nicht gewesen sein“, sagte er, als wir durch ein Schlagloch rumpelten.

Ich kicherte. Dann sagte ich: „Das ist nur zu wahr.“ Wir hielten an einer Ampel und mein Blick fiel auf den imposanten Kirchturm. „Wenigstens weiß ich mittlerweile, dass die Kirche erst 1910 gebaut wurde und davor die alte Kirche hinten am See der Gemeindemittelpunkt war.“

„Und was war hier?“

Ich verzog das Gesicht. „Eben, das ist es ja. Ich weiß es nicht und das wurmt mich. Manchmal wünschte ich, ich könnte in der Zeit zurückreisen und mir alles ansehen.“

„Dann hättest du wohl besser einen verrückten Wissenschaftler geheiratet statt mir.“

Ich konnte mir ein Lächeln nicht verkneifen, sah ihn von der Seite an und bemerkte: „Schon mal was von Umschulung gehört?"

„Kathi auch Unschule", tönte es von der Rückbank und Leon lachte.

Eine Viertelstunde später parkte Frank in einer Feldwegeinmündung mitten in Hangenau. Wir stiegen aus und entschieden uns, einfach dem Feldweg zu folgen. Zu unserer Linken lag ein Gehöft mit Stallungen, rechts von uns ein Waldrand, dessen Bäume unseren Weg beschatteten, wenn sich die Sonne für einen Moment herauswagte.

Leon brach durch die Büsche in den Wald, dicht gefolgt von Kathi. Boomer kläffte wie wild, bis Frank ihn von der Leine löste. Dann schoss er den Kindern nach.

„Warum wolltest du eigentlich unbedingt nach Hangenau?"

Mir war klar, dass er die Frage irgendwann stellen würde, er kannte mich zu gut. Ich erzählte ihm von dem Gespräch mit Herrn Diepholz und dass Annas Großmutter in Hangenau gelebt hatte.

„Aber du erwartest jetzt hoffentlich nicht, dass wir noch irgendwo eine alte Kate finden, oder?"

„Quatsch, so verrückt bin selbst ich nicht."

„Sieh an", sagte Frank und lachte.

Er hatte Recht. Während unseres gesamten Spaziergangs hielt ich die Augen nach alten Gemäuern offen. Ich dachte an eine verfallene Hütte oder ein kleines Häuschen, das zwar alt, aber neu saniert war. Selbst Grundmauern hätten mir gereicht und als Leon für kurze Zeit neben mir auftauchte, flüsterte ich ihm zu, er solle nach Mauerresten im Wald Ausschau halten. Es kam, wie es kommen musste. Wir fanden natürlich nichts.

Nach etwa zwei Stunden waren wir eine große Runde gelaufen und erreichten unser Auto. Wenigstens hatten wir unser primäres Ziel erreicht. Der Hund hechelte zufrieden und als die Kinder im Wagen saßen, gähnte Kathi herzhaft.

Der Himmel hatte sich inzwischen verdunkelt und als wir fast Zuhause waren, fielen die ersten Tropfen. „Du versprichst mir aber, vorsichtig zu fahren, ja?"

„Sicher, was soll mir schon passieren", sagte Frank.

„Weiß nicht, es soll stürmisch werden."

„Bis dahin bin ich längst in Bremen." Er hielt einen Augenblick inne, dann schlug er vor: „Boomer nehme ich am besten mit, dann brauchst du abends die Kinder nicht allein lassen, um mit dem Hund zu gehen."

„Ok." Ich nickte. „Und wann willst du los?"

„Hm, ich werde gleich noch die restlichen Sachen packen und das Auto beladen. Ich denke, ich fahre, wenn die Kinder im Bett sind. So gegen halb acht."

Franks Einschätzung passte relativ genau. Um halb acht waren wir tatsächlich so weit und brachten die Kinder ins Bett. Leon durfte noch etwas Nintendo spielen, musste sich aber den Alarm auf acht Uhr einstellen, damit er die Zeit nicht vergaß. Kathi war so müde, dass sie schon fragte, ob sie ins Bett gehen dürfe. Sprich, sie hob die Arme und sagte bestimmt: „Kathi Heia gehen!"

Gegen viertel vor acht sprang Boomer in den Kofferraum und Frank schloss die Klappe. Dann drehte er sich zu mir um und sagte: „So, meine Kleine. Dann werd ich mal fahren. Soll ich dich anrufen, wenn ich da bin?"

Ich nickte.

Er zog mich an sich heran und sah mir in die Augen. „Sei brav und pass auf unsere Kinder auf."

„Komm du heil zurück", sagte ich.

Er senkte seine Lippen auf die meinen und küsste mich innig. Als wir uns voneinander gelöst hatten, flüsterte er: „Ich liebe dich." Er wandte sich dem Auto zu, öffnete die Fahrertür und stieg ein.

„Ich liebe dich", sagte ich und winkte ihm zu.

Frank schloss die Tür, startete den Motor und fuhr los.

Ich stand noch eine ganze Weile da, beobachtete, wie seine Rückleuchten kleiner wurden und schließlich um die nächste Kurve verschwanden.

Ein strammer Wind erwischte mich und ich fröstelte. Ich ging zurück in die Tenne und mein Blick fiel auf die Mülltonnen. Ich überlegte kurz, welche Tonne montags an der Reihe war und beschloss dann, sie noch vor die Tür zu stellen. Mit wenigen Schritten erreichte ich die Behälter, griff nach dem schwarzen und zog ihn aus der Reihe. Ich hob den Deckel.

Ein dunkles Paar Augen starrte mir entgegen. Mit einem Schreckensschrei ließ ich den Deckel fallen und sprang einen Schritt zurück. „Verdammt noch mal, was ist nur los mit dir?", schalt ich mich selbst. Augen, die dich aus der Tonne anstarren? Ich zweifelte langsam an meinem Verstand.

Ich zwang mich nachzusehen, was mich so erschreckt hatte. Mit zitternden Fingern streckte ich meine Hand nach dem Deckel aus, packte den Griff und hob ihn langsam hoch. Gleichzeitig war ich auf alles gefasst, bereit zur Flucht, sollte etwas daraus hervorspringen, doch nichts dergleichen geschah.

Ich öffnete den Deckel komplett und sah hinein. Ganz obenauf lag die ungeliebte Lillie und schaute mich mit leblosen Augen an.

Unwillkürlich musste ich über meine eigene Dummheit lachen, doch dann wurde ich ernst. Was machte sie hier? Hatte Kathi die Puppe in einem Anflug von Panik in der Tonne entsorgt? Saß ihre Angst vor ihr so tief?

Bedauernd schloss ich den Deckel und ließ die Puppe, wo sie war. Ich wollte Kathi nicht dazu zwingen, sie zu behalten. Anschließend rollte ich die Tonne aus der Tenne und stellte sie an den Straßenrand.

Nachdem ich ins Haus zurückgekehrt war, verschloss ich das Tor und die Küchentür und sah anschließend noch einmal nach den Kindern. Dann zündete ich mir den Kamin in der Halle an, holte mir ein Glas Wein und machte es mir mit meinen Unterlagen am Tisch bequem. Ich wollte die Zeit bis zu

Franks Anruf damit nutzen, das Ende der Hexenprozessakte von Heinrich Leugers zu lesen. Schließlich wusste ich immer noch nicht, was aus ihm geworden war.

39

Dülmen, 1690

Die Finsternis seiner Zelle kroch durch Heinrichs halb geöffnete Lider und erfüllte seine gequälte Seele mit Hoffungslosigkeit. Er schloss die Augen und regte jedes einzelne seiner Glieder. Würde er auch nur ein Jota seines Leibes ohne Schmerz vorfinden?
Wenige Sekunden später gab er seinen Versuch auf. Ihm war, als sei er zu einer einzigen Wunde aufgeklafft. Jeder Knochen schmerzte, seine geschundene Haut brannte. Er versuchte seine Finger zu rühren, doch er fand keinen Zugang zu ihnen, gerade so, als gäbe es sie nicht. In diesem Augenblick fühlte er Dankbarkeit für die Dunkelheit, in der er sie nicht sehen konnte, doch die Dämmerung war nah.

Er saß mit dem Rücken an die grob gehauene Mauer gelehnt. Bilder trudelten durch seinen Geist. Manche vollkommen klar und schauderhaft. Der Scharfrichter, der ihn mit kalten Augen anstarrte und sein Leid zu genießen schien, als er ihn aus der tröstlichen Schwärze seiner selbst hervorholte. Das amüsierte Zucken um dessen Mundwinkel, als er mit dem Hammer ausholte um ihm noch schrecklichere Qual zuzufügen. Das grausam anmutende Flackern im Blick seines Peinigers, als der Schlegel auf die Schraube des Folterwerkzeugs traf.

Andere Bilder waren verzerrt und wie durch dichten Nebel betrachtet. Lippen, die sich zu Fragen formten, die er nicht verstehen konnte. Er hörte sich, wie er Antworten schrie, die er selbst nicht fassen konnte. Auch wenn es seine eigenen Worte waren, so schienen sie ihm in seiner Erinnerung wie zusammenhangsloses Gestammel. Er wusste nicht mehr, was er gesagt, was er geschrien, welche Ungeheuerlichkeiten er gestanden hatte.

Aber das alles hatte er doch nur gesagt, damit der grausame Folterknecht aufhören würde ihn zu peinigen. Er war doch unschuldig. Das mussten sie doch wissen. Er musste ihnen nur sagen, dass er diese Schmerzen nicht ertragen konnte und dass er deshalb gelogen und alles zugegeben hatte, was sie hatten hören wollen. Sie würden das bestimmt verstehen. Ja, er würde es ihnen sagen und dann mussten sie einsehen, dass sie sich geirrt hatten. Das konnten sie nicht übergehen.

Voller Zuversicht öffnete er die Augen, in der Hoffnung, einen Soldaten zu sehen. Eine Wache vielleicht, der er sagen konnte, dass er dem Richter etwas Wichtiges mitteilen musste. Der würde dann jemanden holen und alles würde gut werden. Er würde nach Hause gehen können.

Tatsächlich war die Dämmerung eingetreten. Ein einzelner fahler Lichtstrahl stahl sich durch ein vergittertes Fenster knapp über ihm und schnitt in einem grauen Streifen durch die Schwärze seiner Zelle. Es dauerte wenige Sekunden, bis er sich an die neuen Verhältnisse gewöhnt hatte, dann fiel sein Blick auf die Gittertür. Kein Mensch regte sich dort.

Warum bewachten sie ihn nicht? Er war zwar schwach, aber er konnte immer noch für Ärger sorgen. Seine tauben Finger kamen ihm in den Sinn und er hob die Hände, um sie zu betrachten.

Augenblicklich kippte er zur Seite und erbrach sich. Das konnten nicht seine Finger sein, die da wie blutige Zweige eines knorrigen Baumes grotesk in alle erdenklichen Richtungen ragten. Aufgedunsen und geplatzt, wie zu stark erhitzte Würste, aus denen Knochen stachen, gespickt mit schwarzen Fliegen, die sein Blut aufsogen. Unwiederbringlich zerstört.

Tränen stürzten aus seinen Augen und vermischten sich mit dem Erbrochenen zu einem See des Übels. Wenn sie imstande waren ihm das zuzufügen, ohne mit der Wimper zu zucken, dann würden sie nicht auf seine Beteuerungen hören. Der Gedanke traf ihn in seiner Klarheit so hart, dass er aufheulte. Jeglicher Hoffnung beraubt, harrte er der Dinge, die sie ihm noch antun würden.

Es schienen ihm Stunden vergangen, als die Zellentür geöffnet wurde. Er sah nicht einmal auf, als sie auf ihn zuschritten und ihn grob unter den Armen packten. Sie achteten nicht auf seine geschundenen Knochen. Sie zerrten ihn hinaus durch den Gang, bis sie an einer Holztür stehen blieben.

Sie verharrten fast regungslos, bis eine dunkle Stimme sie dazu aufforderte, ihn hereinzubringen.

Der Raum war nicht groß. Er wurde beherrscht von einem langen Holztisch, hinter dem fünf Stühle standen. Auf einem von ihnen erkannte Heinrich den Richter, der schon bei seinem Verhör anwesend gewesen war. Zu beiden Seiten saßen je zwei Männer. Hochgestellte Persönlichkeiten Dülmens, die er das ein oder andere Mal flüchtig gesehen hatte. Alle trugen sie offizielle Garderobe. Herausgeputzt um über ihn Recht zu sprechen. Er sah jedem Einzelnen ins Gesicht, forschte nach Milde oder einem Anzeichen von Wohlwollen, das ihm vielleicht würde helfen können, doch alles was er sah, waren versteinerte Mienen und Geschäftigkeit. Einzig der hagere Mann am Ende der Reihe rutschte unruhig auf seinem Stuhl herum, als säße er auf einem Nadelkissen. Für einen Augenblick glaubte Heinrich, dass er in diesem Mann vielleicht einen Fürsprecher finden könnte, doch wenige Sekunden später stand der Mann auf. Während er den schweren Stuhl ein wenig näher an seinen Nachbarn heranschob, sah Heinrich, was ihn gestört haben musste. Als der Hagere wieder Platz nahm, saß er außerhalb des Sonnenstrahls, der durch das hohe Fenster hereinfiel.

Die Soldaten zerrten ihn auf einen Stuhl gegenüber dem Richter und hielten ihn an den Schultern nieder, sodass er sich kaum rühren konnte.

Der hohe Mann schob einige Papiere vor sich zurecht, dann blickte er auf und richtete das Wort an ihn. „Heinrich Leugers.

Du wurdest der Zauberei beschuldigt. Du hast dich dazu bekannt, dem allmächtigen Gott und der heiligen Kirche entsagt zu haben. Du hast gräuliches Übel wider deinen Nachbarn getan und hast vom Teufel Materie empfangen."

Fassungslos hörte Heinrich diese Worte. Er sollte all dies gesagt haben? Er konnte sich daran nicht erinnern. Nur der Schmerz war immer noch allgegenwärtig.

Der Richter räusperte sich, dann fuhr er fort: „Die Anschuldigungen wiegen schwer, da du zu alledem von Otto zum Kotten als mitschuldig benannt wurdest, bevor dieser selbst zum Tode gebracht."

„Was? Das ist nicht wahr!", brach es aus ihm hervor. Er wollte aufspringen, doch die Soldaten waren unerbittlich. „Ich hab den Otto fast nicht gekannt!", rief er stattdessen verzweifelt.

„Du selbst hast gesagt, du seiest der Spielmann gewesen", sagte der Richter und blickte auf das Schriftstück vor ihm, als wollte er zur Bestätigung nachlesen. Tatsächlich nickte er und fuhr mit der Anklage fort. „Er hat damals ausgesagt, dass du das Potteken von ihm empfangen hast, um seinen Platz einzunehmen."

„Das hab ich aber nicht!", brüllte er, doch seine Stimme war nur noch ein Hauch derer, die er einst besessen hatte.

Unbeirrt sprach der Mann weiter: „Einige Nachbarn haben dein Treiben bestätigt und weitere Ungeheuerlichkeiten ausgesagt. Du hast Schadzauber gewirkt und Biester besprochen auf dass sie gestorben sind."

„Nein!" Heinrich schluckte schwer. Dann schrie er ihnen entgegen: „Das hab ich nicht getan! Und was ich gesagt habe, war auch alles nicht wahr!" Seine Stimme brach. „Das hab ich nur wegen der Schmerzen getan."

Der Richter sprang von seinem Stuhl auf, stützte sich mit beiden Händen auf den Tisch und beugte sich vor. Seine Augen fixierten ihn und ein gefährliches Grollen lag in seiner Stimme, als er sagte: „Bist du nicht nach Lembeck gegangen, um dich der Probe zu stellen?"

Heinrichs Herz setzte um einen Schlag aus. Das Ergebnis der Probe sprach gegen ihn und er konnte dem nichts entgegensetzen. Kleinlaut sagte er: „Das bin ich."

„Das Wasserwerfen ist ein eindeutiger Beweis, dass du der Zauberei schuldig bist." Der Mann richtete sich auf und sah abwechselnd zur rechten, dann zur linken Seite, während er weitersprach. „Es ist bewiesen, dass nur der ätherisch leichte Körper eines Zauberers oder einer Hexe vom Wasser abgestoßen wird." Er knallte seine Faust auf den Tisch und dröhnte: „Und Heinrich Leugers, du bist geflossen!"

Heinrich sank auf seinem Stuhl in sich zusammen. Der Richter sagte die Wahrheit. Er war geflossen und es war ihre Schuld. Die Weiber, die wahren Ausgeburten des Teufels, deren Rache er nun zu spüren bekam. Er war von ihnen verhext worden. Aber was sollte er sagen? Wie sollte er dem Richter erklären, dass sie ihn verflucht hatten, wenn er nicht gleichzeitig auch die Morde gestand? Halbherzig versuchte er Ausflüchte hervorzubringen, die der hohe Mann jedoch mit einer abfälligen Handbewegung fortwischte.

Der Stuhl knarrte, als der Richter sich setzte. Er schob die Akte zusammen, als gäbe es dazu nichts weiter zu sagen, dennoch stellte er eine letzte Frage: „Willst du vollends gestehen, auf dass dein Urteil milder sein möge?"

„Milder als was?", spuckte Heinrich aus. „Als meine zerstörten Hände, die ich nie wieder benutzen kann?"

Der Richter hob die Brauen in die Höhe und sie verschwanden unter seinen Stirnhaaren. „Nun", sagte er mit einer Ruhe, die Heinrich nervöser machte, als sein heftiger Ausbruch zuvor. „Du wirst brennen, Heinrich. Es liegt an dir, ob tot oder lebendig."

Heinrich verschlug es die Sprache. Seine Gedanken rasten. Was sagte er da? Sie würden ihn zum Tode verurteilen oder töten? Wo war der Unterschied? Er verstand nicht.

„Nun gut", sagte der Richter und alle fünf Männer standen von ihren Stühlen auf, als wären sie eins. „Dann soll es so sein."

Die Soldaten packten ihn und während sie ihn zu einer weiteren Tür zerrten, fiel sein Blick auf das kalte Grinsen des hohen Mannes. In dessen Blick konnte er das Unheil lesen. Mit einem Schlag begriff er die Widerwärtigkeit seines Ansinnens. „Nein! Bitte!", flehte er. „Das könnt ihr nicht tun!"

Die Tür wurde aufgestoßen. Eine Welle von Panik erfasste ihn. Heinrich tobte. „Ich gestehe!", brüllte er. „Bitte! Ich gestehe alles!"

Die Soldaten stießen ihn hinaus.

„Neeeiiin!"

Nichts hatte mehr einen Sinn. Sein Leben hatte sich in einen Albtraum verwandelt und er wünschte sich, er könnte einfach daraus aufwachen und alles vergessen. Stattdessen saß er, bewacht von den Soldaten, in einer weiteren Zelle auf dem kalten Boden und wartete. In ihm herrschten Leere und Verzweiflung. Qualvolles Ausharren auf den Augenblick, da sich die Soldaten rühren und ihn ein weiteres Mal hinausführen würden. Doch er wusste, es würde keine neuerliche Befragung folgen. Auch keine abermalige Folter. Was ihn erwartete, war weitaus schlimmer als das, und er konnte nichts tun, um sie aufzuhalten.

Als wären sie seiner Gewissheit gefolgt, kam Bewegung in die Soldaten. Ein Mann trat auf sie zu, sprach wenige Worte, die Heinrich nicht verstehen konnte und verschwand. Die Männer traten zu ihm herein, hoben ihn auf und als sie seine Arme auf den Rücken rissen, drang ein Stöhnen über Heinrichs Lippen. Dann führten sie ihn hinaus.

Er versuchte, nicht an das Kommende zu denken, dennoch drängten sich ihm Fragen auf. Würden sie seine Rufe und Bekenntnisse zu seinen Gunsten deuten? Gab es vielleicht doch noch eine winzige Hoffnung auf Milde und damit auf eine vorangestellte Tötung, bevor …? Er wollte nicht darüber nachsinnen. Wäre er doch nur ein Vogel und könnte sich davonstehlen, sich ihrem festen Griff entziehen. Er würde seine Flügel ausbreiten und gen Himmel entschwinden. Niemals würde er zurückkehren. Niemals.

Sie brachten ihn hinaus auf den Hof. Die Sonne stand hoch am Himmel und blendete ihn. Er kniff die Augen zusammen und hörte die Menge noch bevor er sie sah. Es waren die Laute von vielen Menschen, die zu einem Schauspiel gekommen waren. Ein bösartiges Grollen ging von ihnen aus, wie das eines wütenden Tieres.

Heinrich öffnete die Augen und blickte direkt in die Gesichter der Menschen, die er einst zu kennen geglaubt hatte. Einige Nachbarn waren unter ihnen. Leute, die er vom Markt her kannte. Die meisten schüttelten ihre Fäuste gegen ihn oder schimpften. Er hörte ihre Rufe: „Tötet den Ketzer! Verbrennt ihn!"

Die Soldaten führten ihn voran, die Menge teilte sich und da sah er ihn.

Ein Bauer legte ein letztes Strohbündel ab, ein Mann schrieb etwas auf ein Pergament, als wollte er damit bestätigen, dass dieser der Forderung nachgekommen sei. Dann hob er den Arm und deutete zu einem Landsknecht. Dieser nahm das Bündel und stellte es aufrecht zu den anderen, die rings um einen sorgfältig aufeinandergeschichteten Holzstapel lehnten. Der Scheiterhaufen war gewaltig.

Angst. Sie lähmte ihn bis ins Mark. Er blieb unvermittelt stehen.

Die Menge drängte an ihn heran. Einer der Soldaten stieß ihn schmerzhaft ins Kreuz. Er fiel auf die Knie. Von allen Seiten griffen boshafte Hände nach ihm, stellten ihn auf die Füße, schlugen nach ihm, schoben ihn derbe voran. Sie rissen an seinen Kleidern, sodass sie alsbald in Fetzen an ihm herabhingen.

Heinrich versuchte ihnen auszuweichen, doch es gab kein Entrinnen. Ehe er sich versah, stolperte er die wenigen Stufen hinauf, fiel fast vornüber und wurde an den Armen hochgerissen. Er wehrte sich nach Leibeskräften, als der Henker ihm die Überreste seiner Kleider herunterriss und ihn vollends entblößte. Die Klinge eines Messers blitzte in der Sonne und er schrie auf. Er achtete kaum auf den Büttel, der ein Pergament entrollte und öffentlich das Urteil verlas.

Der Scharfrichter setzte ihm die Klinge knapp über die Stirn und zog sie ihm über den Kopf. Seine Haare wurden mehr entrissen denn geschnitten. Er fühlte, wie heißes Blut an seinem Hals herabrann.

Kaum dass sein Kopf kahl war, setzte der Henker ihm die Klinge zwischen die Beine.

Heinrich erstarrte. Ein Raunen ging durch die Menge. Für einen Augenblick glaubte er darin Empörung zu hören, doch als er auf sie herabsah, las er in den Gesichtern der Menschen nichts als Erregung. In diesem Augenblick durchströmte ihn eine Welle des Hasses.

Zwei gezielte Schnitte. Eine Höllenflamme raste durch seinen Körper. Ihm wurde schwarz vor Augen. Er fiel ins Nichts.

Er lag in einer blühenden Wiese und sah in den Himmel. Wolken rasten tosend heran. Über ihm kreiste ein Bussard und stieß einen markerschütternden Schrei aus.

Er öffnete die Augen. Er konnte den Vogel immer noch hören, doch er selbst war es, der ununterbrochen kreischte. Er fühlte den harten Pfahl im Rücken. Seine Hände waren mit einem nassen Seil gebunden. Mit seinen rot gefärbten Beinen stand er in einem Fass. Unter ihm züngelten die Flammen empor und hüllten ihn in heiße Rauschschwaden. Der Qualm zog mit jedem Atemzug in seinen Körper und verbrannte ihn von innen. Die Flammen schlugen höher. Dahinter sah er die flackernden Gesichter von Bestien, die nach seinem Tod geiferten.

Sein Blick trübte sich. Seine Augen fühlten sich an, als würden sie bersten. Der Geruch von verbranntem Fleisch stieg ihm in die Nase. Er schrie aus voller Kehle. Erst als der Schmerz mächtiger war als alles, das er je erfahren hatte, wusste er, wie es sich anfühlte, wenn man starb.

40

Limbergen, 2010

Ich stand in der Halle und starrte das Gemälde an. Die dunkelhaarige Frau hatte sich mir zugewandt und hielt ein Kind auf dem Schoß, das weinte. Ich trat näher heran und sah, wie sie ihre Lippen zu einem bösartigen Grinsen verzog. Das Kind strampelte und trommelte mit kleinen Fäusten auf sie ein. Dann drehte es seinen Kopf und sah mich mit tränennassen Wangen an. Mit Entsetzen erkannte ich Kathi. Ihre goldenen Locken färbten sich schwarz und die rosige Farbe ihrer Haut wandelte sich in ein kaltes Blau.

Das Bild veränderte sich schlagartig. Der Stuhl war verschwunden. Wie im Zeitraffer bewegte sich die Frau rückwärts von mir fort, Kathi in den Armen. Der Rahmen wandelte sich in ein Fenster und ich sah in ein Zimmer. In der Mitte des Raums prangte ein überdimensionales Pentagramm. In jeder Zacke eine schwarze Kerze, die flackernde Schemen auf die Wände warf. Kathi war nicht mehr zu sehen, aber ich hörte sie weinen, als wäre sie ein Baby. Ich trommelte mit den Fäusten gegen das Glas.

Wie aus dem Nichts verdichteten sich Rauchschwaden und versperrten mir die Sicht. Ein schwerer Geruch, nach verbrannten Kräutern, hing in der Luft.

Der Rauch verzog sich und in der Mitte des Pentagramms sah ich eine schwarzhaarige Gestalt, die mir den Rücken zugewandt hatte. Sie wiegte ihren Körper nach einer gesummten Melodie. Wie gebannt sah ich ihr zu. Als hätte sie meine Anwesenheit gespürt, drehte sich ihr Kopf unnatürlich zu mir um. Lillie starrte mich aus ihren leblosen Puppenaugen an. Sie öffnete ihre Lippen und ich hörte sie mit Ingrids Stimme sagen: „Ich bin böse.“ Der Fußboden unter ihr schlug Wellen und türmte sich zu einem gigantischen Scheiterhaufen. Die umgestürzten Kerzen zündelten an dem Holz und plötzlich ging es in Flammen auf. Sie züngelten an Lillie empor, die sich in einen Mann verwandelte. Er schrie aus voller Kehle, seine Haut färbte sich schwarz und dann verschwand Heinrich hinter einer Wand aus Feuer.

Ich öffnete die Augen und das erste, was ich sah, war der Schatten des Deckenstrahlers über mir. Während ich tief durchatmete, setzte ich mich auf. Was für ein Albtraum. Ich hatte immer noch den schweren Kräutergeruch in der Nase. Der Sturm rüttelte an den Blendläden und der Himmel schien sämtliche Schleusen geöffnet zu haben. Ich erkannte das prasselnde Geräusch der Regentropfen als das der wütenden Feuersbrunst in meinem Albtraum.

Ein greller Blitz zuckte durch die Nacht und tauchte das Zimmer in ein fahles Licht. Im Babyfon ertönte ein leises Rascheln, es knackte und die Anzeige erlosch. Ich schwang meine Beine über die Bettkante, schlüpfte in meine Hausschuhe und zog mir eine Strickjacke über. Dann tastete ich nach dem Schalter meiner Nachtleuchte. Er klickte leise, doch die Lampe blieb dunkel.

Der Donner rollte über den Hof hinweg, darunter mischte sich ein nasses, schlappendes Geräusch, dass ich nicht zuzuordnen wusste. Waren das die Nachwirkungen meines Traums? Reagierte ich hypersensibel auf jeden kleinsten Laut?

Ich stand auf, um nach den Kindern zu sehen. Erst jetzt wurde mir bewusst, wie kühl es war. Deutlich spürte ich die Zugluft, die durch den Türspalt hereinkroch. Ich öffnete sie und betrat die Halle.

Augenblicklich erwischte mich eine kalte Böe. Alle Fenster standen sperrangelweit offen. Der kalte Nachtwind bauschte die langen Gardinen wie nasse Segel herein. Ein weiterer Blitz zuckte durch die Nacht und tauchte die Halle in geisterhaftes

Weiß. Ich rannte zu dem nächstgelegenen Fenster und stemmte mich gegen den Sturm. Regen peitschte mir ins Gesicht. Ich kniff die Augen zusammen. In Sekundenbruchteilen war ich nass bis auf die Knochen. Ich bekam den schwankenden Flügel zu fassen und musste enorme Kraft aufwenden, um ihn zu schließen.

Plötzlich schlug jemand gegen die Haustür und schrie meinen Namen. Ich erkannte Ingrids Stimme. Undeutlich hörte ich wenige Worte, die vom Donner verschluckt wurden. „Sie ist … Kathi …!"

Ein weiterer Blitz zuckte durch die Nacht. Ich fuhr herum. Die Kinderzimmertür stand offen und auf der Schwelle erkannte ich die Gestalt einer dunkelhaarigen Frau in einem wehenden Kleid. Sie hatte ihren Blick auf mich gerichtet und verschwand so schnell in der Dunkelheit, wie der Blitz erlosch.

Der Donner krachte über uns hinweg und eine grollende Stimme folgte. „Wo ist mein Kind?"

Pures Adrenalin schoss in meine Adern. Das Herz schlug mir bis zum Hals. Die jähe Erkenntnis jagte mir einen Schauer über den Rücken. Sie stand leibhaftig vor mir – die Wassernixe. Mein Albtraum war mir bis in die Realität gefolgt. Bilder jagten durch meinen Kopf. Lillies Puppenaugen, das Pentagramm, Ingrid, die mit Kathi spielte – Du musst dich verstecken, sonst krieg ich dich. Ich bin böse!

„Gib mir mein Kind!" Die Forderung lag als klare Drohung zwischen uns in der Dunkelheit.

Ich ging vorsichtig auf die vage Gestalt zu und zwang mich ruhig zu bleiben. „Kathi ist mein Kind. Du kannst sie nicht haben. Katharinas Kind ist gestorben!"

Das Gewitter stand über uns. Die Blitze durchschnitten in rascher Abfolge die Nacht und tauchten die Halle in gespenstische Helligkeit.

Die Gestalt breitete die Arme aus, als wären sie Flügel. Ein fast unmenschlicher Schrei verließ ihre Kehle. „Das ist eine Lüge!"

„Ich sage die Wahrheit – Nadine!“

Einen winzigen Augenblick glaubte ich, ein Flackern in ihren Augen zu sehen, dann verengten sie sich zu Schlitzen. Sie öffnete den Mund und ein Knurren erklang, das aus dem tiefsten Winkel ihrer Seele heraufzuquellen schien. „Gib mir mein Kind oder ich werde dich vernichten!“

Mein Blick fiel auf den Schürhaken neben dem Kamin, unerreichbar für mich. Ich versuchte zu taktieren. „Kathi ist nicht hier. Sie ist mit ihrem Vater in Bremen“, schrie ich, um den Donner zu übertönen. Insgeheim fragte ich mich, wo sie wirklich war.

Plötzlich ging alles ganz schnell. Ich sah, wie eine dunkle Gestalt durchs offene Fenster stieg. Ingrid sprang auf ihre Tochter zu.

Nadine fuhr herum, nutzte die Wucht ihrer Mutter, bekam sie zu fassen und schleuderte sie gegen die Backsteineinfassung.

Ingrid fiel regungslos zu Boden.

Während ich ihr zu Hilfe eilte, riss Nadine den Schürhaken aus dem Gestell und trat mir in den Weg. „Ich töte dich!“, schrie sie und stürzte sich auf mich.

Mit einer Hand griff ich nach dem Eisen und versuchte sie mit meinem ganzen Gewicht zu Boden zu reißen, doch ich hatte ihre Kraft unterschätzt.

Ruckartig wand sie den Haken und verdrehte mir das Handgelenk. Ich ließ los. Ein Faustschlag traf mich mitten ins Gesicht. Ich stürzte.

Mit voller Wucht trat sie mehrfach auf mich ein. Als sie von mir abließ, lag ich zusammengekauert auf dem kalten Stein und krümmte mich vor Schmerz. Aus halb geöffneten Augen sah ich sie in der Küche verschwinden.

Leon, dachte ich. Und vielleicht war auch Kathi bei ihm. Unter Höllenqualen kroch ich auf Knien ein Stück durch die Halle, bekam die Tischkante zu fassen und versuchte mich hochzuziehen. Das leichte Möbel kippte und fiel auf mich. Ich kroch weiter, stützte mich an die Wand und rappelte mich auf. Vornübergebeugt, eine Hand an der Mauer, die andere fest in meine Magengrube gepresst, wankte ich zur Küchentür.

Das Gewitter schien nachzulassen, der Lärm legte sich. Ein vereinzelter Blitz zuckte über den Hof hinweg und ließ den großen Raum vor mir aufflackern. Nadine war nicht hier.

Ich wähnte Leons Zimmertür offen, aber außer dem nun weiter entfernten Grollen des Donners, hörte ich keinen Laut. Mit wenigen Schritten wankte ich zur Anrichte, riss ein Messer aus dem Block und stieß mich von der Arbeitsplatte ab. Ich erreichte den Küchentisch, stützte mich mit einer Hand ab und schob mich weiter. Langsam ließ der Schmerz in meinem Bauch nach und ich schaffte es, mich an Leons Tür halbwegs aufzurichten. Ich ließ meinen Blick durch sein Zimmer schweifen. Nadine war nirgends zu sehen. Leons Bett war zerwühlt, aber leer.

Zu gern hätte ich nach den Kindern gerufen, aber ich wusste, dass auch Nadine ihre Antwort würde hören können. Wo immer sie sich verschanzt hatten, besser sie blieben wo sie waren.

Als ich die Stufen zur Upkammer erreichte, zögerte ich kurz. Ich hatte sie nie fertig sortiert und sie stand immer noch voller Gerümpel. Wenn sie sich dort versteckt hielten, dann waren sie halbwegs sicher. Ich lauschte, aber hörte lediglich den Sturm ums Haus rasen. Dann erklomm ich die wenigen Stufen und spähte hinein.

Von Nadine keine Spur. Ich flüsterte: „Leon? Kathi?" Ich bekam keine Antwort und mein Herz sank mir bis in die Knie. „Leon?" Wo, um Himmels willen, waren sie nur. Hoffentlich hatten sie sich so gut versteckt, dass Nadine sie nicht finden würde.

Ich drehte mich auf dem Absatz um und stolperte die Stufen in die Küche hinunter. Plötzlich hörte ich ein Geräusch, das aus dem Schweinestall zu kommen schien. Ich hastete durch die Tenne, so schnell ich konnte. Das Tor war nur um einen halben Meter geöffnet. Ich spähte hinein, sah die Umrisse der Schweinekoben und konnte schwach die Öffnung zum rückwärtigen Raum ausmachen. Das Holzlager war nicht mehr zu erkennen, doch ich konnte Nadine vor sich hinmurmeln hören.

Geistesgegenwärtig stemmte ich mich gegen das Tor, schob es zu und legte den schweren Riegel um. Hier kam sie nicht mehr heraus. Ich humpelte eilends zurück in die Küche. Dort warf ich das Messer kopfschüttelnd auf die Anrichte. Was sollte ich damit? Ich wollte sie doch nicht umbringen. Dann schnappte ich mir die schwere Taschenlampe vom Schrank, schaltete sie jedoch nicht ein, sondern hielt sie schlagbereit.

Eilends hastete ich durch die Halle. Ein Blick zum Kamin verriet mir, dass Ingrid immer noch bewusstlos dalag. Hoffentlich ist sie nicht ernsthaft verletzt, dachte ich, während ich zur Haustür eilte, die ich leise öffnete. Der Sturm riss sie mir fast aus der Hand. Der Wind pfiff mir mit voller Gewalt ins Gesicht, schlug mich, versuchte mich aufzuhalten, so als wäre er auf ihrer Seite. Ich kämpfte mich hinaus, am Brunnen vorbei und stetig auf die Pforte zu, die ins Holzlager führte.

Die kleine, grüne Tür wurde von innen geöffnet und krachte gegen die Backsteinmauer. Auf der Schwelle stand Nadine. Sie zögerte keinen Augenblick, als sie mich sah. Wie rasend sprang sie auf mich zu. Ich hob die Taschenlampe um zuzuschlagen. Sie blockte meinen Schlag ab und warf sich auf mich. Sie kämpfte unerbittlich. Mit ihren Fäusten schlug sie auf mich ein. Ich riss ihren Kopf an den Haaren zurück. Sie kreischte wie eine Wahnsinnige. Der nächste Schlag traf mich mit voller Wucht am Kinn. Meine Kiefer schlugen schmerzhaft aufeinander. Ich schmeckte Blut zwischen den Zähnen. Rücklings lag ich unter ihr, unsere Arme ineinander verkeilt. Keine von uns ließ auch nur einen Millimeter nach. Ich versuchte mich zu drehen und zwang mein Knie in ihre Weichteile. Es gab einen dumpfen Schlag und sie ließ mich los. Ich kam auf die Füße. Auch sie war auf den Beinen. Nadine senkte den Kopf und sprang auf mich zu. Ich wich zurück und spürte eine Mauer an meinem Gesäß. Gerade rechtzeitig drehte ich mich zur Seite.

Ihr Sprung ging ins Leere, sie schrie auf und stürzte kopfüber in den Brunnen.

Es gab ein platschendes Geräusch. Ich hörte im Inneren Wasser gegen die Wand spritzen. Meine Hände fanden Halt am Brunnenrand und ich sah zu ihr hinunter. Funkelnde Augen starrten zu mir auf und sie schrie: „Du sollst verflucht sein. Deine Kinder sind des Todes!" Ihre Stimme wandelte sich in ein markerschütterndes Heulen.

Erschöpft sank ich an der Wand herab. Für einen Moment schloss ich die Augen. Wie lange sie wohl paddeln konnte ohne unterzugehen? Ich verzog meine Lippen zu einem matten Lächeln und bereute es augenblicklich. Ein stichartiger Schmerz zog sich bis zum Augenlid. Ich tastete mit den Fingern nach der Stelle. Ich ertastete etwas Feuchtes, fuhr mit meiner Zunge darüber und schmeckte Blut.

Ich zog mich am Rand des Brunnens auf die Füße. Ganz gleich was mit mir war, ich musste meine Kinder finden und nach Ingrid sehen. Ich suchte nach der Taschenlampe, die ich beim Kampf verloren hatte. Als ich sie in den Händen hielt, knipste ich sie an und ein starker Lichtstrahl durchschnitt die Dunkelheit.

Mein erster Weg führte mich in die Halle. Ich ging zu Ingrid, hockte mich neben sie und hielt ihr meine Hand unter die Nase. Sie atmete gleichmäßig. Ich holte ein Kissen, hob vorsichtig ihren Kopf an und bettete sie darauf.

Ingrid stöhnte und schlug die Augen auf. Ihre Hand wanderte zu ihrer Stirn.

„Wie geht es dir?", fragte ich und achtete darauf, ihr nicht direkt ins Gesicht zu leuchten.

Sie gab ein Brummen von sich, dann schreckte sie hoch. „Nadine? Wo ist sie? Hat sie den Kindern was getan?"

Ich schüttelte den Kopf. „Nein, ich glaube nicht, aber ich kann auch nicht sagen, wo sie sind. Sie müssen sich vor ihr versteckt haben."

Sie sank zurück und ich las Erleichterung in ihren Zügen. „Dann ist es gut. Und wo ist sie?"

„Sie ist in den Brunnen gestürzt. Die Polizei kann sie da rausholen, denke ich."

„Ist sie verletzt?"

„Das weiß ich nicht. Sie wird nicht erfreut darüber sein, die ganze Zeit da unten wassertreten zu müssen. Aber sie lebt."

Ich hörte Ingrid seufzen.

„Hast du starke Schmerzen?"

Sie lächelte matt. Dann sagte sie: „Es geht. Ich muss mich nur ausruhen." Plötzlich drehte sie sich zur Seite und erbrach sich auf den Fußboden.

Ich stützte sie. „Vielleicht eine Gehirnerschütterung, denke ich."

Als sie geendet hatte, bettete ich sie zurück auf das Kissen. „Ich muss Kathi und Leon suchen. Kommst du zurecht?"

Sie nickte leicht, aber hielt die Augen geschlossen.

Ich richtete mich auf und leuchtete mit der Lampe in jeden Winkel der Halle. „Kathi? Leon?", rief ich abwechselnd und wanderte durch jedes Zimmer.

Draußen stürmte es immer noch, doch die Gewitterfront war weitergezogen. Der Mond lugte hinter Wolkenfetzen hervor und tauchte die Zimmer in einen fahlen Schein.

Nichts rührte sich. Hatte ich mir zu lange Zeit gelassen? Hatte Nadine sie womöglich doch entdeckt und ihnen Schlimmes angetan? Panik kroch in jeden Winkel meiner Seele, die auch meine logischen Überlegungen nicht in die Knie zwingen konnten. Ich wusste, dass ich sie hätte schreien hören, wären sie in ihrem Versteck entdeckt worden. Dennoch, was wenn nicht?

Mein Herz raste, als ich alle Zimmer abgesucht hatte. Von meinen Kindern keine Spur. Ich suchte in der Tenne, mein Blick fiel auf den Riegel mit dem ich den Schweinestall verschlossen hatte. Der Schweinestall.

Mit zitternden Fingern schob ich den Riegel zurück, öffnete das Tor und schlüpfte hinein. Bitte lass es nicht wahr sein. Ich habe meine Kinder nicht zusammen mit ihr eingesperrt. Bitte nicht. Langsam wanderte ich an den Schweinekoben vorbei und warf in jeden von ihnen einen Blick. Am drittletzten Koben blieb ich stehen. Meine Kehle schnürte sich zu, ich schluckte. Dann holte ich einmal tief Luft und leuchtete den Koben aus.

Sie waren nicht da. Erleichtert, dass mir meine böse Ahnung einen Streich gespielt hatte, ging ich weiter, trat in die Verbindungskammer zum Holzlager und wollte gerade durch die Tür hindurch gehen, als mir ein neuerlicher Gedanke in den Sinn kam.

Ich wandte mich nach rechts, lief bis zum Ende der Wand, ging in die Hocke und schob langsam die kleine, kinderhohe Holztür auf, die Leon mit Frank gebaut hatte. Ich leuchtete ins Innere des Geheimverstecks. Leons Clubhaus.

Ich brach in erleichtertes Lachen aus und hatte das Gefühl, dass ich nie wieder würde aufhören können. Leon richtete sich verschlafen auf.

„Mama, was ist denn los?“, fragte er und rieb sich die Augen.

Einige Decken bewegten sich und Kathi streckte ihren Kopf heraus. „Mama leise sein. Kathi müde“, sagte sie. Sie langte nach ihrem Teddybär und steckte sich den Daumen in den Mund. Ich zwängte mich durch das Türchen hinein und nahm meine Kinder in den Arm. „Ihr wisst gar nicht, wie froh ich bin, dass ihr hier seid“, sagte ich und gab einem nach dem anderen einen Kuss.

„Hast du uns gesucht?“, fragte Leon und seine Stimme klang, als habe er ein schlechtes Gewissen.

„Ja. Hab ich. Aber ich hätte gleich darauf kommen können, wo ihr seid. Mach dir keine Sorgen, es ist alles gut.“ Ich überlegte kurz. Die Gefahr war gebannt, die Kinder in Sicherheit, warum sollte ich sie jetzt noch aufschrecken? „Legt euch wieder hin und schlaft weiter.“ Ich deckte die beiden zu und verließ schweren Herzens, aber erleichtert das Clubhaus.

Ich ging zurück, holte mein Handy und rief einen Krankenwagen. Erst danach wählte ich die Nummer der Polizei.

41

Es war erstaunlich, dass die Kinder schlafen konnten, obwohl überall Lichter auf den verschiedensten Fahrzeugen blinkten. Ein Streifenwagen stand auf dem Wirtschaftsweg, ein Krankenwagen war rückwärts fast bis zur Haustür herangefahren und gleich dahinter rotierten die Blaulichter des Notarztfahrzeugs. Mehrere unscheinbare Privatfahrzeuge standen dazwischen und ein ganzes Aufgebot an Menschen spazierte in unserem Vorgarten herum. Scheinwerfer waren aufgestellt worden und nachdem einer der Männer meinen Strom in Gang gebracht hatte, tauchten sie die Betriebsamkeit in ein unwirkliches Licht. Ein hochgewachsener Mann mit knallrotem Kopf regte sich darüber auf, dass seine Spuren zerstört wurden. Ich fragte mich, welche er wohl meinen könnte, als mein Blick in das zertrampelte Blumenbeet glitt. Sollte er sich doch einfach welche aussuchen.

Ich hatte Frank verständigt und er war unterwegs zu uns.

Ingrid saß auf einem Stuhl in der Halle. Ihr Gesicht war bleich, die Augen gerötet und um ihre Lippen lag ein verbitterter Zug. Der Notarzt hatte sie unterdessen untersucht und festgestellt, dass sie zwar erschöpft war, aber ihr außer einer Platzwunde am Hinterkopf und einer leichten Gehirnerschütterung nichts fehlte. Er diskutierte mit ihr gerade über einen Aufenthalt im Krankenhaus zur Beobachtung, als ich in die Halle trat.

„Ich kann auch zu Hause im Bett liegen", sagte sie und sah zu Karl, der neben ihr stand. „Sag's ihm, Karl."

Er brummte missmutig. „Kannst du schon, aber wie ich dich kenne, wirst du nicht."

„Und wenn schon, ich fahre nirgendwo hin", sagte sie und wirkte so stur, wie ein bockiges Kind. Ihr Blick fiel auf mich.

Mit ernster Miene fragte sie: „Haben sie Nadine schon aus dem Brunnen geholt?“

„Sie sind dabei. Ihr geht es gut. Ein Mann hat ihr eine Art Rettungsring hinuntergeworfen und jetzt seilt sich gerade jemand zu ihr ab.“

„Warum hat das so lange gedauert?“, fragte Karl.

„Ich weiß es nicht genau, aber ich meine, es hätte vorhin jemand gesagt, dass sie erst auf einen Psychologen warten müssten“, sagte ich.

„Das kann ich bestätigen“, sagte der Notarzt. „Sie wollten nicht riskieren sie hochzuholen, solange sie ihre Tochter nicht in erfahrene Hände übergeben können.“

Karl nickte und verzog das Gesicht. „Sie werden sie einweisen.“

Ingrid blickte zu Boden. Ich sah, wie sich ihre Hand auf Karls Arm legte. Mit leiser Stimme sagte sie: „Das ist sicher das Beste für sie. Wir können ihr nicht helfen.“ An mich gewandt fuhr sie fort: „Es tut mir so leid, dass ich das nicht eher erkannt habe.“

Karl stand auf. „Ich gehe raus. Einer von uns sollte da sein, wenn sie heraufkommt.“

Ingrid nickte vorsichtig, richtete sich auf und es hatte den Anschein, als wollte sie Karl begleiten.

Er hielt sie zurück. „Lass du dich versorgen, ich komme gleich zurück.“

„Vielen Dank“, sagte der Notarzt, der begonnen hatte ihre Wunde zu reinigen.

Ingrid ließ sich wieder zurücksinken.

„Ich brauche nicht zu nähen, so schlimm ist es nicht. Es wird reichen, wenn ich die Wunde klebe“, teilte ihr der Arzt mit.

Ich beobachtete, wie er einige Haare um die Wunde entfernte, eine klare Flüssigkeit verteilte und die gerissene Haut zusammen drückte. Es sah so aus, als würde er still vor sich hin zählen, dann ließ er die Stelle los, tupfte sie ab und sagte: „Das war es schon, aber ich würde Ihnen wirklich raten mitzukommen und mindestens vierundzwanzig Stunden im Krankenhaus zu verbringen."

Ingrid schnaubte. „Danke und nein danke."

Der Arzt seufzte. „Wie Sie meinen, es ist Ihre Verantwortung." Er packte seinen Koffer ein und ging hinaus.

„Wie geht es dir?", fragte ich.

„Kopfschmerzen." Ingrid lächelte schief.

„Du weißt, dass wir beide uns unterhalten müssen? Du schuldest mir eine Erklärung."

„Ich weiß. Bitte glaub mir, es tut mir wirklich aufrichtig leid. Ich wollte nicht, dass dir oder den Kindern irgendetwas geschieht."

„Woher wusstest du, dass Nadine hier ist?"

„Erinnerst du dich an Ritas Kiste?"

Ich wusste zwar nicht worauf sie hinauswollte, aber ich nickte stumm.

„Ich habe dir ihr Kräuterbuch gezeigt, wegen der Jahreszahl. Aber darin hatte ehemals auch noch ein Grimoire gelegen."

„Ein Hexenbuch?"

„Ja. Mir ist erst aufgefallen, dass es fehlte, als ich dir die Kiste gezeigt habe. Nadine muss es schon vor längerer Zeit gefunden haben. An dem Tag, als du mich besuchen wolltest, habe ich sie damit in ihrem Zimmer erwischt." Sie hielt inne und ich sah, wie sich ein Schatten über ihre Züge legte.

„Ich hör dir zu", sagte ich, setzte mich ihr gegenüber und sah sie an.

Stockend begann sie zu erzählen: „Ich war unten in der Küche und richtete das Fressen für die Katzen, als ich einen seltsamen Geruch wahrnahm. Es roch irgendwie verbrannt und gleichzeitig so schwer, dass ich dachte meine Gedanken würden vernebelt …"

Ernie strich ihr um die Beine. Ingrid nahm die Schale zur Hand und stellte sie ihm auf den Boden. „Hier hast du, Süßer", sagte sie. „Wo ist denn dein Kumpel? Hat der heute keinen Hunger?"

Der Kater machte sich sofort über den Napf her.

Sie streichelte ihm über den Rücken, dann richtete sie sich auf und schnupperte. „Was riecht hier nur so komisch?", sagte sie zu sich selbst und runzelte die Stirn. Sie trat in den Flur und sog die Luft durch die Nase ein. Sie öffnete die Haustür und stellte fest, dass der Geruch nicht von draußen kam, also zog sie die Tür wieder ins Schloss und drehte sich um. Ihre Augen durchstreiften das Wohnzimmer, doch sie sah nichts Ungewöhnliches. Dann fiel ihr Blick auf die Treppe.

Ihre Hand legte sich auf das alte Geländer und sie stieg die Stufen hinauf, die unter ihren Schritten knarrten. Im oberen Stockwerk angelangt, sah sie, dass alle Türen geschlossen waren, dennoch schien sich der Geruch zu verstärken.

Sie musterte die Tür am Ende des Flurs. Ob Nadine zurück war? Sie wusste nie, wo sich ihre Tochter herumtrieb. Manchmal war sie tagelang verschwunden und tauchte dann plötzlich ohne ein Wort zu sagen wieder auf.

Schritt für Schritt näherte sie sich Nadines Zimmer. Ingrid hörte murmelnde Laute durch das Holz dringen. Sie legte die zitternde Hand auf die Klinke, drückte sie nieder und schob die Tür auf, ohne ein Geräusch zu verursachen. Kaum war sie geöffnet, schlug ihr eine Wand aus den verschiedensten Aromen entgegen. Es war ein so schwerer Geruch, dass sie glaubte, husten zu müssen, doch der Anblick ihrer Tochter verschlug ihr den Atem.

Nadine saß auf dem Boden in der Mitte eines Pentagramms. Sie wiegte ihren Körper in einem eigentümlichen Takt, zu einer Musik, die nur sie hören konnte.

Ingrid ging auf sie zu und legte ihr sanft eine Hand auf die Schulter. „Nadine?" Ihre Stimme war kaum mehr als ein Flüstern. „Nadine?", sagte sie etwas lauter, doch ihre Tochter reagierte nicht und schaukelte den Körper weiterhin vor und zurück.

Erst als Ingrid sie leicht rüttelte, fuhr Nadine zusammen, sprang auf die Füße und starrte sie an, als wüsste sie nicht, wer sie sei.

Erschrocken sog Ingrid die Luft durch die Zähne ein. In einem solch schlechten Zustand hatte sie ihre Tochter noch nie gesehen. Die Au-

gen schienen leblos. Das einst vor Lebensfreude und Witz sprühende Grün der Iris wirkte stumpf und glasig. Nadine starrte geradewegs durch sie hindurch. Ihr Gesicht schimmerte kalkweiß im flackernden Kerzenlicht und das wenige, das Ingrid von ihrer bloßen Haut entdecken konnte, war von Schleppe gezeichnet. Dunkles Blut tropfte von ihren Händen und bildete eine winzige Lache auf den Dielen.

Im ersten Augenblick glaubte Ingrid, ihre Tochter habe sich verletzt. Sie ging einen Schritt auf Nadine zu, streckte die Hand nach ihr aus und sagte: „Was ist passiert? Hast du Schmerzen?" Sie wollte gerade nach ihrem Handgelenk greifen, als ein Ruck durch Nadines Körper fuhr.

„Verschwinde", zischte sie.

Es lag eine solche Eiseskälte in ihrer Stimme, dass Ingrid unwillkürlich erstarrte. Ihr Blick fiel auf ein unförmiges Bündel zu Nadines Füßen. Als sie den Kater erkannte, sank sie auf die Knie. Tränenblind streckte sie die Hand nach Bert aus und zog ihn zu sich heran. Fassungslos bettete sie seinen leblosen Körper in ihren Arm, wie einen hilflosen Säugling. Sie fühlte, wie ihr die Tränen über die Wangen liefen. Mit erstickter Stimme presste sie hervor: „Warum hast du das getan? Nadine? Warum tust du so etwas?"

Wortlos ging Nadine an ihr vorbei.

Ingrid fuhr herum und packte sie am Handgelenk. „Nadine, sieh dir an, was du getan hast. Er war dein Kater. Du hast ihn immer geliebt."

Ihre Tochter wandte den Kopf und sah zu ihr herab. Sie verzog ihre Lippen zu einem finsteren Lächeln. „Er war schwarz wie die Nacht", sagte sie. Ihre Augen verengten sich zu Schlitzen. „Lass mich los."

„Nein", sagte Ingrid und Zorn begann in ihr zu brodeln. „Nein. Ich will, dass du ihn dir ansiehst."

„Lass mich los", zischte sie erneut.

Ingrid sah den blanken Hass in Nadines Augen glimmen. Sie packte sie fester. „Nein!"

Plötzlich fuhr Nadine herum, trat ihr in die Rippen und riss sich los. „Du kannst mich nicht aufhalten! Niemand kann das!", rief sie, fuhr auf dem Absatz herum und verschwand durch die Tür.

Ingrid hielt sich mit einer Hand die Seite und keuchte. Sie bekam keine Luft mehr und der Rauch im Zimmer trug nicht zu ihrer Besserung bei. Ihr drehte sich alles und für einen Augenblick glaubte sie, ihr würde schwarz vor Augen. Vornübergebeugt, den blutüberströmten Kater im Arm, rang sie nach Atem.

Sie hörte, wie die Haustür aufgestoßen wurde. Nadine war fort. Langsam richtete sie sich auf. Hoffentlich kommt sie nie mehr zurück, dachte sie und augenblicklich schämte sie sich dafür.

Was hatte sie nur falsch gemacht? Sie ließ den Kopf sinken, kraulte Berts Fell und merkte kaum, wie sich sein Blut mit ihren Tränen mischte.

Als sie aufsah, blickte sie geradewegs in Julias entsetzte Augen.

„… du standest einfach da und mir war sofort bewusst, wie das auf dich wirken musste“, vertraute Ingrid mir an. „Ich wollte dich aufhalten, aber ich kann verstehen, warum du die Flucht ergriffen hast.“

Ich wusste, dass mir das Entsetzen im Gesicht abzulesen war und wollte etwas antworten, doch sie hob die Hand.

„Du hast gefragt, woher ich wusste, dass Nadine hier ist. Ich war mir nicht sicher, aber ich habe es vermutet.“ Sie seufzte. „Als ich vorhin in ihr Zimmer gegangen bin, merkte ich, dass sie zu Hause gewesen sein musste, denn das Grimoire war verschwunden. Ich erinnerte mich, dass es mitten im Zimmer gelegen hatte, als sie fortgelaufen war, aber es war nicht mehr da. Ich dachte, dass sie es nur holen würde, wenn sie es benutzen will. Und da sie das bei uns nicht mehr kann, dachte ich, sie würde vielleicht zu dem Hof gehen, auf dem die Wassernixe gelebt hat. Ich bekam Panik und rannte zu euch so schnell ich konnte. Ich wusste ja nicht, wann sie es geholt hatte und hatte solch eine Angst, es könnte zu spät sein.“ Sie schlug die Hände vors Gesicht. „Wenn euch irgendetwas zugestoßen wäre. Das hätte ich mir nie verzeihen können. Niemals.“ Sie ließ die Hände sinken und rieb sich dabei über das Gesicht.

Ich sah die Tränen in ihren Augen und spürte Mitleid für ihre Situation. „Uns ist nichts passiert, Ingrid", sagte ich in einem versöhnlichen Tonfall. „Obwohl ich glaube, dass es ein verdammtes Glück war." Ich dachte einen Moment nach. „Aber du musst doch gewusst haben, dass sie es auf uns abgesehen hat."

Sie riss die Augen auf. „Nein."

„Und warum hast du Kathi dann beim Spielen gesagt, ihre dunkelhaarige Puppe sei böse?"

„Ich wollte nur, dass sie vorsichtig ist. Bitte glaube mir. Mir war zwar klar, dass Nadine so eine fixe Idee hatte, dass die Wassernixe echt wäre, aber ich wusste nicht, was sie vorhatte."

Ich legte den Kopf schief und sah sie forschend an. „Aber das erklärt nicht, warum du mich belogen hast. Als ich dich nach dieser Sage fragte, hast du behauptet, du wüsstest nicht viel darüber."

„Versteh doch. Ich kannte dich doch kaum und wollte dir nicht von Nadine erzählen. Ich wusste wirklich nicht allzu viel. Es war für mich gerade so, als hätte dich der Himmel geschickt. Du mit deinen seltsamen Ansichten, du hast so viele Fragen gestellt und warst so engagiert herauszufinden, was es mit diesen Sagen auf sich hatte, dass ich dachte, du wärst die Rettung. Ich habe geholfen, soweit ich konnte. Ich dachte, wenn du die wahre Ursache für das Kindersterben herausfinden würdest, dann könnte ich Nadine mit den Fakten konfrontieren und zur Vernunft bringen. Ich hätte ihr dann beweisen können, dass sie sich irrt."

„Du hättest es mir sagen müssen, Ingrid."

Sie schien verzweifelt. „Das weiß ich jetzt. Bitte. Ich weiß das und es tut mir wirklich, ehrlich leid."

Ich nickte, um ihr zu zeigen, dass ich sie verstanden hatte. Und das tat ich wirklich. Ich konnte nachvollziehen, was sie bewogen hatte, mir nichts zu sagen, auch wenn es falsch gewesen war und böse hätte enden können. Aber das hatte es nicht.

Konnte ich ihr etwas anlasten, was nicht eingetreten war? „Hätte, wäre, wenn", würde Frank jetzt sagen und ich sah in meiner Vorstellung sein schelmisches Grinsen vor mir.

Ich schaute auf die Uhr. Es war erst eine Stunde seit meinem Anruf vergangen und er würde sicher noch eine weitere brauchen bis er hier war. Niemanden sehnte ich mir in diesem Moment mehr herbei als ihn.

Um mich abzulenken, stand ich auf, warf Ingrid einen Blick zu und fragte: „Glaubst du, du schaffst es bis zur Couch?"

„Ich will mich jetzt nicht hinlegen", sagte sie und schüttelte sachte den Kopf.

Ich hob eine Braue und lächelte verkniffen. „Gute Frau, wenn du dich jetzt nicht auf die Couch legst, sorge ich eigenhändig dafür, dass man dich ins Krankenhaus bringt, und wenn ich dafür lügen muss."

Es zuckte amüsiert um ihre Mundwinkel. Sie richtete sich auf. „Dann hilf der guten Frau mal auf die Couch."

Ich ging um den Tisch herum, half ihr auf die Beine und stützte sie. Keine zwei Minuten später hatte ich sie in den gegenüberliegenden Teil der Halle gebracht und ihr auf das Sofa geholfen. Ich nahm noch eine Decke vom Sessel und deckte sie gerade zu, als ein leicht untersetzt wirkender Mann hereintrat und mit ernster Miene auf mich zuschritt.

„Sind Sie Frau Meinert?", fragte er mich.

„Ja, das bin ich. Wie kann ich Ihnen helfen?"

„Ich bin Kommissar Gerke", stellte er sich vor, zog eine Hand aus seinem dunkelbraunen Mantel und streckte sie mir entgegen.

Ich schüttelte sie kurz, dann sah ich, wie sein Blick zu Ingrid glitt. „Meine Nachbarin und Freundin, Ingrid Jansen. Sie ist die Mutter der jungen Frau, die im Brunnen war", sagte ich taktvoll.

Er wirkte nachdenklich, wie er sich über sein graues Stoppelkinn rieb. „Kann ich Sie wohl für einen Moment unter vier Augen sprechen?"

Ingrid stützte sich auf einen Ellenbogen. „Ist etwas mit Nadine?“

Der Kommissar hob beschwichtigend die Hand. „Nein, Ihrer Tochter geht es den Umständen entsprechend gut. Ich darf annehmen, dass Karl Jansen Ihr Mann ist?“

„Ja.“

„Er ist bei Ihrer Tochter.“ An mich gewandt sagte er: „Vielleicht wäre es gut, wenn Sie mich begleiten würden. Ich möchte Ihnen etwas zeigen.“

Gespannt, was er wohl meinte, folgte ich ihm hinaus. Noch auf der Schwelle begann er, mich auf das vorzubereiten, was nun folgen würde.

„Wir haben Nadine Jansen aus dem Brunnen geholt. Allerdings stießen meine Leute dabei auf etwas, das wir dort unten nicht erwartet hätten.“ Er sah mich von der Seite an. „Ich vermute, dass Sie uns nicht viel darüber sagen können, denn ich weiß, dass Sie noch nicht lange hier leben, aber als Eigentümerin muss ich Ihnen unseren Fund mitteilen.“

„Himmel, jetzt machen Sie es doch nicht so spannend. Was haben Sie gefunden?“

Er schien zu zögern, dann gab er sich schließlich einen Ruck und sagte: „Wir haben in Ihrem Brunnen eine Fettwachsleiche gefunden.“

Abrupt blieb ich stehen. „Was?“

Er war schon einige Schritte weitergegangen, drehte sich zu mir um und kam zurück. „Wissen Sie, wie Wachsleichen entstehen?“

Da er keine Antwort von mir bekam, schien er das als Nein zu verstehen. Mit einer Handbewegung winkte er jemanden zu uns heran und stellte mir einen glatzköpfigen Mann als Rechtsmediziner Dr. Justus Bolte vor. „Sind Sie zart besaitet?“, fragte dieser sogleich und mir wurde bewusst, dass sie sich zuvor abgesprochen haben mussten.

Ich horchte in mich hinein, prüfte den Zustand meines Magens, dann sagte ich: „Mich erschüttert nichts so leicht.“ Mit einer lässigen Handbewegung, bat ich ihn fortzufahren. „Bitte."

Er musterte mich unverhohlen, dann schien er sich ganz offensichtlich entschieden zu haben. „Der Zersetzungsprozess eines Menschen ist sehr komplex. Er beginnt unmittelbar nach dem Eintritt des Todes. Für gewöhnlich beginnt es im Gewebe zu gären. Die Zellstrukturen werden durch Stoffwechselenzyme aufgelöst. Die Darmbakterien verteilen sich durch die Blutbahn im Körper. Es handelt sich dabei um einen anaeroben Fäulnisprozess, der den Körper in einzelne Bestandteile zersetzt und verflüssigtes Gewebe auslaufen lässt."

Er schien in meinem Gesicht nach einem Zeichen zu suchen, dass er aufhören sollte, also beschloss ich ihm diese Last von den Schultern zu nehmen. „Und weiter?"

„Möchten Sie sich setzen?", fragte Kommissar Gerke.

„Nein, Sie haben auch so meine volle Aufmerksamkeit."

Der Rechtsmediziner wechselte einen kurzen Blick mit dem Kommissar.

Dieser nickte ihm zu.

„Ist also der Prozess so weit fortgeschritten, ist eine Sauerstoffzufuhr unerlässlich, um in die zweite Phase der Verwesung überzugehen, damit sich aerobe Bakterien an die Arbeit machen. Pilze und diverses Getier erledigen den Rest und es bleiben für lange Zeit nur noch Knochen, die dann irgendwann auch zerfallen. Ich weiß nicht, ob es Ihnen bekannt ist, aber viele Friedhöfe in Deutschland haben mittlerweile zunehmend Probleme mit Staunässe und übersättigten Böden, was dazu führt, dass der Kadaver nicht genügend Sauerstoff bekommt und die Verwesung bereits im Fäulniszustand abbricht."

„Nässe dürfte in einem Brunnen üblich sein", sagte ich.

Er kniff die Lippen zusammen, nickte und ich konnte die Spur eines Schmunzelns erkennen. „Normalerweise wandeln sich ungesättigte Fettsäuren im Zersetzungsprozess in gesättigte um, die dann später auch abgebaut werden. Aber das

Wasser und der fehlende Sauerstoff verhindern das. Es kommt zur Leichenlipid-Bildung. Das bedeutet, dass sich die Fettsäuren im Gewebe einlagern, der Prozess wird gestoppt und die Leiche konserviert."

Ich versuchte zu begreifen, was sie mir sagen wollten. Sie hatten eine solche Wachsleiche in meinem Brunnen gefunden? Ich konnte es irgendwie nicht glauben.

Ich wandte mich an den Kommissar und fragte: „Wie kommt bitte eine Wachsleiche ..." Ich stockte. Meine Gedanken begannen zu rasen, als hätte ein Schiedsrichter ein Rennen angepfiffen. „Wie alt kann so eine Leiche sein?", fragte ich den Rechtsmediziner.

„Oh, ich glaube nicht, dass sie erst seit gestern im Brunnen liegt", sagte der.

„Das ist nicht unser Ansinnen", schaltete sich der Kommissar ein und verstand mich kolossal falsch. „Wir verdächtigen Sie nicht des Mordes."

Unwillkürlich musste ich lachen.

„Geht es Ihnen gut?" Er zog die Brauen zusammen und schien sich darüber zu sorgen, ob ich einen Nervenzusammenbruch haben könnte.

„Ja, alles in Ordnung. Es gibt einen anderen Grund, warum ich frage." Ich richtete das Wort wieder an den Rechtsmediziner. „Bitte, wie alt ist sie?"

Dr. Bolte rieb sich die Nase, dann sagte er: „Vor Ort können wir das nicht genau feststellen. Grundsätzlich kann eine solche Fettwachsleiche mehrere hundert Jahre alt sein."

Ich sog die Luft zwischen den Zähnen ein. „Ist es eine Frau?"

Der Kommissar beäugte mich wachsam. Es musste für ihn offensichtlich sein, dass ich mehr wusste als er.

„Soweit ich feststellen konnte, müsste es sich um eine Frau gehandelt haben. Ja."

Katharina, schoss es mir durch den Kopf. Und ich kannte sogar ihren Mörder. „Kann ich sie sehen?"

Kommissar Gerke schaltete sich ein. „Sie würden nicht solche Fragen stellen, wenn Sie nicht auf etwas Bestimmtes hinauswollten. Ich rate Ihnen, mir zu sagen, was Sie wissen."

„Oh, kein Recht zu schweigen, bis mein Anwalt hier ist?", flachste ich.

„Entschuldigen Sie, Frau Meinert, aber mir ist das sehr ernst."

Ich hob eine Hand um ihn zu beschwichtigen. „Schon gut, ich werde Ihnen erzählen, was ich herausgefunden habe. Aber ich kann Ihnen schon so viel sagen, dass es nur Indizien sind. Und wenn ich sie richtig interpretiert habe, dann ist der Mörder schon längst tot." Ich sah von einem zum anderen. „Also?" Ich zog die Brauen hoch. „Kann ich sie sehen, bitte?"

Kommissar Gerke ließ mich keinen Augenblick aus den Augen. Er schien nicht gewillt, meinem Wunsch zu entsprechen.

Ich legte das ganze Gewicht meiner Überzeugungskraft in mein Lächeln und hoffte inständig, es würde wirken. „Eine Hand wäscht die andere, Herr Kommissar."

„Ich warne Sie, es ist kein schöner Anblick."

„Davon gehe ich aus."

In seiner Miene las ich eine Spur von Resignation, als er schließlich sagte: „Folgen Sie mir." Er wandte sich zum Brunnen, ging zackigen Schrittes an ihm vorbei und auf einen Wagen zu, der am Rand des Wirtschaftswegs stand. Davor waren eine Handvoll Männer zu sehen. Zwei von ihnen trugen Kittel. Ein weiterer schloss einen metallbeschlagenen Koffer und richtete sich gerade auf. Ich beobachtete, wie er sich weiße Handschuhe von den Fingern zog, die sich wie Kaugummi dehnten und dann mit einem peitschenden Laut zusammenschnellten. Mein Blick fiel auf einen schwarzen Sack zu ihren Füßen.

Plötzlich überfielen mich Zweifel, ob ich das Richtige tat. Wollte ich sie wirklich sehen? Im selben Augenblick knurrte mein Magen. Ich tröstete mich damit, dass, sollte ich mich tatsächlich übergeben müssen, der Schwall wohl nicht sehr ergiebig sein würde. Eine Vorstellung, die so bitter war, wie die Galle, die ich unwillkürlich zu schmecken glaubte.

Kommissar Gerke nickte den Männern knapp zu und wechselte einige wenige Worte mit dem Mann, der sich die Gummihandschuhe ausgezogen hatte, doch ich hörte nicht hin. Zu sehr war ich mit meinen eigenen Gedanken und dem mir bevorstehenden Anblick beschäftigt.

Ein Motorengeräusch ließ mich aufblicken. Hell leuchtende Ringscheinwerfer fuhren über den Wirtschaftsweg auf uns zu. „Da kommt mein Mann“, sagte ich und war selbst überrascht über die Erleichterung, die in meiner Stimme lag.

Der Kommissar beobachtete den Wagen, der bis auf unsere Höhe heranfuhr und dann mitten auf dem Weg hielt.

Ich sah, wie die Anspannung aus seinem Gesicht wich und ich hegte eine stille Vermutung, weshalb dem so war.

Frank stieg aus, schlug die Fahrertür zu und kam geradewegs auf mich zu. Er sagte keinen Ton, als sich unsere Blicke begegneten und er mich in die Arme schloss.

Er flüsterte mir ins Ohr: „Ich bin so froh, dass es euch gut geht.“

Augenblicklich fühlte ich, wie seine Kraft mich durchströmte und mich langsam eroberte. Ich fühlte mich wieder stark, so als hätte ich einen Teil seiner Energie von ihm abgezogen, ohne ihn selbst zu schwächen.

Er behielt mich in seinen Armen, als er sich dem Kommissar zuwandte und sich vorstellte.

Dieser nannte ihm ebenfalls seinen Namen und setzte Frank ins Bild. Er schloss mit den Worten: „Sie sollten Ihrer Frau diese fixe Idee ausreden.“

Entschlossen straffte ich mein Kinn. „Nein.“ Ich blickte zu Frank auf. „Ich will sie nicht nur sehen, ich muss.“

„Warum? Reicht es nicht zu wissen, dass sie im Brunnen lag? Du weißt doch ohnehin schon, wer die Frau war. Musst du sie unbedingt auch noch in so einem Zustand sehen?“

„Ja."

Er schüttelte den Kopf und der Kommissar schnaubte missfällig. „Heißt dass, Sie könnten uns auch sagen, um wen es sich bei der Leiche handelt?"

Meinen warnenden Blick sah Frank nicht. Er antwortete: „Das kann Ihnen meine Frau besser erklären."

Ich wusste, dass ich Kommissar Gerke eine Menge Zeit und Arbeit ersparen konnte, wenn ich ihm meine Schlüsse bereitwillig mitteilte. Eine Vernehmung hätte für ihn niemals den gewünschten Erfolg. Ich war nicht dazu verpflichtet ihm meine Unterlagen zu zeigen. Er würde selbst nach den Indizien suchen müssen. Ich war mir absolut sicher, dass er sich dessen bewusst war, denn er stierte mich an, als wünschte er *mich* in den Brunnen.

Mit regloser Miene wandte er sich dem Sack zu, der immer noch zu Füßen der Männer lag. Drei von ihnen traten zur Seite und ich war mir sicher, dass sie sich einen weiteren Blick auf die Wachsleiche ersparen wollten. Er nickte dem ehemals behandschuhten Mann zu. Dieser streifte sich ein frisches Paar über die Hände, kniete sich neben den Sack und öffnete ihn.

Ein grausiger Anblick bot sich mir. Die Gestalt war eindeutig als weiblicher Mensch zu erkennen. Eine feste, gelbliche Schicht umschloss den entstellten Körper, wie ein Überzug aus Ton. Stellenweise gab es kleinere Mulden, in die Steine eingesunken waren. Einer hatte sogar die Größe eines Taubeneis und war von zwei dunklen, gezackten Linien überzogen, die sich wie die Schnürung eines Päckchens kreuzten. Er wurde von der Fettwachsschicht teilweise umschlossen und es hatte den Anschein, als wenn man ihn nur sehr schwer daraus würde lösen können. Auf dem Kopf fanden sich noch wenige dunkle Haarsträhnen, die Augenhöhlen waren leer. In der Mitte ihres Leibes sah ich eine tiefe Rille, als wäre dort vor langer Zeit ein gürtelähnliches Kleidungsstück gewesen.

Mich überfiel bei ihrem Anblick wider Erwarten keinerlei Übelkeit, sondern eher eine eigenartige Faszination. Sie war tatsächlich immer noch hier, Katharina Leugers, die verschollene Ehefrau Heinrichs.

Ich brach als Erste das Schweigen. „Kann man feststellen, woran die Frau gestorben ist?"

Dr. Bolte wechselte einen kurzen Blick mit dem Kommissar und als dieser nickte, sagte er: „Allem Anschein nach starb sie durch eine schwere Kopfverletzung, aber um weitere Faktoren auszuschließen, muss ich sie erst genauer untersuchen, als es mir vor Ort möglich ist."

„Sie wurde also tatsächlich ermordet."

„Ja", bestätigte er.

Auf eine Handbewegung Kommissar Gerkes hin, wurde der Sack geschlossen. Er entfernte sich einige Schritte und wir folgten ihm.

„Sie sind am Zug. Wer, glauben Sie, ist die Frau?" Erwartungsvoll sah er mich an.

„Ich denke, sie hieß Katharina Leugers und starb im Jahr 1690. Sie wurde hier auf diesem Hof von ihrem Mann Heinrich ermordet."

Kommissar Gerke schien verblüfft, denn seine Brauen schossen in die Höhe. „Was veranlasst Sie zu diesem Schluss?"

„Wie ich bereits sagte, ich habe keine Beweise dafür. Ich kann Ihnen einige Unterlagen zeigen, die meine Theorie unterstützen. Was Sie damit machen, müssen Sie selbst beurteilen."

„Haben Sie diese Unterlagen hier?"

„Ja", sagte ich und bedeutete ihm, mir ins Haus zu folgen.

Karl hatte sich einen Stuhl an Ingrids Couch gestellt und saß bei ihr. Während Frank sich zu ihnen gesellte, sah ich zuerst nach unseren Kindern, die immer noch tief und fest schlummerten. Dann breitete ich meine Papiere auf dem Esstisch in der Küche aus und erzählte Kommissar Gerke, was ich herausgefunden hatte. Er schien durchaus interessiert an meiner Theorie und am Ende fragte er, ob er verschiedene Kopien haben könnte.

„Eine Theorie, die durchaus zutreffend sein kann", sagte er am Ende meiner Ausführungen. „Sie werden verstehen, dass wir eigene Untersuchungen anstellen müssen, aber sollte sich herausstellen, dass die Leiche tatsächlich so alt ist, haben wir ohnehin keinen Fall. Mord verjährt zwar nicht, aber bei einer solch alten Leiche wird auch der Mörder nicht mehr leben, wobei die Umstände seines Ablebens vollkommen unerheblich sind."

Ein Beamter trat an den Tisch und sprach mit dem Kommissar, während ich die Papiere einsammelte und in einen Karton legte.

„Frau Meinert", ergriff er das Wort. „Wir brauchen von Ihnen noch eine detaillierte Zeugenaussage zu den Vorfällen von heute Abend, auch wenn es hochinteressant war, sich mit Ihnen über das siebzehnte Jahrhundert zu unterhalten. Ich möchte Sie bitten, morgen Vormittag auf die Wache zu kommen. Ich habe allerdings eine Frage vorab."

„Welche?"

„Haben Sie gesehen, wie Nadine Jansen ins Haus kam?"

Ich dachte kurz nach, dann sagte ich: „Ich denke, sie ist durch eines der Fenster in der Halle eingestiegen. Dort habe ich sie zuerst gesehen und die Fenster standen allesamt offen."

Er runzelte die Stirn. „Haben Sie die Fenster geöffnet, bevor Sie zu Bett gingen?"

„Nein. Warum?"

„Weil meine Kollegen keinerlei Einbruchspuren gefunden haben. Die Fenster sind nicht von außen geöffnet worden."

Ich zog die Brauen zusammen. Nur langsam begriff ich, was er mir damit sagen wollte. „Aber das würde ja bedeuten, dass sie schon auf dem Hof war."

„Wir haben sowohl die Fenster, als auch die Haustür untersucht. Das Tennentor weist ebensowenig auf ein gewaltsames Eindringen hin. Die Vermutung liegt nahe, dass sie sich irgendwo im Inneren versteckt gehalten haben muss. Haben Sie einen Anhaltspunkt, wo das gewesen sein könnte?"

Gedanklich ging ich verschiedene Möglichkeiten durch, aber wie ich es auch drehte und wendete, egal wo, sie wäre uns aufgefallen. Und wenn nicht mir, dann Boomer. Es sei denn, sie wäre erst ins Haus gekommen, nachdem Frank zusammen mit dem Hund weggefahren war. Ich ging noch einmal meine Schritte durch. Nachdem ich Lillie im Müll gefunden hatte, brachte ich die Tonne zur Straße. Theoretisch Zeit genug, um sich durch die Tenne hineinzustehlen, aber die Lampe vom Hof reagierte per Bewegungsmelder. Ich erinnerte mich, dass der Spot kurz nach mir ausgegangen war. Hätte sie eindringen wollen, wäre er aufgeflammt, was mir niemals entgangen wäre. Als ich hineingegangen war, hatte ich das Tor und anschließend die Küchentür verriegelt. Ich schüttelte den Kopf. „Ich weiß es nicht."

„Vielleicht fällt Ihnen bis morgen etwas ein", sagte Kommissar Gerke, dann verabschiedete er sich.

Es dauerte nicht lange und der Spuk in unserem Vorgarten war vorbei. Die Autos zogen eines nach dem anderen ab und am Ende saßen wir mit Karl und Ingrid allein in der Halle. Ich hatte uns mit Getränken versorgt. Karl nippte an einer Flasche Bier und Ingrid nahm sie ihm ab und an aus der Hand, um ebenfalls einen kleinen Schluck zu trinken. Nadine war in eine Klinik gebracht worden und es war sehr unwahrscheinlich, dass sie diese in absehbarer Zeit würde verlassen können. Obwohl Karl und Ingrid darüber erschüttert waren, kamen sie nicht umhin zuzugeben, dass sie um ein gewisses Maß erleichtert waren.

Wir unterhielten uns noch eine ganze Weile und am Ende beschlossen wir, dass sie die Nacht bei uns verbringen würden. Es war bereits nach vier, als wir endlich in die Betten sanken.

42

Mir war bewusst, dass ich mich am Morgen nach dieser ausgesprochen kurzen Nacht wie gerädert fühlen würde. Ich kuschelte mich an Frank, hoffte, dass seine gleichmäßigen Atemzüge eine beruhigende Wirkung auf mich haben würden und schloss die Augen.

Was soll ich sagen? Ich fand keine Ruhe. Katharinas Leiche tauchte vor meinem geistigen Auge auf und verfestigte sich. Meine Gedanken kreisten um sie und Heinrich. Ich fragte mich, ob sie sehr gelitten haben mochte, oder ob ihr Ende schnell eingetreten war. Wo genau hatte er sie ermordet und wie hatte er es getan. Ich malte mir verschiedene Versionen aus, ohne es wirklich zu wollen. Schließlich öffnete ich die Augen und sah ein, dass es keinen Zweck hatte. Ich war einfach viel zu aufgewühlt, um zu schlafen. Draußen dämmerte es bereits und ich beschloss, mich nicht länger zu quälen und aufzustehen.

Bei einer Tasse Kaffee ging ich meine sämtlichen Notizen noch einmal durch. Etwa zwei Stunden später waren die Kinder wach und eine weitere halbe Stunde später saßen wir alle gemeinsam beim Frühstück.

Natürlich kreiste unsere Unterhaltung nicht um die letzte Nacht, solange die Kinder bei uns saßen, auch wenn das am Tisch herrschende Schweigen unsere Gedanken verriet. Als Sabine in die Küche kam, um gemeinsam mit Leon im Clubhaus zu spielen, bat ich ihn, Kathi mitzunehmen, damit wir endlich die Möglichkeit hatten uns auszutauschen.

Kaum waren die Kinder gemeinsam in der Tenne verschwunden, brach Ingrid die Stille. „Ich hoffe, sie können Nadine helfen."

Karl griff über den Tisch hinweg, schob die Butter zur Seite und nahm ihre Hand. „Sie wird es dort besser haben als bei uns und vielleicht kann sie eines Tages nach Hause kommen. Sie wird bestimmt gesund werden."

„Vielleicht", sagte Ingrid und musterte die Tischdecke. „Ich frage mich nur die ganze Zeit, wann es angefangen hat so schrecklich schief zu gehen. Sie war ein so fröhlicher Teenager."

„Du rückst dir die Dinge zurecht", sagte Karl. „Sie war nicht so, wie du sie gerne hättest. Erinnerst du dich nicht mehr daran, wie sie mit ihren neuen Freunden auftauchte und dich angepöbelt hat?" An uns gewandt sprach er weiter. „Nadine war schon immer fasziniert von diesen alten Sagen und als sie herausfand, dass Ingrids Ahnin eine Hexe war, war sie besessen von dem Gedanken, sie könnte auch eine sein. Das fing schon mit fünfzehn an."

„Ich hielt das für harmlos. Aus Ritas Aufzeichnungen wusste ich, dass sie sich mehr als Heilerin, denn als Hexe verstand. Das habe ich Nadine damals gesagt und ihr das Kräuterbuch gezeigt", warf Ingrid ein.

„Ich fürchte nur, das hat sie nicht abgehalten, sich Gleichgesinnte zu suchen, die eher anders tickten als deine Rita", entgegnete Karl, beeilte sich aber hinzuzufügen: „Aber es ist nicht deine Schuld. Ich habe das auch nicht sofort erkannt. Davon abgesehen, hätte niemand wissen können, dass sie derart den Sinn für die Realität verlieren würde."

Ich kam ihm zu Hilfe und sagte: „So was kann man nicht ahnen, Ingrid."

Karl und Ingrid ließen uns an verschiedenen Stationen in Nadines Leben teilhaben, aber wie man es auch auslegte, Frank und ich konnten nur bestätigen, dass es manchmal einfach nicht in der Macht der Eltern lag, in welche Richtung sich die Kinder entwickeln würden. Schlussendlich sahen sie beide ein, dass es müßig war, die genauen Umstände analysieren zu wollen. Als wir auf die letzte Nacht zu sprechen kamen, erinnerte ich mich an den Verdacht des Kommissars, dass Nadine allem Anschein nach gar nicht eingebrochen war, sondern sich irgendwo versteckt haben musste.

„Dann werden wir den Hof gleich mal auf den Kopf stellen", sagte Frank.

Karl und Ingrid stimmten zu und erklärten sich bereit uns zu helfen. Dabei hatte ich den unbestimmten Verdacht, dass sie nicht darauf brannten nach Hause zu gehen. Mir war es Recht. Ich hatte sie gern um mich und ich wusste, dass es Frank ähnlich ging.

Während die Männer mit der Suche im Stall begannen, räumten Ingrid und ich den Tisch ab. Dann teilten wir uns die Zimmer auf und begannen ebenfalls mit der Suche.

Ich fing in Leons Zimmer an, doch konnte ich mir nicht vorstellen, dass Nadine sich hier hätte verstecken können. Die Bohlen zu dem eingemauerten Zimmer waren immer noch fest mit der Wand verschraubt und das obwohl Frank mir versichert hatte, dass es nicht ewig so bliebe. Das war typisch für ihn und lächelnd dachte ich an den Kampf um die Bodenplatten im Kamin. Der Rest des Zimmers war schnell durchsucht. Es gab keine geheimen Verstecke mehr. Keine Luke im Boden, da es sich samt und sonders um Stein handelte und auch das Abklopfen der Wände förderte nichts zutage.

In der Küche gab es auch nichts zu entdecken. Die Terrassentür war an dem Abend verschlossen gewesen und war dennoch laut Kommissar Gerke von seinen Kollegen untersucht worden. Im Inneren gab es nur die gewaltige Esse. Ich stellte mich darunter und sah nach oben. Ich fand eine quadratische Öffnung etwa eine Handbreit über meinem Kopf, aber als ich sie abtastete, fand ich weder einen geheimen Mechanismus noch sonst irgendetwas, das darin verborgen gewesen wäre. Ich schloss, dass es sich um einen Auslass der Räucherkammer handeln könnte, die links vor der Upkammer lag.

Ich ging die drei Stufen hinauf bis zum Podest, hob den hölzernen Riegel und sah in die vom Ruß geschwärzte Kammer hinein, die gerade so groß war, dass ein Erwachsener darin stehen konnte. Hier hätte ich mich mit Sicherheit nicht versteckt, aber es ging ja darum, ob Nadine es in Erwägung gezogen haben könnte. Die Räucherkammer war eine Möglichkeit, die ich nicht gänzlich ausschließen konnte.

Ich stand vor der Tür der Upkammer, legte meine Hand auf den Porzellangriff und hatte sofort die Bilder der letzten Nacht im Kopf. Die Szene trieb vor meinem inneren Auge, ich sah mich die Namen meiner Kinder flüstern und durchlebte das Gefühl der Panik noch einmal. Augenblicklich hatte ich einen Kloß im Hals. Ich zwang mich zu schlucken und daran zu denken, dass alles gut ausgegangen war. Ich drückte die Klinke und schob die Tür auf. Fast hätte ich sie gegen die Wand geschlagen. Der gewohnte Widerstand fehlte. Hatte Frank sie etwa repariert? Ich hatte den Gedanken noch nicht ganz beendet, als mir langsam dämmerte, was das bedeutete. Meine Hände wurden feucht und ich rieb sie an meiner Jeans.

Ich sah die Kammer das erste Mal bei Tageslicht, seit ich begonnen hatte sie zu sortieren. Zu meiner Linken standen die Kisten mit gesprungenem Porzellan, die ich beiseite geschoben hatte, um sie zu einem späteren Zeitpunkt zu entsorgen. Es kam mir fast so vor, als sei seither ein Jahrhundert vergangen. Mit offenen Augen ging ich an Kisten und Möbelstücken vorbei. Mein Blick fiel auf eine Stelle, an der die Stühle aufgestapelt gestanden hatten. Dort drüben war die alte Truhe gewesen. Irgendetwas stimmte nicht. Ich legte den Kopf schief. Hatte ich nicht den gesamten Sperrmüll nach vorne gestellt? Darunter war doch ein alter Sessel gewesen. Und im hinteren Teil standen Dinge, die man noch gebrauchen konnte. Die Kammer war definitiv nicht mehr so, wie ich sie seinerzeit verlassen hatte.

Ich stutzte, als mein Blick auf unsere Nachtschränkchen fiel. Sie waren zwar am selben Platz, aber meines stand vor dem Franks und ich war mir absolut sicher, sie andersherum abgestellt zu haben. Das schleifende Geräusch, das sie verursachten, als ich sie zur Seite schob, kam mir seltsam vertraut vor. „Siebenschläfer", murmelte ich.

Vor mir öffnete sich ein schmaler Gang zwischen Kisten und Möbeln, der mich bis zum hinteren Teil der rechten Wand führte. Fassungslos starrte ich auf die Holzbretter, an denen Reste einer abgeblätterten Blümchentapete hafteten. Meine Augen folgten einem rechteckigen Spalt, der eine schmale Tür anzudeuten schien. An der Stelle, an der ich einen Knauf oder Ähnliches erwarten würde, war ein schlichtes Loch vom Durchmesser eines Fingers.

Die Tür öffnete sich nach Innen, als ich mit der Hand die winzige Öffnung untersuchte. Etwa einen Schritt entfernt führte eine schmale Stiege nach oben.

Vorsichtig stieg ich die Stufen hinauf, spürte zu meiner Linken die Ziegel unter meiner tastenden Hand. Zur anderen Seite wurde sie durch eine Holzwand begrenzt. Es trennten mich nur noch wenige Schritte von der Öffnung über mir und ich begann, mir auszumalen, was ich dort finden würde. Ich zögerte, war versucht nach den anderen zu rufen, doch meine Neugierde obsiegte. Ich tauchte durch eine Geschossdecke auf und sah mich um. Ein schwerer Geruch, ein Potpourri verschiedener verbrannter Kräuter und Hölzer, schlug mir entgegen. Gegenüber der Stiege erkannte ich die Dachschräge. Staubwirbelnde, graue Lichtstreifen, die sich durch schadhafte Stellen der Eindeckung stahlen, durchschnitten das Dämmerlicht der Kammer. Spärliches Licht fiel durch eines der Fenster, vor denen ich den dichten Wuchs der Tannen erkannte, die an der Giebelseite gegenüber des Tennentors standen. Ich trat vollends hinauf und wandte mich um. Auf dem Dielenboden prangte ein Pentagramm, wie ich es damals in Nadines Zimmer gesehen hatte. Ringsum waren erloschene Kerzenstummel verteilt. In der Mitte stand eine Schale, die eine dunkle Flüssigkeit beinhaltete und daneben lag ein fleckiges Tuch, das wie ein Päckchen um einen Gegenstand gefaltet worden war. Über einer Zacke des Sterns lag ein dickes, aufgeschlagenes Buch. Einem unbestimmten Impuls folgend ging ich um das Pentagramm herum, hockte mich hin und hob den Wälzer auf. Vermutlich war es Kalbsleder, in das die Seiten eingebunden worden waren. Ein alter, modriger Geruch strömte von den dicken Seiten aus. Ich erkannte es als ein Grimoire, als ich die Skizze einer unbekleideten Frau studierte, die in einem ebensolchen Pentagramm kniete wie dem, welches sich vor mir auf den Dielen ausbreitete. Mit dem geöffneten Buch in der Hand drehte ich mich um. In einer Ecke stand der alte Sessel, den ich unter der Sperrmüllsammlung vermisst hatte. Darauf lag ein vergammeltes Federbett.

Aber es war etwas anderes, das meine Augen nicht mehr loslassen wollten. Eine Holzkiste ohne Deckel stand neben dem Sitzmöbel. Darin lagen einige Lebensmittel, daneben ein Beutel Hundefutter und eine Tüte mit getrockneten Schweineohren.

Die Erkenntnis traf mich, wie ein Schlag ins Gesicht. Der ständig volle Hundenapf kam mir in den Sinn. Wie oft hatte ich ihn unverrichteter Dinge wieder weggestellt und mich gefragt, warum Boomer so wenig fraß. Nadine hatte ihn mit Leckereien an sich gewöhnt, damit er sie nicht als Fremde meldete. Sie musste wochenlang mitten unter uns gelebt haben, ohne dass wir es auch nur im Entferntesten geahnt hätten.

Mir wurde abwechselnd heiß und kalt, als mir bewusst wurde, in welcher Gefahr wir geschwebt hatten, während wir unwissend unseren Beschäftigungen nachgegangen waren.

„Ingrid!“, rief ich mit einer Stimme, die sich kratzend aus meiner Kehle wand. Ich räusperte mich und rief lauter: „Ingrid!“

Es dauerte einen Moment, bis sie antwortete. „Wo bist du?“

„Hier oben!“

„Wo?“

„Hier!“

Sie musste meiner Stimme gefolgt sein, denn einen kurzen Moment später hörte ich, wie die schmale Stiege unter ihren Schritten leise knarrte.

„Du lieber Gott“, sagte sie, als sie ihren Kopf durch die Bodenöffnung gesteckt hatte. „Soll ich die Männer holen?“

„Ja, sag ihnen Bescheid, dass sie nicht mehr weitersuchen müssen.“

Ohne ein weiteres Wort verschwand sie nach unten. Keine fünf Minuten später standen wir allesamt in Nadines Versteck. Die Männer sahen sich um und ich gab Ingrid das Grimoire, immer noch an derselben Stelle aufgeschlagen, wie ich es gefunden hatte. „Kennst du das Ritual, das hier beschrieben wird?"

„Dazu müsste ich mehr Licht haben", sagte sie, während sie die Seite musterte.

Ich nickte und wandte mich zur Stiege. Ingrid folgte mir und wir gingen in die Küche.

Ingrid legte das Buch auf den Tisch, zog einen Stuhl heran und setzte sich. Eingehend studierte sie die Seiten. Schließlich sagte sie: „Ich kenne mich nicht so gut mit diesen Dingen aus, aber es scheint mir, als wäre das ein Ritual zur Rückführung aus dem Totenreich. Sieh dir die Skizzen an." Sie deutete auf eine schwarze Federzeichnung, die zeigte, wie eine augenlose Gestalt von verzerrten Fratzen umschwebt aus einem Spiegel trat.

„Sie sagte zu mir: Gib mir mein Kind, weißt du noch? Es kam mir so vor, als ob sie glaubte, die Wassernixe zu sein."

Ingrid nickte.

Frank und Karl gesellten sich zu uns. Karl setzte sich neben Ingrid auf einen zweiten Stuhl, während Frank die Schüssel in den Händen hielt und sie in die Spüle ausgoss. Dann drehte er sich zu mir um und sagte: „Du kannst froh sein, dass du keine Hühner angeschafft hast."

Das riesengroße Fragezeichen musste mir auf der Stirn gestanden haben, denn er fuhr fort: „Die wärst du jetzt mit Sicherheit los."

Ich legte den Kopf schräg und sah ihn von unten herauf an. Dann begriff ich. „Blut?"

„Ja. Die Kadaver liegen hinter dem Sessel auf einem Jutesack."

Mir schauderte.

„Ich geh gleich rauf und räume sie weg", sagte Frank, dann wandte er sich wieder der Spüle zu und wusch die Schüssel gründlich aus.

„Und das alles nur, weil Heinrich seine Frau umgebracht hat", sagte ich unvermittelt.

„Glaubst du denn es stimmt, dass sie ein Kind von ihrem Liebhaber hatte? Dem Wassermann?", fragte Ingrid.

„Ich denke, es ist viel mehr an den Sagen dran, als wir angenommen hatten. Ich habe zwar keinen Hinweis auf einen Liebhaber gefunden, aber ein Kind hatte sie und ich bin mir sicher, auch wenn es nicht von Heinrich war, ein Wassermann war der Liebhaber bestimmt nicht."

Ich erinnerte mich, dass sie die ganze Geschichte ja noch gar nicht kannte. Ich sah, wie Karls Blick zwischen uns wechselte und mir wurde bewusst, dass auch er kein Wort von dem verstand, was ich sagte.

Ich holte weiter aus und erzählte von Heinrichs Hexenprozess, der durch die Aussage der Mersche Tilbeck, Katharinas Schwester Maria, ins Rollen kam, worin sie behauptete, er habe ihre Schwester weggezaubert. „Das bedeutet meiner Meinung nach nichts anderes, als dass dieser Punkt der Sage wahr ist. Heinrich hat seine Frau umgebracht und in den Brunnen geworfen. Maria hat sich um ihre Schwester gesorgt und wollte ihn zwingen zu sagen, wo sie ist. Vielleicht ahnte sie aber auch, dass er Katharina umgebracht hatte, und wollte ihre Schwester rächen. Was genau ihr Grund war ihn anzuklagen, weiß ich nicht. Was ich weiß ist, dass sie nicht mehr dazu kam, ihre Anklage als Zeugin zu wiederholen, weil sie zu dieser Zeit schon tot war. Kennst du die Sage von der Mersche Tilbeck?", fragte ich Ingrid.

„Natürlich kenne ich sie. Ermordet für eine Handvoll Schuhnägel. Sie war Katharinas Schwester?"

„Das konnte ich aus den Unterlagen ableiten, ja. Heinrich Leugers stellte sich, um seine Unschuld zu beweisen, der Wasserprobe, die aber schiefging. Er war in den Augen der Kirche schuldig. Vielleicht hat er sich gedacht, wo keine Zeugen sind, gibt es auch keine Anklage mehr. Es ist schon ein merkwürdiger Zufall, dass er nach der Wasserprobe Maria bedroht und sie kurze Zeit später ermordet wird."

Frank trat an den Tisch und setzte sich zu uns. Er erzählte Karl und Ingrid von den Schuhnägeln in unserem Schweinestall und dem Beutel, den er im drittletzten Koben gefunden hatte.

„Es sieht ganz danach aus", sagte ich, „als ob der Landsknecht von Heinrich, als seinem Auftraggeber, den versprochenen Lohn einfordern wollte und zum Beweis des ausgeführten Mordes den Beutel mitgebracht hat."

Karl schaltete sich ein. „Und warum lag der Beutel dann im Schweinekoben?" Kaum hatte er die Frage gestellt, riss er die Augen auf. „Allesfresser", beantwortete er seine Frage selbst.

„Ich habe das recherchiert", sagte ich. „Acht Schweine fressen in zirka acht Minuten rund zweihundert Pfund Fleisch – wenn sie hungrig sind."

Ingrid wurde bleich und atmete geräuschvoll ein. Für einen Augenblick glaubte ich, sie habe das Ausatmen vergessen. Schließlich blies sie die Luft in einem Stoß aus.

„Heinrich hat leider die Rechnung ohne den Wirt, in dem Fall ohne die Nachbarn, gemacht. Er war wohl ein sehr unbeliebtes Gemeindemitglied. Einmal angestoßen, sagten sie gegen ihn aus und behaupteten Dinge und Praktiken, die aus der heutigen Sicht betrachtet eher wie vergnügliche Späße auf einem Tanzabend klingen. Für die Kirche waren die Anschuldigungen ein klares Zeichen für einen Bund mit dem Teufel. Er sagte unter Folter noch ganz andere Dinge aus. Er widerrief diese zwar später und sagte, er hätte das alles nur zugegeben, weil er gefoltert worden war, aber schlussendlich wurde er auf dem Scheiterhaufen verbrannt."

„Eine gerechte Strafe für einen Doppelmörder", sagte Ingrid. „Obwohl er einem irgendwo auch leid tun kann."

„Na ja", sagte Karl. „Wenn diese Katharina ihren Mann nicht betrogen hätte, dann wäre der Mord vielleicht gar nicht geschehen."

Frank feixte. „Genau. Schuld sind doch immer die Frauen."

„Hm, aber wie kaltblütig kann man bitte sein?", fragte ich. „Wenn es nämlich stimmt, dass er auch das Baby umgebracht hat, dreht sich mir der Magen um."

Schweigend studierte ich das Muster der Tischdecke. Ich spürte, wie sich eine Hand auf meine Schulter legte. Ich sah auf und blickte direkt in Franks warme Augen. „Schlimm finde ich, das Anna und Johann Lüttke-Herzog ebenfalls unter den Auswirkungen von Heinrichs Tat zu leiden hatten. Wie unvorstellbar muss es sein, das eigene Kind zu verlieren, geschweige denn drei."

Der Gedanke kroch klammheimlich in meinen Geist und schließlich sagte ich: „Die Hexe Rita konnte nicht wissen, wie nah sie der Wahrheit war, als sie Anna vor der Wassernixe warnte. Es ist mehr als tragisch, dass Katharina Leugers tatsächlich Annas Kinder holte. Sie starben alle in ähnlichem Alter. Gerade der Brust entwöhnt, dazu eventuell noch ein leicht geschwächtes Immunsystem – sie hatten gegen den Leichnam, der das Brunnenwasser verunreinigte, keine Chance."

43

Ich hatte das merkwürdige Gefühl, als ob ich ein winziges Detail übersah, nur kam ich einfach nicht drauf, was es war. Eine Kleinigkeit nur, ein Geistesblitz, den ich nicht zu fassen bekam. Irgendetwas war noch nicht ganz schlüssig, wollte nicht passen.

Katharina war die Wassernixe, das war Fakt; und sie war ermordet worden, auch Fakt. Die Geschehnisse um die Mersche Tilbeck und Heinrich im Hexenprozess; ich hatte die Unterlagen und darin stand alles, auch wenn man ein wenig zwischen den Zeilen lesen musste.

Wieder einmal verfluchte ich die Zeit, die Ereignisse bis zur Unkenntlichkeit zu verschleiern vermochte, die imstande war, Sagen und Legenden hervorzubringen, in deren Tiefen man nach dem wahren Kern stochern musste. Dem Ursprung, den ich letzten Endes nur am Rande zu fassen bekam und der mir dann doch aus den Fingern zu gleiten drohte.

Wo zum Teufel war mein Denkfehler? Ich ahnte ihn mehr, als dass ich ihn begriff.

Karl hatte Frank geholfen, Nadines Versteck zu räumen und kurz darauf beschlossen Ingrid und er, zu Hause nach dem Rechten zu sehen. Ich lud sie ein, am Nachmittag zum Kaffe zu kommen und Ingrid sagte dankbar lächelnd in ihrer beider Namen zu.

Während Frank nach den Kindern sah, zog ich mich in die Küche zurück und schwang den Kochlöffel. Langsam kehrte die Normalität zurück.

Eine Stunde später aßen wir gemeinsam zu Mittag. Kathi durfte ein Stündchen schlafen, aus der für gewöhnlich zwei wurden, und Leon sauste mit Sabine zurück ins Clubhaus. Einen kurzen Augenblick rief ich mir ihr Alter ins Gedächtnis, schüttelte dann den Kopf, nahm mir aber dennoch vor, ab und an spinksen zu gehen. Man wusste ja nie.

Ich wollte mich gerade in die Halle setzen und ein großes Pergament mit der Hofchronik beschriften, um meine Gedanken zu ordnen, als es an der Tür schellte.

Seufzend stand ich auf und öffnete. Vor mir stand ein junger Mann von ungefähr zwanzig Jahren, in Jeans und einem zerbeult wirkenden, grauschwarz melierten Strickpullover. In seiner Hand hielt er einen dunklen Lederkoffer. „Henkmeyer, Schlüsseldienst", sagte er schlicht und sah mich erwartungsvoll an.

„Ähm ...", sagte ich und hatte damit kundgetan, was ich eigentlich nur denken wollte. Den Schlüsseldienst hatte ich vollkommen vergessen. Siedend heiß fiel mir ein, dass Herr Diepholz dabei sein wollte, wenn die Truhe geöffnet wurde. Ich bat den Mann herein, schnappte mir das Telefon vom Tisch und wählte die Nummer in Hangenau, die mir der Heimatforscher gegeben hatte.

Ich musste nicht lange läuten lassen. Es war fast so, als hätte er neben dem Telefon Wache gehalten, nur um den Zeitpunkt auch ja nicht zu verpassen. Er versprach sich zu beeilen.

An Herrn Henkmeyer gewandt, bat ich um fünf Minuten Geduld und bot ihm eine Tasse Kaffee an, die er jedoch dankend ablehnte. Zum Glück hatte er es nicht eilig. Er wollte sich nur schon das Schloss ansehen, das er in wenigen Minuten knacken sollte.

Herr Diepholz hatte nicht zu viel versprochen. Er musste förmlich über die Landstraße geflogen sein, denn kaum vier Minuten später parkte ein Wagen auf dem Wirtschaftsweg vor dem Haus. Ich sah einen hochgewachsenen Mittsechziger aussteigen und zielstrebig auf die Eingangstür zusteuern.

Ich öffnete, noch bevor er die Hand nach der Klingel ausstrecken konnte und stellte mich offiziell vor.

Ein breites Grinsen erreichte seine Augen und ließ sie durch sympathische Lachfalten erstrahlen. „Heribert Diepholz", sagte er. „Danke, dass Sie mich angerufen haben."

„Gern geschehen", entgegnete ich und führte ihn zur Truhe. „Da ist das gute Stück, das Anna von ihrer Großmutter geerbt hat."

Anerkennend nahm er sie in Augenschein.

Frank trat zu uns. „Ah, wird jetzt das Geheimnis gelüftet?"

„Ich erwarte nichts Geheimnisvolles zu finden", sagte ich. „Aber wer weiß? Gespannt bin ich allemal."

Herr Henkmeyer nahm ein Werkzeug aus dem Koffer, der bereits offen neben ihm auf dem Boden stand, krempelte die Ärmel seines Pullovers hoch und ging in die Hocke. Kaum zwei Sekunden später knackte es im Schloss. Er wandte den Kopf, erhob sich und packte das Werkzeug wieder ein.

„Das war alles?", fragte ich überrascht.

„Jo", sagte er und grinste. „Rechnung kommt."

Frank geleitete ihn der Höflichkeit halber zur Haustür, obwohl sie in Sichtweite war und sich Herr Henkmeyer unmöglich hätte verlaufen können. Wir warteten auf ihn. Als er wieder neben mich trat, war der Augenblick gekommen. Langsam hob ich den schweren Deckel an, der über mehrere Scharniere nach hinten klappte. Das Erste was ich sah, war ein Name, der von Innen ins Holz des Deckels gebrannt war und mir stockte der Atem. Augenblicklich wusste ich, wessen Name das war.

Annas Großmutter war Leonore Heek.

„Das glaube ich jetzt nicht", sagte ich und fuhr mit einem Finger die Buchstaben nach.

„Was?", fragten Frank und Herr Diepholz wie aus einem Munde.

„Moment", sagte ich und versuchte die Tragweite meiner Entdeckung zu begreifen. Ich sah in die Truhe. Darin lag ein rauchfarbener Stoff, sorgfältig gefaltet. Mit spitzen Fingern hob ich ihn heraus, schlug ihn vorsichtig auseinander und hielt ein aufwändiges, bodenlanges Kleid in Händen. Mehrere, fast durchscheinende Stofflagen waren fein säuberlich übereinander gearbeitet worden. Die Nähte zeigten leichte Unregelmäßigkeiten, was auf Handarbeit hinwies. Frank hatte ebenfalls in die Truhe gegriffen und entrollte gerade ein dickes Pergament. Ich gab das Kleid an Herrn Diepholz weiter und sah ein weiteres Mal in die Truhe. Am Boden stand eine Art Schmuckschatulle, deren Deckel mit Schnitzereien versehen war. Ich nahm sie heraus, musterte das Schloss und fragte mich, ob ich den Mann vom Schlüsseldienst wohl zu früh hatte gehen lassen. Vorsichtig versuchte ich den Deckel anzuheben. Er lies sich widerstandslos öffnen. Darin lag ein gefaltetes Stück Papier. Ich nahm es an mich und sah aus dem Augenwinkel, wie Herr Diepholz jede meiner Bewegungen beobachtete. Ich wandte den Kopf und sah in sein lächelndes Gesicht.

„Worauf warten Sie?", fragte er.

Ich sah auf das Papier in meinen Händen und mir wurde bewusst, was mich zögern ließ. Was wenn es zerfiel, wenn ich es nicht vorsichtig genug auseinanderfaltete? Mein Atem ging flach, ich musste meine Hände zwingen, nicht zu zittern. Sorgsam faltete ich es auf.

Während ich die handschriftlich verfassten Zeilen las, sank ich erst in die Hocke und setzte mich schließlich auf den kalten Steinboden.

Killarney Munster, Heumond 1691

Liebe Nore,

Ich sende dir den schönsten Gruße aus der Heimat meines Gatten. Die Insel ist von solchem Grün, du würdest deinen Augen keinen Glauben schenken. Hier wachsen Erdbeeren an großen Sträuchern. Rudger zeigte mir Berge, die hoch zum Himmel ragen. Es ist wie in einem Wunder. Wir leben zusammen mit unserem Jo am Lough Leane, nahe bei Ross Castle. Rudger ist dort Stallmeister. Ich wünschte mir, du könntest all dies mit uns erleben, aber ich verstehe deinen Wunsch, in der Heimat zu bleiben, auch wenn mich der Gedanke an jene Nacht mit Trauer erfüllt. In der Hoffnung der Herrgott möge dir stets wohl gesonnen sein.

In Liebe und tiefer Dankbarkeit

Katharina

„Julia? Was ist los? Du bist ja ganz blass“, sagte Frank und ging neben mir in die Hocke.

Meine Gedanken wirbelten haltlos durcheinander. Ich hatte mich gründlich geirrt. Katharina war nicht die Leiche im Brunnen. Heinrich hatte weder sie noch den kleinen Johanni umgebracht. Sie war mit Rudger Darragh durchgebrannt, zusammen mit dem Kind. Ich kramte in meinem Schulwissen nach einer grünen Insel, denn Munster konnte kaum für die Nachbarstadt sprechen. Killarney, Lough Leane und Ross Castle. Unwillkürlich musste ich an das Hofregister und den Eintrag zu Darragh denken. Ivernia.

„Irland“, sagte ich und beide Männer starrten mich an, doch ich konnte jetzt nichts erklären. Ich grübelte darüber nach, was diese neuen Informationen bedeuten konnten.

Mein Blick wanderte zu dem Pergament in Franks Hand. Ich nahm es ihm vorsichtig aus den Fingern und sah mir an, was darauf geschrieben stand.

Ich erkannte die geschwungene Schrift, die leicht bräunlich verblasste Tinte, wie die auf dem Pergament im Landesarchiv. Entweder war dieses hier eine Abschrift, oder aber das Original. Im Grunde war es gleich. Beide stammten aus derselben Hand. Es war die Legende der Wassernixe, niedergeschrieben von Herneo Loeke.

Langsam dämmerte mir, was an meiner Theorie nicht gestimmt hatte. Es war eine zentrale Frage, die mich die ganze Zeit schon unbewusst beschäftigt hatte. „Weißt du, was ich mich frage?“

„Du wirst es uns sicher gleich sagen“, meinte Frank.

Herr Diepholz schüttelte den Kopf.

„Wo kam diese verdammte Legende eigentlich her? Ich meine, bisher habe ich immer nach dem wahren Kern gesucht, aber was wenn man das Pferd von hinten aufzäumen würde? Wer hat sie in die Welt gesetzt?“

„Herneo Loeke“, sagte Herr Diepholz. „Das ist bekannt.“

„Aber woher soll er die ganzen Details gewusst haben?“

Seine Antwort kam ohne Zögern. „Vielleicht hat ihm einer davon erzählt?"

„Dann müsste es jemand gewesen sein, der sozusagen ein Augenzeuge war, aber würde derjenige mit einer Mordgeschichte hausieren gehen?", fragte ich.

Er sah betroffen aus.

„Was ich mich frage, ist: was hat der Autor damit bezweckt? Warum hat er die Legende erfunden?"

„Weil es eine gute Geschichte ist. Dachte ich", sagte Herr Diepholz verunsichert.

„Oder um die Wahrheit zu verschleiern", sagte Frank.

Ich sah ihn an und nickte. „Interessant. Und das bringt mich zu meiner nächsten Frage: Was wollte er verbergen? Was bezweckte er mit der Legende von der Wassernixe? Schon allein wenn ich diesen Begriff höre, denke ich an ein Wesen aus der Edda. Eine negativ behaftete Muttergestalt und absolut todbringend. Davon abgesehen lag eine Leiche im Brunnen, also im Wasser. Der Schöpfer der Legende muss das gewusst haben. Bin ich eigentlich die Einzige, die bei dem Namen Herneo Loeke stutzig wird? Herneo ist doch ein seltsamer Vorname."

„Schon, aber Loeke ist hier gängig", wandte Herr Diepholz ein.

Gedankenverloren sah ich auf die Brandschrift im Deckel der Truhe. Ich flüsterte den seltsamen Namen des Autors. Ich legte den Kopf schräg und zog die Brauen zusammen. Dann stand ich auf und lächelte. „Sieh einer an." Ich beugte mich vor und buchstabierte den Namen, während ich auf verschiedene Buchstaben von Leonore Heek tippte. „H-e-r-n-e-o-L-o-e-k-e."

Frank lachte und Herr Diepholz sagte verblüfft: „Ein Anagramm, das ist ja unfassbar."

„Leonore hat auf dem Hof gelebt. Sie muss in jener Nacht dort gewesen sein. Sie kannte die Wahrheit. Aber welche Fakten hat sie verdreht und warum?"

Ich las die Legende laut vor, in der Hoffnung, den Männern würde etwas auffallen. Stattdessen stolperte ich gleich zu Anfang über eine Passage, die definitiv einer Lüge entsprach. Ich deutete auf den Abschnitt und sagte: „Hier ist etwas."

Heinrich, so sollt er heißen, doch liebte er nur Stellung und Hof, nicht Katharina. Übel mitgespielt wurd ihr, doch eines Nachts stahl sie sich davon. Sie eilte zum Schlosssee mit festem Willen ihrem Leben ein Ende zu setzen.

„An der Stelle lernt sie den angeblichen Wassermann kennen, Darragh. Durch das Taufkleidchen weiß ich, das Johanni noch vor der Ehe gezeugt wurde. Hier stellt sie Katharina aber so dar, als wäre sie erst in der Ehe schwanger geworden. Ich frage mich, warum?"

Herr Diepholz meldete sich zu Wort. „In jener Zeit war beides schlecht. Ich finde es viel interessanter, wie sie die Geschichte bis zu diesem Punkt aufgebaut hat. Sie erzählt erst, wie sehr Katharina unter Heinrich gelitten hat. Damit erweckt sie Mitleid und Verständnis, wodurch ihr Ehebruch mit der wahren Liebe zu etwas Romantischem verklärt wird."

Frank brummte zustimmend, während ich nickte. „Stimmt. Aus dem Brief kann man klar erkennen, dass sie sich sehr mochten. Sie wollte Katharina scheinbar nicht verunglimpfen. Vielleicht war die Ehe unter Heinrich tatsächlich so unerträglich. Hier heißt es ja auch, dass sie verheiratet wurde. Aber zu dem Zeitpunkt war sie in Wahrheit schon schwanger mit Darraghs Kind. Vielleicht wurde er als möglicher Kandidat abgelehnt."

„Hier ist die zweite Lüge", sagte Frank und deutete auf einen weiteren Textabschnitt.

Es gelang ihr, das Kind aus dem Fenster der Kammer herabzulassen, doch sie selbst blieb zurück und wurde Opfer Heinrichs Raserei. Seit dieser Nacht ist sie verschwunden, denn Heinrich hat sie ums Leben gebracht.

„Katharina wurde nicht ermordet", setzte er hinzu.

„Da scheint mir der Grund ganz klar zu sein. Ohne einen Mord, kann sie am Ende nicht als Wassernixe zurückkehren", sagte ich.

„Ja", sagte Herr Diepholz. „Aber es könnte auch noch mit etwas anderem zu tun haben."

„Was meinen Sie?", fragte ich.

„Katharina ist, allem Anschein nach, mit Darragh nach Irland gegangen. Das heißt, sie hat ihren Mann Heinrich nicht nur betrogen, sondern ist am Ende sogar mit ihrem Liebhaber durchgebrannt. Wäre das bekannt geworden, hätte es ihre ganze Verwandtschaft in Verruf gebracht."

„Die letzte Lüge ist absolut logisch. Sie sagt den Grund selbst", stellte ich fest und las die Passage vor.

Ich werde ein Jedes holen, bis ich das Rechte gefunden. Das Kind ist mein!

„Mit anderen Worten: Haltet euch von dem Hof fern, sonst holt sie sich eure Kinder." Ich nahm das rauchfarbene Kleid zur Hand und musterte es. Mein Blick wanderte zum Kamin. „Das sieht doch genauso aus wie das Kleid, das Katharina auf dem Gemälde trägt. Es würde mich nicht wundern, wenn Leonore von Zeit zu Zeit darin auf dem Hof herumgespukt wäre, um der Geschichte den nötigen Nachdruck zu verleihen. Sie hat den Leuten Angst gemacht, weil sie wusste, dass im Brunnen eine Leiche liegt."

„Halt, einen Moment." Frank wedelte mit der Hand. „Katharina wurde doch gar nicht umgebracht. Wer ist denn dann die Leiche?"

„Es gibt keine Leiche", sagte Herr Diepholz an Frank gewandt.

„Doch", sagte Frank und begann ihm zu erzählen, was sich in der Nacht ereignet hatte.

Ich sah noch, wie Herr Diepholz mit offenem Mund dasaß und Franks Ausführungen folgte, aber ich hörte schon gar nicht mehr hin.

In Gedanken ging ich die einzelnen Personen durch, die in dieser ganzen ungeheuerlichen Geschichte eine Rolle gespielt hatten. Ich beleuchtete ihre Positionen aus verschiedenen Blickwinkeln, ihr Motivationen zu handeln, und am Ende lief alles auf dasselbe Ergebnis hinaus. Es endete immer bei dem kleinen Johanni, der hilflos unter dem Fenster in den Büschen lag. Was hätte Heinrich daran hindern können ihn zu finden? Doch nur der Umstand, dass er nicht mehr dort war. Eine der drei Frauen hatte das Baby weggeholt und musste mit ihm geflohen sein.

Ich versuchte mir vorzustellen, wie eine Frau mit einem Säugling auf dem Arm durch die dichten Hecken hinter dem Gebäude flüchtete, vor einem Mann, den die blanke Wut antrieb. Ich schüttelte unwillkürlich den Kopf. Sie hätte keine Chance gehabt. Sie hätte das Baby schützen und auf ihre Röcke achten müssen, die sich zwangsläufig im Geäst verfangen hätten. Nein, sie musste die Flucht über den Wirtschaftsweg gewählt haben. Allerdings hätte sie ihr Weg am Brunnen vorbeigeführt und damit wäre sie Heinrich direkt in die Arme gelaufen.

Meine Gedanken stockten. Ich hörte den inneren Einwand beinahe sofort: es sei denn, jemand hätte sich ihm mutig in den Weg gestellt und damit die Flucht der beiden ermöglicht.

Katharina schied aus. Sie hatte das Kind aus dem Fenster herabgelassen. Annas Großmutter Leonore hatte diese unselige Nacht überlebt. Sie war die Urheberin der Sage und wusste um die Leiche im Brunnen. Sie musste diejenige mit dem Säugling auf den Armen gewesen sein und hatte mit eigenen Augen gesehen, was geschah.

Es blieb nur noch eine einzige Person übrig. Unwillkürlich musste ich lächeln.

Frank musterte mich. „Du weißt es, oder?“

„Ja, und sie könnte nicht weiter von der Legende entfernt sein. Im Grunde ist es doch immer so. Der Kern einer Sage hat am Ende mit der Wahrheit nur noch am Rande zu tun.“

„Und wer?“

Es schellte und ich stand auf, um die Tür zu öffnen.

„Das ist jetzt unfair“, entrüstete sich Frank.

„Warum? Du verlangst von mir doch auch, dass ich deinen ganzen Autokram verstehe.“

Ingrid trat herein, dicht gefolgt von Karl, und fragte: „Was ist unfair?“

„Er ärgert sich gerade, dass ich weiß, wer die Wassernixe ist und er nicht.“ Nur mühsam konnte ich mir ein Kichern verkneifen.

„Oh, war es doch nicht Katharina?“, fragte sie.

„Nein.“

Ingrid hob die Brauen, dann sagte sie: „Wie verzwickt. Und wer ist die Frau im Brunnen dann?“

Ich wies zur antiken Anrichte, auf die ich meine gesammelten Unterlagen gelegt hatte. „Da drüben liegt das Hofverzeichnis. Darin findet ihr drei Frauen, die Heinrich die Stirn geboten haben. Jede von ihnen auf ihre eigene Weise und doch ist eine darunter, die Katharina sehr geliebt haben muss, denn sie schenkte dem kleinen Johanni eine Zukunft und bezahlte dafür mit ihrem Leben.“

Epilog

Linthberghe 1690

Das Grollen eines nahenden Gewitters begleitete Leonore auf ihrem Weg durch die Dunkelheit. Der böige Wind riss an ihrem Umhang und trieb sie voran. Lediglich der Gedanke an den vergangenen Besuch bei ihrer Familie glomm wie ein wärmender Funke in ihrem Herzen. Ein flüchtiger Blick hinauf zum Himmel verriet ihr, dass sie sich beeilen musste, wenn sie noch vor Hereinbrechen der Sintflut den Herzoghof erreichen wollte.

Mit klammen Fingern straffte sie den Knoten ihres Kopftuchs, versuchte sich den Umhang fester um den Leib zu wickeln und hastete stetig voran. Der Himmel schwärzte sich bereits bedrohlich, als schließlich zu ihrer Rechten zwei hochgewachsene, schattenhafte Umrisse auftauchten, die sie als jene zwei Eiben erkannte, welche die Hofeinfahrt flankierten. Sie eilte an ihnen vorüber in der Gewissheit, ihr Heim erreicht zu haben. Bei dem Gedanken an ein wärmendes Feuer legte sich ein mildes Lächeln auf ihre Lippen, doch hinter den Fenstern, die sie nun vom Vorhof aus sehen konnte, glomm nur ein schwacher Schein. Hatte Dorte zu wenig Holz aufgelegt, womöglich den Kamin erkalten lassen?

Leonore hatte die Vordertür erreicht, öffnete sie und wollte gerade über die Schwelle treten, als ein lautes Krachen sie in ihrer Bewegung stocken ließ. Glas splitterte. Just gefolgt von einem Schrei.

„Katharina", flüsterte sie entsetzt in die alles beherrschende Düsternis der Deele hinein.

„Ich wusste, sie haben Recht!", hörte sie Heinrich brüllen. „Verschwinde vom Fenster und gib mir deinen Bastard!"

Leonore wurde augenblicklich heiß und kalt zugleich. Ihre Nackenhaare sträubten sich. Lieber Gott, wie hat er das erfahren, dachte sie und wollte schon durch Deele und Küche eilen, um ihrer Herrin beizustehen, als sie aus dem Augenwinkel eine Regung wahrnahm. Erschrocken fuhr sie herum.

Neben dem Kamin kauerte das Küchenmädchen, die Hände vor den Mund geschlagen, die Augen geweitet vor Angst.

In diesem Augenblick hörte sie einen dumpfen Schlag, als sei jemand gestürzt, der Säugling schrie sich die Seele aus dem Leib, Katharina folgte dem Beispiel ihres Kindes und kreischte aus voller Kehle.

Leonore gab dem Mädchen ein Zeichen, zu ihr zu kommen, doch Dorte schüttelte nur den Kopf. Der Schrecken saß wohl zu tief in ihren Gliedern, als dass sie sich freiwillig auch nur einen Jota rühren würde.

„Das wird dir nichts nützen! Glaubst du tatsächlich, ich könnte ihn in den Büschen nicht finden?“, hörte sie Heinrich poltern.

Leonore eilte zu Dorte und packte sie am Arm.

In diesem Augenblick löste sich ihre Erstarrung. Sie kam auf die Füße. Gemeinsam hasteten sie zur Eingangstür.

„Schrei nur! Du kannst deinen Bastard nicht retten!“, tobte Heinrich.

Aber ich, dachte Leonore, öffnete möglichst leise die Tür und schlüpfte zusammen mit dem Küchenmädchen hinaus in die stürmische Nacht.

„Rasch“, trieb sie Dorte an. „Wir müssen das Kind holen.“ Sie liefen die lange Fensterreihe entlang bis zur Hausecke. Dort angelangt, bedeutete sie Dorte auf sie zu warten. „Versteck dich hinter dem Baum und gib Acht. Wenn du Heinrich siehst, gib Laut wie ein Kauz.“ Sie hielt inne. „Kannst du das?“

„Ja“, wisperte Dorte.

Leonore nickte dem Mädchen aufmunternd zu, dann wandte sie sich ab. Sie hastete an den Tannen vorbei zur rückwärtigen Hausecke.

Das Kind weinte herzerweichend.

Vorsichtig spähte sie um die Ecke, sah hinauf zum Fenster der Upkammer und lauschte. Kampflaute drangen aus dem Zimmer. Sie hörte Katharina stöhnen, gefolgt von wimmernden Lauten, die von dumpfen Schlägen begleitet wurden.

Leonore empfand einen tiefen Schmerz im Inneren ihrer Seele. Wie konnte ein Mensch derart herzlos und brutal sein? Im Stillen betete sie, dass Heinrich von Katharina ablassen, dass es nicht zum Schlimmsten kommen möge.

Johann, wo bist du?, dachte sie gehetzt und spähte in das dichte Strauchwerk. Sie hörte ihn deutlich, folgte seiner Stimme und zwängte sich ins Gebüsch. Das Geäst verfing sich in ihrem Umhang, zerrte an ihren Kleidern als suche es sie aufzuhalten. Endlich stießen ihre Finger auf ein Bündel weicher Wolle. In eben diesem Augenblick stahl sich silbernes Mondlicht durch die Wolkenfetzen.

Sie sah das in mehrere Decken fest eingewickelte Kind. Vorsichtig bog sie die Zweige auseinander und befreite den Jungen aus der hölzernen Umklammerung. Tröstend hielt sie ihn an die Brust und flüsterte beruhigend auf ihn ein. Rückwärts brach sie sich ihren Weg hinaus aus den Büschen. Kaum war sie frei, trat sie unter das Fenster der Upkammer.

Der Schrei eines Käuzchens ließ ihren Atem stocken. Hatte Dorte Heinrich gesehen?

Glücklicherweise hatte sich der kleine Johann beruhigt, sobald er ihre Wärme gespürt hatte. Er weinte nicht mehr und Leonore hoffte inständig, dass es dabei blieb. Sie hielt den Jungen fest umklammert, hastete um die Hausecke und rannte den Weg zurück. Auf Höhe der Tannen angelangt, sah sie Dorte wild gestikulieren. Leonores schlimmste Befürchtung wurde zur Gewissheit. Heinrich war auf dem Weg hierher.

Sie hatte Dorte beinahe erreicht.

Das Mädchen hielt inne und richtete ihren Blick auf das Bündel in Leonores Armen. Plötzlich fuhr Dorte herum. Es wirkte, als straffe sie die Schultern, als würde sie um Haupteslänge wachsen.

Leonore ahnte bereits, worauf dies hinauslief. Sie streckte die Hand nach dem Mädchen aus, wollte sie aufhalten. Doch mit einem entschlossenen Ruck löste Dorte sich aus dem Schatten der Eiche. Alles was Leonore hörte, war ein gefasstes: „Lauf."

„Das ist Wahnsinn", sagte Leonore und sah ihr nach, doch Dorte ließ kein Zögern erkennen. Mit festen Schritten ging sie Heinrich entgegen.

Leonore drückte sich hinter die Eiche und lugte vorsichtig am Stamm vorbei. Die Gedanken rasten. Das ist Wahnsinn, der pure Wahnsinn ...

Was sollte sie tun? Dorte folgen? Auch das wäre Wahnsinn. Sie zwang sich zu einem klaren Gedanken, rang mit sich, focht einen stillen Kampf. Es blieb ihr nichts weiter, als ihre Fluchtmöglichkeiten abzuwägen. Wohin könnte sie gehen? Vielleicht blieb sie unbemerkt, wenn sie sich dicht am Rande des Innenhofs hielt? Vorausgesetzt, das Kind blieb ruhig.

Als sie hörte, wie Heinrich das Küchenmädchen wütend anfuhr, setzte sie sich leise in Bewegung. Sie achtete auf jeden Schritt, die Augen fest auf den Boden vor ihren Füßen gerichtet, die Angst entdeckt zu werden im Nacken sitzend. Zugleich lauschte sie auf jedes Wort, das zwischen Dorte und Heinrich gesprochen wurde, soweit der nachlassende Wind es zuließ, der ihr um die Ohren strich.

„Wo ist der Bastard?", hörte sie ihn fragen. „Wo hast du ihn versteckt?"

Dortes Antwort verstand sie nicht.

Stetig arbeitete Leonore sich voran, sorgsam darauf bedacht nicht aufzufallen. Plötzlich wimmerte Johann unter ihrem Umhang. Das Herz klopfte ihr bis zum Halse. Hatte Heinrich ihn gehört? Sie wandte den Kopf und sah Dorte vor dem hünenhaften Mann gleich neben dem Brunnen stehen.

Heinrich stieß das Mädchen zur Seite.

Mit einem Wutgebrüll warf sich Dorte auf ihn, die Hand hoch erhoben. Darin sah Leonore einen großen, unförmigen

Gegenstand. Womöglich ein Ziegelstein. Der Arm sauste nieder. Dorte traf den Mann an der Brust.

Heinrich brüllte auf vor Schmerz.

Leonore zögerte keinen Augenblick länger und rannte los. Ob er den Jungen nun gehört hatte oder nicht, spielte in diesem Moment keinerlei Rolle mehr. Sie rannte ohne sich noch einmal umzudrehen.

Sie erreichte den Wirtschaftsweg, wandte sich nach links und rannte weiter.

Plötzlich hallte ein gellender Schrei über den Vorhof. Ohne darüber nachzudenken, blieb Leonore wie angewurzelt stehen. Langsam drehte sie sich um.

Heinrich stand aufrecht. Dieses Mal hatte er die Hand hoch über den Kopf erhoben.

Leonore sah den Gegenstand in seiner Hand.

Der Arm sauste nieder, traf Dorte am Kopf. Sie fiel in einer halben Drehung um sich selbst nach hinten. Der Fall stockte einen Augenblick, als sie gegen den Brunnen schlug, dann kippte ihr Körper über die Backsteineinfassung und verschwand.

Kurz darauf hörte Leonore ein platschendes Geräusch. Fassungslos starrte sie auf den Brunnen.

Auch Heinrich stand wie angewurzelt, als könne er selbst nicht fassen, was geschehen war.

Plötzlich wurde sie sich ihrer Lage bewusst. Noch war der Mann abgelenkt, doch wenn er zum Wirtschaftsweg herübersah, wäre es um sie geschehen. Geistesgegenwärtig huschte sie hinter einen Busch am Wegesrand. Sie wagte kaum zu atmen. Hatte er sie womöglich bereits gesehen? Mit zitternden Fingern schmiegte sie das Kind an ihre Brust und wartete. Wartete auf das Urteil, dass der Herr gewillt war über sie zu fällen.

Die Zeit verstrich. Das Gewitter schien vorüberzuziehen, hatte sie lediglich gestreift. Vorsichtig lugte Leonore am Strauch vorbei.

Heinrich war verschwunden.

Leonore wusste, dass sie noch nicht außer Gefahr waren. Heinrich suchte wahrscheinlich nach Johann in den Büschen hinter dem Haus. Eile war geboten.

Sie richtete sich auf und schlug den wärmenden Umhang über das Kind. Es war der unbedingte Überlebenswille, der sie in dieser Nacht davontrieb.

Katharina musste mehrmals blinzeln, bevor es ihr gelang die Augen gänzlich zu öffnen. Ihre Lider fühlten sich so schwer an, dass sie glaubte, sie bestünden aus Blei. In ihrem Kopf herrschte eine dumpfe Schwere. Sie lag seitlich zusammengekauert und spürte die kalten Dielen unter sich. Sie wollte die Hand heben, doch ihr Arm schien mit dem Holz verwachsen. Als sie ihn zu lösen suchte, fuhr ihr ein stechender Schmerz bis hinauf in die Schulter und sie ließ ihn keuchend sinken. Sie hatte die Lippen geöffnet, atmete stoßweise und starrte auf die Wand, ohne sie zu sehen.

Ihr ganzer Körper fühlte sich an wie eine einzige offene Wunde, doch tief in ihrer Seele saß eine noch größere Pein. Ihre Kehle schnürte sich zu. Das Gewicht eines ganzen Pferdes legte sich auf ihre Brust. Sie schloss die Lippen, schluckte und zwang die Erinnerung zurück in die Tiefen des Vergessens. Für einen Augenblick glaubte sie zu obsiegen, doch das süße Gesicht ihres Kindes tauchte in ihren Gedanken auf. Ihre Fassung schwand, ein Wehklagen brach aus ihr heraus, wie eine gewaltige, alles verzehrende Flutwelle. Sie krümmte sich, ignorierte den körperlichen Schmerz, kniff die Augen zu. Ihre tödlich verletzte Seele verschlang jegliche Wahrnehmung und wand sich in tiefster Qual.

Sie verlor jegliches Gefühl für ihre Existenz, wusste nicht, wie lange sie dagelegen hatte, bis ihre Tränen versiegten. Leere breitete sich in ihrem Inneren aus. Sie horchte in sich hinein. Der Schmerz war noch da, saß so tief verwurzelt, dass sie glaubte ihn niemals ausmerzen zu können. Ein Teil von ihr war fortgerissen worden und an dessen Stelle klaffte ein gewaltiges Loch.

Ein verhaltenes Flüstern kroch in ihren Geist. Katharina öffnete die Augen. Langsam richtete sie sich auf, drehte sich leise stöhnend herum und lehnte sich an die Mauer. Ihre Hände glitten neben ihr zu Boden. Kraftlos wandte sie den Kopf. Ihr Blick fiel zur Tür. Hinter den Gläsern sah sie eine schemenhafte Gestalt. Jemand zischte ihren Namen. Aber war das wichtig?

Sie schloss die Augen und als sie sie wieder öffnete waren die Schemen verschwunden.

Wenige Minuten später knackte es im Schloss. Die Tür schwang leise nach Innen und Leonore huschte herein. Sie ging vor ihr in die Hocke, strich ihr über die Stirn. Ruhelos sah sie sich zur Tür um. Dann reichte sie ihr einen Becher und ein Stück Brot. Erneut sah sie sich um. Sie zog ein Tuch aus der Schürze und tupfte ihren Mundwinkel ab, während sie aufgeregt flüsterte: „Ich kann dich jetzt nicht hier rausholen. Heinrich ist im Stall."

Katharina zuckte zusammen, ob des Brennens ihrer geschundenen Lippe und lauschte Leonores Worten. Sie wollte nicht befreit werden. Vielmehr hoffte sie darauf, dass Heinrich sein Werk vollenden würde, dann könnte sie bei Johann sein. „Lass mich einfach hier", sagte sie und ihre Stimme schien gebrochen. „Er wird dich strafen, wenn er herausfindet, dass du mir hilfst. Das ist es nicht wert."

Leonore wirkte verblüfft. „Was redest du denn da? Dein Sohn braucht dich."

Wie konnte Leonore so grausam sein?

„Katharina, verstehst du nicht? Johann lebt. Er ist in Sicherheit."

Ungeachtet ihres geschundenen Körpers setzte sie sich ruckartig auf und suchte in Leonores Augen die Spur einer Lüge. „Aber ich habe einen Schrei gehört." Ihre Stimme verklang zu einem Flüstern. „Einen Todesschrei."

Leonore senkte das Haupt. Mit brüchiger Stimme sagte sie: „Dorte hat versucht den Heinrich aufzuhalten, damit ich mit dem Jungen entkommen kann. Sie hat sich ihm in den Weg gestellt …" Sie schluckte schwer. „Sie hat ihr Leben gegeben für dein Kind."

Katharina verschlug es die Sprache. Ein dumpfer Schmerz legte sich auf ihre Brust bei dem Gedanken an das schüchterne Mädchen, das sie so lieb gewonnen hatte. Ihre Augen füllten sich mit Tränen. Ihre Lippen bebten, als sie ausatmete.

Sie spürte Leonores tröstende Hand auf der Schulter, doch konnte die Magd mit dieser Geste nicht verhindern, dass ihr die Tränen über die Wangen hinabrannen. Im Bewusstsein, dass es nunmehr nur noch eines zu tun gab, packte sie Leonore am Arm. „Bring mein Kind hier weg und vergiss mich. Ihr Opfer darf nicht umsonst gewesen sein. Wenn ich versuche zu fliehen - Heinrich wird mich jagen und wenn er mich findet, bekommt er auch Johann in die Finger." Sie begann Leonore zu beschwören. „Bitte, du musst ihn fortbringen. Kümmere dich nicht um mich."

„Wo ist Darragh?", fragte die Magd und sah Katharina unverwandt in die Augen.

Sie senkte ihren Blick und antwortete: „Er hat mich im Streit verlassen. Von ihm ist keine Hilfe zu erwarten. Du bist auf dich allein gestellt."

Sie sah auf und wurde gewahr, dass Leonore die Stirn gerunzelt hatte, als würde sie ihr keinen Glauben schenken. Dann nickte sie und erhob sich. Ihr Blick wanderte wieder zur Tür, dann sagte sie zu ihr gewandt: „Ich bringe den Jungen fort, aber glaube nicht, dass ich dich Heinrich ohne Weiteres überlassen werde. Ich kehre zurück."

Katharina seufzte, doch wagte sie keinen Widerspruch. Sie wusste, dass die Magd sich nicht überzeugen lassen würde.

Sie sah, wie sie das Tuch in die Schürze steckte und dann zur Tür eilte. Kurz darauf war diese wieder verschlossen, als wäre Leonore nie bei ihr gewesen. Während sie hörte, wie sie die Stufen hinunterging, schämte sie sich, die Unwahrheit gesagt zu haben. Sie trug selbst die Schuld daran, dass Rudger nicht hier war. Sie hatte ihn fortgeschickt, verbunden mit der

Lüge, Johann sei Heinrichs Sohn. Sie hatte in seinen Augen den Zweifel glimmen sehen. Er wusste es besser, aber sie wollte den Trug um der Ehre willen aufrecht halten.

Plötzlich zerschlug Heinrichs dröhnende Stimme die Ruhe.

Katharina fuhr auf. Deutlich hörte sie seinen Ausbruch, der über Leonore niederging. Diese entgegnete ein paar Worte, dann war ein dumpfer Schlag zu hören. Die Magd schrie auf. Türen knallten und er brüllte, sie solle bloß verschwinden. Dann war es mit einem Mal so still, als wäre nichts geschehen.

Katharina kam auf die Füße, stützte sich an der Wand und wankte zur Tür. Sie presste die Nase an eine der Scheiben. Dort lag die verschwommene Küche im Morgenlicht, ohne dass ein Mensch zu sehen war. Ihre Befürchtung, Heinrich würde in ihre Kammer poltern, war demnach unbegründet. Nun da sie wusste, dass Johann lebte, fühlte sie eine solch tiefe Erleichterung, dass ihr nicht mehr der Wunsch danach stand ihr Leben zu geben. Sie könnte vielleicht einen Plan ersinnen, durch den sie entkommen konnte, sobald sie ihren Sohn in Sicherheit wusste. Mit einem tiefen Seufzen dachte sie an Heinrichs baumähnliche Statur und wusste zugleich, dass dies nur durch eine List würde gelingen können. Der Zustand ihres geschundenen Leibes war dem allerdings mehr als abträglich.

Mutlos schleppte sie sich zurück in den hinteren Teil der Kammer, stützte sich am Fenstersims und sah hinaus. Warum hatte sie Rudger fortgeschickt? Sie schüttelte den Kopf und verstand sich selbst nicht mehr. Wohin hätten sie gehen können? Sie hatte geglaubt, Johann habe es hier besser. Heinrich könnte seinem vermeintlich eigenen Sohn niemals ein Leid zufügen. Aber entsprach dies der Wahrheit? Sie hatte weiß Gott genug unter seiner Knute gelitten, um zu wissen, was für ein Mensch er war. So ganz anders als Rudger Darragh, den sie niemals hätte ehelichen dürfen.

Wieder schüttelte sie den Kopf, doch dieses Mal, um ihre Gedanken an ihn zu verscheuchen. Sie sank auf den Boden, nahm den Becher zur Hand und trank einen Schluck. Ihr Blick fiel auf das Brot, welches verwaist am Boden lag. Sie nahm es auf und brach es.

Es war später Nachmittag, als ein Tumult ausbrach. Es musste ein handfester Streit sein. Die Vermutung lag nahe, dass sie in der Tenne sein mussten, denn sie konnte weder die Worte der Kontrahenten verstehen, noch ihre Laute deuten. Sie hörte, wie Holz klapperte und als sich schwere Schritte der Kammer näherten, zog sie sich eilig in den hinteren Teil zurück und drückte sich in eine Ecke.

Plötzlich krachte etwas mit voller Wucht gegen die Tür und das dünne Blatt schlug gegen die Wand. Ein kräftiger Arm fuhr unter einem schwarzen Umhang hervor und hielt ihren Rückprall auf. Eine stattliche Gestalt trat ein, die ihr nur zu vertraut war. Darraghs grüne Augen blitzten ihr aus einem ernsten Gesicht entgegen, umrahmt von seiner feuerroten Mähne, die er leidlich nach hinten gebunden trug.

Sie flüsterte seinen Namen, konnte es kaum glauben. Er war hier.

Er trat auf sie zu und ging vor ihr in die Hocke. Dann streckte er seine Hand nach ihr aus, legte sie sanft unter ihr Kinn, sodass sein Daumen knapp unter ihrer geschundenen Lippe ruhte und drehte ihr Gesicht leicht ins Licht.

Sie war sich sicher, dass ihm weder ihr geschwollenes Auge noch ihre schillernden Flecken entgangen waren. Sie glaubte Wut in seinen Augen glimmen zu sehen.

„Ich bring ihn um“, sagte er in einem Ton, der nichts Gutes verhieß.

„Nein“, sagte sie und erschauderte.

„Nenne mir einen guten Grund, warum ich diesen Halunken verschonen sollte“, brummte er.

„Du darfst dich nicht versündigen“, warf Katharina ein. „Versteh doch, um seine Seele sorge ich mich nicht, sondern um die deine.“ Sie hob die Hand und strich ihm eine verirrte

Strähne aus der Stirn. Sie forschte in seinen Zügen und fühlte, dass ihm der Gedanke widerstrebte.

Er gab ein unbestimmtes Brummen von sich. Dann legte er seine Arme um sie. „Zeit hier zu verschwinden."

Er wollte sie gerade aufheben, als Heinrich hinter ihnen dröhnte: „Du gehst mit ihr nirgendwohin!"

Darragh verdrehte die Augen, erhob sich und wandte sich ihm zu.

Katharina sah Heinrich breitbeinig auf der Schwelle stehen, die Hände fest in die Hüften gestemmt. Sein Gesicht war wutverzerrt. Der Blick wachsam.

Die beiden Männer standen einander gegenüber wie zwei gleichgroße, massive Felsen. Einander ebenbürtig und gleichsam unnachgiebig.

„Du konntest mich nicht daran hindern, hier einzudringen und du wirst mich ebenso wenig aufhalten zu gehen", sagte Darragh und in seiner Stimme schwang Zorn.

Heinrich schnaubte. „Meinetwegen geh, aber sie ..." Katharina sah, wie er den Arm hob, die Hand drehte und mit dem Daumen auf sie deutete, „... bleibt, wo sie ist."

Darragh lachte schallend. Von einer Sekunde auf die nächste verstummte er. Heinrich nicht aus den Augen lassend, streckte er eine Hand nach Katharina aus, während die andere in seinem Umhang verschwand.

Sie legte ihre Hand in die seine und ließ sich auf die Füße ziehen. Ein starker Arm schob sich unter ihren Ellenbogen und zog sie fest an seine linke Seite.

Sie ließ den Kopf an seine Brust sinken.

Das schien Heinrich als Zeichen zu deuten. Mit einem wütenden Schrei sprang er auf Darragh zu, doch eben diese Reaktion schien der Ruude bezweckt zu haben.

Mit einer flinken Drehung riss er den rechten Arm hoch und wehrte ihn ab. In seiner Hand blitzte die Klinge eines Dolchs. Er ließ Katharina zu Boden gleiten, schnellte mit der nun frei gewordenen Hand vor und packte Heinrichs Kehle.

Dieser röchelte, versuchte um sich zu schlagen, doch Darraghs Griff war gnadenlos. Er drängte ihn gegen die Wand und hielt ihm die bläulich schimmernde Klinge vor die Augen.

Die Farbe seines Gesichts wandelte sich in ein ungesundes Rot.

Katharina schrie: „Nein! Rudger!“ Sie kam auf die Beine und eilte zu ihm. Beschwichtigend legte sie ihre Hand auf seinen Arm. „Er ist es nicht wert.“

Darragh ließ den Dolch sinken.

Sie sah in seinen Augen eine lodernde Flamme, als er Heinrich verächtlich zur Seite schleuderte.

Dieser blieb kraftlos am Boden liegen.

Darragh zog sie an sich heran, beugte sich und schob ihr einen Arm unter das Gesäß. Er hob sie auf, sah ihr liebevoll in die Augen und trug sie hinaus.

In die Freiheit.

Haus- und Hofverzeichnis 1690

Nomina	aetas	Conditio	Locus orig.
Heinrich Leugers	38		ex Beckumb
uxor Catharina			
Leonore Heek		Magd	
Dorte zum Bruch		Magd	ex Merfeld
Rudger Darragh			ex Ivernia
Thomas	10		

Nomina = Name
aetas = Alter
Conditio = Beruf
Locus orig. = Herkunft
uxor = Ehefrau
ex = aus
Ivernia = Irland

An dieser Stelle möchte ich anmerken, dass ich des Gälischen nicht mächtig bin, und daher keinen Anspruch auf Korrektheit der entsprechenden Passagen in Kapitel 23 und 25 erhebe. Der Wirkung halber konnte ich es mir jedoch nicht verkneifen, wenigstens den Versuch zu wagen, diese schöne Sprache mittels Lexikon zu erkunden.

Danise Juno

Danksagung

Ich sitze in meiner Schreibkammer und sehe aus dem Fenster. Davor steht ein dichter Kirschlorbeer, darin streiten sich zwei Vögel, die Sonne scheint. Es ist ein idealer Tag, um meine Arbeit an diesem Roman zu beenden.

Was mir noch bleibt, ist an die Anfänge zurückzudenken und an die Menschen, die Anteil daran hatten, dass Sie heute diese Geschichte in Händen halten.

Allen voran stelle ich meinen Ehemann. Ich danke dir fürs Sprücheklopfen. Ohne dich wäre Frank niemals so lebendig geworden. Ich danke meinen Kindern, die so manche inspirierende Begebenheit beigesteuert haben. Meiner Schwester Celina für die Geduld, sich jedes einzelne Kapitel am Telefon anzuhören. Meinem Vater Josef für seinen Glauben an mich und seine Unterstützung. Meinen Schwiegereltern Irmgard und Bernhard, die den kompletten Roman vorab lasen und Kritik übten. Den Kollegen aus dem Textkritikforum Federfeuer, die mich aus meinen Zweifeln gerüttelt haben und mir mit Rat und Tat zur Seite standen.

Den liebgewonnenen Menschen aus der Bücherei für ihren Enthusiasmus. Ich danke den Heimatforschern, den Ärzten und anderen Spezialisten für die Hilfe bei meinen Recherchen.

Ich danke den Mitarbeitern der Arrowsmith Agency für ihre Unermüdlichkeit und den wunderbaren Menschen im acabus Verlag für ihren Glauben daran, dass diese Geschichte unbedingt zwischen zwei Buchdeckel gehört. Und nicht zuletzt danke ich meiner großartigen Lektorin Lea Intelmann für ihre unbequemen Fragen.

Danise Juno

Die Autorin

© Timo Arzdorf

Danise Juno wurde 1974 in Bonn geboren. In Meckenheim hat sie auch ihre Kindheit und Jugend verbracht. 1990 absolvierte sie eine Ausbildung zur Glasveredlerin und legte ihr Fachabitur für Gestaltung und Design ab. 1994 ließ sie sich zur Technischen Zeichnerin ausbilden und legte schließlich 1998 erfolgreich die Ausbildereignungsprüfung ab. Sie arbeitete viele Jahre in der IT eines internationalen Großkonzerns als CAD-Anwenderbetreuerin, verfasste in diesem Zuge diverse Schulungsunterlagen und Bedienungsanleitungen in Deutsch und Englisch und führte Mitarbeiterschulungen durch.
Heute lebt sie mit ihrer Familie und einem Hund im Münsterland. Sie widmet sich intensiv der Tätigkeit als Autorin. 2013 nahm sie an dem Seminar „Nervenkitzel – Schreiben Sie einen verdammt spannenden Roman" in der Bastei Lübbe Academy, unter der Leitung von Andreas Eschbach, teil.
2009 gewann sie eine Veröffentlichung ihrer Kurzgeschichte „Der Partylöwe".

Weitere Titel im acabus Verlag

Michael E. Vieten

Christine Bernard
Der Fall Siebenschön
Krimi

ISBN: 978-3-86282-352-9
BuchVP: 12,90 EUR
288 Seiten
Paperback

Eine Frau, ihre sechs Töchter und ein verzweifelter Mann. Sieben Tage Verhör und ein schrecklicher Verdacht. Wo sind Andrea Schröder und ihre Kinder? Leben sie noch? Unter Einsatz ihres eigenen Lebens treibt eine junge Kommissarin der Trierer Polizei die Ermittlungen voran und versucht, einem psychisch auffälligen und gewalttätigen Sonderling die dringend benötigten Informationen abzuringen. Doch sie hat sich bereits in seinem Netz dunkelster Absichten verfangen. Eine beispiellose Achterbahnfahrt in die Abgründe der menschlichen Seele beginnt. Ein spannender Psychokrimi nicht nur für Genre-Fans.

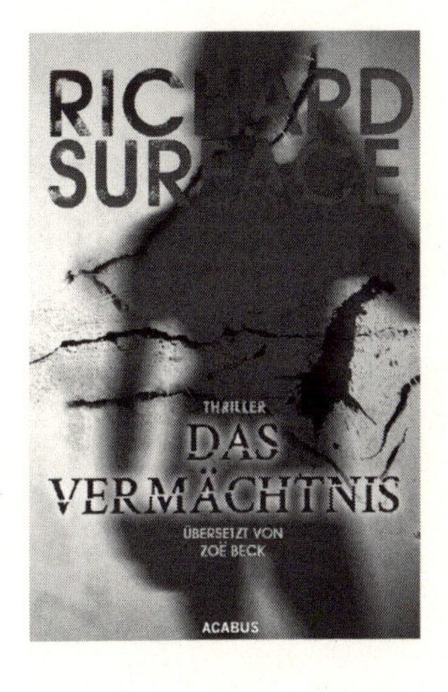

Richard Surface

Das Vermächtnis
Thriller
Übersetzt von Zoë Beck

ISBN: 978-3-86282-226-3
BuchVP: 14,90 EUR
364 Seiten
Paperback

München, Alte Pinakothek, 2003: Ein alter Mann wird brutal gefoltert, doch das Geheimnis um sein Vermächtnis gibt er nicht preis.

Ein Mord, ein verschollenes Kunstwerk, ein gefährliches Vermächtnis. Um die Unschuld seines Großvaters zu beweisen, die Mörder zu fassen und den Schleier um sein Vermächtnis zu lüften, beginnt Gabriel ein tödliches Spiel und gerät immer mehr in ein undurchsichtiges Netz aus Intrigen, in das auch die Polizei verstrickt zu sein scheint.

Aus dem Englischen übersetzt wurde dieser Roman von der Schriftstellerin Zoë Beck.

acabus